DELIUS KLASING

W0303677

Mark Chisnell

Durch die Hölle und zurück

Roman

DELIUS KLASING VERLAG

Copyright © Mark Chisnell 2004
Titel der Originalausgabe: »The Wrecking Crew«,
erschienen bei HarperCollins Publishers
(New Zealand) Limited, Aukland

Bibliografische Informationen Der Deutschen Bibliothek

Die Deutsche Bibliothek verzeichnet diese Publikation in der
Deutschen Nationalbibliografie; detaillierte bibliografische Daten
sind im Internet über »http://dnb.ddb.de« abrufbar.

1. Auflage
ISBN 3-7688-1767-9
ISBN 978-3-7688-1767-7
Die Rechte für die deutsche Auflage liegen
© by Delius, Klasing & Co. KG, Bielefeld
Aus dem Englischen von Peter Meyer
Umschlaggestaltung: Buchholz/Hinsch/Hensinger, Hamburg
Druck und Einband: Friedrich Pustet KG, Regensburg
Printed in Germany 2006
Alle Rechte vorbehalten! Ohne ausdrückliche Erlaubnis
des Verlages darf das Werk, auch nicht Teile daraus,
weder reproduziert, übertragen noch kopiert werden,
wie z. B. manuell oder mithilfe elektronischer und mechanischer
Systeme einschließlich Fotokopieren, Bandaufzeichnung
und Datenspeicherung.
Delius Klasing Verlag, Siekerwall 21, D-33602 Bielefeld
Tel.: 0521/559-0, Fax: 0521/559-115
E-Mail: info@delius-klasing.de
www.delius-klasing.de

Für John, Will und Glyn –
die wir nie vergessen werden.

1

Das Stahlblech schepperte, als Phillip Hamnet mit leichtem Schritt über die von zahllosen Wachwechseln ausgetretenen glatten Stufen des Niedergangs von der Brücke zum Deck hinuntereilte. Auf dem Weg zu seiner Tageskajüte musste sich der Kapitän der *Shawould* am Handlauf festhalten, während er breitbeinig das Rollen des Schiffs in den heftigen Wellen ausglich. Als das Schott in den ausgeleierten Scharnieren unwillig quietschte, schaute Anna, Phils Frau, auf und lächelte kurz, während die Tür hinter ihm zufiel.

»Alles in Ordnung?«, fragte sie und schaute ihn besorgt an.

Das weiße T-Shirt spannte über seinem mächtigen Brustkorb, und ein leichter Film aus Öl und Schweiß glänzte auf seiner tief gebräunten Stirn. »Er sieht erschöpft aus«, dachte sie und betrachtete besorgt das eigentlich hübsche Gesicht mit den hohen Wangenknochen, das jetzt jede Menge Bartstoppeln, Tränensäcke um die haselnussbraunen Augen und ein deprimierter Gesichtsausdruck verunzierten. Das blonde Haar wirkte stumpf und schrie förmlich nach einem Schnitt.

Hamnet ließ sich in einen der Sessel neben dem kleinen Esstisch fallen.

»Gesetzt den Fall, die verdammte Fracht taucht nicht auf, hatte ich Anweisung, ohne sie auszulaufen. Also haben wir den Anker gelichtet, und jetzt sind wir schon in der Malakkastraße. Sieht nach einer Wetterverschlechterung aus, und die Reederei will, dass wir unseren Hintern in Bewegung halten, weil wir wegen ihrer Phantomfracht ohnehin schon Verspätung haben.« Er zögerte. »Außerdem hat mein Abendessen lange genug gewartet. Richardson ist oben auf der Brücke, schließlich ist es seine Wache.«

Anna nickte und holte ihm eine doppelte Portion Reis, während Hamnet auf den Ventilator starrte und vor sich hin brütete. Das Ding war hoffnungslos überfordert, und wie immer vor einem Sturm lastete das ganze Gewicht der Tropen auf ihnen, sodass Anna schwer atmete und Hamnet unwillkürlich seufzte, als er nach dem Teller griff, den sie ihm schon eine Weile hinhielt.

»Meine Güte, hier drin steht die Luft. Hast du was dagegen, wenn ich die Tür wieder aufmache?« Er stellte den Teller ab und stand auf.

»Natürlich nicht. Ich hab' sie nur zugemacht, während ich unter der Dusche war«, antwortete Anna.

Erst jetzt sah Hamnet seine Frau genau an. Sie wirkte frisch und entspannt in ihrem leichten Seidenkleid – wahrscheinlich war das Duschwasser aus den Tanks des Schiffes angenehm kühl gewesen. Aber das würde nicht lange vorhalten. Er zog die Tür auf und klemmte sie brutal mit einem Keil fest.

»Hey! Kopf hoch, es ist deine letzte Reise«, rügte ihn Anna, während sie nach einer Flasche Weißwein griff und ihm ein großes Glas voll schenkte.

»Gott sei Dank. Wie ich diesen verdammten Kahn hasse!«, brummte er unwirsch und kehrte an seinen Platz zurück.

»Du hast dir deinen Urlaub verdient und ein neues Schiff auch«, versuchte sie ihn zu trösten.

Hamnet griff nach dem Weinglas und gönnte sich einen großen Schluck. Dann atmete er tief durch und entspannte sichtbar. Er schaute Anna an. »Alles wird gut, das glaubst du doch auch?«, fragte er mit einem unsicheren Lächeln.

Anna nickte.

»Danke.« Sein Lächeln wirkte dennoch leicht verkrampft, als er ihr zuprostete. »Auf uns!« Das Glas klirrte nur dünn und brachte nicht im Entferntesten den vollen, tiefen Klang von Waterford Kristall an Waterford Kristall zuwege, sondern nur das billige Klingeln von billigen Gläsern. Hamnet stürzte den zu warmen, hell funkelnden Sorgenkiller in einem Zug hinunter. »Auf uns vier«, erwiderte Anna den Trinkspruch.

Warmherzig lächelten ihn ihre schokobraunen Augen unter dem schwarzen Pony ihrer Bobfrisur an, während sie an ihrem Eiswasser nippte. Hamnet argwöhnte, dass es Unglück bringen könnte, mit etwas anderem als Alkohol anzustoßen. Vielleicht hätte er sie veranlassen sollen, wenigstens ein Glas Wein in die Hand zu nehmen? Ein einziger Schluck konnte nicht viel verderben – jetzt nicht mehr, da sie nur noch fünf Wochen hinter sich bringen mussten. »Auf uns vier«, dachte er. Mit Zwillingen hatten sie beide nicht gerechnet. Er musste sich eingestehen, dass ihn der Gedanke erschreckte, und die Schwangerschaft war auch der Grund, warum Anna sich zu dieser Reise entschlossen hatte. Demnächst würde sie längere Zeit keine Chance mehr zu solchen Unternehmungen bekommen.

Anna war als Erste mit dem Essen fertig, füllte ihr Glas aus dem Wasserkrug nach und ging zum Sofa, das an der Wand stand. Hamnet tupfte noch den restlichen Reis mit dem Finger auf, setzte sich neben sie und schleuderte die Deckschuhe von den Füßen.

»Wie geht es Ihnen, Mrs. Hamnet?«

»Danke der Nachfrage, Mr. Hamnet, sehr gut.« Lächelnd kuschelte sie sich in die Kissen und streifte das Seidenkleid von ihrem ausladenden Körper.

»Und wie geht's unseren kleinen Hamnets?« Phils Hand begann, zärtlich ihre weiche, warme Haut zu liebkosen.

»Die Herrschaften sind heute ziemlich temperamentvoll.« Vielsagend zog Anna die Augenbrauen hoch, nippte noch einmal am Wasser und stellte dann das Glas auf das Beistelltischchen.

Hamnet konnte die Bewegung in ihrem Bauch deutlich spüren. »Wahrscheinlich kommen sie nach der Mutter.«

Sie begann, die Knöpfe an seinem Hemd zu öffnen, und streichelte seine Brust. »Eine Dusche wäre kein Fehler, Liebling«. Sie rümpfte ihr hübsches Näschen.

»Wie wär's, wenn du mir Gesellschaft leistest?«, entgegnete er und beugte sich etwas vor, um ihre leicht geöffneten Lippen zu küssen, während sie sich tief in die Augen blickten und seine

Hände wieder über ihren Bauch strichen. Dass die Tür immer noch offen stand, hatten sie vergessen.

In diesem Moment meldete sich die Bordsprechanlage.

»Verdammt«, fluchte Hamnet, und Anna runzelte missbilligend die Stirn, als er nach dem Hörer griff.

Es war der Erste Offizier, Paul Richardson. »Herr Kapitän?«

»Ja?«, schnappte dieser kurz angebunden und mit deutlich ungeduldigem Unterton in der Stimme. Hoffentlich hatte Richardson einen guten Grund für die Störung.

Annas Hand streichelte langsam über Phils Brust und dann über den Bauch bis zum Nabel und blieb dort liegen.

»Könnten Sie bitte auf die Brücke kommen und sich selbst überzeugen? Ich bin nicht sicher, was ich von dieser Wetteränderung halten soll.«

Hamnet starrte unwillig durch die offene Tür zum Himmel, und wieder einmal blieb sein Blick an den Nieten hängen, die ihre rostige Bahn durch die ganze Kajüte zogen. Was war er froh, diesen miesen Eimer bald verlassen zu können und diese Crew aus Versagern gleich dazu. Er deckte die Sprechmuschel mit seiner Hand ab. »Anna, es tut mir so Leid, aber du weißt, was er für ein ängstliches Waschweib ist. Wenn ich jetzt nicht komme, ruft er in fünf Minuten wieder an.«

Anna rollte mit den Augen und seufzte laut, damit die Männer auf der Brücke es auch bestimmt hören konnten.

»Bin unterwegs«, raunzte Hamnet in den Hörer und legte auf. »Schade, mein Liebling, aber ich muss ihm schnell mal die Hand halten. Es wird nicht lange dauern.« Schwerfällig wuchtete er sich vom Sofa hoch, während er schon nach seinen Schuhen angelte. Hinter ihm stieß Anna einen weiteren Seufzer aus, der dann in schweres Atmen überging. Doch da war Hamnet schon auf dem Weg zur Tür.

»Vielleicht schaffe ich es, dir etwas vom Nachtisch aufzuheben, Schatz«, spottete sie hinter ihm her.

Hamnet kickte den Keil unter dem Schott weg und ließ es hinter sich zuknallen. Einen Moment lang verharrte er im Korridor, seine Augen mussten sich erst an die rote Nachtbeleuchtung gewöhnen. Hier hörte man das Ächzen der Stahlplatten und der Gitterroste besonders eindringlich, und tief unten rumpelten die Maschinen. Wind und Seegang hatten weiter zugelegt, Regen und Fahrtwind sorgten für Abkühlung, und Hamnet fühlte, wie der Schweiß auf seiner Haut trocknete, während er den Korridor entlangeilte. Er nahm jeweils zwei Stufen auf einmal den Niedergang hinauf, um wieder auf die Brücke zu kommen.

»Das Wetter trübt ein, was?«, fragte er knapp, in Gedanken immer noch bei Anna.

Richardson, über den Kartentisch gebeugt, blickte auf. Sein verlebtes Gesicht zeigte wieder die verquälten Spuren und Falten, die lebenslanges Zaudern dort eingraviert hatte. Hinter ihm klatschte der Regen jetzt mörderisch gegen die Fensterscheiben der Brücke, und voraus sah es komplett finster aus, nicht einmal der beruhigende Schimmer der Navigationslichter war zu sehen. Denn laut einer Generalanweisung der Reederei für die küstennahen Gewässer von Indonesien, Thailand, den Philippinen und Malaysia waren sie hier auszuschalten, und für ein Schiff mit Heimathafen Singapur galt diese Vorsichtsmaßnahme gegen Piratenangriffe nahezu ununterbrochen. Hamnet postierte noch eine zusätzliche Wache im Heck, ließ die Ankerklüse abdecken, Stacheldraht an der Reling ausrollen und eine Batterie mit sandgefüllten Bierflaschen als Wurfgeschosse bereitstellen.

Piraten kamen in der Regel übers Heck, nachdem sie von ihren offenen Schnellbooten aus Wurfanker nach oben geschleudert und sich, mit Macheten bewaffnet, an der Bordwand hochgehangelt hatten. Meist verschwanden sie so unbemerkt, wie sie gekommen waren, noch ehe der Kapitän seine Kajüte aufgesucht und gemerkt hatte, dass sie samt dem Safe ausgeräumt worden war. Dieser Gedanke spukte Hamnet im Kopf herum, und er wollte gerade nach dem Hörer der Bordsprechanlage greifen, als sie losschnurrte.

»Phil?«, Annas Stimme war fast nur ein Hauch.

»Ich wollte dich gerade anrufen.«

»Ruf mich nicht an, sondern komm runter, Liebling.« Sie unterbrach sich und begann schwer und gleichmäßig zu atmen.

Hamnet fühlte, wie er rot wurde. »Schätzchen, dies ist eine Gegensprechanlage auf einem Schiff und keine Sexhotline.« Er legte den Hörer auf, und im selben Moment fiel ihm ein, dass er ihr nicht gesagt hatte, die Tür hinter ihm abzuschließen. Aber es war eine miese Nacht, und keiner, der seine Sinne beisammen hatte, würde sich in einem offenen Boot aufs Meer wagen.

Richardson fuhr fort: »Wie wir vorhergesehen haben, legt der Nordwester kräftig zu. Es gibt immer Sturm, wenn der Monsun wechselt.« Donner und Blitz schienen seine Worte zu bekräftigen.

Hamnet erwischte einen Blick auf das regengepeitschte Ladedeck und die aufgewühlte, mit weißer Gischt gekrönte See. Schwer stampfte und rollte die *Shawould* in den sich immer höher aufsteilenden Wellenbergen. »Hm«, grunzte er und hielt sich mit einer Hand an der Instrumentenkonsole fest. »Also, was ist Ihr Problem?«

»Nun«, Richardson zog das Wort in seiner typisch texanischen Sprechweise in die Länge, während Hamnet bemerkte, dass er immer wieder nervös mit dem Finger auf die Karte klopfte, er war alles andere als entspannt, »wir sind wie geplant in die Malakkastraße eingelaufen, und laut GPS sind wir hier.« Sein Finger trommelte auf einen bestimmten Punkt, und Hamnet ging zum Kartentisch hinüber, um einen Blick darauf zu werfen.

Das GPS bestimmte ihre Position eindeutig in der Mitte der Malakkastraße.

»Was genau ist das Problem?«, hakte Hamnet nach.

»Nun«, wieder dehnte Richardson das Wort unendlich, »ich wollte bei der Befeuerung und der Funkbake auf Kurs Südsüdost und um Selokan Point herumgehen.« Hamnet suchte auf der Karte Peepsan Rock, dessen Signal dreimal alle dreißig Sekunden in einer Entfernung von sechsunddreißig Seemeilen hätte aufleuchten sollen. Normalerweise konnten sie es einwandfrei sehen, sobald sie Muntok passiert hatten, jedenfalls in klaren Nächten. Ungeduldig ballte er die Fäuste und wartete, dass der Texaner endlich weiterredete, denn aus Erfahrung wusste er, dass alles nur schlimmer wurde, wenn man Richardson drängte. Dann begann der Mann nämlich zu stottern, da er unter Belastung versagte, weshalb er es auch trotz seiner Erfahrung auf See nie weiter gebracht hatte als bis zum Ersten auf einem Kahn wie der *Shawould*.

»Beide können eigentlich nicht weiter als fünf Seemeilen voraus sein. Aber ich habe weder Sicht- noch Funkkontakt«, kam Richardson endlich auf den Punkt.

»So außergewöhnlich ist das auch wieder nicht. Die indonesische Fahrwasserbezeichnung ist schließlich nicht die zuverlässigste auf Erden.«

»Nun, das habe ich mir zuerst auch gesagt. Ich hatte beschlossen, einfach unserem GPS zu vertrauen. Aber mit der Tiefenangabe stimmt auch etwas nicht.«

Hamnets Blicke gingen zum Tiefenmesser: sechzig Fuß. Er wandte sich wieder der Karte zu. Nach der Positionsbestimmung des GPS hätten es nur fünfzig Fuß sein dürfen. Das war kein Grund zur Panik, aber ignorieren durfte man es auch nicht. Möglicherweise hatten die Hydrografen Ihrer Majestät hier etwas ungenau gearbeitet, oder sie hatten, was wahrscheinlicher war, lediglich die Daten aus früheren Vermessungen ungeprüft übernommen. Hamnet checkte noch einmal die Karte und grunzte dann in sich hinein; die Quellen waren offizielles indonesisches Kartenmaterial, eine spezielle Anmerkung wies auf die Unzuverlässigkeit der Seezeichen in der Malakkastraße hin, ein dritter Hinweis bezog sich auf die Mangrovensümpfe, die entlang der Meerenge ständig irgendwie in Bewegung waren. Er seufzte. So war das hier nun mal mit den optischen und akustischen Seezeichen und Funkfeuern. Die *Shawould* war auf sich selbst gestellt.

»Was sagt das Radar?«, fragte er Richardson.

»Nun, bei diesem Wetter ist es schwierig, etwas auf den Schirm zu bekommen, das sich anzusehen lohnt.«

Hamnet rang um Beherrschung. Hier lag also der Hund

begraben. Der Mann hatte wieder mal Schwierigkeiten, ihre Position auf dem Radarschirm zu bestimmen. Natürlich war die Interpretation des Radarbildes bei derart schlechtem Wetter eine Kunst, denn Regen und See zeigten dann jede Menge Echos und produzierten Stördaten, die erst ausgesondert werden mussten. Aber so viel durfte man ja wohl von einem Ersten Offizier in den Fünfzigern erwarten.

Hamnet beschloss, das Radarbild selbst auszuwerten, bis dahin mussten sie eben auf ihr GPS vertrauen. Es gab schließlich keinen Grund, an der Zuverlässigkeit der Daten des zehn Milliarden teuren Navigationssystems aus dem amerikanischen Verteidigungsministerium zu zweifeln, nur weil ein Texaner kein Zutrauen zu der Anlage hatte. Und nach den Angaben des GPS würden sie bald auf Grund laufen, wenn sie sich nicht schleunigst zu einer Wende nach Südost entschlössen.

»Kurs Südsüdost bitte, Richardson. Geschwindigkeit halbe Kraft voraus, bis wir Genaueres wissen.«

Hamnet registrierte, dass Richardson losging, um die Befehle auszuführen, und wandte sich dann wieder der Karte zu; im Osten von Bangka Island gab es einige sanfte Anhöhen, die auf dem Radar zu erkennen sein müssten. Als er die Position auf dem GPS checkte, um die Entfernung zu den Anhöhen zu berechnen, machte sich die Anzeige für den Empfang von Signalen eines Differenzial-GPS bemerkbar. Ein solches Differenzial-GPS maß das Signal an einer Stelle, deren Position man exakt kennt, um eine Ortung auf den Millimeter genau zu bestimmen. Die Korrekturen gingen an alle GPS-Stationen in diesem Gebiet und wurden automatisch bei der Positionsbestimmung integriert.

Hamnet betrachtete die Karte. DGPS wurde sinnigerweise nur in Revieren eingesetzt, die höchste Genauigkeit für die Navigation erfordern – vor Häfen oder entlang von dicht befahrenen Küsten. In diesem Revier war dies aber mit Sicherheit nicht notwendig, da nur wenige Schiffe, wie beispielsweise die *Shawould,* die Route nach Jakarta über Muntok wählten, alle anderen gingen außen um Bangka Island herum. Doch etwas weiter südlich gab es ein paar Ölfelder – vielleicht hatte man dort ein DGPS installiert. Vielleicht war das die Erklärung, vielleicht auch nicht. Oder hatte die *Shawould* wegen des Sturms ein paar unidentifizierbare Signale aufgefangen? Hamnet konnte sich nicht erinnern, ob so etwas überhaupt möglich war. Er beschloss, auf jeden Fall zu versuchen, die Satellitensignale zu knacken.

»Richardson, wissen Sie, wie man den Empfang der DGPS-Signale automatisch knacken kann?« Hamnet drehte sich zu seinem Ersten um, dessen Miene erhebliche Irritationen zeigte.

»Wir empfangen ein DGPS-Signal?«, fragte er zurück, während er nervös seinen schweren Walrossschnurrbart zwirbelte.

»Ja«, schnappte Hamnet, der schon fast die Geduld verlor. »Und ich würde es begrüßen, wenn Sie den automatischen Empfang des Signals stoppen könnten, während ich am Radar arbeite.«

Richardson kehrte ans GPS zurück, die Qual von eineinhalb Jahrzehnten Karriereverzicht stand ihm ins Gesicht geschrieben, und Hamnet konzentrierte sich erneut auf die Karten. Er bestimmte die Entfernung der Anhöhen mithilfe des GPS: zwischen neun und fünfzehn Seemeilen. Außerdem schien es hier eine Insel zu geben, die ganz andere Höhenangaben auswies, als Hamnet erwartet hatte; dafür lag sie näher – nur sieben Seemeilen voraus. Er warf erneut einen Blick auf das Echolot, dann ging er zum Radarschirm zurück. Es wurde schnell flacher – fünfundvierzig Fuß, wenn er die Ladung einkalkulierte: vierzig Fuß. Durch den Kurs nach Südost hatte er auf mehr Tiefe gehofft. Jetzt war er wirklich beunruhigt. Verdammt, was ging hier vor? Er rief den Maschinenraum an und ließ alles auf null stellen, denn sie näherten sich ohne jeden Zweifel der Küste und verloren in diesem Gewässer rasch an Steuerfähigkeit. Das konnte er jedoch nicht ändern, solange er den Fehler in der Positionsbestimmung nicht fand und nicht wusste, welchen Kurs er absetzen sollte.

Wenn er die Insel, die er auf dem Radarschirm sah, identifizieren konnte, war schon einiges gewonnen, oder sobald er wenigstens den ersten der Hügel peilen und die Entfernung ausrechnen konnte. Zusammen mit den Tiefenangaben reichte es für eine Positionsbestimmung. Aber das Radarbild wurde durch den Regen und die Wellen von den reflektierten Echos zugemüllt. Sorgfältig justierte er die Feineinstellung nach, um die Stördaten herauszufiltern. Er sah zu Richardson hinüber, der seine Aufgabe am GPS mithilfe des Handbuchs zu entschlüsseln versuchte.

»Mist, verdammter«, murmelte er. Aber schließlich klärte sich das Radarbild, und die Anhöhen begannen sich abzuzeichnen. Voraus sah er einen vereinzelten Blink – Pulau-Pulau Nangka Island. Er schaltete den variablen Entfernungsring ein und stellte ihn auf das verschwindende Echo ein, um die Entfernung abzulesen. Elf Seemeilen. Durch seine Adern jagte das Adrenalin, und schlagartig wurde ihm bewusst, wie sehr der Wein sein Hirn bis jetzt benebelt hatte. Aber die Dinge klärten sich – bei Gott, die Dinge klärten sich. Ein weiterer flüchtiger Blick auf die Karte sollte ihm bestätigen, was er bereits wusste.

In dem Augenblick, als sich Hamnet in Bewegung setzte, begann Richardson panisch loszustottern. Eine halbe Sekunde später schrillte der Alarmton des Tiefenmessers auf. Und alles zusammen kam zu spät. Die *Shawould* stoppte auf. Einfach so. Ein Stückgutfrachter mit neuntausend Tonnen fallender Ladung hatte sich mit neun Knoten Geschwindigkeit in den Schlick gebohrt und blieb liegen. In diesem Moment hatte Hamnet gerade den halben Weg zum Ruder geschafft. Er schoss mit etwas weniger als neun Knoten vorwärts, Kopf voraus, und das Schott bremste seinen Flug. Dann gingen die Lichter aus.

2

Ein Gedanke riss ihn aus der Ohnmacht wie ein knurrender Rottweiler einen Arm, den er zwischen den Zähnen hält. Aber was für ein Gedanke? Er musste ihn endlich zu fassen bekommen.

Phil Hamnet öffnete die Augen, und das grelle weiße Licht schmerzte so, dass er schützend den Arm hob und die zusammengekniffenen Augen sofort wieder schloss. Brechreiz würgte ihn.

Toby Johns, der Bordingenieur, beobachtete voller Sorge, wie sich das Gesicht seines Kapitäns verzerrte. Wie sich jeder Muskel und jede Sehne im Arm und in der geballten Faust verkrampften, während Hamnet langsam und qualvoll ins Leben zurückkehrte. Er durfte ihn nicht wieder abdriften lassen. »Kapitän, hey, wir brauchen Sie! Unser vorderer Laderaum läuft voll, und wir haben zwanzig Grad Schlagseite. Richardson hat alle Mann aufs Achterdeck befohlen. Dort wartet ein Schiff – es schickt uns ein Boot herüber. Unser Erster will, dass alle von Bord gehen.«

Da war er wieder, dieser Gedanke. Er erschreckte ihn, und Hamnet ließ sich wieder in die Dunkelheit fallen. Dann lichtete sie sich, ja, sie brannte fast weg, und der Nebel der Bewusstlosigkeit wich dem Licht. Phil schlug erneut die Augen auf: zögernd und vorsichtig.

»Alles in Ordnung, ich habe zur Nachtbeleuchtung gewechselt«, erklärte Johns.

Hamnet starrte in den roten Lichtschein, die Perspektiven im Raum wirkten verzerrt, und er nahm alles nur verschwommen wahr. Schützend hob der Kapitän seine Hand und tupfte dann behutsam die pochende Stelle an seiner bandagierten

Stirn ab, die höllisch schmerzte. Plötzlich war er wieder voll da: sein Schiff, Anna – was war geschehen? Er hörte Johns Worte kaum, sie schienen in einer dunklen Ecke seines Gehirns herumzuspuken, ehe er ihren Sinn begriff. Wasser! 20-Grad-Schlagseite! Er hatte sein Schiff auf Grund gesetzt! Und Anna – wo war Anna?

»Kapitän, wir müssen los. Kommen Sie.«

»Anna«, krächzte Hamnet verzweifelt, während er sich aufzusetzen versuchte. Doch die Schmerzen drohten ihn wieder zu überwältigen. Mit aller Kraft riss er sich zusammen und schrie: »Wo zur Hölle ist Anna?« Noch einen Moment lang sah er das Gesicht vor sich nur undeutlich, im Halbdunkel, aber dann war er wieder voll da. »Johns, wo ist meine Frau?« »Ich bin nicht ganz sicher, vermutlich auf Deck bei den anderen.«

»Und Richardson?« Hamnet funktionierte wieder, wusste, was zu tun war.

»Auf der Brücke.«

»Ich bin schon unterwegs. Sie schauen erst in meiner Kajüte nach und vergewissern sich, dass meine Frau nicht mehr dort ist, sondern oben auf Deck. Sobald Sie sie gefunden haben, lassen Sie sie nicht mehr aus den Augen. Was immer ich auch für Entscheidungen treffe, ich werde Sie persönlich für Annas Sicherheit verantwortlich machen.«

Anna würde bei einer derartigen Bevormundung höchstwahrscheinlich ziemlich wütend werden – aber darauf durfte man unter diesen außergewöhnlichen Umständen keine Rücksicht nehmen, denn sie konnte nicht allein für sich einstehen: Sie war im achten Monat schwanger.

Johns nickte erleichtert und war froh, dass sein Kapitän wieder auf dem Posten war.

Hamnet kämpfte sich von der Koje hoch, der Kopf dröhnte, die Knie wackelten, aber das zählte jetzt nicht. »Wenn Sie sie gefunden und aufs Deck gebracht haben, rufen Sie mich auf der Brücke an. Und jetzt los.«

Johns war bereits aus der Tür, als Hamnet noch einen Moment stehen blieb, um sich an die starke Krängung des

Schiffs und seine tauben Beine zu gewöhnen. Die Kammer, in der er sich befand, wurde üblicherweise als Behelfslazarett benutzt, und die Brücke lag genau darüber. Er wankte in Richtung Tür, hielt sich fest, spähte hinaus und starrte auf das eingerissene Plakat mit den Sicherheitshinweisen an der Wand zum Kajütniedergang. Die zerfledderten Ränder waren ein Zeichen von Nachlässigkeit, und Nachlässigkeit war der Bruder der Pflichtverletzung. Er fühlte, wie ihn der kalte Schweiß erschauern ließ. Das war das Ende seiner Karriere – ab sofort würde er nie wieder ein Kommando über ein Schiff erhalten. Verzweifelt versuchte er, diesen Gedanken zu verdrängen und sich ganz auf das Hier und Jetzt zu konzentrieren. Rechts sah er den Treppenschacht, stieß die Tür auf und stolperte weiter. Allmählich funktionierten seine Beine besser, und er kämpfte sich über das Stahldeck vor, während er die Wucht des Sturms registrierte, der eine Menge Wasser durch das Steuerbordschott den Niedergang hinunterspuckte. Er fühlte, wie die Wellen gegen den Rumpf krachten und den Stahl beben ließen. Die See donnerte gegen das hilflose Schiff, das vielleicht bald auseinander brach.

Hamnet musste auf die Brücke und herausfinden, was passiert war. Konnte man die *Shawould* noch bergen? Die Crew musste jedenfalls bis zum letztmöglichen Augenblick an Bord bleiben, denn dort war sie besser aufgehoben als in den Rettungsbooten. Doch hatte Johns nicht etwas von einem wartenden Schiff gesagt? Vielleicht konnten sich Anna und alle, die nicht unbedingt an Bord gebraucht wurden, dort in Sicherheit bringen? Und falls Richardson es schaffte, das Leck abzudichten, konnte man die *Shawould* möglicherweise über Wasser halten und abschleppen lassen? Sie waren schließlich nicht weit von Singapur entfernt, und alles Notwendige ließ sich von dort aus arrangieren. Aber lohnte sich dieser Aufwand für das alte Schiff? Vielleicht entschied sich die Reederei lieber für den Abschiedskuss und strich die Versicherung ein? Bald würde er wissen, ob er heute zum zweiten Mal ein Schiff verlor. Verdammt!

Hamnet streckte die Arme aus, stützte sich auf beiden Seiten ab und torkelte zum Treppenschacht, um den kurzen Weg hinauf zur Brücke hinter sich zu bringen. Im nächsten Moment sah er oben einen Kerl mit einer Maschinenpistole in der Hand. Hätte das Schiff nicht derart geschaukelt, wäre Hamnet entdeckt worden, aber so brachen seine Beine, die sich wie Gummi anfühlten, im richtigen Moment unter ihm weg, und er schaffte das Kunststück, im Bruchteil einer Sekunde aus dem Blickfeld des Mannes zu verschwinden. Auf der *Shawould* gab es normalerweise keine Schusswaffen – das war allgemeine Praxis in diesem Business. Jetzt wurden Stimmen laut, Schritte polterten über die Stufen nach unten. Hamnet stieß die nächstgelegene Tür auf, schaffte es aber nicht mehr, sie wieder zu schließen, bis die Schritte am Ende der Treppenstufen stoppten. Er verzog sich so weit wie möglich ins Dunkel und wagte kaum zu atmen.

»Das Risiko ist viel zu groß«, sagte eine Stimme mit amerikanischem Akzent, der schon lange nicht mehr zu Hause aufgefrischt worden war. »Die Tatsache, dass sie ihr GPS bemüht haben, beweist: Sie haben was gemerkt. Bis jetzt hat im Hafen von Singapur bestimmt noch kein einziges Wort die Runde gemacht, Mike. Wenn wir aber die Crew am Leben lassen, wird das anders, und dann haben wir den Salat. Und falls dann die Versicherung nicht blecht, bekommen wir auch nichts. Ich kann natürlich den kleinen Scheißkerl, dem der Pisspott gehört, unter Druck setzen, aber der ist schon pleite, auch wenn's keiner weiß. Oder was glaubst du, warum der mit dem Deal einverstanden ist.«

Einen Moment lang war es still. Der modrige Geruch in der dunklen Kammer legte sich wie ein Tuch über Hamnet, so niederschmetternd wie die Erkenntnis, die ihn eben wie ein Blitz gestreift hatte und jetzt bleischwer auf ihm lastete. Gleichzeitig spürte er ein unbändiges Gefühl der Erleichterung. Ob Strandräuber oder Piraten – sie hatten irgendwie eine DGPS-Sendestation ergattert und ihn mit falschen Signalen auf den Strand gelockt. Das hieß, dass nicht er den schrecklichen Fehler gemacht, sondern sich dieser Abschaum mit dem Eigner zusammengetan hatte, um die Versicherungssumme zu kassieren. Und gleichzeitig verstand Hamnet auch, warum er in Muntok auf die Order des Eigners für eine Ladung warten musste, die nie eingetroffen war. Natürlich hatte man ihn in Wirklichkeit auf den nächsten Monsunsturm warten lassen, damit bei möglichst schlechter Sicht auch noch das Radar weitgehend unbrauchbar wurde.

Hamnet hörte, wie sich jemand bewegte, und sah durch den Türspalt einen Mann mit einem brutalen, faltenreichen Gesicht im Korridor auftauchen. Er hatte kurz geschorene, rötlichbraune Haarstoppeln und trug einen schäbigen US-Army-Kampfanzug und schwarze, hohe Lederstiefel. In der Rechten hielt der Kerl einen großen altmodischen 6-Schuss-Revolver, und als er den Lauf nervös gegen die Wand tickte, erklang das helle Geräusch, wenn Stahl auf Stahl trifft.

Als er zu sprechen begann, war es der amerikanische Akzent von vorhin. »Bring die Crew um und lass die Leichen im Laderaum verschwinden – auf keinen Fall dürfen sie zu schnell zu finden sein. Und lass die Boote zu Wasser – wir wollen den Rettern doch ein bisschen was zum Knobeln geben.«

Angst, ja Panik durchzuckte Hamnet. Eine zweite Stimme – ebenfalls mit amerikanischem Akzent, aber tiefer als die erste, rauer und deutlich vertrauter mit den Staaten, antwortete: »Wir haben eine Frau gefunden. Sie ist die Frau vom Kapitän, sagt sie, aber der war nicht bei der Mannschaft. Sie ist, em …«, der Mann zögerte, »sie hat ein Balg im Bauch.«

Das Ticken mit dem Revolverlauf hörte auf, und gleichzeitig begann Hamnet zu zittern, sein Mund öffnete sich zu einem stillen Schrei, und er presste die Fingernägel tief in seine Handflächen, um sich in den Griff zu bekommen und nicht einfach wild auf das Schwein einzuprügeln.

Aber der erste von den beiden hatte sich bereits umgedreht und ging weiter, während er sagte: »Ich hol' erst mal die Ladungs- und die Crewliste aus dem Büro vom Kapitän. Wir müssen wissen, ob wir alle geschnappt haben. Und lass die Crew noch am Leben – vielleicht brauchen wir sie, um den Skipper aufzuscheuchen. Aber sag ihnen, dass sie sich während des Ausladens am Riemen reißen sollen.«

Hamnet gelang ein kurzer Blick auf den zweiten Mann, als dieser an der offenen Tür vorbeiging: Er war groß, unrasiert, hatte blondes, schon etwas angegrautes Haar und trug schwarze Klamotten. Die Schritte klapperten auf den Stufen, als die Piraten zur Tageskajüte des Kapitäns und zum Arbeitsdeck gingen. Mit aller Anstrengung unterdrückte er erst einen Wutanfall, dann seine Panik und die erneut aufsteigende Angst. Zentimeterweise schob er sich leise in Richtung Tür vor, zwang sich, ruhig zu bleiben und spähte hinaus. Jetzt war der Korridor leer. Nur das Rollen des Schiffs war zu spüren, und ein Ächzen klang auf, laut genug, um die Schritte eines Mannes zu übertönen, der sich vorsichtig in Bewegung setzte. Das war gut und schlecht zugleich. Hamnet schob sich aus der Kammer, zog leise die Tür hinter sich zu – und stand nervös und gut sichtbar im hellen Licht.

Er musste Hilfe rufen, aber die Funkbude war auf dem oberen Deck im hinteren Teil der Brücke, und im Niedergang, der links von ihm lag, würde er ungeschützt allen Blicken ausgesetzt sein. Er hörte ein Geräusch hinter sich und wirbelte herum, sein Puls hämmerte. Das offene Steuerbordschott schwang zurück und knallte beim nächsten Windstoß wieder gegen die Wand. Draußen auf der Leiter hinauf zur Brückennock würde er sicherer sein, allerdings nicht auf der luvwärtigen Seite. Also rannte er durch den Korridor zu der Leiter an Backbord und nutzte dabei geschickt die Schatten, die die Innenbeleuchtung warf. Der Regen peitschte in gewaltigen Schwaden über ihn hinweg, doch an der windabgewandten Seite wurde es im Schutz der Aufbauten etwas ruhiger. Er blieb einen Augenblick stehen, um seine Augen an die Dunkelheit zu gewöhnen.

Während er dem Wind den Rücken zukehrte, starrte er nach Südost. Der Strom der Wasserstraße, die er passieren wollte, lief ebenfalls nach Südost, und Hamnet ging zweifellos davon aus, dass er auf dem Festland gestrandet war, als er sozusagen die Ecke zu eng nahm. Mit dem Bug auf Schiet sitzend, rollten

Wind und Wellen gegen das Heck an, sodass das Schiff, voll der Wucht des Wetters ausgeliefert, im Sturm schwere Schlagseite nach Lee genommen hatte. Ein Auseinanderbrechen oder Kentern der *Shawould* war gleichermaßen wahrscheinlich.

Rechter Hand sah er die Leiter zur Brückennock, von wo die Nachtbeleuchtung der Brücke zu ihm hinunterschimmerte. Unter ihm leuchteten grelle, weiße Lampen auf, und dort war einiges los. Eines der bordeigenen Ladegeschirre hievte Kisten aus dem Laderaum. Doch der Niedergang zu seiner Linken war unbeleuchtet und führte zu einer Leiter auf das Deck, wo die Schiffsoffiziere ihre Unterkünfte hatten. Hamnet kroch vorsichtig im Schatten der Scheinwerfer auf dem Ladedeck vorwärts und kletterte dann nach oben, während sich immer wieder Rostfladen unter seinem Griff lösten.

Je höher er kam, umso besser konnte er das Ladedeck überblicken. Ein Leichter machte gerade in Lee der *Shawould* fest, deren Abdeckungen des mittleren Laderaums offen standen und wo mehrere Männer die Kisten mit den Maschinenteilen aus Nummer drei im Zwischendeck auszuladen begannen. Der Regen rauschte über die Szene hinweg, doch im hellen Schein der Decksbeleuchtung zählte Hamnet vierzehn bewaffnete Piraten, die meisten offensichtlich Einheimische und ein paar Weiße, die allem Anschein nach das Unternehmen leiteten. Er brauchte eine Weile, um das auszumachen, was ihm als Erstes hätte auffallen sollen: Direkt unter dem Hauptladegeschirr war seine Crew versammelt. Eng zusammengedrängt standen die Männer dort unter vorgehaltenen Waffen: einige voller Verzweiflung, andere voll trotziger Missachtung und manche von jeder Hoffnung verlassen. Alle waren nass bis auf die Haut; der Regen floss oben in ihre Klamotten und unten wieder heraus. Hamnet drückte sich gegen die Leiter, um in ihrem Schatten Schutz zu suchen, und zählte: elf. Sie waren also vollzählig. Und dann sah er Anna! Das leichte Kleid klebte ihr am Körper, sie war barfuß, und die Haare trieften vor Nässe. Hamnet presste den Kopf seitwärts an eine Sprosse und starrte in die Regennacht.

Drei Meter über ihm begann plötzlich der Lautsprecher zu knistern und holte ihn aus seiner Qual. Wegen der Windböen konnte er nur ein paar Wortfetzen verstehen, der Rest wurde davongeweht. »Hamnet! Hör genau zu! Gib auf, oder deine Crew wird sterben! In drei Minuten kill ich deinen Ersten! Und dann den Rest, einen nach dem anderen, alle drei Minuten einen. Aber du kannst es verhindern. Stell dich, Hamnet, und keinem passiert was!«

Hamnet rutschte auf der Leiter aus, als die Angst wieder in ihm hochkroch. Welchen Vorteil konnte er rausschlagen, wenn er sich stellte, obwohl die Kerle sowieso alle umbringen wollten? Welche Möglichkeiten hatte er in nur drei Minuten? Oder in sechs oder neun? Wie viele seiner Männer müssten sterben, damit er den Rest retten konnte? Falls er überhaupt jemanden retten konnte! Die Sekunden vergingen. Er war in seiner Qual wie gelähmt – die Qual der Erinnerungen an seine früheren Niederlagen. Aber er musste weiter. Wollte er nicht ganz und gar kapitulieren, dann musste er jetzt etwas unternehmen. Wieder schaute er nach oben. Das Brückenschott war zwar wegen des Sturms geschlossen, doch er konnte erkennen, dass er sich ohne Probleme nach einem Aufschwung auf die Brückennock schieben konnte. Also schwang er sich oben über den Metallrand, blieb eng an die Wand gedrückt möglichst dicht am Boden und schob sich dann Zentimeter für Zentimeter auf das Schott zu. Mit Sicherheit hatten die Piraten jemanden auf der Brücke postiert – sie konnten sie nicht einfach unbesetzt lassen –, und sobald er die Tür aufstieß, würde ihn der Windstoß sofort verraten.

Wieder begann der Lautsprecher zu knistern, es folgte ein schrilles Pfeifen, dann drohte die Stimme: »Noch eine Minute, Hamnet!«

Von seinem Platz aus hatte Hamnet einen guten Überblick: Regen und Wind tobten über die auf dem Ladedeck zusammengedrängte Mannschaft hinweg. Einer der Piraten schob sich in die Gruppe und zerrte Richardson heraus, der zusammengekrümmt vor den anderen stand und einen Schuh verloren hatte. Ein armseliger Mann von großer Statur, dessen Hemdzipfel im Wind flatterte. Die Arme hingen kraftlos herunter.

Jetzt setzte der Pirat dem Ersten der *Shawould* seine Waffe an die Schläfe. »Dreißig Sekunden. Stell dich, Hamnet, und keinem passiert was!«

Hamnet schlug die Hände vors Gesicht, er konnte nicht eingreifen. Den Schuss hörte er nicht; alle Geräusche wurden vom Wind in die andere Richtung getragen und im Regen erstickt. Er starrte auf das Wasser, das ihm über die Hände lief. Dann stieg ein leises Jammern vom Ladedeck zu ihm herauf, ein hoher, dünner Ton. Er beobachtete, wie Richardson vor den anderen in die Knie ging und sein Blut, so schnell wie es sich auf dem Deck sammelte, wieder weggespült wurde. Anna, auf den Knien liegend und sich mit den Händen abstützend, erbrach sich, und Johns, der Mann, den er losgeschickt hatte, damit er sich um sie kümmerte, hielt ihr den Kopf.

Er hatte Richardson in den Tod geschickt.

3

Unbändiger Zorn packte Phil Hamnet, seine Wut steigerte sich ins Unermessliche und spülte Angst und Vorsicht weg, sodass er das Schott zur Brücke aufstieß. Drinnen brannte die rote Nachtbeleuchtung, und die Helligkeit, die vom Ladedeck heraufstrahlte, tauchte weite Bereiche in gefährliche Schatten. Doch dann hörte er genau das, was er jetzt dringend brauchte – ein schrilles Störgeräusch aus dem Funkraum an der Steuerbordseite. Schnell huschte er durch die Brücke, und als er den halben Weg schon geschafft hatte, sagte jemand: »Sind Sie's, Boss?«

Hamnet spurtete los und sah von der Tür aus einen Mann, der sich gerade vom Drehstuhl hochstemmte und nach der Maschinenpistole griff, die er zuvor gegen die Wand gelehnt hatte. Eine Hand hatte er schon auf dem Lauf, als Hamnet ihm voll in die Eier trat, sodass der Angriff ihn zusammenfaltete und gegen den Tisch krachen ließ. Sein Schmerzensschrei verstummte unter der Faust, die ihm Hamnet in die Kehle rammte, woraufhin sein Kopf mit dem harten Stahl des Funkgeräts Bekanntschaft machte und er wie eine Gummipuppe in dem überall herumliegenden Unrat auf der Erde landete.

Hamnet verlor keine Zeit mehr. Er griff sich das Mikrofon des SSB, womit man über große Entfernungen senden konnte, und drückte die Notruftaste. »Mayday. Mayday. Hier MS *Shawould.* Wir sind am Südufer der Malakkastraße auf Grund gelaufen und werden von Piraten angegriffen. Hört mich jemand?« Dann zwang er sich, auf Antwort zu warten, starrte auf den Kerl am Boden – einen Weißen im Army-Kampfanzug. Das zermatschte Gesicht schien fast in heiterer Gelassenheit entspannt, was in scharfem Kontrast zu den deutlichen Zeichen der Gewaltanwendung stand –, das Blut begann bereits die dunklen Haare zu verkleben und verteilte sich auch rund um die Füße. Hamnet war in diesem Augenblick nicht sicher, ob der Mann vielleicht sogar tot war. Der Adrenalinschub aus Hass und Zorn, der ihn auf die Brücke getrieben hatte, begann sich abzubauen, und er merkte, dass er heftig zitterte. Wieder drückte er die Sendetaste. »Mayday. Mayday. Hier MS *Shawould.* Wir sind am Südufer der Malakkastraße auf Grund gelaufen und werden von Piraten angegriffen. Hört mich jemand?« Immer wieder murmelte er »komm schon, komm schon« vor sich hin, während er Tür und Brücke im Auge behielt.

Dann endlich drang eine Antwort durch die Störgeräusche: »*Shawould*, *Shawould*, hier ist die Bohrinsel AP Vargo. Wir haben Ihren Notruf verstanden. Bitte teilen Sie Einzelheiten mit.«

Schockartig spürte Hamnet die Erleichterung, aber ehe er erneut die Sendetaste drücken konnte, löste sich das Signal in einem statischen Rauschen auf. Er fand die Erklärung, noch bevor er Zeit gehabt hatte, die Frage in seinem Kopf zu formulieren. Der UKW-Sender, den der Kerl am Boden an seinem Gürtel trug, war auf Notruffrequenz eingestellt und sagte ihm, was geschehen war.

»Boss, eine Meldung auf SSB. Sie sollten sofort kommen.«

Scheiße! Daran hätte er denken müssen! Natürlich kontrollierten sie von dem Piratenboot aus die Notruffrequenz und setzten nun Störsignale ab.

»Etwas Unvorhergesehenes«, kam es wieder über UKW – und Hamnet erkannte die Stimme des amerikanischen Anführers.

Verzweifelt starrte er auf das jaulende SSB. Natürlich konnte er sein Glück auf einer anderen Frequenz versuchen, aber das war hoffnungslos – der Mann auf der Ölplattform würde es nicht wagen, die Notruffrequenz zu verlassen, solange er noch auf die Antwort wartete. Doch die Verbindung war eindeutig unterbrochen. Hamnet konnte also nur darauf hoffen, dass genug von der Nachricht hinausgegangen war, um Hilfe zu mobilisieren. Er beschloss, von der Brücke zu verschwinden, griff sich die Maschinenpistole und rannte zum Steuerbordfenster. Das Ausladen auf der Leeseite war noch immer in vollem Gange, und die Aufmerksamkeit der Piraten richtete sich dementsprechend nach Backbord. Keiner von ihnen kletterte über die Steuerbordleiter nach oben, keiner hielt sich auf der Brückennock auf. Hamnet schlüpfte nach draußen und zog die Tür hinter sich zu. Wind und Regen zerrten an seinen Kleidern. Unten auf dem Ladungsdeck sah er die Dinge unverändert ihren Lauf nehmen: Der Kran war immer noch in Betrieb, die Crew stand wie angewurzelt an derselben Stelle, und Richardson lag da, wo er zusammengebrochen war. Hamnet hängte sich die Maschinenpistole über den Rücken. Die Kerle sollten ihr blaues Wunder erleben, falls sie noch einen seiner Männer erschießen würden.

Er eilte bis ans Ende der Brückennock, um möglichst weit aus ihrem Blickwinkel zu verschwinden, und stieg auf die Reling. Vom Dach der Brücke aus würde er das ganze Ladungsdeck perfekt überschauen können, und so hielt er sich, die Füße auf der Reling, mit einer Hand an einem Stag fest und tastete vorsichtig nach der Kante des Daches. Das war eine gefährlich exponierte Position – die Brückennock erstreckte sich über die volle Breite des Schiffes. Abgesehen von dem Risiko entdeckt zu werden, schäumte fünfzehn Meter unter ihm die aufgewühlte See. Ein Absturz würde ihn zwar nicht gleich töten, aber er würde von den Wellen hilflos an den Schiffsrumpf genagelt werden, hilflos in jeder Hinsicht: unfähig, sich selbst zu helfen – oder Anna. In dem tobenden Wasser würde er herumgeschleudert wie in einer Waschmaschine, bis er ertrank, während seine Frau und seine Mannschaft ermordet wurden.

Bei diesem Gedanken begannen seine Beine zu zittern. Er ging in die Hocke, um das Gewicht zu verlagern und die Muskeln wieder unter Kontrolle zu bekommen. Er kämpfte darum, seine Selbstbeherrschung wiederzuerlangen, und begann mit der Kletterei. Auf dem glitschigen Anstrich fand er kaum Halt, und Wind und Regen drohten ihm die Füße wegzureißen. Seine

Hände tasteten sich an der Kante des Daches entlang. Irgendwo musste er Halt finden. Langsam kämpfte er sich vorwärts, die Füße auf der schlüpfrigen Reling und zunehmend jedem zufälligen Blick ausgesetzt, den die Piraten nach Luv schicken würden. Außerdem konnte jederzeit jemand auf der Brücke auftauchen.

In diesem Augenblick knallte die schwerste Welle aus einer ganzen Serie brutal in die *Shawould*, sodass die Reling zu singen begann. Gischt stieg über die Seite, begrub alles unter sich, und Hamnet klammerte sich verzweifelt fest. Seine Augen brannten unter dem Salzwasser, sodass er nur noch blinzeln konnte; und das Spiel wiederholte sich noch dreimal. Dann folgte eine kurze Pause, in der es ihm gelang, sich erst mit der rechten Hand an ein Stag am Antennenmast zu klammern, schnell mit beiden Händen Halt zu finden, sich mit den Füßen abzustoßen und nach oben zu ziehen. Schließlich konnte er einen Ellbogen auf das Dach schieben, aber das war es auch schon. Seine Handflächen brannten höllisch, denn der Stützdraht schnitt in sie hinein, ohne dass er die Füße hätte abstützen können – sie baumelten frei in der Luft. Die Arme hielten der Belastung kaum noch Stand, der Schmerz raste aus den Händen in die Unterarme und zog weiter an, sodass der Gedanke einfach loszulassen fast übermächtig wurde.

Hamnet duckte sich, so gut er konnte, und versuchte, die Stärke zu mobilisieren, die oft mit Verzweiflung Hand in Hand geht. Er tastete nach einer Vertiefung, von der er ganz genau wusste, dass sie irgendwo sein musste, denn er war nicht das erste Mal hier oben. Mit einem tiefen Schrei aus Schmerz, Angst und Qual, der zum Glück sofort vom Wind davongetragen wurde, schwang er mit dem ganzen Körper zur Seite – und schaffte es, den rechten Fuß über den Rand des Daches zu schieben. Jetzt konnte er seine Handflächen entlasten und sich mit der Ellbogenkuhle einhängen. Dann hebelte er sich mit dem Fuß zentimeterweise weiter nach oben, obwohl die Ledersohle des Schuhs immer wieder an der nassen Stahlwand abrutschte. Eine letzte Anstrengung – und er warf sich aufs Dach, wo er einfach liegen blieb, nach Luft japste und in die über ihn hinwegrasenden Wolken starrte. Das Wasser peitschte ihm ins Gesicht und über den ganzen Körper.

Als er eine Tür schlagen hörte, kroch er auf allen Vieren an den Rand. Irgendjemand war auf die Brücke gekommen. Vorsichtig rutschte Hamnet zu einem der Belüftungsschächte, um zu lauschen. Er hörte Schritte und laute Flüche, als einer der Amerikaner – er glaubte, dass es der war, den er als Allerersten gesehen hatte – den Mann unter dem Funkgerät fand. Der Kerl bellte seiner Mannschaft, die auf dem Leichter zurückgeblieben war, ein Kommando über UKW zu und machte den Kanal dann wieder für den Funkverkehr auf SSB frei. Sofort meldete sich die Bohrinsel. Hamnet konnte den genauen Wortlaut nicht verfolgen, verstand aber, dass der Amerikaner zu beteuern versuchte, dass keine Hilfsaktion mehr nötig sei. Als er damit offensichtlich keinen Erfolg hatte, rammte er seinen Revolver in das Funkgerät. Hamnet verharrte stocksteif und schlug Wurzeln, wo er war. Mittlerweile kam die Stimme des Amerikaners etwas lauter durch den Lüftungsschacht.

»Auf der Bohrinsel sind Hubschrauber und bewaffnete Sicherheitsleute stationiert.Wir müssen uns beeilen – die sind schon unterwegs. Unser Kahn soll losmachen, sofort, und den Fluss rauf in den Mangroven verschwinden. Kill die ganze Crew, wie ich gesagt habe, nur nicht die Frau – die nehmen wir mit den Jungs in unserem Schlauchboot mit.« Und nach einer Pause: »Er ist tot, kümmert euch nicht drum! Vorwärts.«

Hamnet hörte wieder Schritte, die jetzt über den Niedergang davoneilten. Er zögerte, während er immer noch neben dem Entlüftungsschacht in der Hocke blieb und verzweifelt darüber nachdachte, was er tun sollte, um die Situation in den Griff zu bekommen. Der Regen trommelte weiter auf das Stahldach, ehe der Wind ihn in Schwaden davonwehte.

Ein plötzlicher Tumult unten auf dem Ladungsdeck riss ihn aus seinen Gedanken. Das Ladegeschirr stand still, und die Diesel wurden auf Touren gebracht. Dann dröhnte es aus dem Lautsprecher: »Hamnet, hör zu! Wir gehen jetzt von Bord.

Deine Frau nehmen wir mit. Und wenn du nur ein Wort ausspuckst, warum du auf Grund gelaufen bist, ist sie tot.«

In der nächsten Sekunde schlidderte er vor bis zum Dachrand über der Brücke, nutzte aber die Schatten, die die Scheinwerfer auf dem Ladungsdeck als Deckung warfen. Dann tastete er nach der Maschinenpistole auf seinem Rücken. Der unbeleuchtete Leichter entfernte sich bereits nach Lee und war schnell vom Regen verschluckt. Dann hörte Hamnet das hohe Aufjaulen der beiden Außenborder eines Schlauchbootes, das längsseits festmachte. Die restlichen Piraten sammelten sich bereits an der Leereling, um überzusteigen. Die Crew der *Shawould* stand immer noch beim Kran, wurde dann aber von ihren Bewachern zum Rand des Laderaums getrieben. Hamnet wusste genau, was kam. Sollten seine Männer eine Chance haben, müsste er ihre Peiniger als Erste ausschalten.

Er suchte sich eine geeignete Position, aber seine Erfahrung mit Waffen beschränkte sich auf Jahrmärkte und Luftgewehre, und er wusste, dass seine Trefferchancen gering waren; aber möglicherweise konnte sich einer seiner Männer in der allgemeinen Aufregung davonmachen. Er atmete tief aus und versuchte, seinen Herzschlag unter Kontrolle zu bringen, was ihm aber nicht gelang. Also verzichtete er auf einen weiteren Versuch und zog den Abzug durch. Nichts geschah. »Scheiße! Scheiße! Das Ding ist gesichert! Der Sicherungshebel! Der verdammte Sicherungshebel! Wo zum Teufel ist der?« Er fingerte ungeschickt an der Waffe herum, fand den Hebel schließlich neben dem Abzugsbügel und drückte ihn nach unten – es klickte zwei Mal.

Während Hamnet wieder zielte, kehrte der hagere amerikanische Kommandant zu den Gefangenen zurück, schnappte sich die Maschinenpistole eines Wächters und trieb damit Anna auf die Piraten zu, die an der Reling standen. Mit fatalen Folgen – denn Hamnet konnte nicht mehr auf die Gruppe zielen, ohne Gefahr zu laufen, Anna zu verletzen. Aber als der Amerikaner seinen Revolver hob, zog er blind und ohne nachzudenken am Abzug. Ohne dass er es wusste, hatte er vorher den

Bedienhebel der Heckler & Koch MP5 auf Feuerstoß geschoben, und selbst überrascht vom Feuerhagel, sah er nicht, wo der landete. Doch die Männer an Deck sahen sehr gut, woher die Schüsse kamen, und reagierten sofort. Die erste Salve krachte in die Brückenfront unter Hamnet, und er zog den Kopf ein. Der Kugelhagel durchlöcherte das Stahlblech um ihn herum, in einem Todesreigen mit achthundert Stundenkilometern. Hamnet presste sein Gesicht eng an das Deck, der Regen lief in seine Nasenlöcher. Dann, plötzlich, war alles still.

Vorsichtig, voller Angst, hob er den Kopf. Niemand war zu sehen, nichts mehr. Weder Crew noch Piraten. Plötzlich röhrten zwei Außenborder auf, und er kapierte, dass die Gangster das Schiff verlassen hatten. So wagte er einen kurzen Blick auf das Schlauchboot, während es sich aus dem Schatten der *Shawould* löste und in der Dunkelheit verschwand. Auf Deck regte sich nichts. Ob wohl jemand von seiner Mannschaft überlebt hatte? Im Grunde gab er sich keinen Illusionen hin, denn die Piraten hatten mit Sicherheit keinen Überlebenden zurückgelassen. Und Anna fuhr in dem großen Schlauchboot davon.

Dann hörte er trotz des anhaltenden Klingeltons in seinen Ohren ein weiteres Geräusch. Zwar noch weit entfernt, aber eindeutig: Helikopterrotoren. Der Lärm kam von Backbord und nahm zu, und der Pilot würde nicht mehr lange brauchen, um das hell beleuchtete Ladungsdeck auszumachen.

Hamnet stand wie angenagelt da, ließ die Waffe aufs Deck fallen, wischte sich den Regen aus dem Gesicht und versuchte, einen klaren Gedanken zu fassen. Ein sinkendes Schiff, eine verlorene Mannschaft. Wie zur Hölle sollte er das alles erklären, ohne die Probleme mit dem GPS zu erwähnen? Natürlich würde es eine Untersuchung geben, er erinnerte sich gut an das letzte Mal. Druck wurde ausgeübt, Fragen gestellt, Gerichtsverhandlungen fanden statt. Und es gab keine Möglichkeit, sich zu entziehen. Und niemand, dem er vertrauen konnte – daran erinnerte er sich besonders deutlich. Außerdem war ihm klar, dass er Anna ganz allein würde finden müssen. Die Rotoren des Hubschraubers dröhnten in seinen Ohren. Ihm blieben nur noch Sekunden. Das Schlauchboot hielt nach Osten. Jetzt oder nie! Er schaute nach Lee. Wie tief war das Wasser am Heck? Die *Shawould* maß vierzig Fuß. Also war es tief genug. Hamnet spurtete los und sprang.

Während er fiel, ruderte er zunächst mit den Armen, um das Gleichgewicht zu behalten, dann schützte er seinen Kopf vor dem Schlag ins Wasser. Der Atem zischte mit einem Strahl aus Blasen aus seinen Lungen, und er tauchte schon unter, als er daran dachte, Arme und Beine zu spreizen, um seinen Abstieg in die Tiefe zu bremsen. Als ihm klar wurde, wie tief er getaucht war und wie wenig Luft er in den Lungen zu haben schien, stellte er das Zappeln ein und versuchte, so schnell wie möglich an die Oberfläche zu steigen. Er spürte all die Wirbel um sich herum, und als er oben angekommen die Augen aufriss, sah er nichts als weiße Gischt. Mit den Beinen heftig um sich tretend, schlang er seine Arme dicht um den Körper, aber er japste nach Luft, und ohne es verhindern zu können, sog er einen gewaltigen Schwall Seewasser in seine Lungen. An die Oberfläche durchzubrechen war nicht einfach gewesen. Er keuchte und würgte, war unfähig, Atem zu holen und spuckte das Seewasser in hohem Bogen aus. Dann versuchte er erneut, Luft zu holen, und langsam füllten sich seine Lungen mit Sauerstoff.

Er war jetzt über den Wellen, ein Dutzend Meter in Lee seines Schiffes, immer noch würgend und keuchend. Den Hubschrauber, der irgendwo im dichten Regen und durch die Wolken verhüllt seine Runden drehte, weil sich der Pilot erst vergewissern wollte, ob auf dem Schiff vielleicht Feuer ausbrach, konnte er hören, aber nicht sehen. Hamnet drehte sich auf den Rücken und schwamm los. Die ersten vierzig Meter in dem flachen Wasser in Lee des Schiffs waren verhältnismäßig einfach. Aber kaum hatte er die durch die Deckslampen noch hell erleuchtete Fläche hinter sich, geriet er in einen gewaltigen Mahlstrom. Der Wind hatte mit seinen vierzig Knoten die Wasseroberfläche in einen schwankenden Morast verwandelt, doch Hamnet war an der Cronulla Beach von Sydney aufgewachsen, und seine lebenslange Leidenschaft fürs Surfen hatte außerdem dafür gesorgt, dass er sich wie ein Fisch im Wasser fühlte. Nichts außer Panik oder Erschöpfung könnte ihm zum Verhängnis werden, und mittlerweile hatte er sich wieder beruhigt.

Plötzlich blendete ihn ein grell aufflammendes Licht. Er drehte sich auf den Rücken und schaute zurück, wo er den Hubschrauber sah, der eine Fallschirmspringerlandung vorbereitete und alles in schaurige Helligkeit tauchte. Das angeschlagene Schiff war etwa vierhundert Meter entfernt, ein dunkler Fleck taumelte über den Aufbauten. Trotz des Windes, der Strömung und seines qualvoll langsamen Schwimmens war er gut vorangekommen, und die Männer im Helikopter konnten ihn aus dieser Entfernung in dem aufgewühlten Wasser ganz sicher nicht entdecken.

Er schwamm einen Kreis, um sich zu orientieren, wobei er immer wieder den Kopf aus den Wellen streckte, um nach der Küstenlinie Ausschau zu halten. Als er wieder einmal zum Schiff zurückblickte, wurde ihm klar, dass er schnell nach Lee abgetrieben wurde. Der Strom würde ihn mitten ins offene Fahrwasser ziehen. Also hatte er gar keine andere Wahl, als es schwimmend zu durchqueren, sich immer parallel zum Schiff haltend, um überhaupt eine Chance zu haben, an Land zu kommen. Dann setzte er seinen Weg fort, aber nun quer zu den Wellen statt mit ihnen.

Langsam verschwand das Licht hinter ihm. Als einmal der Wind in seine Richtung wehte, konnte er hören, wie der Hubschrauber dicht über das Deck der *Shawould* hinwegflog. Die Piloten waren sicherlich zu dem Schluss gekommen, dass von dort unten keine Gefahr mehr drohte, aber Hamnet hatte andere Sorgen. Er baute an Kraft immer mehr ab, die Wellen überrollten ihn, und Mauern aus grünem Wasser oder wilden Wirbeln aus Gischt behinderten sein Fortkommen. Unter den großen Wellen tauchte er jetzt durch, um einen Moment lang Ruhe zu finden, während das wilde Meer ihn in die Tiefe zu ziehen versuchte.

Und allmählich veränderte sich das Wasser. Die Wellen wurden steiler, bauten sich hoch auf, brachen und stürzten seitlich auf ihn, sodass er kaum noch schwimmen konnte. Er verstand, was das bedeutete: Er kam in flachere Zonen. Vielleicht konnte er sich in der Brandung treiben lassen.

Noch einmal änderte er die Richtung, um sich die Wellen zu Nutze zu machen, die sich hier aufbauten. Er musste sich gewaltig anstrengen, um schnell genug zu sein, doch schließlich erwischte er eine. Er drehte sich mühevoll so, dass er sie quer nehmen konnte, und plötzlich schoss er ins freie Fahrwasser. Die Welle trug ihn – vierzig, fünfzig, sechzig mühelose Meter, ehe die Brandung an seinen Beinen sog, unter ihm durchrauschte und ihn zappelnd zurückließ. Noch einmal musste er um jeden einzelnen Meter kämpfen und erwischte eine zweite Welle. Eine dritte. Und noch eine. Aber die Erschöpfung laugte ihn aus, und er hatte kaum noch Kraft. Die Wellen brachen einfach über ihn herein, zerrten ihn weiter auf dem rasenden Karussell. Er hatte keine Chance zur Gegenwehr, also ließ er sich widerstandslos mit jedem dieser schäumenden Monster treiben, bis es ihn freiwillig wieder ausspuckte. Oder auch nicht. Möglicherweise würde er bald brutal auf den Strand knallen. Vielleicht würde er sterben. In seinem geschwächten Zustand konnte er nur noch auf das Beste hoffen. Und tief Luft holen, wann immer er die Chance dazu bekam.

Schließlich, nach einem gewaltigen Salto, schenkte ihm eine Welle die Freiheit, ließ ihn blind auf etwas Hartes knallen, sein Gesicht schrammte durch Sand oder Schlamm, und plötzlich fühlte er sich wieder voller Energie. Also schlug er wild um sich, wurde durch den Schlamm geschleift und landete mitten in den Mangroven, an denen er sich mit letzter Kraft festklammerte. Total ausgelaugt zog er sich hoch und kroch aus den Krallen des Meeres, während sich die Welle zurückzog. Er hatte überlebt.

4

Das Schlauchboot beschleunigte – übers Limit hinaus. Aber der Boss der Piraten schenkte dem keine Beachtung, als es über einen Wellenkamm hinausschoss und einen Augenblick lang in der Luft hing. Die beiden Außenborder heulten auf, als sie aus dem Wasser kamen, und Anna stützte sich ab, so gut es ging. Dann krachte das Boot, mit dem Heck zuerst, wieder auf die Wellen auf, und die Motoren verendeten in einem stotternden Ächzen. Durch den gestauchten Rumpf stieg Wasser ins Boot, das lebensgefährlich schaukelte, während achtern gewaltige Gischtfahnen in den Regen hochgeblasen wurden. Anna hatte sich die Greifleine fest um eine Hand gewickelt; mit der zweiten versuchte sie, sich verzweifelt so festzuhalten, dass ihren ungeborenen Kindern nichts geschah, und stemmte sich mit den Beinen an Backbord im Heck des Bootes neben einem am Boden liegenden Benzinkanister an den Vordersitzen ab.

Dreimal wurde das Boot so durch die Luft befördert, während es auf seinem Weg von der *Shawould* über den Ozean bretterte. Doch der Amerikaner verstand seinen Job. Mit professioneller Präzision flog er über die Wellen, nutzte alle zweihundert Pferdestärken und steuerte so intelligent, dass er die brechenden Wellen nie frontal packen musste. Aber dann, er schien den Verstand verloren zu haben, drosch er das Boot ohne Rücksicht auf Verluste, durch die Brandung. Die Passagiere, Gefangene wie Wächter, konnten nichts anderes tun, als sich festzuklammern. Ihre Fingerknöchel traten weiß hervor, und alle Gesichter verzerrten sich, während sie der Gnade einer gottlosen Macht ausgeliefert schienen, die darüber wachte, dass ihr Boot nicht kenterte.

Anna schloss die Augen und ignorierte das Brennen des Salzwassers. Der Mann am Steuer jagte den Motor noch einmal hoch und versuchte dann, über die ruhige Seite einer Welle zu den brechenden Ausläufern hinunterzureiten. Wieder kam das Ruderblatt aus der Welle. Sofort legte er hart Ruder, doch das Heck kam so hart herum, dass das ganze Boot wild bockte, herumschleuderte und durch die aufstäubende Welle raste, während er mit unbewegtem Gesicht auf das flache Wasser zuhielt. Anna rutschte hin und her, biss die Zähne fest zusammen und versuchte verzweifelt durchzuhalten. Doch die Drehung war zu hart gewesen. Die Außenborder protestierten, heulten noch einmal auf, keuchten beim Wiedereintritt ins Wasser und starben ab.

Die plötzliche Stille verhieß eine Katastrophe. Alle schauten nach achtern. Eine heranrollende Welle stellte sich senkrecht auf – der Motor war in der Talsohle vor einer gewaltig überkommenden Welle verendet, die sich jetzt hoch auftürmte und dann über alle hereinbrach. Das Boot begann an der Flanke hinabzurauschen und legte sich immer mehr auf die Seite. In der Luft überlagerte ein bösartiges Rauschen das Stottern der Motoren, als sie überdrehten, und die Angstschreie der verzweifelten Passagiere. Der Steuermann versuchte es noch mal – nichts. Anna blieb ganz still – alles andere war zwecklos. Sie ließ sich auf den Boden des Schlauchboots rutschen, legte sich auf die Seite, atmete immer wieder tief ein und versuchte, für den unvermeidlichen Überschlag genug Luftreserven in der Lunge zu haben.

Plötzlich kehrten die Motoren stotternd wieder ins Leben zurück. Der Typ am Ruder reagierte intuitiv und brillant. Hätte er zu viel Gas gegeben, wären die Motoren sofort wieder abgesoffen. Die nächste Welle rollte heran, während er die Drehzahl anpasste. Einen Moment lang sah es so aus, als ob er zu spät reagierte – die Welle stürzte über ihnen zusammen, ertränkte sie fast, und das Boot torkelte und taumelte und schlug unkontrolliert auf. Doch dann griffen die Propeller der Außenborder wieder und schoben es kraftvoll auf den Wellenkamm. Das war die Rettung. Das Boot schoss aus eigenem Antrieb vorwärts, sein Steuermann unterstützte es mit Ruder und Gashebel, bis die Motoren wieder rund liefen, und gab dann voll Speed. Das Schlauchboot schoss durch einen Vorhang aus Gischt und war in Sicherheit.

Damit war die letzte Hürde genommen. Die Monsterwelle rauschte an den Untiefen aus, die einer Flussmündung vorgelagert waren, dabei schlingerte das Boot gekonnt um eine vorgelagerte Landzunge und landete im Schutz der luvwärtigen Küste. Die Motoren verstummten im flachen Wasser, und Anna versuchte, sich wieder in eine sitzende Position zu schieben. Herunterhängende Zweige rasten im Wind, der Regen klatschte senkrecht auf die harten Gummiwülste und durchnässte die Schwangere bis auf die Haut, während sie die Beine eng an den Körper zog. Anna versuchte, sich in ihr seidenes Kleid zu wickeln, doch obwohl sich die Verkrampfung der Muskeln etwas entspannte, verursachte ihr der Gedanke an das, was ihr unmittelbar bevorstand, neue Schmerzen. Warum hatten sie gestoppt? Anna fühlte sich bis in den Kern ihrer traumatisierten Seele den Piraten ausgeliefert. Sie fühlte, wie sich die Babies in ihrem Bauch bewegten, fühlte, dass sich ihre Angst auf die winzigen Lebewesen übertragen hatte, die in ihr heranwuchsen. Anna war kein Zuckerpüppchen, und schon früher war sie mit Schrecken, Angst und Entbehrungen konfrontiert gewesen, aber an diesem Tag hatte sie Dinge mit ansehen müssen, die sie sich in ihren schlimmsten Träumen nicht ausgemalt hätte.

Da waren der große, hagere Richardson und die Art, wie er in den Tod gegangen war. Da war sein verwirrter Gesichtsausdruck – jeder von der Mannschaft hatte diesen verwirrten Gesichtsausdruck –, als Phil nicht aufgetaucht war. Dann der zunehmende Terror, während die Minuten verstrichen. Alle hatten vorwurfsvoll auf sie geblickt. Und dann explodierte plötzlich die Aggression. Keiner hatte sich von der Stelle bewegt. Sie schloss die Augen, als sie die Szene vor ihrem geistigen Auge sah, doch die Bilder quälten sie nur umso deutlicher. Alle hatten stocksteif dagestanden und zitternd gewartet, während ihre Überlebenschance ins Nichts zerrann. Schließlich hatte eine

Salve aus der Maschinenpistole dem Leben ein Ende gesetzt, gefolgt von einer sorgfältig gezielten Kugel für jeden Körper, der noch zuckte – bis schließlich der Regen über die hingemähten Toten hinwegrauschte, die Blutströme wegwusch und der Wind an den Kleidern zerrte. Die Verbrecher hatten ihre Opfer wie Abfall in den Laderaum entsorgt, und über allem hallte der Lärm des Maschinengewehrfeuers, während sie versuchten, den Mann abzuschießen, den sie liebte. Tränen liefen ihr übers Gesicht.

Immer wieder stellte sie sich die gleichen Fragen. Was war auf dem Schiff vor sich gegangen? Warum war Phil nicht aufgetaucht? Was hatte er von den Ereignissen mitbekommen? Wo war er jetzt? Hatte er in diesem Schießstand überlebt, in den sein Rettungsversuch das Schiff verwandelt hatte? Ihre Gedanken wirbelten wild durcheinander und wurden immer düsterer, je länger sie wartend und regungslos dasaß.

Sie sah den Hubschrauber nicht, der auf der *Shawould* landete, aber das Leuchtsignal, das an einem Fallschirm hinabschwebte, war für den Amerikaner Grund genug, erneut den Gang einzulegen und mit dem Boot die Sicherheit der Mangroven zu verlassen. Von der Crew sagte niemand ein Wort. Nachdem sie den Ritt durch die Brandung überstanden hatten, wären sie normalerweise wie Schulkinder in ein fröhliches Gelächter ausgebrochen, aber der Amerikaner war offensichtlich wütend. In einem Land, wo die Menschen nicht mehr als eineinhalb Dollar pro Tag verdienen, bedeutet ein Menschenleben nicht viel, doch die Gewalttätigkeit ihres Bosses verschreckte sogar diese Männer. Wenn sie überleben wollten, mussten sie Ruhe bewahren, damit seine Wut langsam verrauchen konnte, jede Provokation hätte einen neuen Gewaltausbruch provoziert.

Der Amerikaner legte einen Zahn zu, bis das Schlauchboot eine fluoreszierende Kielwelle durch das dunkle Wasser zog. Der Lärm der Motoren und des Regens verhallte gedämpft in den Mangroven, die sich an den Ufern des enger werdenden Flusses entlangzogen, und in dieser mondlosen, von Regenwirbeln durchtränkten Nacht konnte man nicht weiter schauen als bis zu den Schatten des Blattwerks. Die Männer im Boot erschienen wie gesichtslose Schatten.

Dann motorte das Schlauchboot hinter dem Leichter her. Auf keinem der beiden Schiffe fiel ein Wort, während sie durch immer enger werdende Biegungen den Fluss hinauffuhren. Irgendwann schimmerte etwas Helles durch den dichten Regenvorhang; bald ließ sich eine Hand voll Lichter ausmachen, die deutlicher wurden, je weiter die dichten Mangroven nach jeder Kurve zurückwichen. Schließlich tauchten ein paar auf Pfähle gebaute Häuser auf. Feuerstellen und Gaslampen leuchteten durch Türöffnungen und rissige Wände. Das Schlauchboot verringerte die Geschwindigkeit und hielt auf ein paar dunkle Gestalten zu, die auf der Veranda eines einstöckigen Holzhauses hockten.

Der Amerikaner legte an, und nachdem ein paar seiner Männer ans Ufer gesprungen waren und das Boot vertäut hatten, wandte er sich Anna zu. Sie starrte auf die weißen Knöchel ihrer linken Hand, aus der Blut zwischen den Fingern hervorkam. Erst jetzt registrierte sie, dass sie sich an der Greifleine die Haut aufgerissen hatte, an der sie sich bei dem Ritt durch die Flussmündung festgeklammert hatte. Der Amerikaner gab ihr zu verstehen, dass sie bleiben solle, wo sie war, ehe er aus dem Boot sprang. Dann ließ sie zu, dass er sie aus dem Boot zog. Sie stolperte auf dem holprigen Boden und schlang sofort schützend die Arme um ihren Bauch. Sie machte sich große Sorgen um ihre Babies, doch die Erinnerungen an die Ereignisse auf dem Schiff und an die Morde sollten vor dem verblassen, was sie erwartete.

Im Inneren des Hauses kauerte eine Frau vor einem Feuer, der Deckel auf einem dampfenden Kochtopf klapperte vor sich hin. Anna wurde eine Matte in einer Ecke angewiesen. Sie ließ sich darauf nieder und schaute zu, wie jemand ein paar Gaslampen anzündete, woraufhin der Raum von einem gelben Licht durchflutet wurde. Der Amerikaner stand neben der Tür und starrte hinaus in den Regen. Zum ersten Mal konnte Anna ihn genau sehen. Sie registrierte seine triefnasse, dreckige Uniformjacke und einen schweren Revolver im Schulterholster unter dem Arm sowie das unrasierte brutale Kinn. Wasser tropfte aus dem kurz geschorenen, rötlich-gelben Haar über das verlebte, von der Sonne mit vielen Falten verunzierte Gesicht. Immer wieder blinzelte er, um die Wassertropfen von seinen Wimpern zu schütteln, die graue mitleidlose Augen verdeckten. Ansonsten stand er da wie eine Statue. Alle anderen warteten.

Schließlich drehte er sich zu seinem Zweiten um, der sie hier hereingeschleppt hatte – ein Fass, schwer und widerlich. »Mike«, begann er, »was meinst du? Ist er noch auf dem Schiff?«

Mike sagte nichts, sondern starrte Anna an. Der Boss würde seine rein rhetorische Frage bald selbst beantworten.

Der Amerikaner schien nachzudenken, während er laut Luft durch die Zähne zog. Er zweifelte nicht daran, dass der Kapitän überlebt hatte. Unglücklicherweise hatte die Zeit nicht gereicht, ihn endgültig zum Schweigen zu bringen oder wenigstens durch seine Frau unter Zugzwang zu setzen – das hätte kostbare Minuten gekostet. Die Frage war also: War Hamnet immer noch auf dem Schiff und wartete auf das Vögelchen von der Ölplattform? Falls dem so war, würde er plaudern? Und wenn nicht, konnte er in dem kalten Wasser so lange überleben, dass er es bis zur Küste schaffte? Und was würde er dann unternehmen? Natürlich würde er die Attacke auf seine Frau sehr ernst nehmen. Und wahrscheinlich würde er deshalb schweigen. Oder doch nicht? Zu viele Unwägbarkeiten. Der Amerikaner schätzte solche Situationen ganz und gar nicht. Der Name sagte ihm irgendetwas – Hamnet, wo zum Teufel hatte er ihn schon mal gehört? Die Frau wusste es bestimmt. Er drehte sich um: »Kaffee?«

Anna nickte entschlossen, und er gab der Frau neben dem Feuer ein Handzeichen. Sie füllte eine Tasse mit der Flüssigkeit aus dem kochenden Topf. Anna griff mit der unverletzten Hand danach und versuchte, Augenkontakt aufzunehmen. Ohne Erfolg.

»Ich heiße Janac. Vermutlich haben Sie schon begriffen, dass ich die Aktion leite. Und ich entschuldige mich für die ziemlich dramatische Wende, die Ihr Abend genommen hat. Sie hatten einfach das Pech, zum falschen Zeitpunkt am falschen Ort zu sein«, sagte der Amerikaner.

Anna starrte auf die schwarze Flüssigkeit in der Tasse, registrierte aber jedes einzelne Wort.

»Ich gehe davon aus, dass Ihr Mann noch lebt. Ich muss aber sicher sein, dass er sein Maul nicht aufreißt – nur dann werden Sie am Leben bleiben. Und da Sie ihn besser kennen als ich, können Sie sich Ihre Chancen selbst am besten ausrechnen.« Janac beobachtete sie genau. Sogar unter diesen Umständen war sie sehr hübsch. »Vielleicht etwas lateinamerikanisches Blut«, dachte er, »das dunkle Haar, die sanften braunen Augen und der hellbraune Hautton … glücklicher Phillip Hamnet. Wenigstens bis zum gestrigen Abend«. »Phillip Hamnet«, fuhr er fort, »den Namen habe ich schon mal gehört. In welchem Zusammenhang?«

Langsam hob Anna den Blick. Versuchte er, sie reinzulegen?

Aber schon dieses kurze Zögern ließ Janac ausrasten. Die lange Nacht zeigte ihre Wirkung. Er war am Ende seiner Geduld, atmete kurz durch, trat auf sie zu, zog seinen schweren Revolver aus dem Holster und kickte damit die Tasse durch die Luft. Anna unterdrückte den Schmerzensschrei, als der heiße Kaffee ihre nackten Beine verbrühte. Mit der zweiten Hand stieß Janac sie hart aus dem Gleichgewicht, sodass sie nach hinten fiel. Sofort war er über ihr, presste mit seinem Knie ihre Oberschenkel nieder und begann, sie zu würgen, die Waffe an ihren Bauch gedrückt. Instinktiv versuchte Anna, die Arme um ihren Bauch zu schlingen, und mit weit aufgerissenen Augen starrte sie Janac in der plötzlichen Stille an. Nur das Raunen des Windes und das Trommeln des Regens auf das Wellblechdach waren noch zu hören.

»Es hängt ganz von dir ab, wie ich mit dir umspringe«, sagte er und erstickte ihren Schrei, indem er ihr die Luftröhre weiter zudrückte. »Sag mir einfach, was ich wissen will.« Er hob den Lauf seiner Waffe an.

Annas Lippen bewegten sich leicht, aber es kam nur ein Gurgeln heraus, und erst als Janac seinen Griff lockerte, konnte sie heiser hervorbringen: »Sie nannten ihn Mr. Rettungsboot, er ist der Mann mit dem Rettungsboot.«

Grinsend ließ Janac sie los und stand auf. Anna rollte sich auf die Seite und krümmte sich um die Babies. Nun wusste er, wen er vor sich hatte und bellte Mike Bureya an: »Der hat nicht auf den Hubschrauber gewartet! Wir starten beim ersten Morgenlicht eine Suchaktion. Mach die Fischerboote klar, damit wir nicht so auffallen. Wir nehmen uns erst mal das Gebiet südlich der Flussmündung vor – wenn der Kerl noch nicht ersoffen ist, dann wird er dort angetrieben.« Er warf einen schnellen Blick auf seine Edelstahl-Rolex. »Es gibt jede Menge zu tun. Der Leichter wird in ein paar Stunden da sein. Sorg dafür, dass die Leute ihre Verpflegung bekommen haben, bevor sie heute Abend ausladen, damit sich morgen früh jeder an der Suche beteiligen kann. Ich muss als Erstes nach Palembang und will eine Liste von allem, was wir von der *Shawould* übernommen haben. Morgen treffe ich den Eigner. Das Zeug bleibt vorerst hier – ich entscheide später, wie wir es loswerden – sobald wir wissen, wie gewaltig die Kacke am Dampfen ist. Eine tote Crew und ein verschwundener Hamnet, das ist nicht nach Plan.« Janac schüttelte den Kopf. »Und ich brauche das Geld.«

Bureya nickte stumm, während sich Janac umdrehte und zurück zur Tür ging, von wo er in die Dunkelheit und den Regen hinausstarrte. So rasch wie er aufgebraust war, verschwand sein Zorn auch wieder. Er ließ den Zylinder seines Revolvers herausschnappen und drehte sorgfältig die Trommel, ehe er die Waffe ins Holster zurücksteckte. Dann schaute er zu Anna, die immer noch ihren Bauch umschlang.

Hin- und hergerissen von widersprüchlichen Gefühlen war sie von Panik ergriffen, ihre Babies zu verlieren, was aber nicht vergleichbar war mit der Angst, die sie auf der Fahrt gequält hatte. Sie hasste sich dafür, dass man ihr diese Angst ansah, statt dass sie dem Kerl einfach ins Gesicht spuckte. Sie hasste sogar die Babies, weil sie sie in diese hilflose Lage zwangen. Und sie hasste sich selbst für diese Gefühle.

Bureyas schwere Schritte polterten über den Holzboden, als er zum Feuer ging und sich eine Tasse Kaffee einschenkte. Nach dem ersten Schluck stellte er sich neben Janac in die offene Tür.

Der warf ihm einen Blick zu und sagte in den Regen hinaus: »Ich werde ein paar Tage weg sein und checken, wie der Laden jetzt laufen soll und ob Hamnet irgendwo auftaucht. Du übernimmst hier die Verantwortung.« Er nickte in Richtung von Anna. »Wenn Hamnet verschwunden bleibt oder das Maul hält, lassen wir sie hier. Ich werde alles in die Wege leiten, während ich weg bin. Also pass gut auf sie auf – dass sie keiner anrührt! Besorg ihr was zum Anziehen und gib ihr was Vernünftiges zu essen. Aber falls ihr Hamnet findet, dann wartet nicht, bis ich zurück bin. Bringt die beiden um!«

5

Ebenso plötzlich wie der Sturm begonnen hatte, hörten Wind und Regen wieder auf. Hamnet, der die ganze Nacht über von heftigen Krämpfen geplagt worden war, hatte den Kopf auf eine gekrümmte Mangrovenwurzel gebettet, um nicht wieder unter Wasser gezogen zu werden, wenn er einnickte. Er war immer wieder eingeschlafen und hochgeschreckt, und jetzt gönnten ihm die Naturgewalten endlich Ruhe. Einmal hatte er ein Licht gesehen – einen schwachen orangefarbenen Schimmer – irgendwo östlich. Aber er war zu erschöpft gewesen, um zu reagieren, und schließlich hatte ihn der Schlaf in seine dumpfen Arme gezogen. Erst im letzten Moment hatte er wieder versucht, dagegen anzukämpfen.

Letztendlich war es der Gedanke an Anna, der ihn wachhielt. Sein heftiger Zusammenstoß mit dem Schott, als das Schiff auf Grund lief, hatte gewaltige Kopfschmerzen hinterlassen, und immer wieder fuhr er mit der Hand sanft über den Bluterguss – den Verband hatte er längst verloren. Die Haut schien nicht aufgeplatzt zu sein, und als er seine ganze Kraft zusammennahm und sich aufrichtete, lief eine Welle des Schmerzes durch den ganzen Körper. Dann setzte sich Hamnet still hin und schaute sich um. Der Himmel war klar, lediglich über den sanften Hügeln der Insel hingen einige Kumuluswolken, aus den Mangroven stieg Dunst auf, und das Wasser schimmerte schwarz. Zu seiner Linken konnte er die *Shawould* ausmachen, die friedlich mit einer 40-Grad-Schlagseite dalag. Es waren keinerlei Lebenszeichen zu entdecken. Auch sonst gab es keinen Hinweis mehr auf den blutigen Überfall während der Nacht; doch das Schiff war nicht sein vordringlichstes Problem, er musste Anna finden. Nur dieser Gedanke zählte. Natürlich hatte er alles verloren – hatte keinen Pfennig Geld mehr, keine Papiere, nichts zu essen oder zu trinken –, und er kannte nur einen Mann, dem er vertrauen konnte, der ihm helfen und wissen würde, wo er ansetzen musste.

Hamnet durchforstete sein Gedächtnis nach Einzelheiten auf der Karte dieser Gegend, um zu entscheiden, wohin er sich wenden sollte. Hier irgendwo lag eine Hafenstadt namens Palembang, schätzungsweise achtzig Kilometer landeinwärts, und er erinnerte sich auch an einen größeren Fluss, der sich von der Malakkastraße aus nordwärts ins Landesinnere zog. Aber für die Region dazwischen fehlte ihm jede Ortskenntnis. Er drehte sich um und schaute nachdenklich auf die Mangroven, denn es würde ihn Stunden kosten, um auf diesem Weg durch dieses Gestrüpp auch nur ein paar Kilometer zu schaffen; und der Weg konnte sich zehn oder zwanzig Kilometer weit ins Land ziehen. Da war es sinnvoller, am Strand entlangzugehen, wo er vielleicht auf Menschen oder ein Fischerdorf traf, wo er um Wasser und etwas zu essen bitten konnte. Natürlich musste er dabei sehr vorsichtig sein, denn die meisten der Piraten waren Einheimische gewesen, und ohne Zweifel war sein Steckbrief bereits von Mund zu Mund weitergegeben worden. Also musste er erst mal eine gewisse Distanz zu seinem Schiff zurücklegen, ehe er sich im ungeschützten Revier auf den Weg machen konnte. Er beschloss, sich nach Norden zu wenden, wo der allgemeine Schiffsverkehr, wie er wusste, über den Fluss nach Palembang hinauffuhr.

Er watete auf wackligen Beinen aus dem flachen Wasser, während ihn eine weitere Schmerzwelle überlief. Trotzdem kämpfte er sich vorwärts, versuchte, um die größten Mangroven herumzugehen und stolperte durch den Schlick. Als die Sonne aufging, wurde es heiß und dunstig, ihre Strahlen brannten vom Himmel und wurden glitzernd vom Wasser reflektiert. Hamnets Gedanken wanderten zu den Ereignissen der vergangenen Nacht zurück.

Offensichtlich wurde gerade eine der vielen Varianten des alten »Rosteimer«-Betrugs gespielt: Man heuert eine Mannschaft an, die den illegalen Verkauf einer wertvollen Ladung erledigt, ehe das Schiff auf offenem Meer versenkt wird, sodass man von der Versicherung noch einmal abkassieren kann. Die Masche mit dem GPS hatte vermutlich dem gleichen Ziel gedient und das Risiko minimiert. So vermied man Schwachstellen. Er war den Verbrechern zwar auf die Schliche gekommen, aber zu spät. Seine Mannschaft hatte dafür mit dem Leben bezahlt. Und Anna? Wie mochte es ihr und den Babies gehen? Vielleicht lag ihre Zukunft noch in seiner Hand, um den Preis, dass er stillhielt und den Piraten freie Hand ließ. Aber konnte er tatenlos akzeptieren, dass alle Mannschaften, auf jedem weiteren Schiff, das die Piraten angriffen, ermordet wurden?

Er maß die Zeit mithilfe seiner Schritte. Sein Kopf pochte, während er sich vorwärts kämpfte, zwei Schritte, er rutschte aus, platschte ins Wasser, und ein Fuß verklemmte sich unter einer Wurzel. Doch er konnte sich wieder befreien. Durst machte ihm zu schaffen. Visionen tauchten verschwommen und in unregelmäßigen Abständen in seiner Vorstellung auf und quälten ihn. Über allem lag die schwere tropische Luft. Plötzlich durchbrach ein regelmäßiges Klopfen die Stille, das immer lauter wurde. Hamnet blieb stehen und identifizierte das Geräusch eines Außenborders. Er schien sich von links zu nähern, offensichtlich direkt aus den Mangroven. Kaum war er im hüfthohen Wasser so weit untergetaucht, dass nur noch sein Kopf herausragte, schoss ein kleines Holzboot zwischen den Blättern hervor. In höchstens hundert Metern Entfernung. Das Steuerborddollbord schnitt unter, als das Boot in einer Rechtskurve direkt auf ihn zuhielt, und im Boot sah er drei Männer, die die Wasserlinie im Visier hatten. Und er sah das im Bug montierte Gewehr. Ohne eine Sekunde zu verlieren, atmete er tief ein und tauchte unter, bekam am Grund eine Mangrovenwurzel zu fassen und hielt sich dort fest.

Die Zeit verstrich. Hamnet wusste aus Erfahrung, dass er die Luft unter Wasser ein paar Minuten lang anhalten konnte, bei der Geschwindigkeit des Bootes von zehn Knoten konnte er so lange unten bleiben, bis es an die sechshundert Meter entfernt und er in Sicherheit war. Er begann zu zählen. Tausend, zweitausend, dreitausend … Er beobachtete den Wasserspiegel genau und entdeckte kein Zeichen für einen Wellenschlag – vielleicht konnte er es sogar fühlen, wenn das Boot über ihn wegrauschte. Eine Minute. Und tausend, zweitausend, dreitausend … Keine Erschütterung, keine Wellenbewegung – das Wasser blieb ruhig. Er musste wieder rauf, solange er noch genug Sauerstoff in der Lunge und alles unter Kontrolle hatte, um der Belastung standzuhalten, wenn er zurück an die Wasseroberfläche kam. Dreißigtausend. Er war fast am Limit. Während er seine Beine in Position hielt, ließ er die Wurzel los und stieg auf.

Durch das Wasser in seinen Augen konnte er im ersten Moment kaum etwas erkennen, aber er brauchte nicht weit zu sehen – das Boot war nur zehn Meter weit weg. Ein Adrenalinschub verbrauchte den restlichen Sauerstoff in seinen Lungen, die Augen traten ihm fast aus dem Kopf, während er zu den Dreien hinüberstarrte. Sie waren nicht weiter entfernt, als er spucken konnte, schauten aber glücklicherweise in die entgegengesetzte Richtung. Kaum war sein Mund über Wasser, holte Hamnet hektisch Luft und tauchte wieder ab. Jeder Zentimeter seiner Haut zitterte in Erwartung einer Kugel. Ihm war klar, dass er unten bleiben musste, bis sie verschwunden waren oder er ertrunken, aber er konnte sich nicht unter Kontrolle haben, bis er ohnmächtig wurde. Während er bereits erwog, sich mit seinem Gürtel an einer Mangrovenwurzel festzuschnallen, wirbelte das Wasser in zehn Meter Entfernung plötzlich auf. Sie hatten den Motor angeworfen, und die Heckwelle zog bereits in einem Bogen von ihm weg in die Dunkelheit hinaus. Jetzt brauchte er nur noch wenige Sekunden durchzuhalten.

Er zwang sich, bis zehn zu zählen und tauchte dann auf. Oben spähte er vorsichtig in die Runde, Mund und Nase blieben noch im Wasser verborgen. Alles war in Ordnung. Das Boot war schon fünfzig Meter weit weg, und die drei starrten nach vorne. Hamnet schob Mund und Nase aus dem Wasser und gönnte sich einen tiefen Atemzug ähnlich dem eines Rauchers bei der ersten Zigarette des Tages. Langsam erholte sich sein Körper, der Sauerstoff belebte den Blutkreislauf, obwohl eine nervöse Spannung blieb. Hamnet sah bewegungslos zu, wie das Boot hinter einer Biegung der Küste verschwand. Dann zog er sich Stück für Stück, immer noch halb unter Wasser, in das Mangrovendickicht hinein.

Er kämpfte sich so lange auf seinem Weg zum Fluss voran, bis er fast das Ufer erreicht hatte und auf eine hundert Meter weite, braune Wasserfläche hinausschauen konnte. Linker Hand verschwand der Fluss hinter einer Biegung. Rechts lief das Ufer in einer Landspitze aus, die in die Malakkastraße mündete. Am Ende sah er wieder sein gesunkenes Schiff, das immer noch stumm und leblos dalag. Hamnet fluchte – sie hatten es nur knapp verfehlt. Doch das gegenüberliegende Ufer war für ihn im Moment weit interessanter. Es war von einem Wald bedeckt, lief scharf nach Westen und bot ihm einen Blick auf die Wasserstraße. Schluss mit den gottverlassenen Mangroven! Dort würde er bei guter Deckung schnell vorwärts kommen. Wie schnell konnte er hundert Meter schwimmend zurücklegen? In ein paar Minuten? Es war eine lange Strecke übers offene Wasser, aber es war das Risiko wert.

Hamnet blieb stehen und horchte. Vom Motor des Bootes war nichts mehr zu hören. Er zog seine Schuhe aus, band sie an den Schnürsenkeln zusammen und hängte sie sich um den Hals. Dann kämpfte er sich durch die Mangroven bis ins tiefere Wasser vor und schwamm mit mächtigen Zügen los. Brustschwimmen hatte den Vorteil, dass er gleichzeitig alles hören konnte, doch bald hatte er gewaltig mit den Wassermassen zu kämpfen, die in der vergangenen Nacht mit dem Regen den Fluss heruntergekommen waren, und die Strömung riss ihn in Richtung Malakkastraße mit. Er musste ständig seinen Kurs korrigieren, indem er zwei Bäume am Ufer anpeilte. Er lauschte einen Augenblick und schwamm dann weiter, immer in der Hoffnung, dass ihm das Glück treu blieb.

Irgendwann bekam er Grund unter die Füße, robbte auf dem

Bauch durch den Schlick auf den Wald zu und ließ sich erst fallen, als die Bäume ihm Deckung gaben.

Er nahm das Schiff weitere fünfzehn Minuten lang scharf ins Visier und versuchte dabei, die Zeit zu nutzen, um seine Energien zurückzugewinnen. Als alles ruhig blieb, setzte er seinen Weg nach Westen Richtung Malakkastraße fort, wobei er sich stets gut hundert Meter vom Strand entfernt hielt. Obwohl er auch hier immer wieder durch Morast waten musste, kam er jetzt viel schneller voran als in den Mangrovensümpfen. Außerdem schützten ihn die Bäume vor der gnadenlosen Sonne.

Zunächst bewegte er sich nur äußerst vorsichtig, achtete mehr auf eine gute Deckung als auf einen gut begehbaren Weg. Aber nach ein paar Stunden ließen Erschöpfung und Durst die Vorsichtsmaßnahmen zu einem Luxus werden, den er sich nicht mehr leisten konnte. Geschwächt und verletzt änderte er die Prioritäten. Er brauchte Wasser, nur das allein zählte. Aber es gab kein Trinkwasser – und unaufhaltsam wurde er Opfer der körperlichen Austrocknung. Das Licht wurde weicher, die Schatten wurden länger, er stolperte durchs Unterholz, torkelte gegen einen Baum, klammerte sich daran und brach zusammen.

Ein gewaltiger Muskelkater quälte ihn mit tausend Nadeln. In seinem Kopf hämmerte der Schmerz, seine Kehle brannte, die immer dicker anschwellende Zunge platzte fast aus dem Mund, und die von der Sonne aufgerissenen Lippen bluteten. Während ihm die Augen zufielen, fühlte er, wie er am Stamm entlang zu Boden rutschte und auf die Seite kippte. Eine innere Stimme warnte ihn davor, das Bewusstsein zu verlieren. Das konnte seinen Tod bedeuten. Aber er hatte keine Reserven mehr. Seine Kräfte waren zu Ende. Er sank auf den weichen Waldboden, und dann hörte er Anna, die nach ihm rief.

6

Der erste Donnerschlag brachte Phillip Hamnet ins Leben zurück, und ein gewaltiger Regenguss tat das Übrige. Im ersten Moment wusste Hamnet nicht, wo er war und wie er dorthin gekommen war. Höllischer Durst quälte jede Faser seines Körpers, und von oben kam Wasser. Er rollte herum, drückte sein Gesicht in den Schlamm und küsste die nasse Erde – wundervolles Trinkwasser.

Schwankend kam er auf die Knie, zog sein durchweichtes T-Shirt aus und sog es aus. Dann schlang er es um den nächsten Ast und kroch auf der Suche nach Pfützen und besserem Trinkwasser in Rindenmulden oder durchhängende Wurzeln. Immer wieder sog er sein Shirt aus, bis er sich schließlich auf den Rücken legte und es sich direkt in den Mund regnen ließ. Doch dann befahl ihm seine innere Stimme aufzustehen. Mittlerweile war es dunkel, und das Rauschen des Regens auf das Wasser führte ihn zum Flussbett, wo er ein schmales Sandufer fand. Er wandte sich nach links und nahm seinen Weg nach Westen wieder auf. Von Zeit zu Zeit blieb er stehen, um einen Schluck Wasser im Mund zu sammeln.

Als er den Lichtschein sah, befürchtete er zunächst, dass ihm seine übermüdeten Augen und seine übersteigerten Sinne ein Trugbild vorgaukelten. Aber dann bemerkte er das Licht erneut – und dann wieder und wieder. Nach einer halben Stunde führte der Strand nach links, und da verstand er, dass es sich um Lichter draußen im Fahrwasser handelte. Zwei Lichtblitze zuckten auf – Seezeichen, die die Einfahrt in den Hauptarm des Flusses markierten. Zum ersten Mal während der vergangenen vierundzwanzig Stunden schöpfte Hamnet Hoffnung. Aber dann wandte sich der Strand in einem rechten Winkel nach links und zwang ihn, sich von diesem Hoffnungsschimmer wieder zu entfernen. Etwas weiter den Strand hinunter verschwand das Licht völlig aus seinem Blickfeld. Der Boden wurde schlammig, und dann hatten ihn die Mangroven wieder.

Vermutlich stand er vor einem Nebenarm, der sich ins Hinterland zog. Er musste also wieder schwimmen. Er traf die üblichen Vorbereitungen, arbeitete sich durch den Schlick ins tiefe Wasser vor und schwamm müde los. In dem kleinen Flüsschen traf er bald auf Grund und landete auf allen Vieren auf einem Flach. Mühsam kam er auf die Füße und zögerte, die Schuhe wieder anzuziehen, denn er wollte so schnell wie möglich weiter. Er blieb erst wieder stehen, als er im Norden mehrere Lichter durch die Bäume schimmern sah, einige weiter entfernt, andere näher. Beim ersten Morgenrot suchte er Schutz im Gebüsch und schlief ein.

Erneut weckten ihn seine ständigen Begleiter: Hitze, Hunger und Durst. Aus seinem Versteck heraus sah er den Hafen von Muntok, wo die *Shawould* noch vor zwei Tagen vor Anker gelegen hatte, und er beobachtete, wie die Fähre nach Palembang auslief. Sonst war alles still. Muntok war näher als Palembang – nur fünfzehn oder zwanzig Kilometer entfernt. Wenn er doch nur ein Dingi fände, um das Fahrwasser überqueren zu können … Rings um die Bay standen Holzhäuser auf Pfählen – es musste sich um die näheren Lichter handeln, die er gesehen hatte –, und davor lagen Fischerboote. Falls er es schaffte hinüberzuschwimmen, brauchte er sich nur eines der Boote zu nehmen.

Das Wasser glitzerte ruhig unter der Sonne ohne den geringsten Hinweis auf Hochwasser oder Strömung. Hunger und Durst quälten ihn, und er wusste, dass er sich nicht mehr viel zutrauen konnte. Falls er im Wasser in Schwierigkeiten geriet, würde er nichts mehr zuzusetzen haben.

Von Schwäche und Selbstzweifeln gepeinigt, verbrachte er den Nachmittag, nickte immer wieder ein, versuchte sich trotz Hunger und Durst auszuruhen. Schließlich gab er den Gedanken an Schlaf wieder auf und begann, mithilfe eines Steins die

Hosenbeine abzutrennen. Auch sein Hemd wollte er zurücklassen – je weniger Widerstand ihn im Wasser ausbremste desto besser.

Die Fischer kamen und gingen, aber bei den drei am nächsten gelegenen Holzhäusern gab es bei Sonnenuntergang nur ein einziges Boot. Er schätzte die Entfernung auf drei bis vier Kilometer. Es hatte keinen Sinn, noch länger zu warten, denn sein Vorhaben war ohnehin einfacher auszuführen, solange er noch etwas sehen konnte. Er kroch über den Ufersand, ließ sich ins kühle Wasser gleiten und entschied sich wieder fürs Brustschwimmen.

Über den Hügeln von Bangka zogen ein paar Wolken auf, doch über dem Wasser lag nur eine leichte Brise, sodass er mit keinerlei Wellengang zu kämpfen hatte, während im Westen die Sonne den Himmel glutrot färbte. Hamnet versuchte, seine Kräfte gut einzuteilen und konnte kaum der Versuchung widerstehen, etwas von dem Wasser durch seine ausgetrocknete Kehle zu schicken, das ihm bei jedem Schwimmzug übers Gesicht lief. Dann war die Sonne verschwunden, und ein mildes Mondlicht zog auf. Gelegentlich hörte er ein leises Motorengeräusch, und einmal schwappte ihm von hinten eine sanfte Welle über den Kopf. Er ließ sein Ziel nicht aus den Augen. Im Haus blieb alles dunkel, sodass er hoffen konnte, dass die Bewohner schliefen. Er peilte die vier am weitesten entfernten Lichter am Ufer an, und obwohl ihn keine Strömung abtreiben würde, konnte er die Entfernung nicht verlässlich schätzen, was noch schwieriger wurde, als sich Wolken vor den Mond legten und das Wasser um ihn herum nur noch dunkel und ölig aussah.

Er verhielt einen Augenblick, um in die Dunkelheit zu lauschen, ließ sich tief ins Wasser einsinken und trat nur gelegentlich mit einem Fuß etwas Wasser, um seine Position zu halten. Um ihn herum blieb alles still; nur in der Ferne grummelte ein Donner, und in der schweren Luft kündigte sich bereits das nächste Unwetter an.

Plötzlich drang Licht durch die Risse und Spalten der Holzwände, schimmerte auf dem Wasser und traf sein Gesicht. Die

Bretterbude war nicht mehr als zehn Meter entfernt und ragte rechts von ihm in der Dunkelheit auf. Wieder nahm er einen tiefen Atemzug und tauchte, so leise er konnte, unter.

Hamnet versuchte, mit so wenigen Schwimmzügen wie möglich und ohne auszuatmen ungesehen in die Dunkelheit zu entkommen – und verschwand unentdeckt. Dann erst gönnte er sich ein paar lautlose Atemzüge. Der Boden der Hütte war jetzt ungefähr zwei Meter über ihm. War doch jemand auf ihn aufmerksam geworden? Ein Knacken, ein Seufzen ertönte. Dann wurde etwas im Schwall über ihm ausgegossen, und das Wasser begann wenige Zentimeter vor seinem Gesicht aufzuperlen. Jemand pinkelte von der Veranda. Nur mit Mühe unterdrückte Hamnet einen Fluch und eine Fluchtbewegung.

Er versuchte, sich leise aus der Gefahrenzone zu bewegen und das Boot zu finden, solange ihm der Lichtschein noch gute Dienste leistete. Es hing auf der anderen Seite der Hütte. Wieder knackte es oben, und ein paar Worte in einer Sprache, die er nicht kannte, ertönten. Dann wurde die Lampe gelöscht, und alles war wieder still.

Jetzt kam der gefährlichste Teil. Er wartete noch einen Moment, bis sich seine Augen den neuen Lichtverhältnissen angepasst hatten und die Menschen in der Hütte aller Wahrscheinlichkeit nach wieder schliefen. Dann näherte er sich dem Boot, der Wind briste auf, und das Donnern kam näher. Über Bangka Island zuckten bereits Blitze, und als sie für ein paar Augenblicke das Wasser beleuchteten, konnte er das Boot deutlich erkennen. Aber der ersehnte Regen, der alle seine Geräusche verschlucken würde, blieb aus. Er schwamm und stieß leicht gegen den Holzrumpf. Das Boot war an Bug und Heck recht knapp vertäut, und er warf seine Schuhe hinein, ehe er zum Bug schwamm und sich an der Leine entlangtastete. Sie endete dicht an der Hütte und weit oberhalb seiner Reichweite. Hamnet fluchte – er hatte kein Messer.

Er konnte auch nicht über den hohen Freibord ins Boot, um von dort aus die Leine zu lösen. Er musste also entweder an einem der Pfähle hochklettern und dann von der Veranda aus agieren oder sich trotz aller Schwierigkeiten irgendwie über Bord ziehen. Weder die eine noch die andere Vorstellung behagte ihm, denn dabei ging es nicht ohne Geräusche ab. Er entschied sich schließlich für den Weg über den Pfahl. Wenn nur der verdammte Regen endlich einsetzen würde! Der Donner hatte völlig aufgehört, und der Wind trödelte mit zehn Knoten übers Wasser, sodass kleine Wellen gegen den Rumpf rollten. Das musste als Tarnung reichen.

Er schwamm zum nächsten Pfahl, bekam ihn zu fassen und hangelte sich von dort zum Rand des Vorbaus. Das Wasser schoss im Schwall aus seinen Shorts, und schnell tauchte er wieder ab. Oben schien glücklicherweise niemand etwas bemerkt zu haben, aber die Shorts musste er ausziehen. Er seufzte und ließ sich wieder ins Wasser runter, denn nur dort konnte er sie ohne dieses verräterische Geplätscher loswerden. Er wrang sie so leise wie möglich aus, warf sie zu den Schuhen ins Boot, kehrte zum Pfahl zurück und zog sich wieder nach oben, bis er über den Rand der Veranda schauen konnte. Obwohl niemand zu sehen war, schien es ihm wegen des Ächzens des Holzes, das er vorhin gehört hatte, zu riskant, ganz hinaufzuklettern. Also hangelte er sich unter dem Vorbau entlang, bis die Vorspring gegen seinen Brustkorb stieß, wobei er sorgfältig darauf achtete, dass seine Füße die Wasseroberfläche nicht berührten und keine Geräusche verursachten. Doch die Muskeln seiner Unterarme hielten der Belastung kaum noch Stand. Er griff mit der rechten Hand nach der Leine und zog und zerrte. Nichts rührte sich, und das würde auch so bleiben, solange er nicht vom Boot aus agieren konnte. Verzweiflung packte ihn. Sollte er nach all den Anstrengungen hier scheitern?

Im nächsten Moment fiel ihm die Lösung ein. Er zog in entgegengesetzter Richtung an der Spring, und sofort drehte sich der Bug; er schwang sich nach oben, als das Boot direkt unter ihm schwamm, verlagerte sein Gewicht und ließ sich auf die Ruderbank hinab. Anschließend brauchte er nur noch an der Leine entlangzukriechen und den Knoten zu lösen. Der erste Schritt war getan, der nächste konnte folgen.

Hamnet starrte auf die Bodenbretter, und es dauerte eine Weile, bis ihm klar wurde, dass er rein gar nichts sehen konnte. Unter diesen Umständen war es aber zu gefährlich, zum Heck zu kriechen – im Boot lagen sicherlich Angelhaken, Tampen und jede Menge Krimskrams herum, an dem er sich verletzen konnte. Er griff sich deshalb die Vorleine und schwang sich wieder aus dem Boot, um zum Heck zu schwimmen und dann noch einmal von vorne zu beginnen. Wieder kletterte er am Pfahl hoch, der dem Boot am nächsten stand, hangelte sich an der Veranda entlang bis zur Achterleine, mit der er das Boot heranholen konnte. Da es am Bug nicht mehr vertäut war, bewegte es sich sofort in seine Richtung – und knallte gegen einen der Pfähle. Es war kein lautes Geräusch, aber oben begann es zu rascheln, und jemand murmelte etwas. Hamnet erstarrte. Er hing von der Veranda, seine Füße berührten die Wasseroberfläche und er sah das Heck des Bootes wie einen dunklen Schatten unter sich.

Vorsichtig tastete er mit den Füßen nach dem Dollbord. Ein Knacken. Er verharrte bewegungslos, seine Arme brannten vor Schmerz – lange würde er sich nicht mehr halten können. Plötzlich landeten seine Füße auf einem Außenborder, den keine Hülle abzudecken schien. Würde er sofort anspringen? Die Chancen standen nicht gut. Aber wenn Hamnet das Boot erst unter der Hütte hervorpaddelte, konnte ihn jeder halbwegs geübte Schwimmer einholen. Er verbot sich alle Zweifel und schob sich vorsichtig ins Heck. Ein sanftes Plätschern wurde laut, als er mit seinen Füßen im schaukelnden Boot aufkam. Hier hinten gab es nicht den Vorteil der Ruderbank, also ließ er sich fallen.

Im nächsten Moment wusste er, dass er einen Fehler gemacht hatte, denn er konnte sich nicht mehr am Pfahl festklammern. Die Achterleine hielt dem Druck nicht stand, das Boot schaukelte, zuerst nur wenig – aber genug, dass ihm fast das Herz stehen blieb. Dann riss sie. Mit einem Schrei ging er zu Boden – er war direkt auf einen Angelhaken gefallen. Oben war jemand wach geworden, stand auf, rief etwas. Hamnet kam wieder auf die Beine, erwischte den Pfahl und stieß das Boot, so fest er konnte, ab. Schnell trieb es von der Hütte weg, und er versuchte den Außenborder in Gang zu bringen. In der Hütte leuchtete eine Gaslampe auf, und plötzlich war alles hell erleuchtet. Hamnet sah, wie jemand von der Veranda sprang und das Wasser aufspritzte. Glücklicherweise lagen die Riemen im Boot, und er griff gerade danach, als sich eine Hand von außen am Dollbord festklammerte. Als er mit aller Kraft darauf einschlug, schrie ein Mann auf. Hamnet versuchte ihn durch heftige Schaukelbewegungen abzuschütteln. Doch ohne das Boot konnte der Mann seinen Lebensunterhalt nicht mehr verdienen, sodass er quasi um sein Überleben kämpfte und nicht so schnell aufgab.

Er hängte sich ans Ruderblatt. Aber Hamnet stieß mit dem Riemen nach dem Angreifer, und der Mann ging unter. Hamnet schwang mit dem zweiten Riemen immer wieder übers Wasser, und als der Mann nach Luft japsend auftauchte, krachte ihm das Ding voll gegen den Schädel. Hamnet verschwendete keinen Gedanken daran, legte den Riemen in die Keep im Heck und pullte mit kräftigen Schlägen aus dem Lichtkreis, während ihm ein letztes Brüllen und Platschen folgte.

Er bemerkte es kaum, ließ die Riemen Riemen sein und wandte sich dem Außenborder zu, riss an der Starterleine, ein kurzes Stottern – der Motor bekam kein Benzin. Hamnets Finger suchten nach dem Hebel an der Benzinleitung – er pumpte dreimal schnell. Dann erinnerte er sich an die Entlüftung im Tank, tastete sich am Deckel entlang, riss ihn auf und pumpte noch mal. Endlich schoss das Benzin durch die Leitung. Er riss wieder am Starter. Fast. Ein Mal noch. Der Motor sprang an, Hamnet jagte die Drehzahl hoch und gab Gas. Das Röhren erstickte alle anderen Geräusche im Kielwasser des Bootes. Es jagte übers Wasser, Hamnet ließ sich fallen, griff nach der Pinne, bekam das Boot unter Kontrolle und schaute über die Schulter zurück. Eine gewaltige Heckwelle lief in einer großen Kurve bis zum Lichtfeld, wo noch immer jemand im Wasser strampelte, während andere ihm von der Terrasse aus Stöcke hinhielten, an denen er sich hochziehen konnte. Hamnet schaute wieder nach vorn. Er war entkommen.

7

Anna saß auf der Veranda vor der Hütte und ließ im ersten warmen Morgenlicht die Beine übers Wasser baumeln. Das Dorf erwachte mit den üblichen Geräuschen, die ihr mittlerweile vertraut waren, was sie aber nicht beruhigte. Als eine Fliege an ihrem rechten Auge herumsummte, schlug sie unwillkürlich danach.

Seit zwei Tagen beobachtete sie aufmerksam das Wasser und die Mangroven rund um ihr Gefängnis. Es hatte sich rein gar nichts ereignet, und es hatte sich auch nichts verändert. Sie hatte mit niemandem gesprochen, und alle ihre Versuche, mit ihren Kidnappern ins Gespräch zu kommen, waren abgeblockt worden. Man hatte sie jedoch gut verpflegt, niemand hatte sie seit dem Zwischenfall mit Janac angefasst, sie war total isoliert. Früher war sie gut mit jeder Form von Einsamkeit fertig geworden, aber da sie hier von allen Informationen abgeschnitten war, versuchte sie, aus allem und jedem etwas herauszulesen oder etwas hineinzuinterpretieren. Immer wieder versuchte sie, sich vorzustellen, was als Nächstes geschehen könnte. Und was wohl mit Phil auf der *Shawould* geschehen war.

Plötzlich hörte sie Schritte auf dem Bambusboden, und mit einem raschen Seitenblick sah sie, dass Janac zu dem Topf am Feuer ging. Sofort wandte sie sich wieder ab und gab sich unbeteiligt. Er hatte hier das Sagen, und dass während der letzten zwei Tage so gar nichts passiert war, ging auf das Konto seiner Abwesenheit. Was hatte seine Rückkehr zu bedeuten? Sie fühlte, wie ihr Puls zu jagen begann, während sie auf das vertraute Geräusch lauschte, als sein Teller gefüllt wurde. Die Fliege summte jetzt an ihrem linken Ohr herum. Wieder schlug sie nach ihr und zuckte zusammen, weil die Verletzung immer noch schmerzte.

»Die nächste Stadt ist achtzig Kilometer weit weg.« Sie konnte ihn deutlich hören. »Und jeder Schritt geht durchs Wasser und die Mangroven.«

Die Stimme war plötzlich ganz dicht neben ihr, und sie dachte daran, wie seine Hände sie berührt hatten, an seine Fratze mit den gelben Zähnen. Sie zuckte unwillkürlich zusammen, worüber sie sich ärgerte und wieder auf den Fluss starrte. Janac registrierte jedes Detail, nahm auf der Bank am Ende der Veranda Platz und blies ein paarmal über den dampfenden Teller, ehe er den Reis in sich hineinschaufelte.

»Was ging durch deinen Kopf, als sich dein Mann geweigert hat aufzutauchen und lieber seine Crew sterben ließ?«, fragte er mit vollem Mund.

Anna biss sich auf die Lippen. Dann lehnte sie sich an die Balustrade und schaute Janac direkt ins Gesicht. »Er wird seine Gründe haben«, antwortete sie und taxierte ihn. Schick, aber lässig war er angezogen, trug Jeans und ein Button-down-Baumwollhemd. Die Bartstoppeln waren verschwunden, ebenso der Revolver. Plötzlich fühlte sie sich in den Shorts und dem T-Shirt, das man ihr gegeben hatte, schmuddelig.

Janac schluckte, dann sagte er: »Vielleicht seinen eigenen Hals zu retten?« und bohrte mit der Zunge an irgendetwas herum, das zwischen seinen Zähnen steckte.

»Oder alle zu befreien.«

Janac spuckte ins Wasser, was er losgebohrt hatte. »Dann war er nicht sehr erfolgreich, stimmt's? Elf Tote, oder? Du glaubst doch nicht etwa, dass er jetzt kommt, um dich zu befreien?«

»Doch.« Sie zog die Knie an und schlang die Arme darum, wobei sie sorgfältig auf die schmerzende Hand achtete.

Janac kaute noch am letzten Bissen, als er den leeren Teller neben ihr abstellte, sich zurücklehnte und die Hände hinter dem Nacken verschränkte. »Ein halbnackter Mann hat gestern Nacht in einem der Dörfer etwas weiter oben am Upang River ein Boot gestohlen. Wer immer es war, er hat den Besitzer umgebracht – hat dem armen Teufel einfach den Riemen über den Kopf gezogen, und der ist ertrunken.«

Einem Wetterleuchten vergleichbar zogen Annas Gedanken schnell über ihr Gesicht. War das Phil gewesen? Er lebte! Gott sei Dank! Aber hatte er wirklich jemanden umgebracht?

»Ein scheinbar unendlicher Strom von Blut und Verderben zieht hinter Phil Hamnet seine Spur. Wie viele haben bis jetzt ins Gras gebissen? Elf an Bord, zwölf, wenn man meinen Mann dazuzählt, einer letzte Nacht – und vier früher schon, stimmt's?«

Anna schaute mit leerem Blick in die andere Richtung. Nichts würde je wieder so sein wie früher. Was auch immer jetzt noch geschah, beiden oder einem von ihnen, es würde alles beeinflussen. Die letzte Zeit war schlimm gewesen. Das hier war schlimmer.

Janac zog ein Päckchen Lucky Strike aus seiner oberen Hemdtasche und ein Zippo-Feuerzeug aus der Schachtel, zündete sich eine Zigarette an und stieß den Rauch geräuschvoll wieder aus. Anna schaute zu ihm, und er bot ihr eine an. Sie ließ den Rauch teilnahmslos an sich vorbeiziehen und schüttelte den Kopf.

»Erzähl mir«, begann er nach einem tiefen Zug, »wo ihr geheiratet habt.«

»Wann?«

»Du hast Glück, und ich habe heute Morgen etwas mehr Zeit – aber nicht endlos viel Zeit. Du wirst mir alles erzählen, was ich wissen will.« Er setzte sich nun aufrecht auf die Bank, und seine grauen Augen sahen gelangweilt durch sie hindurch. Anna fühlte den Schweiß, der sich in ihren Handflächen sammelte, und schlang wieder die Arme um die Knie, um ihre Babies. »Fang mit dem Kennenlernen an«, forderte er sie auf.

Sie atmete tief ein und aus. »Das war vor acht Jahren. Ich segelte einhand um die Welt auf einer 60-Fuß-Yacht.« Sie bemerkte, dass er die Augenbrauen hochzog, und ein verstohlenes Lächeln spielte um ihren Mund, ehe sie mit eintöniger Stimme weiterredete.

Sie hatte im südlichen Ozean irgendetwas gerammt – einen Container oder einen Wal vielleicht. Das hatte sie das Ruder gekostet, und die Selbststeueranlage war nicht mehr zu gebrauchen. Dann fiel ein Sturm über sie her, sodass sie fast fünf Tage ununterbrochen im Einsatz bleiben musste; das Boot kenterte zweimal durch, verlor seinen Mast und war kurz vorm Sinken, als Hilfe in Form eines Containerschiffs eintraf.

Der Kapitän legte sein Schiff quer zu den Wellen, so dass Annas Boot in Lee vor sich hindümpelte. Dann kletterte Phil Hamnet über die Jakobsleiter nach unten, schwamm hinüber und fand sie unter Deck. Sie war so erschöpft, dass sie sich an der Koje festgelascht hatte, um zu verhindern, dass ihr Kopf unter Wasser geriet, das im Boot mittlerweile ständig stieg, während sie fast schon ohnmächtig war. Hamnet sicherte sie beide mit einem Stropp, und die Crew hievte sie bei einem Wellengang von zehn Metern und einer Wassertemperatur unter null auf das Containerschiff in Sicherheit. Als sie zwei Tage später aufwachte, fiel ihr Blick auf ihren Retter, der sie wie durch ein Wunder aus der tobenden Hölle in ein Paradies mit weißen Leintüchern und regelmäßigen Mahlzeiten versetzt hatte. Seither waren sie zusammengeblieben.

Als Anna verstummte, erhob sich Janac abrupt, trat seinen Zigarettenstummel aus, ging wieder zum Feuer hinüber und schaute in einen der anderen Töpfe. Er füllte Kaffee in seinen Becher und hielt einen weiteren fragend in Annas Richtung. Sie schüttelte den Kopf. Wieder fand er ihre schwarzen Haare ausnehmend attraktiv, ebenso wie die traurigen braunen Augen. Sein Kinn spannte sich leicht, ja, sie war eine bildhübsche, lebhafte, junge Frau.

«Das war alles, bevor er selbst sein Schiff verlor?«, fragte Janac. »Wo warst du, als es unterging?« Er kam zu ihr zurück.

Anna beobachtete ihn genau. »Ich war auf einer Regatta. In Hawaii.« Sie war gegen Mitternacht mit einem Flugzeug aus den Staaten eingetroffen und hatte zu Hause auf dem Anrufbeantworter eine Nachricht vorgefunden, dass sein Schiff sich nicht meldete. Das war die zweitlängste Nacht ihres Lebens geworden, da der Idiot, der angerufen hatte, keine Nummer hinterlassen hatte.

»Und wann wurde er gefunden?«, setzte Janac das Verhör

fort, während er sich auf der Bank zurücklehnte und die Kaffeetasse daneben auf den Fußboden stellte.

»Ich war schon wieder zu Hause.«

»Und was war geschehen?«

Einen Moment lang schloss Anna die Augen. »Das Schiff war in einem der späten Hurrikane des Jahres gesunken. Es war Phils zweites Schiff – ein alter Getreidefrachter mit acht Mann Besatzung. Auf dem vorderen Laderaum fehlte die Abdeckung. Die Männer schafften es ins Rettungsboot und trieben zwei Tage auf See, ehe der Sturm nachließ. Fast alle Essens- und Wasservorräte waren über Bord gegangen oder verdorben.«

»Habt ihr über die Einzelheiten gesprochen, als er wieder zu Hause war?«

»Nein«, Anna schüttelte den Kopf.

»Und das soll ich glauben?« Die Kaffeetasse stand immer noch unberührt auf dem Boden.

»Na, so im Groben – nachdem die Geschichte in der Presse breitgetreten worden war.«

»Ah, ja, die Presse. Ich habe mir ein paar von den alten Berichten angesehen – und du sagst nichts, was ich da nicht schon gelesen hätte. Tatsächlich hat die Untersuchung ans Licht gezerrt, dass einer von der Crew den Weg ins Rettungsboot nicht gefunden hat. Bleiben sieben Männer, die – nachdem der Sturm abgezogen war und die Passatwinde sie abgetrieben hatten – nach sieben Tagen fern von jeder Schifffahrtsroute trieben. Vermutlich waren ein paar da schon in sehr schlechter Verfassung – dehydriert und seekrank. Das Boot war bestimmt voller Kotze und Pisse und Scheiße. Und mit ziemlicher Sicherheit hatten sie nach sieben Tagen nicht mehr genug Trinkwasser für alle, nicht einmal annähernd. Aber zwei oder drei hatten durchaus eine Chance auf Rettung. Eine Frage der Moral: Falls einige starben, konnten andere überleben. So weit, so gut. Aber ich will wissen: Was tat Hamnet in dieser Situation?« Janac wartete einen Moment lang unbewegt und mit gespielter Nachsicht. »Bitte.« Selten hatte sie dieses Wort weniger betont gehört. »Mach dir nicht selbst das Leben schwer.«

Anna versuchte, den vernichtenden Blick zu ignorieren, und legte unbewusst schützend die Hand auf ihren Bauch. Sie hatte während der letzten zwei Tage viel Zeit gehabt, darüber nachzudenken, hinter welchen Informationen Janac wohl her war. Phils Schweigen war der Preis für ihr Leben, aber was war der Preis für das Schweigen? Schiffe? Ladungen? Noch ein paar Leben? Besser als jeder andere wusste sie, wie Phil in solchen Situationen tickte und seine Entscheidungen traf. Aber wenn sie Janac einweihte, welche Folgen konnte das für ihre Rettung haben? Besser war, so wenig wie möglich zu sagen – besser jedenfalls, als zu viel rauszulassen. Aber gar nichts zu sagen war unmöglich.

»Phil erzählte mir«, sie zögerte, »Phil erzählte mir, dass alle diskutiert haben und dass sie sich dann dafür aussprachen, das Los entscheiden zu lassen. Vier mussten aus dem Boot, die anderen sollten sich das Trinkwasser teilen. Natürlich war Phil als Skipper verantwortlich, aber er hat immer wieder erzählt, dass alle darüber diskutiert haben.« Sie schaute sich um. »Das war alles. Nie hätte er mich in die Einzelheiten eingeweiht. Nach acht Tagen wurden sie gerettet. Drei haben überlebt, und Phil war einer davon. Aber das wissen Sie schon alles.«

Janac griff nach der Kaffeetasse und nahm einen Schluck. »Allerdings. Und dann griff die Presse die Geschichte auf.« Er sah ihr direkt ins Gesicht, aber seine Stimme wurde etwas sanfter, und der Ton ähnelte nicht mehr so sehr einem Verhör. Er würde die Informationen wohl nicht aus ihr herausprügeln müssen. »Alle gingen davon aus, dass es einen Kampf gegeben hat und ein Mann mit einer Signalpistole erschossen worden ist. Es ist unwahrscheinlich, dass einer, gegen den das Los entschieden hat, einfach so stirbt. Er hat nichts mehr zu verlieren, wenn er versucht, sich das Trinkwasser zu schnappen.«

Anna hielt seinem Blick Stand, der nun weniger drohend als hypnotisierend wirkte. Wieder schlug sie nach der Fliege, aber diesmal war es nur ein unbewusster Reflex. »Er hat darüber nie ein einziges Wort verloren. Er hat immer nur gesagt, dass alle mit der Entscheidung einverstanden waren.«

»Das glaube ich nicht. Die Presse hielt deinen Mann für einen Mörder, und ich auch.«

»Nein«, schrie sie ihn an. »Es gab jede Menge Verdächtigungen, aber keine wurde bewiesen. Phil behielt sein Patent und fuhr weiter zur See.«

Janac grinste, erhob sich und ging zur Balustrade, von wo er seine Tasse ins Wasser leerte. »Und dann kam ich«, sagte er und starrte auf die Mangroven. »Es ist für uns beide von Bedeutung, was Hamnet als Nächstes tun wird. Bestimmt hat er's hier rausgeschafft, und wenn er ein paar Hosen auftreiben konnte, findet er auch ein Telefon. Aber wird er den Mund halten, um dein Leben zu retten? Oder reißt er die Klappe auf, um mich auszubremsen? Er muss die Leben von ein paar Männern, die er nicht kennt, und Schiffe, für die eine Versicherung zahlt, gegen das Leben seiner Frau abwägen. Und gegen das Leben seiner Kinder. Es ist ein gewaltiger Unterschied: Rettet man seine Lieben oder ein paar Unbekannte. Leute sind zu enormen Anstrengungen und Geldaufwendungen bereit, um zwei oder drei Menschen aus Bergnot zu retten oder von einer Yacht abzubergen, obwohl sie streng nach der Logik mit dem gleichen Aufwand mehr Menschen retten könnten, wenn sie ein Dorf in Afrika mit Trinkwasser versorgen würden. Aber die Dorfbewohner sind namen- und gesichtslos, und keine verzweifelte Mutter oder Ehefrau gibt dann Interviews in einer allgemein verständlichen Sprache. Menschen wollen immer mit denen mitfühlen, die in Not sind – das scheint von ausschlaggebender Bedeutung zu sein und die Vernunft lahm zu legen.« Er zuckte mit den Achseln und grinste freudlos vor sich hin. »Also würde ich normalerweise davon ausgehen, dass unsere Chancen nicht schlecht sind – und es wäre eine Schande, wenn meine teure Ausrüstung sich schon beim ersten Einsatz als Fehlinvestition erweisen würde. Aber unglücklicherweise könnte dein Ehemann mehr vernunftgesteuert sein als die Durchschnittsmenschen. Als im Rettungsboot Menschenleben auf dem Spiel standen, entschied er sich im Namen der Logik dafür, so viele wie möglich zu retten. Und er opferte dafür Menschen, die er kannte und für deren Tod man ihn als Skipper verantwortlich machen würde.« Janac ging wieder zum Feuer und stellte dort seine Tasse ab. »Aber wie gut er darauf vorbereitet war, diese Entscheidung zu rechtfertigen und durchzuziehen – es gab immerhin Tote –, das wissen wir nicht. Immerhin eine wichtige Frage.« Er drehte sich wieder um, und Anna sah seinen kalten, abschätzenden Blick.

Während er sprach, hatte sie nicht mit der Wimper gezuckt, und auch jetzt gab sie sich möglichst teilnahmslos. Es sollte so aussehen, als käme keine seiner Überlegungen Phils möglichen Reaktionen auch nur ansatzweise nahe.

Janac deutete auf ihren Bauch. »Wann ist es so weit?«

»In weniger als einem Monat«, antwortete sie unwillkürlich.

Janac nickte. »Wir hauen hier ab und bringen dich nach Norden, wo du länger bleiben wirst und es etwas bequemer hast. Das Boot kommt in einer Stunde. Mach dich fertig – es wird eine lange Reise.« Er machte auf dem Absatz kehrt und ging hinaus.

8

Hamnet zerrte immer wieder an der Leine, um sie mit ein paar Schlägen zu belegen. Dann warpte er die Pinne hin und her, dass das ganze Boot zu schaukeln begann – es zerrte an seinen Fesseln. Schließlich warf er mit schnellem Griff den Starter des Außenborders an und watete ins warme Wasser hinaus, während der feine Schlamm durch seine Zehen quoll. Er drehte den Bug des Bootes seewärts, beugte sich vor und legte den Gang des Motors ein. Anschließend schaute er zu, wie das Boot Fahrt aufnahm und eine weiße Kielwelle über das dunkle Wasser zog. Alles okay. Er watete auf das Ufer zu und brach dort zusammen.

Neben ihm lagen seine Shorts, seine Schuhe, eine Plastikflasche und ein paar getrocknete Fische. Er hatte es geschafft, die Flasche halb mit Regenwasser zu füllen, obwohl er keine Ahnung hatte, was vorher in der Flasche gewesen war. Nachdem er Shorts und Schuhe angezogen hatte, schnüffelte er an der Flasche – und roch nichts, es war nur Wasser darin. Dann begann er sich zu kratzen; die Insekten waren wohl über ihn hergefallen, während er schlief.

Vom Jammern des Außenborders war fast schon nichts mehr zu hören. Hamnet sah noch einmal dem Boot nach, das gerade nach Steuerbord abdrehte. Mit ein bisschen Glück würden die Gezeiten es in der Malakkastraße meilenweit abtreiben lassen, ehe jemand es fand.

Er hatte das Boot auf Grund gesetzt, als der Sturm ihn gepackt hatte, war mit der Fangleine in der Hand Richtung Ufer gestolpert und dankbar im Schlamm eingesunken. Jetzt musste er schleunigst ins Landesinnere verschwinden. Er kaute versuchsweise an einem Stückchen getrockneten Fisch, schluckte dann in einem Anfall von Heißhunger alles hinunter und spülte mit einem Schluck Wasser nach. Vor sich sah er nur ein paar Palmen und Gestrüpp. Die Morgenluft schmeckte nass und frisch und schenkte ihm neue Hoffnung. Ab jetzt konnte er mit der Suche beginnen, er befand sich irgendwo zwischen Muntok und vier armseligen Lichtern im Osten. Zunächst brauchte er Klamotten und dann ein Telefon. Er beschloss, sich nach der Straße umzusehen, die vermutlich die beiden Ortschaften verband, und fand auch bald eine miese Landpiste, die im Morgenlicht hell durch die Bäume schimmerte. In der Deckung des Gebüschs hielt er sich rechts, wo er das Dorf vermutete.

Hamnet hatte bereits ein paar Kilometer zurückgelegt, als er Stimmen hörte. Vorsichtig schob er sich so weit zur Straße vor, dass er etwas sehen konnte, aber dennoch in Deckung blieb. Zuerst sah er einen Verkaufsstand – ein erbärmliches Brettergebilde mit Cola- und Marlboro-Werbung an rostigen Nägeln. Dann entdeckte er ein junges westliches Pärchen auf den Holzstufen: farbenfrohe T-Shirts, gebatikte Hosen; sie plauderten und lachten, aber nicht in Englisch, sondern in einer Sprache, die er nicht kannte. Neben der Bude parkte eine Honda mit Satteltaschen, die lose über den Sitz geworfen waren und offen standen. Auf einer Seite hing ein offener Rucksack, in dem er ein paar Klamotten sah. Hamnet grinste – schließlich brauchte er nicht mehr als ein Hemd und neue Shorts oder eine Hose, um wieder am Leben teilzunehmen.

Leise kämpfte er sich durchs Gebüsch. In der offenen Hintertür des Verkaufsstands hing ein Vorhang aus Plastikschnüren, der leicht in der Morgenbrise wehte. Ins Innere konnte Hamnet leider nicht hineinsehen. Zehn Meter musste er übers offene Gelände, also suchte er den fast trockenen Grund mit Blicken nach Dingen ab, auf die er treten oder woran er stoßen könnte, denn nichts durfte unter seinen Füßen unvermutet knacken und knarren. Keine Gefahr. Er lauschte dem Gespräch, bis es etwas lauter wurde, und rannte dann schnell zu dem Motorrad, zog an der Verschnürung und griff nach dem Rucksack.

In der Hütte ertönte Gelächter – verdammt nah. Dann wurde es wieder still. Hamnet zögerte und wartete darauf, dass das Gespräch wieder aufgenommen würde. Ein Geräusch irritierte ihn, und er wollte sich schon den Rucksack schnappen und zurückrennen – da hörte er die junge Frau auflachen. Hell und glücklich. Eine Sekunde später war er wieder im Gebüsch verschwunden. Er rannte ein paar hundert Meter geradeaus, wandte sich nach links und verfiel fünf Minuten lang in einen Dauerlauf. Niemand war hinter ihm her.

Erschöpft warf er den Rucksack auf die Erde und ließ sich daneben zu Boden fallen, lehnte sich gegen den Stamm einer Palme, wischte sich den Schweiß aus den Augen und starrte die Beute an. Kopfschüttelnd und zögerlich öffnete er das Ding. Er entdeckte Waschzeug, einen Reiseführer, eine Flasche mit Trinkwasser, die er in Sekundenschnelle leerte, ein paar große weite Männerhemden und Jeans, eine Hand voll Dollars und Rupien, die in einen Bikini eingewickelt waren – Geld für den Notfall. Hamnet beschloss, dass seine Lage nichts anderes als ein Notfall war, fühlte sich aber trotzdem schuldig, umso mehr als er zwischen den Seiten eines Taschenbuchs ein paar Briefe fand. Die Adresse in Amsterdam verriet ihm, dass es sich um Holländer handelte, den Rest konnte er nicht lesen. Er stopfte alles zurück, zog die Schnur zusammen, lud sich den Rucksack wieder auf den Rücken und kämpfte sich weiter voran in Richtung Ost.

Er hatte Glück: Der schattige Fluss, das Süßwasser und der steinige Grund lieferten ihm ideale Bedingungen. Im Waschzeug fand er eine After Sun Lotion, als sein Gesicht zu brennen und glühen begann, und etwas gegen die Moskitostiche und Insektenbisse, die ihn am ganzen Körper quälten. Außerdem fand er einen Spiegel und eine Klinge, sodass er sich rasieren konnte. Nun sah er schon viel besser aus, aber er konnte seine Augen nicht betrügen. Eines der Hemden stand ihm gut, die Jeans war etwas zu groß. Er rollte die Beine auf und fand sogar noch ein Tuch, das sich als Gürtel eignete. Seine verschlissenen Schuhe ersetzte er durch Espadrilles und nahm sich dann den

Reiseführer vor, der ihm aber nicht viel Neues zeigte; ein paar anständige Strände auf der anderen Seite der Insel und laut Karte ein Dorf namens Belolaut. Zum Schluss steckte er das Geld in die Hosentasche, verstaute die restlichen Anziehsachen, den Toilettenbeutel und die Bücher und Briefe ebenso wie seine eigenen Utensilien wieder im Rucksack und stopfte ihn in ein Loch unter einem toten Baum.

Dann kehrte er wieder zur Straße zurück und hielt sich parallel dazu im Gebüsch. Das Dorf konnte er schon von weitem sehen. Er umging es und näherte sich vom Strand aus; ein Kind, das nackt im Schatten der Fischerflöße saß, beobachtete seine Ankunft. Das Dorf war nur eine Ansammlung von abgewirtschafteten Holzhäusern an einem schlammigen Strand, wo auch eine Hand voll Fischerboote lagen. Es gab eine einfache Bar, eine primitive Hütte unter dem Blätterdach einer Palme mit einem einzigen Raum, in dem ein paar Tische standen. Der Barkeeper besserte gerade ein Fischernetz aus, als Hamnet ihn ganz hinten fand. Hamnet hob die Hand und zeigte mit Finger und Daumen, dass er telefonieren wollte. Der Mann verstand, nickte, ging und kam mit einem uralten Telefon zurück, in das man Münzen einlegen konnte. Er stellte es vor Hamnet auf den Tisch, aber die Bedienungsanleitung war in Holländisch.

Hamnet starrte es zweifelnd an, denn offensichtlich verfügte er nicht über die richtige Währung. Der Barkeeper rieb die Finger zum Zeichen, dass er im Voraus bezahlt werden wollte.

»Singapur?«, fragte Hamnet.

Der Mann schüttelte den Kopf. »Palembang, Jakarta.«

Hamnet starrte wieder auf den Apparat. Es gab eine Chance, also zog er das gestohlene Geld aus der Tasche. Der Mann nahm sich fünf 100-Rupien-Scheine, schob ihm das Telefon zu und kehrte zu seinem Netz zurück, während Hamnet die indonesische Vorwahl seiner Telefonkarte wählte. Falls er keine Verbindung bekam, würde er sich nach Muntok weiterkämpfen müssen. Er hörte das »Ping Bong« und fühlte sich dann durch die Computerstimme mit einem Schlag in sein früheres Leben zurückversetzt. Alle seine Überseegespräche mit Anna hatten mit diesen amerikanischen Telefontönen und dieser Stimme begonnen. Er wartete, bis er mit jemandem in der Vermittlung sprechen konnte und fragte dann nach einer Telefonnummer, wartete zwei Minuten und dann noch eine, bis er verbunden wurde und nur noch das Knacken und Knistern in der Leitung hörte. Hamnet sah sich um und wischte sich den Schweiß von der Stirn. Endlich klingelte es.

»Dubre«, meldete sich die Stimme.

Hamnet lehnte sich auf den rohen Holztisch und schloss unwillkürlich die Augen. Er brauchte diese vergnügte Stimme voller Selbstvertrauen; damals, als er Dubre als Schadensermittler im Fall des gesunkenen Weizenfrachters kennen gelernt hatte, war dieser Mann ein Fels in der Brandung gewesen. Anschließend hatten sie Freundschaft geschlossen.

»Hallo? Dubre.«

Hamnets Versuche waren erfolglos. Er holte tief Atem und schrie nochmals ins Telefon: »Dubre? Hier ist Phil Hamnet.«

»Mein Gott, Phil, bist du okay? Die Zeitungen und das Fernsehen berichten ohne Ende über dich. Was zum Teufel ist passiert?«

»Als Erstes: Dieses Gespräch bleibt unter uns, versprich es, oder ich lege auf und du hörst nie mehr von mir.«

Dubre zögerte einen Moment und sagte dann: »Is' gebongt.«

»Hast du etwas über die *Shawould* gelesen?«

»Natürlich. Es ist Thema Nummer eins.«

»Was schreiben sie?«

»Ziemlich wirres Zeug – das Schiff gestrandet, die Crew tot, du und Anna verschwunden …«, er zögerte wieder. »Ist mit Anna alles in Ordnung?«

»Sie lebt.«

Dubre wartete, ob Hamnet noch mehr sagen würde. Als er schwieg, fuhr Dubre fort: »In den englischen Zeitungen gibt es ein paar Spekulationen über die Rolle, die du bei dem Ganzen spielst.«

»Darauf wette ich«, brummte Hamnet bitter. »Was sagt man bei der Versicherung?«

»Der Flurfunk geht von einem Unfall und deiner Entführung durch Einheimische aus, soweit ich informiert bin. Sie rechnen jeden Tag damit, dass deine Leiche auftaucht.«

»Wollen sie zahlen?«

»Ich glaube schon. Die Mörder versuchen, Verwirrung zu stiften, aber Raubüberfall und Entführung – nun, das ist nichts Außergewöhnliches in dieser Gegend.«

»Ich habe gehört, dass du mittlerweile auf eigene Rechnung arbeitest – auf Bonusbasis mit den Versicherern, stimmt das?«

»Ja.«

»Dann habe ich ein paar Informationen, mit denen du eine Menge Geld machen kannst, Dubre. Die Dinge sind nämlich ganz und gar nicht so, wie sie aussehen.«

»Und das heißt?«

»Erst musst du mir helfen.«

Dubres antwortete mit einem unverbindlichen Grunzer.

»Meine Informationen sind so heiß, dass halb Indonesien hinter mir herjagt. Du musst mich hier rausholen. Aber das ist nur der Anfang – da gibt's noch eine Menge mehr. Darüber informiere ich dich, wenn ich in Sicherheit bin. Bist du dabei?« Diesmal dauerte die Stille lange, und Hamnet schaute sich nervös um. Nichts regte sich unter der glühenden Sonne. Dann hörte er Dubre sagen: »Das ist ein großer Schritt ins Dunkle.«

»Vertrauenssache, Dubre. Aber du kannst mir glauben, dass du mit der Geschichte eine Menge Geld verdienen wirst.«

»Aber bestimmt nicht auf einfache Weise.«

»Ich habe keinen anderen, an den ich mich wenden kann. Dubre, willst du mich im Regen stehen lassen?«

»Sag mir, zum Teufel, was los ist.«

»Ich kann nicht. Noch nicht. Tut mir Leid.« Hamnet hörte einen Seufzer.

»Okay. Ich werde tun, was ich kann.«

Hamnet spürte, wie die Anspannung von ihm abfiel, einen Augenblick lang. »Ich bin in Bangka, in der Nähe von Muntok, ohne Papiere und ohne Geld. Fällt dir dazu was ein?« »Lass mich nachdenken. Kannst du mich in fünf Minuten wieder anrufen?«

»Kein Problem.« Hamnet legte auf.

Fünf Minuten – Hamnet starrte auf sein Handgelenk, wo die Uhr gewesen war. Dann zählte er bis dreihundert, voller Ungeduld, wartete noch einen Moment, so lange wie irgend möglich, und wählte wieder. Dubre meldete sich sofort.

»Also, ich habe heute Abend ein Wasserflugzeug zur Verfügung. Da ich es bei vielen Aufträgen einsetze, fällt es überhaupt nicht auf, wenn ich dich damit raushole. Da ist nichts dabei. Wie heißt das Nest?«

»Belolaut, ist östlich von Muntok. Nimm die erste Bucht westlich vom Dorf. Ist zehn Uhr abends okay?«

»Prima.« Phil konnte hören, wie Dubre etwas hinkritzelte. Es dauerte einen Moment, dann kam: »Verlass dich auf mich, Phil. Ich werde mich in der Zwischenzeit um eine Bleibe für dich kümmern. Bis später, Kamerad. Grüße an Anna.« Dann war die Verbindung unterbrochen.

Grüße an Anna.

Hamnet bedankte sich beim Barkeeper, kaufte noch eine Flasche Wasser und ein paar ziemlich traurig aussehende Früchte und ging am Strand entlang nach Westen bis zur ersten kleinen Bucht, die an jedem Ende von ein paar Felsbrocken eingerahmt war. Er brauchte dazu nicht mehr als fünfzehn Minuten und kehrte dann zum Fluss zurück zu seinem Rucksack, der von Ameisen belagert war, trank aus der Wasserflasche und aß so langsam wie möglich sein Obst. Aber das Flusswasser, das er vorher getrunken hatte, rebellierte in seinem Magen, sodass er im nächsten Moment das Innerste nach außen kehrte.

Der Tag zog sich träge dahin, der Himmel klarte auf, und das Land dampfte unter der sengenden Sonne. Schon am Nachmittag hatte Phil die Wasserflasche geleert, und die Hitze, der Durst und der Hunger trübten sein Urteilsvermögen. Bei Einbruch der Nacht kehrte er in die leere Bar zurück, bestellte Fisch und Reis, schüttete Wasser und Cola in sich hinein, bis sich sein Magen randvoll anfühlte. Als das Essen kam, schlang er es wie ein Verhungernder hinunter. Der Barkeeper setzte sich an den Nebentisch und rauchte. Hamnet schaute kurz auf, um einen weiteren Drink zu ordern, während ihn das Zischen der Gaslampe und die einschläfernde Atmosphäre immer mehr einlullten.

In der Bar gab es keine Uhr, und gerade als Hamnet beschloss, zu zahlen und zu gehen, sah er eine kleine Gruppe näher kommen. Aber erst als alle in den hellen Lichtkreis traten, bemerkte er die Uniform. Und ein junges Paar – die beiden jungen Leute, die er am Morgen lachend an dem Verkaufsstand neben der Straße getroffen hatte. Der junge Mann zeigte auf Hamnet – er hatte sein Hemd erkannt.

Der Stuhl krachte zu Boden, als Hamnet in Panik aufsprang und zum Wasser hinunterrannte. Zu Fuß über die Straße zu flüchten war aussichtslos, aber am Strand mit den vielen Felsbrocken hatte er gute Chancen. Er wandte sich nach rechts und hörte immer noch die schweren Schritte seiner Verfolger im Sand. Es war dunkel, aber das schwache Mondlicht half ihm. Sein Magen drohte jedoch alles wieder von sich zu geben, und sein Körper schüttete jede Menge Adrenalin aus und brachte sein Blut in Wallung. Ein Lichtstrahl flackerte vor ihm auf. Dann hörte er Schüsse hinter sich. Er sah und hörte die Kugel nicht, aber das war auch nicht notwendig. Dass auf ihn geschossen wurde, war mehr, als er wissen wollte.

Er rannte zu einer Felsplatte und flüchtete, ohne hinzusehen, in ihren Schatten, als eine weitere Kugel über seinen Kopf pfiff und in einen Felsen einschlug. Noch im Stolpern schmiss er sich hin und robbte von Fels zu Fels, vertraute von Angst getrieben auf Gott, umrundete den Fuß des Felsens, um sein Treffen in der nächsten Bucht nicht zu verpassen. Er hatte keine Ahnung, wann genau Dubre kommen würde. Wieder knirschte der Sand hinter ihm unter schweren Schritten, und der Lichtstrahl flackerte zickzack über den Felsen und verschwand dann. Rufe wurden laut. Ein Schrei gellte auf, als jemand fiel. Seine Verfolger kamen nicht mehr so schnell vorwärts. Das war verdammt viel Aufhebens wegen so eines kleinen Rucksacks – es sei denn, die Leute wussten, um wen es sich bei dem Dieb handelte. Hatten die Piraten ihre Fühler so weit ausgestreckt?

Er umrundete die Felsnase und sah das Wasser im Mondlicht glitzern. Dann hörte er das schwache Dröhnen eines Motors tief übers Meer näher kommen; von einem Licht war nichts zu sehen. Dubre kam gerade noch rechtzeitig! Hamnet atmete tief durch, sprang vom Felsen und stolperte wieder weiter über den Sand. Der weiche Untergrund kostete viel Zeit, bis er endlich das Westende der Bucht erreicht hatte. Das Wasserflugzeug landete, und die Schwimmkufen ließen die weiße Gischt nur hundert Meter links von ihm aufsprühen. Hamnet rief und winkte und zog dadurch das Gewehrfeuer wieder auf sich. Aber keine der Kugeln schlug dicht bei ihm ein, und die drei Lichtstrahlen zu seiner Rechten durchkämmten das Buschwerk am Ende des Strandes. Weiteres Geschrei ertönte. Schon war Hamnet fast am Wasser, auch der Sand unter seinen Füßen wurde härter, doch dann musste er röcheln, weil ihm das Essen in der Kehle brannte. Hinter sich hörte er Schritte im flachen Wasser, wieder einen Schuss, dann mehrere Schüsse. Die Jagd galt eindeutig nicht einer Jeans und einem T-Shirt.

In der Zwischenzeit war das Wasserflugzeug über mehr als vierzig Meter ausgerauscht, und als Hamnet hinüberschaute, sah er die offene Tür.

»Die Felsen!«, schrie er und winkte heftig in Richtung Landzunge. Vierzig Meter durchs Wasser zu schwimmen würde zu lange dauern. Aber falls Dubre das Flugzeug näher an die Landzunge heranmanövrieren konnte, musste Hamnet nur wenige Meter überwinden. Wieder hörte er Schüsse hinter sich und sah sogar, wo die Kugel in den Sand hackte, der wild aufspritzte.

Dubre verstand, drehte die Maschine und motorte zu den Felsen etwa fünfzig Meter voraus. Zum ersten Mal wagte Hamnet über die Schulter zurückzuschauen. Seine selbstmörderische Flucht hatte ihm ungefähr hundert Meter Vorsprung vor der ersten Gruppe seiner Verfolger verschafft. Die zweite Gruppe, rechter Hand, erreichte gerade den Strand und war etwas weiter entfernt. Ihre Flankenstrategie war fehlgeschlagen.

Dubre hatte das Flugzeug gewendet und blieb draußen im Wasser, während er parallel zur Landzunge motorte, und Hamnet war nur noch zwanzig Meter entfernt, als ein Schuss links von der Maschine im Wasser einschlug. Dubre stand in der Tür an der Steuerbordseite und hatte wegen des Motorenlärms nichts gehört, aber als Hamnet auf gleicher Höhe war, sahen sie beide die nächste Salve rund um den Flügel an Steuerbord einschlagen. Hamnet hörte noch Dubres Warnschrei, als er blitzschnell ins kalte Wasser abtauchte. Der Schwung ließ ihn gut vorwärts kommen, und nach zwei Schwimmzügen konnte er nach der Seitenstrebe greifen und sich mit mächtiger Anstrengung nach oben auf die Steuerbordschwimmkufe ziehen.

»Wo ist Anna?«, schrie Dubre.

»Los, hau ab, los!«, schrie Hamnet zurück.

Dubre verschwand von der Tür und gab hart Gas. Das Flugzeug schoss übers Wasser, und vom Strand her folgten ihm gewaltiges Geschrei und eine weitere Salve, die Hamnet aber gar nicht beachtete. Er versuchte, auf die Beine und in die Kabine zu kommen, und die Maschine begann unter seinen Bewegungen heftig zu schaukeln. Dubre drehte sich um und drohte ihm mit der Faust – als Zeichen, dass er sich festhalten sollte. Dann waren sie außer Reichweite der Gewehre, und Hamnet schaute zurück und sah drei oder vier Lichtstrahlen, die noch immer auf das Flugzeug gerichtet waren, jetzt aber ohne jede Aussicht auf Erfolg. Er fühlte, wie alle Energie ihn verließ und auch das Flugzeug langsamer wurde. Etwas behutsamer versuchte er, erneut sich aufzurichten und in das enge Cockpit neben den massigen Dubre zu kriechen. Die Maschine schoss weiter übers Wasser, zog dann aber steil nach oben, ehe Dubre sich Hamnet mit finsterem Blick zuwandte.

»Was zum Teufel ist da unten los?«, wollte er wissen.

Aber Hamnet lehnte sich wortlos gegen das Fenster, schüttelte nur den Kopf und atmete pfeifend. Dubre würde warten müssen.

9

Hamnet starrte wortlos zum Cockpitfenster hinaus. Vor ein paar Minuten hatte Dubre ihn wachgerüttelt, ebenfalls wortlos, und auf die funkelnden Lichter an Steuerbord gezeigt. Der dunkle Teppich unter ihnen war beleuchtet von einer orangefarbenen Ellipse an der Kimm im Osten und im Westen, gespritzt mit hellem Mondlicht. Hamnet reagierte nur mit einem Grunzen, wofür Dubre Verständnis zu haben schien, denn sein Passagier hatte nach der Anspannung tief geschlafen und kämpfte jetzt darum, in die Realität zurückzukehren. Die Zukunft sah trübe aus. Ein kurzer Check seiner körperlichen Verfassung wies ebenfalls auf eine Menge Probleme hin, aber der Schlaf und das Gefühl der Sicherheit in dem winzigen Cockpit hatten Phils schlimmste Befürchtungen beseitigt. Erstaunlicherweise belasteten ihn im Augenblick der schlechte Geschmack und das pelzige Gefühl im Mund am meisten. Ach, wären das nur wirklich die dringendsten Probleme!

Dubre unterbrach seine Träumerei. »Ich habe unsere Landung planmäßig angemeldet. Sollte sich irgendwer darüber wundern, dass ich mich verspätet habe, werde ich behaupten, dass ich wegen eines überhitzten Motors mehrere Male zwischenlanden musste. Aber man darf dich nicht an Bord sehen, deshalb werde ich jetzt auf dieser Seite der Landzunge und nicht in der Nähe des Dorfes landen. Du springst raus und schwimmst an Land. Vor deinen Füßen liegt ein Plastiksack mit Klamotten, und ich habe noch mehr Zeug für dich, das bekommst du später. Staffier dich aus, so gut es geht, und dann treffen wir uns in ein paar Stunden in der Bar »Zum lächelnden Buddha« am Strand. Der ist so klein, dass du sie gar nicht verfehlen kannst.«

Hamnet nickte und begann, sich auszuziehen. »Wo sind wir jetzt?«, brummte er, während er nach dem Plastiksack tastete.

»Die Insel heißt Phi Phi und liegt vor der Westküste von Thailand, nördlich der Grenze von Malaysia. In dieser Gegend stellt man keine Fragen. Und jetzt los. Bist du fertig, Kumpel?«

Es piepste ein paarmal, als Dubre die Maschine tief übers Wasser zog und für den Landeanflug ausrichtete. Dann setzten die Schwimmkufen auf, und ein Vorhang aus Gischt wehte hoch. Dubre lehnte sich zu Hamnet hinüber und entriegelte die Tür. »Und raus!«, zischte er, während Hamnet mit dem Plastiksack in der Hand noch zögerte, als er das aufgewühlte Meer sah. Schließlich sprang er doch, und bis er auftauchte, hatte Dubre die Maschine bereits wieder gestartet, und das Flugzeug suchte schnell das Weite. Hamnet schwamm zunächst auf der Stelle, um sich erst einmal zu orientieren. In etwa hundert Meter Entfernung machte sich ein massiver schwarzer Felsen breit und streckte sich mit einladendem Winkel ins Wasser. Hamnet drehte sich auf den Rücken, um sein Gepäck auf der Brust möglichst trocken an den Strand zu bringen, und schwamm los.

Dubre hatte gut vorgearbeitet, der Plastiksack enthielt eine Salzwasserseife, Zahnbürste und Zahnpasta, ein Handtuch, ein paar Sandalen, eine ausgebeulte Baumwollhose und ein ausgebleichtes T-Shirt, das sich als popeliges Mitbringsel aus Singapur verkaufte. Der Felsblock entpuppte sich als perfektes Badezimmer, in dem sich Hamnet in Form brachte, während sich die Sonne über die Hügel in seinem Rücken schob und eine spektakuläre Felsformation sichtbar werden ließ, die sich in mehreren Stufen in Form von zwei Landzungen aus dem Meer erhob und eine kleine Bucht umschloss. Am Ende der Bucht begrenzte eine Mauer aus hoch gewachsenen Palmen, in denen es gewaltig zirpte, den makellos weißen Sandstrand. Hamnet zog sich an und stopfte die Toilettensachen zu den gestohlenen Klamotten in den Plastiksack – wie jeder andere Frühaufsteher, der sich nach dem Schwimmen auf den Weg zu seinem herzhaften Frühstück macht.

Er ging am menschenleeren Strand entlang, bis er einen Pfad entdeckte, der durch einen Tunnel aus grüngelbem Blattwerk führte. Dort konnte er schnell vorankommen. Fast zu perfekt, zu fantastisch, seiner Gemütsverfassung nicht entsprechend. Der Pfad führte sanft über die Landzunge und schlängelte sich auf der anderen Seite wieder zum Strand hinunter. Dubres Flugzeug lag am äußersten Ende, wo sich ein paar Holzhütten mit Dächern aus Palmwedeln unter den Bäumen versteckten, Fischerboote davor lagen, Netze zum Trocknen aufgespannt waren und Rauchschwaden sanft durch die frische Morgenluft zum Wasser hinunterzogen. Sonst rührte sich nichts.

Hamnet ging zum Strand und fand die Bar »Zum lächelnden Buddha«: eine Bretterbude mit offener Küche. Als ihm der Geruch des Essens in die Nase zog, überfiel ihn ein gewaltiger Heißhunger. Das junge japanische Pärchen, das am vordersten Tischchen saß, ließ sich durch seine Ankunft nicht stören, und die junge Frau kicherte laut, als er ganz hinten auf einem knarzenden Stuhl Platz nahm. Auf der Karte standen fast nur Fisch und Reis. Er bestellte eine Portion »gebraten« und eine Kanne schwarzen Kaffee; bei einem Jungen, dessen Augen wie Ölseen schimmerten. Selbst in Anbetracht seines enormen Appetits schmeckte das Essen so gut, wie gebratener Reis und Fisch nur schmecken können. Als er die zweite Kanne Kaffee halb geschafft hatte, tauchte Dubre in der Türöffnung auf.

Hamnet beobachtete ihn, wie er zu seinem Tisch kam und dabei über das nicht vorhandene Haar auf seinem Kopf strich, eine Geste, die Hamnet gut kannte. Und nicht zum ersten Mal fragte er sich, welche Farbe Dubres jetzt graue Haarstoppeln wohl vorher gehabt und wie sie mit den verblüffend grünen Augen harmoniert hatten. Er kickte für ihn den Stuhl, der ihm direkt gegenüberstand, vom Tisch weg und sagte: »Danke. Ich glaube, das habe ich noch nicht erwähnt.«

»Stets zu Diensten, alter Freund. Obwohl ich zugeben muss, dass mich die Tatsache, dass jemand auf uns geschossen hat, leicht irritiert.« Er zögerte und schaute Hamnet abwägend an. »Du siehst beschissen aus.« Damit setzte er den Leinensack, den er bei sich trug, neben dem Tisch ab. »Da drin ist alles, was du brauchst. Ein Erste-Hilfe-Set sozusagen, ein paar Klamotten und Geld.« Er schob sich mit seinem dicken Bauch im Stuhl hoch. »Und jetzt bist du an der Reihe, mein Bester. Was zum Teufel ist los? Wo ist Anna? Und wer verdammt hat auf uns geschossen?« Und dann schob er noch hinterher: »Die Reihenfolge steht dir frei.«

Hamnet knetete an seiner Nase herum und fuhr sich mit den Händen übers Gesicht, dann sagte er: »Die Polizei von Bangka hat geschossen. Ich habe ein paar Kids die Klamotten gestohlen, und sie haben mich in einem Restaurant entdeckt.«

»Und man hat wegen einer Jeans auf uns geballert? Indonesien hat nicht viel für die Menschenrechte übrig, aber ich glaube, das ist selbst für hiesige Verhältnisse ungewöhnlich.«

»Vielleicht haben sie mich mit der *Shawould* in Verbindung gebracht. Was ich herausgefunden habe, wird jemanden eine Stange Geld kosten. Genug, um mich dafür umzubringen.«

Dubre griff nach der ramponierten Menükarte, während er sagte: »Apropos umbringen – irgendein Weißer hat einem Fischer vorletzte Nacht eins über den Schädel gezogen und das Boot gestohlen, das neben seinem Pfahlhaus in der Mündung des Upang hing. Sagt dir das was, Phil?« Er zog eindringlich die Augenbrauen hoch, während er noch die Frage nachschob, ob der gebratene Fisch zu empfehlen wäre.

Damit hatte er Hamnet kalt erwischt, der Dubres Blick auf sich fühlte und spürte, wie seine Kehle austrocknete. Der Schlag, mit dem er das Paddel auf den Kopf des Mannes niedergedroschen hatte, war ihm geradezu körperlich präsent. Ihm war klar, dass er hart zugeschlagen hatte, aber er hatte es bis jetzt verdrängt. Um eine harmlose Reaktion bemüht, schob er den leeren Teller weg und lehnte sich über den Tisch. »Jesus, natürlich nicht«, brachte er mit heiserer Stimme heraus. »Was ist passiert?«

Dubre schaute ihn fest an. »Der Kerl hat den Mann k.o. geschlagen und dann ertrinken lassen. Ich bin im Zusammenhang mit meinen Nachforschungen über die *Shawould* auf die

Sache gestoßen, gestern, nachdem du angerufen hast. Der Polizist, mit dem ich gesprochen habe, erwähnte es so nebenbei – diese Woche sei 'ne Menge los, hat er gesagt. Aber die Behörden sehen keinen Zusammenhang.«

»Wo sollte da auch ein Zusammenhang sein?«, antwortete Hamnet.

»Ich kann nichts für dich tun, wenn du da irgendwie drinhängst, Phillip. Was immer hier vor sich geht, es ist eine völlig andere Chose als beim letzten Mal. Diesmal bist du nicht auf dich selbst gestellt, ein Mann gegen das Meer oder so was in der Art. Diesmal gilt es, die Regeln eines Landes zu beachten.«

Hamnet fühlte, wie er rot wurde. »Ich habe niemandem etwas angetan«, sagte er und hasste sich für die Lüge.

»Wie bist du überhaupt nach Bangka gekommen?«

Irgendetwas in seinem Unterbewusstsein rettete ihn. Der Anführer der Piraten hatte die Rettungsinseln aussetzen lassen. »Ich hatte eine Rettungsweste an. Und wurde von einer Sturmbö gepackt. Als die am nächsten Morgen nachließ, trieb ich vor dem Strand von Bangka.«

»Das nenn' ich Glück«, kommentierte Dubre, und seine grünen Augen starrten Hamnet noch einen Moment lang an, ehe er sich der Speisekarte widmete.

»Ich auch.« Hamnet nickte und versuchte, seinen Puls zu beruhigen. »Was hast du über die *Shawould* in Erfahrung bringen können?« Das war seine Chance, das Thema zu wechseln.

»Lief bei schlechtem Wetter auf Grund, nachdem Unbekannte sie geentert hatten. Irgendjemand setzte noch ein Mayday ab, aber es dauerte zu lange, bis der Heli von der Bohrinsel eintraf. Elf von der Crew waren tot, der Skipper und seine Frau gelten als vermisst. Die Polizei will die Akten erst schließen, wenn ihre Leichen aufgetaucht sind, aber ich glaube nicht, dass sich dadurch die Auszahlung der Versicherungssumme verzögern wird.« Wieder fixierte Dubre Hamnet lange. »Also, wo ist Anna?«

»Sie haben sie mitgenommen. Um mir den Mund zu stopfen. Erst wenn wir sie gefunden und befreit haben, kann ich dir alles erzählen, was ich weiß. Und ich kann den Versicherern jeden Penny zurückholen, den sie für das Schiff und die Ladung auf den Tisch legen.«

Dubres glatte Stirn legte sich in Falten, als er wieder eine Augenbraue hochzog. Der Kellner tauchte hinter ihm auf; Dubre sprach schnell in Thai mit ihm, und der Junge zog ab. »Und warum glaubst du, dass ich sie zurückbringen kann?«, fragte er Hamnet.

»Du kennst viele Leute – die richtigen Leute. Deine Kontakte laufen durch ganz Südostasien und zu allen möglichen Gesetzeshütern und zwar auf jedem Niveau. Du hast einen guten Ruf und hast mehr Informationen über die Piraten als irgendein anderer. Wenn du nicht an diese Leute herankommst, schafft es keiner. Außerdem habe ich sonst niemanden, dem ich vertrauen kann.« Er fühlte sich unbehaglich bei diesen Worten, nachdem er gerade gelogen hatte. »Wenn bekannt wird, dass ich noch am Leben bin, dann geht der gleiche Zirkus los wie beim letzten Mal. Und wenn ich aus der Deckung komme, bin ich nur noch eine Zielscheibe. Für die Bastards ist es die Lösung aller Probleme, dass sie Anna und mich umlegen. Nein, wir müssen sie finden – wir beide ganz allein.«

Dubre klopfte mit einem schweren goldenen Ring, den er am linken kleinen Finger trug, auf die Tischplatte. »Angenommen, ich helfe dir: Was kannst du mir sagen, wo können wir den Faden aufnehmen?«

»Die beiden Anführer der Piraten, die sie verschleppt haben, sind Amerikaner. Ich weiß, wie sie aussehen, und von einem kenne ich sogar den Namen: Bureya. Er ist die Nummer zwei. Im Grunde können nicht viele Weiße im Piratenbusiness sein, normalerweise machen Einheimische die Drecksarbeit. Aber diese Kerle gehören zu einer Organisation, sie haben erstklassige Schlauchboote, einen verdammten Leichter samt Ladegeschirr zum Übernehmen der Ladung. Das ist Profiarbeit – organisiert und mit genug Finanzen im Hintergrund. Irgendjemand muss irgendetwas über die Kerle wissen. Die sind nicht einfach aus dem Nichts aufgetaucht.«

»Amerikaner also. Kein Chinese dabei?«

Hamnet wartete, bis Dubres Frühstück, eine Kanne mit frischem Kaffee, vor ihm stand. »Du denkst an die Triaden?«

»Ja, wenn du schnell ein Etikett willst. Nur die Chinesen beherrschen in dieser Region die Unterwelt. Wenn man nach organisiertem Verbrechen sucht, ist das die richtige Adresse.«

»Ich habe keinen Chinesen gesehen. Nur die Amis und ein paar Einheimische.«

»Beschreib sie.«

Hamnet holte jede Einzelheit, an die er sich im Hinblick auf die Amerikaner erinnern konnte, aus seinem Gedächtnis, während Dubre ihm, ohne ein Wort zu sagen, zuhörte und nur manchmal etwas in ein kleines Notizbuch kritzelte. Als er zu Ende war, schlug Dubre das Ding zu und fixierte Hamnet noch einmal scharf. »Dazu muss ich nach Singapur, Kumpel«, sagte er dann.

»Okay. Und was soll ich in der Zwischenzeit tun?«

»Ich sollte mich nicht allzu bald hier wieder sehen lassen. Was hältst du davon, wenn wir uns in Bangkok treffen? Ich könnte in Singapur für dich falsche Papiere organisieren – vorher brauchst du sie nicht. Nimm einen der Busse wie die Rucksacktouristen, das wird ohne Probleme laufen. Warst du schon mal in Bangkok?«

Hamnet schüttelte den Kopf.

»Okay. Rund um die Khoa San Road gibt es jede Menge billige Hotels, wo keine Fragen gestellt werden und wo du auch keine Papiere brauchst. Wir treffen uns am Wat Benjamabophit, das ist in der Nähe vom Chitlatda Palace, vor dem schweinischen, großen, goldenen Buddha – den kannst du gar nicht verfehlen – in genau einer Woche.«

»Wir haben keine Woche Zeit.« Hamnet lehnte sich vor.

Dubre zögerte leicht. »Ich weiß nicht, wie viel Zeit ich brauche.«

»In drei Tagen.«

»Da führt kein Weg hin, alter Freund. Ich brauche eine Menge Vorinformationen. Fünf Tage.«

»Drei. Es geht um Annas Leben, um Himmels willen!«

»Vier. Sonst wundern sich eine Menge Leute, dass ich solchen Druck mache, und fragen sich warum. Nimm dein Zeug.«

»Okay, in vier Tagen. Halb neun morgens.«

»Wenn es Probleme gibt, rufst du mich zu Hause an wie sonst auch. Aber hinterlass keine Nachricht, falls ich nicht da bin.« Dubre nahm den letzten Schluck von seinem Kaffee und stand auf. »Vielleicht weiß ich mehr, wenn wir uns wiedersehen, aber ich kann dir nichts versprechen, Phillip, nicht einmal meine Hilfe. Ich werde den Kerl suchen – wir schulden dir noch was vom letzten Mal.«

Hamnet schüttelte den Kopf. »Nicht ›wir‹, Dubre, diese Sache geht nur dich und mich etwas an – okay? Ich traue keinem von diesen Bastards.«

Dubre nickte. »Ich weiß.« Er zog eine Minikamera aus der Hemdtasche. »Ich brauche ein Foto für deine Papiere. Lächle, um Himmels willen – es wird schon schief gehen.«

»Ist es schon«, Hamnet zeigte die Zähne.

Das Blitzlicht zuckte auf. »Das muss reichen. Ich fliege heute Nachmittag ab, muss vorher noch etwas erledigen, damit es so aussieht, als hätte ich was Wichtiges zu tun gehabt. Aber du solltest so schnell wie möglich verschwinden. Mittags gibt es eine Fähre zum Festland.«

Diesmal nickte Hamnet. »Ich werde drauf sein. Viel Glück.«

»Dir auch, Kumpel.«

Hamnet sah ihm nach, als er ging. Dubre hatte damals akzeptiert, dass er einfach nicht danach fragen sollte, was in dem Rettungsboot wirklich vor sich gegangen war. Deshalb war Hamnet nie in die Lage gekommen, ihn anlügen zu müssen. Das war die Basis ihrer Beziehung gewesen – bis jetzt. Heute hatte Dubre ihm mit der Bemerkung über den Fischer eine Falle gestellt, und er hatte ihn anlügen müssen. Aber Dubre hatte Recht – diesmal war alles anders. Ihr stilles Übereinkommen zeigte Risse. Wusste Dubre das?

Hamnet hatte einen Menschen eigenhändig umgebracht. Einen Unschuldigen. Er begrub den Gedanken in den tiefsten Schichten seines Bewusstseins. Falls er dafür bezahlen musste – moralisch oder emotional oder in strafrechtlicher Hinsicht – dann, so beschloss er, würde er später bezahlen.

10

Janac lehnte sich vor und bediente mit ausgestrecktem Finger die Maus. Die herumwirbelnden Farben auf dem Bildschirmschoner verschwanden, und das Display war wieder zu sehen. »Ich würde es begrüßen, wenn du die Spielereien lassen könntest, Jordi. Es nervt«, sagte er.

Der Mann, der vor Janac saß, drehte sich zum Computer um, und seine Finger tanzten zehn Sekunden lang über die Tastatur, dann schaute er über die Schulter zurück. »Entschuldigung«, murmelte er, ehe er zum Punkt seines Interesses zurückkehrte.

»Ist alles okay?«, fragte Janac.

»Sieht so aus. Die Leistung des Trägersignals ist nur ein Bruchteil, aber es reicht. Soll ich anfangen?« Seine überdimensionalen Ohren wackelten leicht links und rechts von dem schmalen Gesicht, während Jordi sprach.

»Eine Meile nach West versetzt, Input über dreißig Minuten«, antwortete Janac.

»Positiv.«

»Und los.«

Jordi betätigte einen Knopf an einem schwarzen Gehäuse, den Signalgeber des DGPS, und dann noch ein paar Schalter an dem Radargerät daneben. Er schaute auf das SSB- und das UKW-Gerät zu seiner Rechten, um sicher zu sein, dass sie den Notrufkanal blockierten. Schließlich eilten seine Finger über die Tastatur und stoppten nur, wenn er mithilfe eines Mausklicks ein paar notwendige Anpassungen vornahm. Dann hielt er inne, lehnte sich in seinem Stuhl zurück und ließ einen abgekauten Fingernagel vor dem Bildschirm seines Laptops fliegen. »Die rote Linie zeigt die augenblickliche Position des Schiffs,

Grün signalisiert die Position, die ihnen das GPS vorgaukelt.« Der Fingernagel schwebte jetzt in Höhe seines Mundes, während sein Blick am Bildschirm hing.

»Okay.« Janacs Blick verengte sich, während seine Augen Jordis Hinterkopf fixierten. Dann wandte er sich zu Bureya um, der an der Kajütwand lehnte. »Ist das Schlauchboot startbereit?«

Bureya beugte sich leicht nach vorn und bestätigte: »Ja, Boss.« Die Arme hielt er weiter über der Brust verschränkt, und sein Gesicht schwitzte kaum weniger als die Wände in dem geschlossenen, muffigen Raum, der auf dem Leichter als Brücke diente. Kondenswasser lief die Fensterscheiben hinunter. Und draußen wirbelten die grauen Schwaden des Morgennebels vorbei.

»Waffencheck?«

»Ausgeführt.«

Janac nestelte eine Lucky Strike aus der Brusttasche seiner Uniformjacke und zündete sie mit dem Zippo an. Nach dem ersten tiefen Zug schaute er zu Bureya. »Gute Arbeit, wie du das Mädchen zu Lee gebracht hast. Es gibt noch einiges mit ihr zu besprechen.« Er zog wieder an seiner Zigarette. »Und die Kinder könnten dabei sehr nützlich werden.«

Bureya nickte lässig bei halb geschlossenen Augen. »Danke, Boss.«

Janac wandte sich wieder dem Monitor zu. Die Minuten vergingen, während die rote und die grüne Linie immer weiter voneinander abwichen, und der Rauch der Zigarette ließ die Luft noch stickiger werden. Schließlich hielt die grüne Linie auf den Selat Limende Channel zu, während die rote direkt auf die Untiefe von Kelemar zielte.

Als das Schiff nur noch eine halbe Meile vom Riff entfernt war, wies Janac Bureya an: »Aufsatteln.«

Der massige Mann richtete sich auf und griff nach der Automatikwaffe, die neben ihm stand. Leise durchquerte er die Brücke und öffnete das Schott. Janac zog die schwere Smith & Wesson aus dem Schulterholster und ließ die Trommel tanzen, um sich noch einmal zu bestätigen, was er schon wusste. Dann steckte er sie zurück.

»Jeden Moment ist es so weit«, flüsterte Jordi.

Die rote Linie kroch langsam aus dem weißen Feld, das das schiffbare Gewässer anzeigte, in Richtung der grünen Linie zu der Untiefe. Dann knackte es im Funk einmal, zweimal, und eine aufgeregte Stimme schrie in Englisch mit einem schweren Akzent: »Mayday! Mayday!«

»Gute Arbeit, Jordi«, lobte Janac. »Du kennst die Pläne und den Code. Halt mich auf dem Laufenden.« Er hakte das leichte, tragbare UKW-Gerät am Gürtel ein, als Jordi nach dem Mikrofon griff. Dann ging er zur Tür hinaus und verschwand im Nebel.

Jordi atmete hörbar aus, wischte sich mit dem Handrücken über den Mund und schaute zum Kapitän des Leichters. Sie sahen sich einen Wimpernschlag lang an, und die Spannung, die man eben noch glaubte mit den Händen greifen zu können, fiel von ihnen ab. Jordi drückte die Taste des Senders. »Hier spricht Motorschiff *Hope.* Wir haben Ihr Mayday gehört. Nennen Sie Position und nähere Umstände.«

Janac warf die Vorleine ins Schlauchboot und sprang gleichzeitig hinein. Die beiden Außenborder rülpsten erst und kamen dann in Fahrt; er griff nach der Pinne, legte den Gang ein und ließ den Leichter hinter sich. Dann widmete er sich dem UKW-Gerät an seinem Gürtel. »Was ist los, *Hope?*«

»Sie machen eine Menge Wasser und warten auf dich, um ein paar Männer loszuwerden.«

»Verstanden.« Das verwundete Schiff war nicht mehr als eine Meile entfernt, und mit den 200 PS würde er bei ruhiger See nicht mehr als zwei Minuten brauchen. Er sah einen Lichtschein durch den Nebel schimmern und drosselte die beiden kraftvollen Motoren. Die Bugwelle baute ab, und das Schlauchboot begann ekelhaft zu schaukeln, als er eine Kurve zog. Janac wandte sich den fünf Männern im Heck zu: »Tosh und die anderen! Verschwindet unter der Plane!«

Bob signalisierte mit seinem grauen Pferdeschwanz und

einem »Aye« mit schottischem Akzent, dass er verstanden hatte. Er schnippte den Stummel einer zerknautschten, selbst gedrehten Zigarette ins Wasser, während sich die Männer flach auf den Boden warfen, und Bureya warf eine Plane über sie. Nur zwei Indonesier blieben als Crew im Bug sichtbar und griffen wie Bureya unter ihren weiten Jacken nach den Heckler & Koch MP5 Maschinenpistolen.

»Schon klar«, sagte Janac und ließ seinen Schulterholster fallen, als Bureya sich wieder neben ihn stellte, »dass es mit einem Entermesser zwischen den Zähnen und einer flatternden Totenkopfflagge 'ne Menge mehr Spaß machen würde.« Er grinste und drosselte die Geschwindigkeit weiter.

Dann legte er das Schlauchboot neben das gestrandete Schiff. Ohne Zweifel war der Schaden beträchtlich. Das Heck mit dem Ruder ragte hoch in die Luft, und der Rumpf hatte eine Neigung von mindestens dreißig Grad. Oben tauchten mehrere Gesichter auf, während eine Jakobsleiter ausgebracht wurde. Indem er ständig den Motor auf gleichen Touren hielt, hielt Janac das Schlauchboot auf der Stelle und signalisierte seinem Vormann – einem der Indonesier – aufzuentern. Bureya folgte als Nächster, und zwar erstaunlich gewandt trotz seiner Größe.

In dem Moment, als der Amerikaner oben ankam, wurden ein Schuss und ein Krachen laut, und sein Kopf hing über der Reling. Bureya sah, wie sein Mann unter einem Schlag mit dem Schaft einer Axt zu Boden ging. Jemand riss ihm die Automatikwaffe aus den leblosen Händen. Laut fluchend ging Bureya in Deckung, während eine Flasche über seinen Kopf zischte. Er schaute in Janacs Richtung und schrie: »Verdammte Scheiße!« und riss noch im selben Moment seine Waffe unter der Jacke hervor.

Aber da er sich immer noch an der Jakobsleiter festhalten musste, war die Schiffscrew schneller. Ein Mann schwang den Holzschaft aus, um ihn Bureya mitten ins Gesicht zu rammen, der sich mit verzweifelter Kraft von der Schiffswand abstemmte, um dem Schlag auszuweichen.

Janac griff nach dem Revolver, der vor seinen Füßen lag, weshalb er nicht mitbekam, wie Bureya sprang und ohne jeden Schrei nach unten kam, den Rumpf des Schlauchbootes nur um Zentimeter verfehlte und ins Wasser klatschte. Aber er wusste, dass der Mann oben mit der Maschinenpistole nicht Bureya war. Sofort schoss er zweimal auf ihn, und das schwere Kaliber zwang den Mann, hinter der Reling Deckung zu suchen. Allerdings hielt es ihn nicht davon ab, die Hand hochzuschieben und blindlings nach unten zu feuern. Janac hatte keine Wahl – er legte den Gang ein, gab Gas und das Schlauchboot schoss davon. Wegen des Aufheulens der Motoren und dem Geknatter der Schüsse gingen die halb erstickten Schreie Bureyas unter. Janac war klar, was der Schlag und das Aufspritzen des Wassers bedeutet hatten. Er blickte zurück, als Kugeln den Kunststoff und das Gummi durchlöcherten und sah trotz der Nebelschwaden einen Augenblick lang Bureya in dem sich rötlich färbenden Kielwasser. Er griff nach dem UKW-Sender an seinem Gürtel und schrie: »X-Ray Zebra *Hope*, X-Ray Zebra *Hope!*« Auf dem Leichter tat Jordi seine Arbeit, indem er die Notruf- und alle anderen Frequenzen für die *Hope* blockierte.

Das Schlauchboot war so blitzschnell im Nebel verschwunden, dass der Schütze auf der *Hope* sein Geballer einstellte. Hinter Janacs Rücken krochen die fünf Männer wieder unter der Plane hervor, zwei der Luftkammern des Bootes waren aufgerissen, und das Gummi schleifte durchs Wasser, die Sitzbänke und der Boden waren an mehreren Stellen bis auf fünfzig Zentimeter hinter Janac zerfetzt, der sich jetzt den Schaden anschaute. Durch die Löcher kam Wasser, aber solange das Boot seine Geschwindigkeit hielt, floss es am Heck einfach wieder ab. Er drosch es deshalb weiter und beruhigte die Männer, indem er die Hand hob. »Tosh – du und Edi, ihr seid fürs Störfeuer zuständig.« Dann zeigte er auf die beiden anderen. »Schnappt euch die Wurfanker und nehmt die Splittergranaten.« Während die Männer die Leinen und die Handgranaten zurechtlegten, kam der überlebende Bugmann zurück und stellte sich neben seinen Boss. Janac schlüpfte wieder in seinen Schulterholster, und die Motoren heulten auf, als er Gas gab und das Boot wieder Fahrt aufnahm.

Janac ging mit zwanzig Knoten hinter dem Heck des Frachters durch, und das blutige Kielwasser markierte den Ort des Geschehens. Die Jakobsleiter war eingeholt worden, und von Bureya war weit und breit nichts zu sehen. Auch oben an der Reling waren die Gesichter verschwunden. Aber das Schlauchboot wurde beobachtet, denn das Maschinengewehr fing wieder an zu rattern und ließ das Wasser an Backbord aufspritzen. Als das Heckler & Koch übernahm, schwieg der erste Schütze plötzlich. Janac wollte an der anderen Seite des Frachters längsseits gehen, die Wurfanker griffen klappernd, und die Männer versuchten, an den Leinen mit den Spezialvorrichtungen aufzuentern und stiegen in die Schlingen. An Bord rührte sich nichts. Während die Enterer auf dem Weg nach oben waren, zog Janac das Boot wieder etwas von dem Frachter weg, und zwar so weit, wie der Nebel es zuließ, damit er einen besseren Schusswinkel hatte, wenn er Feuerschutz geben musste.

Eine unheimliche Stille lag über dem Ganzen – die nur gelegentlich von einem der Männer aus dem Sturmtrupp unterbrochen wurde. Als Erster reagierte Tosh mit einer einzelnen wohlüberlegten Attacke, und der Mann verschwand außer Sicht. Die beiden Enterer hatten ihre Schwierigkeiten an dem überhängenden Rumpf, und Janac verfluchte ihre schlechte Kondition und die mangelhafte Technik. Ohne Bureya waren Tosh, Soey und Edi die einzigen, auf die er sich noch verlassen konnte. Ungefähr einen Meter ehe die Enterer oben waren, legten sie eine Verschnaufpause ein, und im gleichen Moment flog in hohem Bogen eine Handgranate über die Reling und explodierte drei Sekunden später mit Blitz und einem »Wumf« unten im Nebel. Die beiden Männer setzten ihren Weg fort, und Janac legte das Boot wieder unter die Enterleinen, als oben die Maschinengewehre erneut zu feuern begannen.

Tosh, Edi und Soey waren auf dem Weg, als Janac den letzten Mann ans Ruder winkte. Das Feuer wurde eingestellt, während er selbst nach oben kletterte. Er ließ sich über die Reling fallen, die Smith & Wesson in der Hand. Mit einem Blick überschaute er die Lage. Seine fünf Männer lagen in Deckung auf dem Achterdeck. Man konnte kaum weiter als fünfzig Meter sehen, und wieder war es unheimlich still, denn der Nebel schien die Geräusche ebenso zu schlucken wie alles, was man normalerweise hätte sehen können.

Janac machte eine Handbewegung: »Du und dein Kumpel, ihr verzieht euch nach Backbord. Mäht alles nieder, was sich bewegt, aber geht nicht rein, bevor wir nicht die Brücke genommen haben. Soey, du kommst mit mir.«

Die anderen machten sich zu zweit davon, während sich Janac mit Soey auf die Steuerbordleiter zu den oberen Decks zubewegte. Leise, aber kraftvoll kletterte er nach oben, den Lauf der Smith & Wesson schussbereit. Dann hörte er Krachen und Maschinengewehrgeknatter von unten. Aus dem Funkgerät an seinem Gürtel meldete Toshs Stimme: »Wir haben's geschafft.«

Eine Leiter führte zur Brückennock hinauf. Nichts bewegte sich, es war keinerlei Widerstand erkennbar, aber Janac traute der Stille nicht: Die Brücke und der Funkraum waren von ausschlaggebender Bedeutung. Er trat zurück und schaute prüfend an der weißen Wand hinauf, die sich zwei Stockwerke hochzog. Dann zog er sich ans äußerste Ende des Laufgangs zurück. Dort fand er eine zusätzliche Leiter, gab Soey ein Handzeichen, hängte sich die Waffe über den Rücken und begann aufzuentern. Zwei von den Männern zögerten, als sie auf dem Seitendeck standen, aber alles blieb totenstill. Also setzten sie ihren Weg auf das Dach der Brücke fort, und Janac lugte immer wieder vorsichtig über die Kante, bis sie über dem Seitenfenster angekommen waren. Dann nahm er Soey die beiden Handgranaten ab.

»Auf drei«, sagte er.

Während er leise zählte, sprangen die beiden leichtfüßig auf das Seitendeck hinunter. Soeys Füße hatten kaum das Deck berührt, als ein Schuss mitten durchs Fenster kam. Janac warf die Granaten in hohem Bogen durch das Loch hinein, und die beiden Männer drückten sich eng an die Wand, als die Explosion die Brücke erschütterte. Dann trat Janac das Schott bis zum Anschlag auf und sprang mit vorgehaltener Waffe und Taschenlampe hinein. Nichts rührte sich in der Düsternis. Der Lichtstrahl glitt über Papierfetzen, Plastiktrümmer und Glasscherben. Immer noch rührte sich nichts. Dann hörte er einen kläglichen Schrei vom hinteren Teil der Brücke. Im Lichtschein der Taschenlampe sah er den Funkraum, wo zwei Männer auf dem Bauch lagen, noch betäubt von der Explosion, und einer, offensichtlich am Trommelfell verletzt, blutete aus dem Ohr.

Janac tat einen Schritt in ihre Richtung und richtete dann seinen Revolver auf den einen der beiden Offiziere, der näher lag. Das Blut versaute dem Mann jetzt das weiße Hemd, und er starrte verblüfft in den Lauf, offensichtlich, ohne die Lage zu verstehen. Janac jagte ihm eine Kugel durch den Kopf, und die obere Schädeldecke landete auf dem zweiten Mann. Die Gehirnmasse in seinem Schoß schien ihn aus seinem Schock zu reißen. Vor lauter Angst wich alles Blut aus seinem Gesicht. Wieder krachte der Revolver, und auch er verabschiedete sich aus dem Stand heraus. Als ein Klingeln ertönte, griff Janac nach dem Funkgerät.

»Die Brücke ist in unserer Hand, Operation läuft. Keine Gefangenen, ich wiederhole, keine Gefangenen.«

Der Befehl wurde bestätigt, und Janac verstaute das Funkgerät wieder in seinem Gürtel. Dann schaute er auf das Chaos, das ihn umgab. »Scheiße!«, fluchte er. »Phillip Hamnet, wie soll es jetzt weitergehen mit dieser Schweinerei?«

11

Schwitzend wachte Hamnet auf, er war bereits schwitzend eingeschlafen. Nachdem er die Augen aufgeschlagen hatte, bemerkte er weniger als fünfzig Zentimeter vor seinem Gesicht einen Ventilator, der sich abmühte, eine Luft zu verquirlen, die so schwer und feucht war, dass man meinte, sie auswringen zu können. Hamnet schaute dem Ding eine Weile zu, während er langsam mit seinem vom Schlafmangel benebelten Kopf zu klären versuchte, wo er war und warum. Bangkok. Die Reise war ohne Probleme verlaufen, nur die Zeit war so entsetzlich langsam geschlichen. Jede Minute auf dem Boot, im Bus und in der unheilschwangeren Hitze dieser Albtraumstadt hatte er sich gefragt, was wohl inzwischen mit Anna geschehen war.

Heute würde er endlich Dubre treffen. Schnell setzte er sich auf. »Ahh!« Er war gegen den Ventilator gestoßen und ließ sich wieder aufs Bett zurückfallen und versuchte, die Tränen zu unterdrücken. Der Wunsch, sich einfach das Laken über den Kopf zu ziehen und den ganzen Schlamassel zu ignorieren, wurde fast übermächtig. Aber er hatte auf diesen Tag hingelebt – irgendwie. Er rollte aus der Koje, fiel schwer auf den Boden und schaute sich dann mit rot geränderten Augen in dem Raum um. Er sah ein Dutzend Pritschen in vier je dreistöckigen Arrangements in finsterem Metallgrau. In fünf der Betten sah er unbewegliche Umrisse liegen. Die unvermeidlichen Begleiterscheinungen von mehreren Weltreisenden lagen davor: Rucksäcke, T-Shirts, feuchte Handtücher, die zum Trocknen aufgehängt worden waren. Die Absteige war erbärmlich, aber Dubre hatte Recht: In diesem internationalen Haufen der Billigtramper nahm niemand Notiz von einem allein reisenden, melancholischen Engländer.

Langsam schlüpfte Hamnet in seine billigen Shorts und das T-Shirt, die Dubre besorgt hatte, und ging dann den langen Gang hinunter in die Halle, die gleichzeitig als Lobby, Restaurant und Bar diente. Gebräunte, gepiercte und pferdeschwänzige Jugendliche saßen herum und unterhielten sich, während sie Kaffee tranken. Hamnet warf einen schnellen Blick auf seine billige, neue Uhr und ging weiter. Er hatte jede Menge Zeit, aber keine Lust auf ein Frühstück. Draußen landete er in einer Seitenstraße, auf der ein Markt stattfand. Der Geruch – diese feuchte Verwesung, die bis zu einem gewissen Grad über ganz Bangkok zu hängen schien – wurde immer schlimmer, je weiter er ging. Sein Hemd klebte sofort wieder an dem schwitzenden Körper, und die Baumwolle schien den Dreck geradezu anzuziehen. Doch dafür hatte Hamnet jetzt keinen Kopf.

Als er durch das Stahltor in den einfach gestalteten Park trat, sah er den Tempel sofort. Ein dreifaches rotes Ziegeldach wölbte sich über Wänden aus glänzendem Marmor, die ein Fundament aus Granitplatten umschlossen. Hamnet ging zwischen den Statuen der Löwen hindurch, die als Aufpasser dienten, und blieb lediglich kurz stehen, um die Schuhe abzustreifen, wie es die Sitte verlangte. Dann schaute er sich unter den Frühaufstehern unter den Touristen um, aber von Dubre war nichts zu sehen. Wieder warf er einen Blick auf die Uhr: acht Uhr zwanzig. Er war zu früh dran. Also setzte er sich und lehnte sich mit dem Rücken gegen die Tempelwand.

Er brauchte nicht lange zu warten, bis Dubre erschien; sein übliches Cherubgesicht wirkte verdüstert, und unter seinen Achseln zogen sich dunkle Schweißflecken über das weiße T-Shirt, das er zu weiten, grauen Hosen trug, die ihm nicht passten. In jeder Hand trug er einen rechteckigen Umschlag aus Packpapier, das entdeckte Hamnet sofort, und er kam rasch auf ihn zu: »Lass uns draußen reden.«

Hamnet folgte Dubre aus dem Park, während sein Mund wie ausgedörrt war, sein Rücken zu kribbeln begann und ihn eine tiefe Beklemmung in den Schwitzkasten nahm. Dubre ging voraus zu ein paar lang gestreckten Teichen und einer Brücke, die sich rostrot über das grüne Wasser spannte. Am hintersten Ende blieb er stehen und ließ sich auf einem Betonsitz neben einer kleinen Landungsbrücke nieder; Hamnet nahm neben ihm Platz, verzweifelt vor Anspannung. Doch er wagte keine Frage zu stellen. Dubre reichte ihm einen der Umschläge. Voller Angst, was er wohl darin finden würde, starrte Hamnet ihn an.

»Fotos«, erklärte Dubre. »Schau sie dir an.«

Hamnets Magen rumorte, als er den Umschlag aufriss und vier Hochglanzfarbfotos im Format vierundzwanzig mal fünfzehn Zentimeter herauszog. Er atmete tief durch. Das erste zeigte eine Leiche auf einem Tisch. Der Bauch war weiträumig aufgeschlitzt, so dass man die inneren Organe sehen konnte, ebenso die Muskeln an beiden Waden und Oberschenkeln. Ein Arm war auf Höhe des Ellbogens fast abgetrennt. Doch das Gesicht war gut zu erkennen und fast unverletzt.

»Bureya«, sagte Hamnet und schaute Dubre verdutzt an.

»Michael Toliver Bureya«, bestätigte Dubre. »Bürger der Vereinigten Staaten und früher Angehöriger der Special Forces. Vietnam. Kumpel eines gewissen Paul Robert Janac. Der exakt deinen Beschreibungen des zweiten Amerikaners an Bord der *Shawould* entspricht.« Sein Tonfall war ernst und unpersönlich. »Mr. Bureya wurde gestern Morgen in der Limende Strait gefunden, neben einem Frachter, dem die Untiefen von Kelemar ein paar Stunden vorher zum Verhängnis geworden waren. Seine Verletzungen deuten darauf hin, dass er von einem Motorboot untergemangelt wurde. Was im Prinzip nicht weiter schlimm ist, denn alle, die ihn kannten, sind sich einig, dass er eine besonders widerliche Ausgeburt der Hölle war. Das Problem ist, dass auch alle zwölf Mitglieder der Mannschaft mit ihm den Tod gefunden haben.« Dubre legte eine lange, qualvolle Pause ein, ehe er weitersprach. »Was für eine Scheiße läuft da ab, Phillip?« Er lehnte sich vor und ballte die Fäuste.

Hamnet wusste nicht, ob er im nächsten Moment ohnmächtig werden würde oder sich übergeben musste. Zwölf weitere

Tote. Eine Brise lief durch die Blätter der Bäume, veränderte die Schatten auf dem Straßenpflaster und linderte für einen winzigen Moment die schwer lastende Hitze. Der Schweiß kühlte eine Sekunde lang ab. Eine Atempause für Hamnets Seele. Was hatte er angerichtet?

»Pack aus, Phillip. Kannst du mir helfen, den Wahnsinn zu stoppen? Was weißt du?«, forderte Dubre, während er mit den Fäusten auf die Knie hämmerte.

Hamnet starrte ihn hoffnungslos an, kämpfte um Worte, brachte aber kein einziges hervor.

»Was weißt du?«, wiederholte Dubre.

»Anna …?«

»Dieser Janac ist ein Psychopath. Es tut mir Leid – Anna hat kaum eine Chance.« Dubre griff sich ein weiteres Foto. »Aber du könntest andere Leben retten. Männer wie die hier zum Beispiel.« Hamnet blickte kurz auf das Foto mit einer Reihe von Leichen, die am Kai nebeneinander lagen, ehe er das Gesicht mit geschlossenen Augen in seinen Händen vergrub. Der entfernte Verkehrslärm und das helle Tirilieren eines Vogels vermochten die tiefe Stille zwischen den beiden Männern nicht zu unterbrechen.

Die Sonne leuchtete zwischen den Fingern auf Hamnets Augenlider und betonte die roten Äderchen. Die Erde drehte sich weiter, eine Erde, auf der dreizehn Männer ihr Leben hatten lassen müssen, weil er hoffte, das von Anna retten zu können. Ihrer aller Blut klebte an seinen Händen.

»Weißt du, wo sie Anna hingebracht haben?«, stieß Hamnet zwischen zusammengebissenen Zähnen hervor und presste die Hände zusammen.

»Ich habe eine Vermutung.«

»Wo?« Hamnets Hände entkrampften sich wieder, und er schaute Dubre mit hartem Blick an.

»Burma.« Dubre wischte seine schwitzenden Hände an der Hose ab.

»Burma? Sie haben Anna nach Burma verschleppt?«

»Nicht unwahrscheinlich. In den Norden, ins Grenzgebiet zu

Thailand. Janac ist auf der Flucht, seit man ihn von einer Insel im Golf von Thailand verjagt hat. Die Drug Enforcement Agency hat ihn bereits im Visier und mehrere Vorfälle im Grenzgebiet auf sein Konto geschrieben, und die DEA ist die mächtigste US-amerikanische Drogenüberwachungsbehörde. Man sagt ihm beste Verbindungen zu einem der Drogenbosse nach, und möglicherweise ist er bei ihm untergetaucht. Piraterie und Drogenhandel unterstützen sich gegenseitig, wo sie nur können.« Seine Stimme war voll mit bitterem Sarkasmus. »In Australien hat Janac einen eigenen Drogenring, und jedes Jahr um diese Zeit kommt er zusammen mit dem übrigen Abschaum aus dem pazifischen Raum ins Goldene Dreieck zum Einkaufen. Ich gehe schon deshalb jede Wette ein, dass er bald auf der Bühne erscheinen wird. Entweder agiert er von Burma aus und hat Anna mitgeschleppt, oder er hat sie irgendwo anders versteckt; das kann man nicht mit Sicherheit sagen. Es ist nur eine begründete Vermutung«, betonte Dubre noch einmal und strich sich mit der Hand über sein nicht vorhandenes Haar. »Falls sie überhaupt noch lebt …«

»Das ist unser einziger Anhaltspunkt, also werden wir dort nachschauen«, beschloss Hamnet und richtete sich auf.

Dubre schüttelte den Kopf. »Sogar wenn sie wirklich dort ist, können wir nichts unternehmen. Diese Opiumbosse können im Notfall bis zu zehn- oder sogar zwanzigtausend Männer aktivieren. Da könnte nicht mal das thailändische Militär Anna rausholen. Und wenn nicht mal das Geld der amerikanischen Drogenfahnder greift, dann wird sich erst recht niemand für eine Europäerin in Bewegung setzen.

»Nichts wird mich stoppen.« Hamnets Stimme klang plötzlich sehr entschlossen. Er war jetzt mit Dubre auf Augenhöhe. »Gib mir eine Woche. Wenn wir Anna dann nicht haben, sage ich dir alles, was ich weiß, und wir brechen das Unternehmen ab.«

»Sag es mir jetzt.«

»Das geht nicht, tut mir Leid.«

»Du kannst sie nicht mehr retten, Phillip.«

»Das wollen wir erst mal sehen. Ich brauche nur ein bisschen mehr Zeit. Und dann sag ich dir alles.«

»So geht das nicht. Zwei Schiffe und dreiundzwanzig Menschen haben schon dran glauben müssen – ich kann kein weiteres Risiko eingehen.«

»Du verstehst mich nicht, Dubre. Du erfährst kein Sterbenswort, ehe du mich nicht so nahe zu Anna bringst, wie es überhaupt nur geht.«

Dubre schätzte Hamnets harten Blick richtig ein, denn er hatte bereits früher mit dieser Sturheit Bekanntschaft gemacht. Außerdem wusste er nichts mehr zu erwidern. Er schaute in die entgegengesetzte Richtung, während er sich wieder am Kopf kratzte. »Wir haben keine Woche. Das zweite Schiff ging nur sechs Tage nach der *Shawould* in die Falle.«

»Also – vier Tage. Du musst mir helfen.«

»Phil, denk daran, dass ungezählte Leben auf dem Spiel stehen«, erwiderte Dubre scharf und wirkte plötzlich ziemlich ärgerlich und voller Frust. »Er wird Anna umbringen – wenn er es nicht schon getan hat. Niemand kann sie retten, du auch nicht. Lass uns wenigstens etwas für die anderen tun. Sag mir, was du weißt.« Er schlug mit der Faust auf sein Knie.

»Jesus! Glaubst du, ich sage das nicht selbst?« Hamnet warf die Fotos angeekelt auf den Boden. »Aber ich kann Anna nicht ihrem Schicksal überlassen und einfach aufgeben. Ich kann es nicht. Wie soll ich denn weiterleben? Sie ist schwanger von mir. Vier Tage, mehr verlange ich nicht. Das ist doch einen Versuch wert. Außerdem kann Janac in der Zeit kein weiteres Schiff packen, glaub mir doch. Bring mich hin, und ich erzähl' dir alles.«

Im Geiste betete Hamnet zu einem Gott, an den er nicht wirklich glaubte: Bitte lass mich Recht haben. Gib mir vier Tage, ehe der Kerl wieder zuschlägt.

Dubre starrte ins Leere, während sich sein Ärger verflüchtigte. Er hatte nichts mehr entgegenzusetzen. Auf der anderen Seite des Teiches setzte sich ein junges Mädchen für ein Foto zwischen den Löwen am Eingang des Tempels in Pose, aus der

Ferne kam leises Donnergrollen, und die Drohung eines Gewitters lag in der feuchtschwülen Luft.

»Ich bring' dich hin«, sagte Dubre. »Ich kenne einen von der DEA in Chiang Mai, und der schuldet mir noch einen Gefallen. Von dem kannst du alles aus erster Hand erfahren.« Er seufzte resigniert. »Dann wirst du wieder zur Vernunft kommen. Du musst dich an den Gedanken gewöhnen, dass du Anna nicht wiedersehen wirst, Phil, so Leid es mir tut.«

12

Hamnet kehrte in seine Absteige zurück, wo die gleichen freundlichen, aber uninteressierten Typen ihn grüßten, als er die Halle betrat. Nichts regte sich in diesen naiven leeren Gesichtern, sie wirkten so ausgebrannt wie immer, und auch im Schlafsaal hörte er nichts als regelmäßige Atemzüge und die üblichen Bewegungen unter den Laken. Er setzte sich, um sich an die neue finstere Welt zu gewöhnen, mit der er an diesem Morgen konfrontiert worden war.

Irgendwann öffnete er den zweiten Umschlag, den Dubre ihm mitgegeben hatte, und fand darin einen gefälschten britischen Pass in Europäisch-Rot auf den Namen Michael Toliver. Er war mit Dubre am nächsten Morgen um neun Uhr in einem Hotel in Chiang Mai verabredet und nutzte jetzt erst einmal die neu gewonnene Freiheit, die der Pass ihm schenkte, um das Ghetto der Billigtouristen hinter sich zu lassen, in den Norden zu fliegen und in ein thailändisches First-Class-Hotel umzuziehen, das Dubre ihm empfohlen hatte. Wieder lag eine lange Nacht zwischen schweißnassen Laken vor ihm, die weder durch die starke Klimaanlage noch durch die Schlaftablette angenehmer wurde. Aber als er am nächsten Morgen in den Spiegel schaute, beherrschte eine neue Entschlossenheit sein Gesicht. Er zog sich so elegant an, wie es mit den zusätzlich geliehenen Jeans und einem grauen Polohemd möglich war, setzte sich aufs Bett und wartete. Der Mann, den er treffen sollte, war seine einzige Hoffnung, wenn er Anna retten wollte, sonst gab es nur Verzweiflung und Aussichtslosigkeit.

Fünf Minuten nach neun klingelte das Telefon, und Hamnet starrte es einen Moment lang an, ehe er den Hörer abnahm.

Knapp sagte Dubre: »Ich warte unten.«

In weniger als einer Minute spurtete Hamnet die Treppen hinunter und folgte dem schweigenden Dubre aus der holzgetäfelten Halle in ein Taxi.

»Wir fahren jetzt direkt zum DEA, weil wir mit einem der Jungs dort verabredet sind. Er wird dich über alles informieren, was du wissen musst.«

»Und was weiß er über mich?«, fragte Hamnet, während das Taxi durch die Straßen knatterte.

»Ich hab' ihm gesagt, dass du ein Freund von mir bist, ein Journalist, und dass du Michael Toliver heißt. Vor sechs oder sieben Jahren hat Janac die halbe Crew einer Yacht umgebracht, was damals eine große Story war, weil er sie erst noch gezwungen hat, irgendein verrücktes Spiel zu machen, das über Leben und Tod entscheiden sollte. Erinnerst du dich?«

Hamnet schüttelte den Kopf. »Nein.«

»Egal. Ich habe dem DEA-Mann erzählt, du würdest darüber eine Fortsetzungsgeschichte schreiben und brauchtest Hintergrundinformationen über Janac. Also wird er dich über alles informieren, was du wissen musst. Naisborough ist ein Experte, und du solltest dir vorher genau überlegen, was du ihm erzählen willst.«

Hamnet nickte und starrte aus dem Taxi, während sich immer mehr Menschen durch die Gassen drängten, je enger die Straßen wurden. Dreistöckige Häuser gab es kaum noch, nur noch einstöckige, und hinter einer Kurve standen sie plötzlich vor einer Betonwand, in die massive Stahltore eingelassen waren. Das Taxi hielt, Dubre zahlte, und sie stiegen aus.

Nachdem Dubre ein paar Worte mit dem Mann am Tor gewechselt und einen Ausweis gezeigt hatte, wurden sie sorgfältig gefilzt, und dann öffneten sich ein paar weitere Tore, hinter denen das schmutzige, armselige Nordthailand durch den gepflegten, ruhigen Lebensstil der Welt Mittelamerikas ersetzt wurde. Man hörte nur noch das sanfte Ploppen von Tennisbällen und das leise Geräusch der Rasensprenger, und weiß gestrichene zweistöckige Häuser standen zwischen perfekten Rasenflächen und Swimmingpools. Hamnet und Dubre wurden zu einem dreistöckigen Bürogebäude und dort die Treppen hinaufbegleitet, wo ihre Schritte auf dem Holzboden widerhallten. Schließlich blieben sie vor einer schweren Tür stehen und betraten nach kurzem Anklopfen ein großes Büro, in dem ihnen ein Mann mit ausgestreckter Hand den halben Weg entgegenkam.

»John Naisborough«, sagte er knapp, nachdem er Dubre kurz zugenickt hatte. Sein Händedruck schmerzte Hamnet, und auch sonst war er mit seinem kurz geschnittenen, grau melierten Haar und seinen wadenhohen Stiefeln von Kopf bis Fuß ein amerikanischer Geheimdienstler. Nur das Drachentattoo auf seinem muskulären Unterarm deutete auf eine nicht ganz astreine Vergangenheit hin. Hamnet schätzte ihn auf Mitte bis Ende vierzig, und dafür war er in erschreckend guter Verfassung. Naisborough setzte sich und bot seinen Besuchern auf der anderen Seite des riesigen Schreibtisches Platz an. Während er den Stuhl heranzog, sah Hamnet sich blitzschnell in dem Raum um. An der Wand lehnte ein Sturmgewehr vor der amerikanischen Fahne.

»Dubre hat mir gesagt, dass Sie Journalist sind«, begann Naisborough das Gespräch, ohne seine Abneigung ganz zu verbergen.

Hamnet schaute schnell zu Dubre, ehe er antwortete: »Das stimmt, und ich recherchiere hinter einem Mann namens Paul Robert Janac her.«

Als sich Naisborough zurücklehnte und die Hände in seinem Schoß faltete, knackte der große Lederstuhl laut. »Janac, ja, ich habe zusammen mit ihm in Vietnam gedient, Mr. Toliver, ehe er zur CIA wechselte. Wir waren zu ausgedehnten Erkundungspatrouillen eingeteilt, und das war ein unerfreuliches Geschäft, bei dem kaum Gefangene gemacht wurden, was Janac aber durchaus entgegenkam.« Er zögerte einen Moment lang, und die Stille wurde nur durch das Summen der Klimaanlage und ein leises Geräusch unterbrochen, als Dubre sein Gewicht im Sessel verlagerte. »Soweit ich verstanden habe, schreiben Sie über den Vorfall mit dieser Yacht vor Papua-Neuguinea. Dann wissen Sie natürlich, dass Janac ein Sadist ist. Aber dabei geht es ihm nicht um Grausamkeit an sich – er veranstaltet mehr eine Art Experiment mit der menschlichen Psyche. Das hat er auch auf der Yacht so gehalten – mit Spielen, die auf Entscheidungen zwischen Eigennutz und Allgemeinwohl hinausliefen. Und die ganze Chose hing von einem Mann ab, dessen Leben sich aufgrund einer solchen Entscheidung vom Guten zum Bösen wenden konnte. Das ist typisch für Janac, ebenso wie sein persönlicher Ehrenkodex, der die Freilassung der Überlebenden genau wie die Qualen des russischen Roulettes fordert.«

Jetzt wurde Hamnet auf seinem Stuhl unruhig. »Dubre meint, dass Sie etwas über seinen aktuellen Aufenthaltsort wissen und auch sonst über neueste Informationen verfügen.«

»Ja«, Naisborough dehnte das Wort ins Unendliche. »Aber das spielt hier keine Rolle. Ich spreche nur mit Ihnen, weil ich Mr. Dubre noch einen großen Gefallen schulde. Sie verstehen?«

»Ich verstehe.«

»Ich werde Ihnen also ein paar Hintergrundinformationen liefern. Dies ist der Kriegsschauplatz.« Seine Hand umriss eine farbig gezeichnete Zone auf der Karte, die an der Wand hing, und die darauf verstreuten Markierungen. »Gerade jetzt ist wieder mal alles im Fluss. Es tut sich eine Menge in diesem harten Rivalitätskampf im Opiumgeschäft, und der einzig stabile Faktor in dieser verdammten Branche sind die Chinesen. Die Truppen im Goldenen Dreieck, die Nachschubrouten und die Verteilerorganisationen werden alle von den Chinesen kontrolliert. Aber das Ganze ist nicht mit der Organisation der Mafia oder der kolumbianischen Drogenkartelle vergleichbar, wo strenge Hierarchien und viele Zwischeninstanzen die multinationale Struktur bestimmen. Hier handelt es sich mehr um eine riesige Gruppe von kleinen Einzelkämpfergrüppchen, die sich für gewisse Einzeloperationen zusammenschließen und danach wieder auflösen, je nach den Erfordernissen an Kapital, Männern und Logistik.« Naisborough lehnte sich vor und stützte die Ellbogen auf den Schreibtisch, während er sich warmredete. Der Drachen bewegte sich. »Das Ganze funktioniert nach modernen Managementmethoden – flexibel und immer an den aktuellen Erfordernissen orientiert –, aber natürlich müssen die einzelnen Abteilungen von der Leitung streng geführt werden. Wer einmal mitgemacht hat, gehört für immer dazu. Für das Geld hat man immer das Verlangte zu liefern. Sie nennen es Guanxi – ein Netz aus Verpflichtungen und nie endender Haftung, aus Gefälligkeiten und Forderungen. Nun ist Janac natürlich kein Chinese. Und dass er dem chinesischen System nicht genügend Respekt gezollt hat, hat ihn in seine jetzige Lage gebracht. Aber ich greife den Dingen vor.« Er dachte einen Augenblick nach, ehe er fortfuhr: »Ursprünglich hatte die CIA Janac in den 1970er-Jahren im Kampf gegen die aufständischen Truppen nach Laos geschickt. Insbesondere die Kuomintang – die chinesische Armee war von Mao entmachtet worden – wurden als Bollwerk gegen den sich ausbreitenden Kommunismus von der CIA unterstützt und finanziert, doch anstatt China wieder in den Griff zu nehmen, nutzten sie die Waffen der CIA, um einen gewaltigen Opiumexport auf die Beine zu stellen. Janac nahm Verbindung zu dem früheren Kuomintang-General Lee auf, und die beiden wurden gute Freunde – sie kontrollierten den Opiumanbau, die Labors und die Nachschubwege. Im richtigen Moment machte sich Janac dann selbstständig, baute zusammen mit ein paar Kumpels, die er aus Vietnam kannte, den Markt in Australien auf und brachte Schwung in den Laden, indem er von Zeit zu Zeit kleine Stückchen aus der Organisation herausbrach. So wurde er zeitweilig Australiens größter Importeur.

Meine Kontaktleute in Sydney haben mir gesteckt, dass sich jetzt die Lage ändert. Er wird von chinesischen Rauschgifthändlern von der Straße verdrängt – und zwar mit Genehmigung der Bosse in Hongkong. Außerdem hat ihn vor einem Jahr auch jemand in Thailand in den Schwitzkasten genommen, der vermutlich zu den Triaden in Hongkong gehört. Seine Schutzorganisationen brachen weg, und er verschwand aus seiner Festung nach Ko Samui, einer Insel im Golf von Thailand, und zwar kurz bevor unsere Jungs dort unten ihn schnappen wollten. Sechs Monate lang blieb er verschwunden, ehe er plötzlich wieder auftauchte.

Für jemanden wie Janac war das eine lange Zeit. Wenn ich sage, dass er dem chinesischen System nicht genügend Respekt gezollt hat, meine ich, dass man ohne die Chinesen nicht im Heroingeschäft Fuß fassen kann. Janac selbst ist fest überzeugt, dass jede Form von geschäftlicher Verbindung auf den eigenen Interessen beruht – was Ihnen einleuchten wird, wenn Sie mit den Überlebenden der Yacht gesprochen haben. Und deshalb kommt er mit dem Guanxi-System nicht klar. Er arbeitet nicht mit Verbindungen. Wer ihm den kleinen Finger reicht, dem versucht er den ganzen Arm auszureißen. Ich bin sicher, dass auch seine Opfer auf der Yacht die Ironie der Geschichte darin sehen, dass genau dieser Aspekt ihm jetzt im Drogengeschäft den Hals gebrochen hat.

Die Chinesen jedenfalls sind erfahrene Leute und haben ihn so lange gewähren lassen, wie er ihnen von Nutzen war. Aber als seine Dealer erst einmal angeschlagen waren und er seinen Marktanteil verlor, war seine ganze Stellung im Eimer. Einige schmiedeten sogar Rachepläne, und er hat sich nicht mehr erholt, seit er auf Ko Samui festsaß. Eine Menge Kapital ging den Bach runter, und nach meinen Informationen sitzen seine Händler bereits auf dem Trocknen. Aber auf einen Mann kann er sich immer noch stützen: Kuomintang-General Lee, den er seit fünfundzwanzig Jahren gut kennt. Ich bin sicher, dass sich die beiden immer wieder treffen und versuchen, genug *China White* zu kaufen, um wieder im Geschäft mitzumischen. Doch hinsichtlich der Finanzierung tappen wir im Dunkeln.«

Hamnet hatte aufmerksam jedem Wort dieser langen Ausführungen gelauscht. Er wusste einfach – ohne den geringsten Zweifel –, dass Anna von Janac und General Lee gefangen gehalten wurde und dass sie noch lebte. Er würde sie nicht allein sterben lassen. Schließlich hatte er sein Leben auf der *Shawould* nur gerettet, um sie herauszuholen. Falls er das nicht schaffte, dann betrachtete er eben auch sein Leben als verwirkt – und er musste für all die bezahlen, die er bisher geopfert hatte. Das alles war ihm erst an diesem Morgen klar geworden, und jetzt wusste er, was zu tun war. Dazu brauchte er die Hilfe dieses Mannes.

»Mr. Naisborough, ich weiß Ihre Informationen wirklich zu schätzen«, begann er. »Aber wir haben Sie unter einem Vorwand kontaktiert.«

Naisborough schaute Dubre an.

»Ich muss Sie bitten, alles streng vertraulich zu behandeln, was ich Ihnen jetzt mitteilen werde.«

Naisborough öffnete seine geballten Hände und zuckte die Achseln. »Das kann ich nicht garantieren. Sind Ihre Informationen für mich von Nutzen?«

»Sie haben nichts mit dem Drogenhandel zu tun.«

»Okay. Aber ich kann Ihnen keine blinde Zusage geben. Es hängt wirklich davon ab, was Sie mir mitteilen werden.«

Hamnet kratzte sich am Kinn. Er brauchte den Mann, also musste er jede Chance nutzen. »Anna, meine Frau, ist vor mehr als einer Woche von Janac gekidnappt worden, und wahrscheinlich hat er sie zu General Lee verschleppt.«

»Warum glauben Sie, dass sie noch am Leben ist?«, fragte Naisborough.

»Er hat gesagt, dass er sie im Gegenzug für mein Schweigen in einer Angelegenheit, die Dubre betrifft, nicht umbringen wird.«

»Ich verstehe. Nun, nach meinen Erfahrungen mit Janac wird sie am Leben bleiben, solange Sie den Mund halten. Sonst stirbt sie.«

»Wenn Michael mit seinem Wissen hinterm Berg hält, müssen eine Menge Männer sterben, zu viele.«

Naisborough atmete tief durch. »Falls Janac sie wirklich dorthin mitgenommen hat, ist sie so gut wie tot.«

»Heißt das«, antwortete Hamnet, »dass Sie mir nicht helfen wollen?«

Naisborough schüttelte den Kopf. »Das ist ein sehr gewagtes Spiel, Mr. Toliver. Ich repräsentiere in diesem Büro den mächtigsten Staat der Erde im Kampf gegen die Drogen. Und ich bin machtlos gegen diese Typen in Burma. General Lees Hauptquartier liegt dreißig Kilometer nördlich der Grenze. Es ist kein Problem, ihn zu finden. Aber was immer mir auch in den Bars von Chiang Mai zu Ohren kommt, ich darf diese Grenze nicht überqueren. Im State Department würden sie einen Anfall bekommen, wenn ich im Verdacht stünde, von einer Nacht-und-Nebel-Aktion auch nur zu träumen. Und außerdem: Sogar wenn ich eine Genehmigung hätte, bräuchte ich eine komplette Marinedivision und Luftunterstützung, um ohne ernsthafte Verluste hinein- und wieder herauszukommen. Dieser Kuomintang-General verfügt über eine Armee von ungefähr fünfzehntausend Mann. Dabei sprechen wir nicht über drogenbenebelte Amateure, sondern über eine reguläre Truppe mit Rangordnungen, Uniformen, Disziplin und Ausbildung. Und mit einem exzellenten Waffenarsenal. Das beste, das für Geld zu bekommen ist. Es tut mir Leid, aber angenommen, Ihre Frau ist dort, dann müssen Sie nicht nur mit Janac, sondern einer ganzen Armee rechnen.«

Naisborough lehnte sich wieder vor. »Ich kann nichts für Sie tun, Mr. Toliver. Bitte kehren Sie nach Hause zurück und betrauern Sie Ihre Frau.« Hamnet reagierte umgehend. »Ich werde sie finden, Mr. Naisborough, und sie wird nicht ohne mich sterben, wie viele Menschenleben das auch kosten mag. Ich werde sie suchen und finden. Falls Sie mir sagen können, wohin ich mich zu wenden habe.«

Naisborough runzelte leicht die Stirn und fuhr mit seinem Finger die gut geformte Augenbraue entlang. »Sie … Sie haben mich nicht verstanden. Die Frage heißt nicht, wie viel eine solche Operation kosten könnte. Sondern Sie werden dabei sterben, ebenso wie jeder andere, den ich Ihnen mitgeben würde.«

»Können Sie mir wenigstens eine Landkarte zur Verfügung stellen oder die grobe Richtung zeigen, wo ich den General finde?«

Jetzt zeigte sich Naisborough deutlich ungeduldiger. »Haben Sie kein einziges Wort verstanden, mein Sohn?«

»Ich habe sogar jedes einzelne Wort verstanden. Ich werde meine Frau finden. Ich werde mich im Austausch für sie anbieten. Und ich werde mit ihr sterben, falls es notwendig sein sollte.«

Naisboroughs Blick blieb noch ein paar Momente auf Hamnet gerichtet. Er hatte viele Menschen leben und viele Menschen sterben sehen. Und er wusste, wann jemand entschlossen war. Dann drehte er sich Dubre zu.

Dubres Blick lag auf Hamnet. »Du weißt, ich …«

»Spar dir deine Worte.« Hamnet schaute ihn ebenfalls fest an. »Ich hatte eine Menge Zeit, um über alles nachzudenken. Ich weiß, was ich zu tun habe.«

13

Hamnet ließ den Verschluss des Rucksacks zuschnappen, den man ihm auf Naisboroughs Anweisung hin zusammen mit einem Führer bis zur Grenze zur Verfügung gestellt hatte. Er war detailliert instruiert worden, was ihn danach erwartete, aber erst nachdem er zu fragen gewagt hatte, ob er mit irgendeiner Hilfe vonseiten der Truppen in Chiang Mai rechnen könnte. Der Mann sollte ihn in ein paar Minuten abholen. Hamnet seufzte tief und drehte sich zu Dubre um, der neben einer Tür an der Wand lehnte.

»Gibt es wirklich nichts, was dich von deinen Plänen abhalten könnte, Phillip?«, fragte er resigniert, da bereits in den letzten zwei Stunden alle seine Versuche gescheitert waren.

»Nichts.« Hamnet gönnte seinem Freund ein kurzes Lächeln. »Auf dem Schiff hätte ich mich ergeben können, im Tausch für das Leben der Mannschaft. Ich habe es nicht getan – weil ich wusste, dass sie sowieso alle umbringen wollten. Aber Anna hat davon keine Ahnung.« Hamnet zögerte und starrte stirnrunzelnd auf den Boden. »Ich darf sie nicht in dem Glauben sterben lassen, dass ich sie verraten habe.« Wieder schaute er Dubre an, und seine Miene heiterte sich ein wenig auf. »Und wenn es irgendeine Möglichkeit gibt, sie zu retten, werde ich sie nutzen.«

Dubre nickte, und während er von einem Fuß auf den anderen trat, öffnete er den Mund, schloss ihn dann aber wieder, ohne etwas zu sagen. Irgendwann versuchte er es noch einmal: »Es ist nicht … ich wollte sagen, ich will jetzt nicht herzlos sein, aber wie willst du mit mir über die *Shawould* sprechen, falls du nicht …«

»Falls ich nicht zurückkomme«, beendete Hamnet den Satz für ihn und sah Dubre offen in die grünen Augen. Dann ging er zu einer der Sitzgruppen und nahm einen versiegelten, aber nicht adressierten Umschlag mit dem Aufdruck des Hotels vom Couchtisch, schlug ihn ein paarmal gegen seine Fingerkuppen und kehrte zu Dubre zurück. »Da drin steht alles, was du wissen musst, um den Typen das Handwerk zu legen. Ich habe noch drei Tage, und wenn Anna und ich bis dahin nicht zurück sind oder sonst wie Kontakt mit dir aufgenommen haben, kannst du ihn aufmachen.« Er reichte ihm den Umschlag. »Okay?«

Dubre schaute ihn an. »Okay. Um zwölf. In drei Tagen.«

Hamnet sah das Papier in Dubres Tasche verschwinden und griff nach seinem Rucksack. »Wir können genauso gut unten in der Halle warten. Ich muss sowieso noch auschecken.«

Dubre nickte, hielt ihm die Tür auf und folgte ihm durchs Treppenhaus nach unten, wobei seine Absätze aus Stahl laut klapperten. Solange Hamnet damit beschäftigt war, seine Rechnung zu zahlen, tauchte niemand auf, und Dubre streckte den Kopf vor die Tür, um sich auf der Straße umzusehen. Hamnet folgte ihm und musste sich hustend bemerkbar machen, so tief war der Freund in seine Gedanken versunken. Tief besorgt drehte sich Dubre zu ihm um, als Hamnet ihm ein Bündel Banknoten entgegenstreckte, um das kurzfristige Darlehen zurückzuzahlen.

»In dem Umschlag sind noch ein paar andere Sachen, zum Beispiel ein Brief an meine Eltern und einer an die von Anna. Den Rest meiner Schulden werde ich dir überweisen lassen. Und den Zeitaufwand soll dir die Versicherung der *Shawould* honorieren.«

Dubre – in Gedanken immer noch ganz woanders – wollte schon nach dem Geld greifen, hob dann aber abwehrend beide Hände. »Behalt es, du wirst es vielleicht brauchen.« Er zögerte. »Wenn du zurückkommst.« Hamnet schaute erst ihn an und dann das Geld. Ihm fehlten die richtigen Worte, dann öffnete jemand die Tür, und die Gluthitze und der Staub krochen in die Hotelhalle. Ein stämmiger Thai in schwarzen Arbeitshosen und einem ausgebleichten Hemd schaute schnell von einem zum anderen und stellte sich dann mit einem schlaffen Händedruck als Moh vor. Da er die Spannung zwischen den beiden Männern genau fühlte, drehte er sich wortlos um und ging durch den Haupteingang wieder hinaus. Hamnet schaute ihm zu, wie er in einen lädierten Jeep stieg, und drehte sich dann noch einmal um.

»Vielen Dank für deine Unterstützung, Dubre. Ohne dich hätte ich es nicht einmal bis hierher geschafft.«

Dubre schüttelte mit geschlossenem Mund den Kopf und schaute auf den Boden. Dann sagte er schließlich: »Viel Glück. Hoffentlich findest du sie.«

Hamnet nickte noch einmal, boxte Dubre gegen die Schulter, drehte sich um und ging.

Der Thai-Führer lenkte den Jeep nach Norden. Sie waren schnell aus der Stadt und fuhren mehr als drei Stunden auf einer asphaltierten Straße durch eine Landschaft, in der sich immer wieder weite Felder und Büsche abwechselten, bis sie auf einen Feldweg abbogen, der steil und kurvenreich anstieg. Zwanzig Minuten lang rumpelten sie durch Schlaglöcher eine Anhöhe hinauf, ehe es flacher wurde. Der Weg war kaum noch auszumachen, als sich der Dschungel lichtete. Oben fuhren sie noch weitere zwanzig Minuten, bis Moh stoppte, weil es von da aus wieder nach unten ging.

»Gehen«, sagte er und sprang aus dem Jeep.

Sie nahmen ihre Rucksäcke auf, und Moh schritt schnell aus, wählte einen Weg, der erst zwischen ein paar Bäumen hindurchführte und von dem aus Hamnet den Dschungel sah, der sich weiter unten ausbreitete. Sogar im Schatten war es unerträglich heiß, und Hamnet war bald schweißgebadet. Der Weg führte über einen Abhang in ein Tal hinunter, durch das sich ein Fluss schlängelte.

»Myanmar«, sagte Moh und zeigte aufs andere Ufer.

Hamnet nickte. Moh stellte seinen Rucksack ab, zog ein in braunes Papier gewickeltes Päckchen in den Maßen eines Buches heraus und reichte es ihm. Während Hamnet es auswickelte, registrierte er unterbewusst, dass sich Moh an seinem eigenen Rucksack zu schaffen machte. Das Päckchen enthielt ein einzelnes Blatt Papier, einen fotokopierten Kartenausschnitt, und etwas Schweres, das in Stofflappen eingewickelt war. Er schaute fragend auf, aber Moh war verschwunden und nirgendwo war mehr eine Spur von ihm zu entdecken. Zuerst wollte Hamnet nach ihm rufen, aber dann entschied er sich dagegen. Offensichtlich hatte der Mann die Anweisung, ihn hier zu verlassen, und daran hätte sein Rufen auch nichts ändern können.

Er setzte sich und schaute die Karte genauer an. Die Qualität der Schwarz-Weiß-Fotokopie ließ zu wünschen übrig, aber ein roter Kreis mit einem Punkt markierte offensichtlich diesen Rastplatz neben dem Fluss. Ein Pfeil deutete flussaufwärts, und neben einem zweiten Kreis mit Punkt stand: Janac. Offensichtlich führte der Weg am Fluss entlang bis zu ein paar Seitenarmen. Die Orientierung schien also kein Problem.

Er steckte die Karte in seine Tasche und wandte seine Aufmerksamkeit dem Ding im Stoff zu, zog es aus der Umhüllung und starrte verblüfft auf eine halbautomatische Pistole. Er atmete tief durch. Würde sie ihm etwas nutzen? Das Letzte, was er vorhatte, war, sich selbst zu erschießen, ehe er mit Janac gesprochen hatte. Er bemerkte, dass an der Waffe herumgefeilt worden war; vermutlich, um die Seriennummer zu entfernen. Naisborough war eben ein gründlicher Mann. Hamnet wickelte die Pistole wieder ein und stopfte sie im Rucksack tief in seinen Schlafsack.

Gegen vier Uhr dreißig, kurz vor Sonnenuntergang, legte er einen Zahn zu. Noch lagen dreißig Kilometer vor ihm, und die Uhr tickte, denn er wollte das Lager nach Einbruch der Dunkelheit erreichen, um volle vierundzwanzig Stunden zur Verfügung zu haben. Ein Pfad zog sich am Flussufer entlang, was das Vorwärtskommen erleichterte, aber auch das Risiko erhöhte, jemandem zu begegnen. Also schlich Hamnet lieber fünfzig Meter die Uferböschung hinauf und kämpfte sich durchs Buschwerk, bis ihn die Dunkelheit über Wurzeln und Steine stolpern ließ. Im letzten Licht wählte er seinen Lagerplatz aus und gönnte sich ein schnelles Essen mit Fisch aus der Dose auf Brot, ehe er einschlief.

Ein leises Geräusch, das eindeutig von Menschen erzeugt wurde, weckte ihn. Was war das? Angespannt starrte er in die Morgendämmerung. Das Knacksen und Grunzen wiederholte sich, in einiger Entfernung zwar, aber deutlich wahrnehmbar. In einer einzigen Bewegung rollte Hamnet zur Seite und schlüpfte aus dem Schlafsack. Er blieb liegen und lauschte. Der Lärm kam näher, verschiedene Geräusche überlagerten sich, es handelte sich um Menschen, vielleicht auch um Tiere. Und alle kamen am Fluss entlang auf ihn zu. Er griff nach seiner Waffe im Schlafsack, packte alles andere in Windeseile zusammen und verzog sich den Hügel hinauf, bis er eine Felskuppe erreichte, von wo er einen guten Überblick hatte.

Der Lärm hatte sich mittlerweile gewaltig gesteigert, auch das Scheppern von Metall und leise Gespräche drangen zu ihm herauf. Von seinem Aussichtspunkt aus entdeckte Hamnet einen ersten Umriss in der Dunkelheit, einen Soldaten, der sein Gewehr auf dem Rücken trug und den Pfad entlangkam, gefolgt von einem zweiten und einem dritten. Dann kam das erste von mehreren Maultieren, die Kiepen trugen. Eine Opiumkarawane! Hamnet zählte vierzig Tiere, jedes mindestens von vier Soldaten bewacht, die alle sehr professionell und ausgeschlafen wirkten. Munition, Wasserflaschen und Granaten baumelten an Gürteln, die dazugehörenden Mörser und Gewehre hatten sich die Männer auf den Rücken geschnallt. Naisborough hatte nicht übertrieben.

Bewegungslos hockte Hamnet mehr als eine Viertelstunde am Boden, bis die Karawane vorbeigezogen und wieder Ruhe im Dschungel eingekehrt war. Dann setzte er seinen Weg auf halber Höhe der Böschung am Fluss entlang fort. Das Blätterdach schloss sich wieder, was die Orientierung so erschwerte, dass er immer wieder auf den Weg zurück musste, um die Richtung festzulegen und sich Wasser zu holen. Trotzdem hätte er beinahe den zweiten Nebenfluss verpasst.

Am Nachmittag hatte er sein Ziel fast erreicht. Der Fluss versandete immer mehr, die Böschung wurde weniger steil und der Weg flacher. Auch das Blätterwerk dünnte aus, als hätte es jemand zurückgeschnitten. Der Karte nach musste direkt vor ihm ein Hochplateau liegen, zu drei Vierteln von einem Felskamm eingerahmt. Hamnet vermutete dort das Lager und würde es ohne Karte und mit verbundenen Augen finden, wenn er nur dem Lärm folgte, den er schon aus einer Entfernung von mehreren Kilometern hören konnte: Scheppern von Metall, Motorengeknatter und Geschrei wurden durch die dünne Bergluft direkt zu ihm getragen. Er blieb stehen. Es war fünf Uhr. Näher konnte er sich im Tageslicht nicht heranwagen, und für seine weiteren Erkundungen musste er den Einbruch der Nacht abwarten.

Es dauerte eine Ewigkeit, bis die Sterne endlich über ihm zu leuchten begannen und er zwei Stunden nach Sonnenuntergang aufbrechen konnte. Die Umrisse zu seiner Linken und die Hügelkette fanden ihr Ende. Die dichte Vegetation lichtete sich, als er sich plötzlich auf einem Felsvorsprung wiederfand. Vorsichtig zog er sich wieder in die Deckung zurück und kletterte so leise wie möglich weiter bergauf. Das war nicht einfach, denn der Mond schien hell auf ihn herunter, und so vorsichtig er seinen Fuß auch setzte, er musste immer damit rechnen, einen Stein loszutreten oder polternd durch die stille Nacht den Hang hinabzustürzen. Bei jedem Geräusch hielt er, atmete ruhig durch, doch sein Puls jagte. Und die ganze Zeit hörte er das entfernte Brummen der Generatoren, leise Gesprächsfetzen und gelegentlich Motorengeknatter.

Voraus leuchtete der Himmel, was auf Hamnets Seite der Anhöhe für tiefe Schatten sorgte. Trotzdem war er nicht auf den Anblick vorbereitet, der sich ihm bot, nachdem er bis an die Kante der Felskuppe gerobbt war und nach unten schaute. Dreißig Meter unter ihm beherrschte ein riesiger Exerzierplatz fast das gesamte Plateau, das dafür gerodet worden war. Außen herum zogen sich auf drei Seiten parallel Gebäude bis zum Hang hin, und die vierte Seite, die sich zum Tal hin öffnete, war mit Stacheldraht und Schießanlagen gesichert. Von dort führte ein Pfad über mehr als einen Kilometer durch offenes Gelände in den Dschungel, über den alle paar Minuten ein Lastwagen davonrumpelte, während ein anderer in entgegengesetzter Richtung zurückkehrte. Überall gingen oder rannten Männer hin und her oder standen in Gruppen oder einzeln herum. Sie fassten in riesigen Küchenzelten Essen, und Geräusche, wie man sie von allen Armeelagern der Welt kennt, drangen zu Hamnet herauf. Schon das Ausmaß dieser Anlage war atemberaubend, war aber nichts im Vergleich zu dem Gefühl, als er plötzlich ein Stück warmen Stahl in seinem Nacken fühlte.

Hamnet lief ein Schauder über den Rücken. Es dauerte einen Moment, bis eine Taschenlampe angeknipst wurde und ihr Lichtstrahl ihn blendete. Dann redeten Stimmen in einer Sprache auf ihn ein, die er nicht kannte, ehe jemand ihn packte und ihm die Arme hinter den Rücken riss. Sein Rucksack wurde zu Boden geworfen, und ein scharfer Schmerz durchzuckte ihn, als man ihm die Hände mit einem Seil fesselte, ihn auf die Füße zwang und vorwärts stieß. Dann ging es über einen steilen Hang bergab, und er hatte mächtig zu kämpfen, um nicht seitlich abzurutschen und zu fallen. Halb rutschte er über das Geröll, halb wurde er geschoben, und so wirbelte er eine Menge Staub auf, der im grellen Licht der Bogenlampen seine Ankunft ebenso effektvoll ankündigte wie das ständige Gebrüll hinter ihm.

»Janac!«, brüllte Hamnet immer wieder. »Ich will Janac sprechen!«

Dann zwangen ihn Uniformierte mit starren Mienen zu einem Spießrutenlauf, indem sie ihn vorwärts stießen und immer wieder antrieben, an den Essenszelten vorbei, quer über den Exerzierplatz und zwischen einer Reihe gemauerter Baracken hindurch bis zu einem Teil des Geländes, das im Dunkel lag, von allen Seiten mit Stacheldraht eingezäunt war und nur durch eine kleine Pforte betreten werden konnte. Hamnet bemerkte ein paar Bambusfalltüren über Erdlöchern. Man stieß ihn zu dem nächstgelegenen, und er drehte und wand sich, um seinen Peinigern immer wieder und immer energischer zuzubrüllen: »Janac! Janac!« Aber sie verzogen keine Miene – entweder verstanden sie ihn nicht, wollten ihn nicht verstehen oder beides. Dann stolperte er und verlor das Gleichgewicht. Taumelnd versuchte er, wieder auf die Beine zu kommen, ehe er nähere Bekanntschaft mit einem dunklen Loch schloss.

14

Wer unvermutet fällt, empfindet eine besondere Art der Angst, die durch die Gewissheit ausgelöst wird, dass man den Vorgang nicht mehr aufhalten kann. Und während Körper und Seele vielleicht noch unversehrt sind, werden sie doch im nächsten Moment gegen etwas Hartes und Unnachgiebiges prallen, und die Angst quält ihr Opfer noch viel schlimmer, wenn es während des Falls nichts sehen kann.

Dies alles schoss Hamnet durch den Kopf, als er auch schon auf dem Boden aufschlug und sich den Knöchel verstauchte. Trotz des stechenden Schmerzes rollte er sich auf die Seite und prallte gegen die Wand der Grube. Ausgerechnet auf die Stelle, die bereits in Mitleidenschaft gezogen worden war, als die *Shawould* auf Grund lief. Da die Wunde noch nicht verheilt war, ließ der pochende Schmerz ihn im grauen Nebel der Bewusstlosigkeit versinken.

Als er wieder zu sich kam, war seine Reizschwelle deutlich niedriger. Er robbte trotz seiner Schmerzen durch die Grube, bis er sich im Sitzen an die Wand anlehnen konnte, schaute nach oben und begann, zu blinzeln und mit den Augen zu rollen, um sein stark beeinträchtigtes Sehvermögen so weit wie möglich wieder herzustellen. Schließlich sah er wieder halbwegs klar und schätzte, dass der Grubenrand etwa fünf Meter hoch lag. Die Latten der Falltür zeichneten sich deutlich im Gegenlicht der Lagerlampen ab, und der Durchmesser der Grube betrug wahrscheinlich nicht mehr als zweieinhalb Meter. Irgendein unbearbeitetes, dunkles Holz war zur Abstützung verwendet worden, der Boden bestand aus blanker Erde.

Plötzlich erinnerte er sich an seine Uhr, und er drehte sich etwas, um einen Blick darauf zu werfen. Erstaunlicherweise war sie noch immer an seinem Handgelenk. Es war vier Uhr früh und bald Tag. Also hatte er nur noch zweiunddreißig Stunden, bis Dubre den Umschlag mit den Informationen öffnete, und er musste seinen Bewachern endlich klar machen, dass er mit Janac sprechen wollte. Er rief mit stark beeinträchtigter Stimme »Janac!«, atmete tief durch und brüllte dann »Hey!« Von oben kam keine Reaktion. Er versuchte es wieder. Und wieder. Mit wachsender Frustration. »Los, ihr Bastarde! Ich bin wach! Ihr sollt mich holen! Für Janac! Ich will Janac sprechen!«

Hamnet zwang sich auf die Beine, trat gegen die Grubenwand und bedauerte es sofort: Der Schmerz jagte durch seinen verstauchten Knöchel. Er verlagerte sein Gewicht auf das andere Bein und schrie wieder nach Janac. Aber oben ignorierte man ihn total. Und daran änderte sich auch nichts. Hamnet tat einen Schritt vor und einen Schritt zurück und schrie immer wieder, benutzte immer die gleichen Worte, schrie immer nach Janac. Als die Sonne aufging und die Hitze des Tages kam, hielt er immer noch durch; und als seine Stimme schlapp zu machen begann, schrie er nach jedem zweiten Schritt, schließlich nur noch nach jedem dritten. Seine Kehle dörrte aus, in seinem Kopf pochte und hämmerte es, und sein Knöchel schwoll an, seine Schritte wurden langsamer, und dann blieb er stehen, war körperlich am Ende durch Wassermangel und Erschöpfung. Seine Stimme krächzte nur noch, verkam zu einem Flüstern und Wimmern – er verlangte nach Anna, nicht nach Janac. Wieder rutschte er an der rohen Wand auf den Boden und kauerte sich in der Stellung eines Embryos auf die nackte Erde. Sekunden später war er eingeschlafen.

Als er wieder zu sich kam, fühlte sich die Erde dumpf und kalt an, und er wusste sofort, wo er war. Die Sonne war bereits untergegangen, und er versuchte, mithilfe des bläulichen Kunstlichts, das durch die Ritzen der Falltür drang, seine Uhr abzulesen: zehn Uhr abends. Sechs Stunden waren ihm einfach wie Sand durch die Finger geronnen. Er rappelte sich wieder auf und spürte die Schmerzen in jeder Faser seines Körpers. »Janac!«, versuchte er zu schreien, brachte aber nur ein Krächzen zustande. Seine Kehle war völlig ausgedörrt und peinigte ihn nach mehr als vierundzwanzig Stunden ohne Wasser. »Ihr Hurensöhne«, stöhnte er vor sich hin, »holt mich endlich hier raus!« Aber oben blieb alles still, und nicht einmal die Lagergeräusche drangen bis in sein Erdloch vor. Die Einsamkeit umgab ihn wie fließendes Wasser. Er war so nah am Ziel und doch so hilflos.

Wieder weckten ihn das helle Sonnenlicht und die Hitze. Hamnet konnte kaum glauben, dass er geschlafen hatte, konnte es nicht fassen, dass er immer noch in dieser Grube dahinvegetierte. Wenn die Bastarde ihn zu Tode foltern wollten, warum legten sie dann nicht persönlich Hand an ihn, sodass er wenigstens um Gnade für Anna flehen konnte?

Seine Uhr zeigte ihm, dass er nicht mehr viel Zeit hatte. Nicht in seinen schlimmsten Albträumen war er davon ausgegangen, dass er selbst Annas Todeszeitpunkt bestimmen würde. Er stellte sich vor, wie Dubre ängstlich den Umschlag aufschlitzte und dann zum Telefon wankte. Über Navtex konnte die ganze Welt in null Komma nichts informiert und gewarnt werden. Und Anna würde sterben und nicht verstehen, warum er ihr nicht zu Hilfe gekommen war. Würde sich fragen, wo er geblieben war, wo er sich auf der *Shawould* versteckt hatte. Warum er ihr nicht beigestanden hatte. Er dachte an ihre Berührungen, ihren Duft, ihre Stimme, ihr Lachen. Fühlte ein Würgen in seiner ausgetrockneten Kehle, und Tränen liefen ihm übers Gesicht, während die Sonne über den Himmel zog und die Zeit verstrich. Mehr als alles andere auf der Welt – mehr als irgendjemand sich auch nur vorstellen konnte, etwas zu wollen – wollte er Anna sehen. Er konnte die ungebetenen Tränen nicht stoppen.

Plötzlich veränderte sich das Licht, und er bemerkte, dass oben etwas im Gange war. Statt des durchbrochenen Sonnenlichts traf ihn nun ein greller Lichtstrahl wie von einem Scheinwerfer. Die Falltür war geöffnet worden, und mehrere Gesichter starrten zu ihm hinunter. Mehr konnte er im Gegenlicht nicht erkennen. Jetzt konnte er nicht mehr rufen, nachdem er vorher nur noch zusammenhanglos gekreischt hatte. Dann wurde eine Leiter über den Rand zu ihm hinuntergeschoben. Er zog sich daran hinauf bis ins Tageslicht, konnte aber mit den gefesselten Händen kaum sein Gleichgewicht halten. Noch war es nicht zu spät.

»Janac?«, brachte er mühsam heraus, während er über den Rand kroch und den Mann anstarrte, der vor ihm stand.

Der Kerl nickte, stieß ihn erst mit dem Gewehrkolben zu Boden und winkte ihm dann, ihm zu folgen.

Nachdem er wieder auf die Beine gekommen war, warf Hamnet schnell noch einmal einen Blick auf seine Uhr; es war kurz vor elf.

Mit dem Gewehr im Rücken stolperte er auf den nächstgelegenen Barackenblock zu. Die Hitze versengte alles; außerdem verlangten Durst und Hunger ihren Tribut – er taumelte schwindlig herum, bemühte sich aber dennoch, so schnell zu laufen wie möglich. Doch die Krämpfe in seinen Beinen und der verstauchte Knöchel behinderten ihn stark. Seine Kleidung war schweißgetränkt, starrte vor Dreck und verklebte jede Pore und jede Falte seiner Haut; die Haare waren verfilzt. Als er stürzte, riss ihn einer der Soldaten sofort am Ellbogen wieder hoch. Hamnets Welt reichte nicht mehr über den nächsten Schritt hinaus. Die Hand unter seinem Arm ließ ihn wieder los, und er sank auf die Knie, ließ den Kopf hängen, obwohl er noch einmal alle Kraft zu sammeln versuchte. Janac! Er musste Janac sprechen! Die Zeit war fast um.

Eine Stimme, die er schon einmal gehört hatte, sagte: »Gebt ihm Wasser.«

Unglaublich erleichtert hob Hamnet den Kopf, und seine ursprüngliche Kraft kehrte zurück. Die Zeit reichte noch, um Anna zu sehen. Es war zwar zu spät, um sie zu retten, ehe die Nachrichten um die Welt gingen, aber er würde sie zumindest sehen; da war er ganz sicher.

Jemand schob ihm eine Wasserflasche vors Gesicht, und die köstliche Flüssigkeit rann schwer und warm in seinen Magen. Er brach den Schluck ab, würgte und spuckte. Die Wasserflasche verschwand. Er schüttelte den Kopf, wischte sich den Mund an der Schulter ab und fixierte die Männer, von denen die meisten stehend, ein paar an einem schweren Mahagonitisch sitzend, einen Halbkreis bildeten. Unter den am Ende des Tisches Sitzenden sah er Janac mit lässig übereinander geschlagenen Beinen, die schlanken Finger auf sein Knie gestützt, während der Rauch einer Zigarette aufstieg. Er schien denselben Kampfanzug wie auf der *Shawould* zu tragen, und derselbe schwere Revolver lag auf dem Tisch.

Janac wandte sich an einen älteren Chinesen, der ihm gegenübersaß, und zog neugierig eine Augenbraue hoch. »Was hat das zu bedeuten, General?« »Wir hielten ihn für einen dieser verrückten Touristen, die durch die Berge wandern, aber er will mit Ihnen sprechen«, erklärte der General und faltete penibel die Hände vor seiner grünen, makellosen Uniformjacke.

Janac drückte die Zigarette aus und fixierte Hamnet mit seinen grauen Augen. »Also, wer bist du und was willst du?«

Hamnet versuchte, einen Satz zusammenzubringen, die richtigen Worte zu finden.

»Wie lange war er in dem Loch, General Lee?«, fragte Janac.

Lee zuckte uninteressiert mit den Achseln.

Schließlich konnte Hamnet krächzen: »Eineinhalb Tage.«

»Ah, das Kerlchen spricht«, höhnte Janac und wandte sich ihm wieder zu. »Also, wer zum Teufel bist du?«

Hamnet quälte sich erst auf die Knie und versuchte dann, auf die Füße zu kommen. Doch die Beine knickten einfach unter ihm weg, und er fiel in den Dreck.

»Bleib einfach auf deinem Hintern sitzen, wie es sich für einen Kerl wie dich gehört«, verhöhnte ihn Janac. »Und antworte verdammt nochmal auf meine Fragen, bevor ich sauer werde.«

Hamnet atmete tief durch und versuchte, sich zu beruhigen, dann schaute er Janac aufsässig an – jedenfalls so aufsässig wie möglich, während er ihm zu Füßen lag. Dann sagte er: »Ich bin Phillip Hamnet, und ich will mein Leben gegen das meiner Frau tauschen.«

Sofort kam Bewegung in Janacs Gesicht, und er grinste leicht überrascht. »Hamnet? Deine Frau ist tot. Weil du vor drei Tagen dein Schweigen gebrochen hast.«

Hamnet hörte die Worte, war aber nicht in der Lage, sie in ihrer gesamten Bedeutung zu erfassen. Er verstand nur, dass ihm das Liebste im Leben genommen worden war. Und Anna war in dem Glauben gestorben, dass er sie im Stich gelassen hatte. Er kam taumelnd auf die Füße und wollte sich auf Janac stürzen. Die Kerle hatten ihn aus gutem Grund auf den Boden geworfen, und sofort packte ihn einer am Arm. Hamnet versuchte ihn durch eine Schulterrolle abzuschütteln, erzielte aber keinen größeren Effekt, als wenn ein Schiff, das auf Grund liegt, von einer Welle hochgehoben wird. Er war einen Meter näher gekommen, als ihn der zweite und der dritte packten. Aber sie hielten es nicht für möglich, dass dieser dreckige, nicht übermäßig stark gebaute, erschöpfte und außerdem gefesselte Mann zum Problem werden könnte. Ein gewaltiger Irrtum. Jeder hatte einen Arm gepackt, als Hamnet sich duckte und in einem Salto nach vorn schoss. Ihre Schrecksekunde dauerte lange genug, dass er auf den Füßen in der Hocke landete, und er konnte sich durch die Rolle aus ihrem Griff befreien. So kam er wieder einen Meter näher an Janac heran.

Hamnet spannte seine Oberschenkel an und schoss wie eine Rakete nach vorn. Aber Janac wehrte den Angriff mit seinem Unterarm und der Schulter ab und gab die geballte Energie mit perfekter Leichtigkeit an Hamnet zurück, der auf dem Rücken landete und am Ende war. Einen Moment später drückten ihn fünf Männer auf die Erde. Er wehrte sich noch mit aller Kraft, aber es waren zu viele. Er verfiel in zitterndes, schluchzendes Elend. »Ich habe ihm gesagt, ich habe dem verdammten Bastard gesagt, dass er warten soll«, brüllte er. »Ich hatte ein Abkommen mit Dubre, diesem Hurensohn! Bei Gott, ich werde ihn umbringen! Ich schwöre, dass er das nicht überleben wird!«

Janac schickte einen spöttischen Blick zu Lee. Aber der Alte interessierte sich offensichtlich mehr für Janacs kämpferische Fähigkeiten als für das heulende Elend, das von seinen Männern am Boden gehalten wurde. »Du hast immer noch gute Reflexe, mein Freund.«

»Ich hatte den besten Lehrer«, antwortete Janac grinsend, und Lee nahm das Kompliment mit einem Kopfnicken zur Kenntnis.

Langsam wich die Wut aus Hamnet, ihm blieb nichts weiter, als tief durchzuatmen und dem Körper etwas Ruhe zu gönnen.

Janac nestelte eine weitere Zigarette aus der Packung und sagte: »Hamnet, wir hatten eine Abmachung. Du hast dich nicht daran gehalten, und ich muss sagen, es hat sogar mich überrascht, wie schnell das ging. Sogar für deine Verhältnisse. Also trag die Konsequenzen wie ein Mann.«

Zwischen den einzelnen Atemzügen und den Schluchzern, die ihn schüttelten, rang Hamnet um Worte. »Es stimmt, ich habe ihm alles, was ich wusste, aufgeschrieben. Aber er sollte den Umschlag drei Tage liegen lassen und nur öffnen, falls weder Anna noch ich zurückkämen. Er hat es mir versprochen. Und dann hat er alles sofort ausposaunt? Kaum dass ich weg war?«

Janac zündete die Zigarette an und schmatzte durch die Zähne. »Das ist Pech.« Er blies einen Ring aus Rauch und grinste wieder zu Lee hinüber. »Hast du was dagegen, wenn wir ihn noch eine Weile hier behalten?«

Der General schüttelte den Kopf.

»Dann schmeiß ihn wieder in sein Loch«, befahl Janac einem der Männer mit entsprechender Handbewegung. »Aber gib ihm was zu essen und Wasser, und schneid' seine Fesseln los.«

Wie ein gezähmtes Tier setzte sich Hamnet in Bewegung. Nichts in seinem Leben lohnte noch, dafür zu kämpfen, und er verwendete alle ihm noch verbliebene Energie darauf, den tiefen Fall abzufedern. Dann schloss sich die Falltür über ihm, und es wurde wieder still.

15

Als sie zurückkamen, war Hamnet in tiefe Gleichgültigkeit verfallen. Die in Blätter eingerollten Reisbällchen und die Wasserflasche, die sie ihm irgendwann in sein Loch hinuntergeworfen hatten, hatte er unberührt liegen lassen. Seine Körperfunktionen liefen auf Schmalspur, fast Leerlauf, er atmete flach und langsam, und sein Verstand mied jeden Gedanken an die Realität und flüchtete sich ins Vergessen. Die Rufe, die von oben kamen, drangen nicht mehr in sein Bewusstsein vor. Er kauerte zusammengesunken an der Wand, unfähig, sich mit der neuen, veränderten Situation auseinander zu setzen.

Auch als schließlich ein Schuss einen halben Meter vor seinem Knie den Dreck aufspritzen ließ, zeigte sich nur leichte Neugier auf seinem Gesicht. Er schaute zum Rand der Grube hinauf, wo ein paar Männer schreiend auf eine Leiter deuteten, woraufhin er sich einfach abwendete. Doch dann begann sein Kopf langsam wieder zu funktionieren. Schnell folgten ein zweiter und ein dritter Schuss, und die Einschläge kamen jedes Mal näher. Dreck spritzte vom Boden auf und über seine Beine hinweg. Hamnets Körper war schwer wie Blei, während er sich unglaublich langsam eine Sprosse nach der anderen hochzog.

Oben empfingen ihn die frische Morgenluft und das Tageslicht, und er merkte, dass er eine weitere Nacht dort unten zugebracht hatte, obwohl er die Dunkelheit nur als eine besondere Form der Verzweiflung wahrgenommen hatte. Erschöpft vom Aufstieg, hatte er nicht mehr die Kraft, sich vorwärts zu schleppen und fiel hin. Nachdem sie ihn vergeblich mit ein paar Stößen zum Weitergehen zwingen wollten, packten ihn zwei Soldaten unter den Armen und schleppten ihn mit sich, um ihn dann wieder vor Janac in den Dreck fallen zu lassen. Der saß am selben Tisch wie beim ersten Mal und widmete sich seinem Frühstück aus Mangos und Ananas. General Lee saß ihm ebenfalls wieder gegenüber – vor einem leeren Teller. Rechts von Janac hatte Tosh – den Hamnet nicht kannte – Platz genommen und schnitzte an einem Stück Holz herum, während vor ihm in einer Tasse heißer Kaffee dampfte. Hamnets drei Aufpasser bauten sich vor dem Tisch auf, und während einer Janac Bericht erstattete über die Essensverweigerung und darüber, dass ihr Gefangener nicht einmal auf Schüsse reagiert hatte, nahm Hamnet ohne jedes Interesse die fremden Laute wahr, ohne sie zu verstehen, ja ohne überhaupt zuzuhören.

Doch dann drangen plötzlich Janacs Worte bis zu ihm vor. »Deine Kinder sind nicht mit ihrer Mutter gestorben.«

Das war ein Schock. Als er aufzustehen versuchte, rächte es sich, dass er nichts gegessen und getrunken hatte, und er wurde ohnmächtig. Als er wieder zu sich kam, hielt ihm irgendjemand eine Wasserflasche an die ausgedörrten Lippen. Er schluckte die lauwarme Flüssigkeit, und sein Körper reagierte entsprechend. Schnell war seine Niedergeschlagenheit wie weggeblasen, er fühlte sich nicht länger wie im Auge des Orkans, obwohl er immer noch den widersprüchlichsten Gefühlen ausgeliefert war. Er aß den Teller leer, der vor ihm stand – zuerst nur langsam, aber dann in zunehmender Panik, dass jemand ihm das Essen wieder wegnehmen könnte. Doch sie brachten ihm sogar noch einen Nachschlag. Derart gestärkt und von seiner neuen Verantwortung motiviert, kehrten seine Kraft und seine Energie zurück.

Auch Janac beendete sein Frühstück, wobei er Hamnet ungerührt beobachtete, und General Lee behielt beide mit einem leichten Anzeichen von Missbilligung im Blick. Hamnets Magen fühlte sich nach der ungewohnten Mahlzeit ziemlich aufgebläht an, als Janac wieder das Wort an ihn richtete: »Du bist also der Mann aus dem Rettungsboot.«

Da er einen Tag lang kein Wort gesprochen hatte, konnte Hamnet nur krächzen: »Wo sind meine Kinder? Ich will zu ihnen!«

Janac nickte. »Alles zu seiner Zeit. Erst wollen wir uns unterhalten.« Den Bruchteil einer Sekunde lang hielt Hamnet dem Blick stand, ehe er sich wieder seinem Teller widmete. »Drei Männer haben damals überlebt, und vier haben ins Gras gebissen, stimmt's?«

Hamnet hielt mit vollem Mund den Kopf gesenkt.

»Was war los? Warum hast du die drei ausgewählt?«

Hamnet schaute seinen Peiniger an, kaute und öffnete zögernd den Mund, um zu antworten, entschied sich dann aber dagegen.

»Wir sind hier nicht im Waldorf«, knurrte Janac. »Du kannst auch mit vollem Mund sprechen.«

Doch Hamnet schluckte erst alles hinunter, ehe er antwortete: »Warum interessiert dich das?«

»Nun, sagen wir, mir geht es um die Frage der Moral. Und wenn du deine Kinder sehen willst, dann verarsch mich nicht.« Sein Ton gellte in Hamnets Ohren.

Hamnet fixierte Janacs mageres Gesicht mit den undurchdringlichen, kalten Augen. Er wollte über das Thema nicht sprechen, jedenfalls nicht mit diesem Mann. Aber hatte er eine Wahl? »Wir haben das Los entscheiden lassen. Und die Gewinner bekamen die Vorräte und das Boot.«

»Und du warst einer der Gewinner?«

»Ich habe die Strohhalme gehalten, und ein langer blieb am Schluss übrig.«

»Wie hast du dich dabei gefühlt?«

Beide schwiegen lange, und man hörte nur das Tschiep-Tschiep von Toshs Schnitzerei und die entfernten Geräusche, die vom Exerzierplatz herüberwehten. Janac ließ die Dinge laufen, bis Hamnet zu essen aufhörte und nicht mehr in dem restlichen Reis herumfingerte, sondern, ohne wirklich etwas zu sehen, vor sich hinstarrte und schließlich murmelte: »Ich habe vier Tage lang gebetet, dass uns niemand auffischen sollte.«

Janac nickte wieder, schob seinen Teller weg und wischte sich die Hände an der Kakihose ab. »Was war mit den anderen vier?«

»Drei waren ziemlich am Ende, wurden schnell ohnmächtig

und starben während der nächsten sechs Stunden. Der vierte war unser Philippino-Maat. Er hatte den Sturm einigermaßen überstanden und wollte nicht vom Boot wegschwimmen, ging dann aber ohne Trinkwasser im Laufe des Tages auch unter.« Hamnet sah wieder die Augen des Mannes vor sich – unerforschliche, braune Augen. »Mit Einbruch der Nacht hatte er alles überstanden.« Janac gab sich ebenso ungerührt wie der General und sagte: »Was heißt, er hat es überstanden? Ist er verdurstet?«

Hamnet schaute ihm voll ins Gesicht, aber er fühlte sich schwindlig und widerlich – er konnte nicht entscheiden, ob von der hektischen Esserei oder von dem Gespräch. »Natürlich, was sonst?« Er schluckte.

»Da gab es Gerüchte um eine Signalpistole, die abgefeuert worden sein soll.«

»Gerüchte. Zeitungsgeschichten.« Hamnet schüttelte leicht den Kopf.

»Ich habe viele Männer in Extremsituationen beobachtet, und deshalb glaube ich nicht, dass der Philippino sein Todesurteil so einfach akzeptiert hat«, hielt ihm Janac entgegen und schlug die Beine übereinander.

Wieder schüttelte Hamnet den Kopf. »Genau das haben die Journalisten auch gedacht, aber wir hatten einen Vertrag geschlossen, und er war ein Ehrenmann.« Er hätte viel darum gegeben, mit festerer, glaubhafterer Stimme sprechen zu können, aber er war zu erschöpft. Doch den grauen Augen hielt er stand. Nur drei Menschen auf der Welt kannten die Wahrheit – und sie wollten daran auch nichts ändern. Und wie unwahrscheinlich diese Wahrheit auch klingen mochte, wie unglaublich sich die Story anhören mochte: Die drei würden nie etwas anderes sagen.

Janac sah Hamnet eindringlich an, und beide hielten den Blickkontakt für volle fünf Sekunden. Dann sagte er halb lachend, halb seufzend: »Und was war mit den beiden anderen?«

»Sie waren nicht belastbar. Ich überließ ihnen das meiste

Wasser, und wenn es nicht nach fünf Tagen geregnet hätte, wäre keiner von uns lebend aus dem Schlamassel herausgekommen.«

Janac trommelte leise auf die Tischplatte. »Und dann wurdet ihr gerettet, die Ereignisse rechtfertigten dein Vorgehen, aber statt dich als Helden zu feiern, stellten dich die Medien an den Pranger.«

»Ja, so ungefähr.« Endlich konnte Hamnet seinen Blick lösen.

»Hättest du die Dinge einfach laufen lassen, hätte vielleicht keiner überlebt, aber ihr wärt als Unschuldige gestorben. Niemand macht einem fürs Nichtstun einen Vorwurf – wie immer die Konsequenzen aussehen. Das ist allgemeiner Konsens, stimmt's? So handeln die Spießer alle.« Er feixte höhnisch. »Wäre es anders, könnten sie ihren eigenen Moralvorstellungen nicht mehr gerecht werden – egal ob es sich um eine Wohltätigkeitsnummer handelt oder ob sie die Folgen einer Dürreperiode in den Fernsehnachrichten verfolgen. Und dieser wunderbare Moralkodex der Passivität erlaubt es ihnen, den schlimmsten Katastrophen auf Erden lächelnd zuzuschauen – während ich meinen Vorteil daraus ziehe.« Das Feixen wurde zum Grinsen. »Aber du bist anders. Du gehst rational vor – drei haben eine Überlebenschance, wenn vier sterben. Du konntest nicht einfach untätig bleiben, nachdem ich die Crew des nächsten Schiffes umgebracht hatte. Nicht einmal deiner Frau zuliebe. Der Preis war zu hoch.« Er runzelte die Stirn. »Sie hat das gewusst.« Er legte eine Pause ein. »Anna wusste genau, wie du tickst.«

Hamnet hörte kaum mit halbem Ohr zu. Nie hatte er sich für die Interpretation seines Handelns oder seines mutmaßlichen Handelns interessiert, obwohl es viele Möglichkeiten gegeben hatte. Er wusste, was falsch und was richtig war, fertig. Aber als er Annas Namen hörte, dachte er: »So habe ich das alles nicht gewollt; ich wollte, dass sie darauf vertraut, dass ich sie rette.« Und das hatte er nicht geschafft. Er ekelte sich vor dem Gedanken bis ins Mark. Doch er musste sich der Kinder wegen jetzt zusammenreißen und konzentrierte sich auf die warme Sonne in seinem Rücken, den strengen Geruch des Dschungels und den hektischen Lärm des Lagers. Er musste sich an der Realität orientieren, um diese neue Welt in den Griff zu bekommen.

Janac beobachtete ihn weiter und fuhr fort: »Nichtsdestotrotz war der Tod der Crew für uns beide unerfreulich. Ich bin auf das Geld aus diesen Aktivitäten angewiesen«, er winkte einen der Männer heran, »damit ich General Lee sein erstklassiges Heroin abkaufen kann. Du hast alles vermasselt, aber ich glaube, du kannst es wieder gutmachen. Nur deshalb sind deine Kinder am Leben geblieben.« Er unterbrach sich, als Hamnet ihn anschaute. »Du kannst gehen – und eines deiner Kinder mitnehmen.«

Hamnet schüttelte den Kopf, während sein Puls raste. »Das ist nur ein Trick.«

»Es ist eine Ehrenbezeugung für den Mut, der dich hierher geführt hat.«

»Ein Kind?«

Wieder grinste Janac. »Für das zweite musst du dich schon noch etwas mehr anstrengen. Aber darüber wollen wir uns später unterhalten. Schau sie dir erst einmal an.«

Er schaute zu, wie Hamnet sich auf die Füße quälte und mit dem verletzten Knöchel kaum gehen konnte. Dann gab er den anderen ein Zeichen, ihnen zu folgen, ging zu einem offenen Jeep voraus und stieg vorne ein. General Lee setzte sich neben ihn, und jemand half Hamnet auf den Rücksitz, wo Tosh neben ihm Platz nahm. Seine drei Bewacher schwangen sich in einen zweiten Jeep, und Hamnet klammerte sich mit grimmiger Miene fest, während sie mit hoher Geschwindigkeit durchs Camp rasten. Er nahm nichts wahr, dachte nur an Anna und seine Kinder. Und den Preis, den er würde zahlen müssen.

Auf der anderen Seite des Lagers, wo mehrere Baracken scheinbar zufällig einen Halbkreis bildeten, hielten die Jeeps vor der ersten Hütte. Janac sprang heraus und schaute zu, wie Tosh Hamnet aus dem Wagen zog und auf die Füße stellte. Dann winkte er sie alle zu einem verwahrlosten Stück Stoff, das vor der Türöffnung hing. Hamnet stolperte darauf zu und zog den Vorhang langsam zur Seite. Als Licht in den Raum fiel, begann ein Baby erbärmlich zu schreien – verzweifelt und wimmernd. Nachdem sich Phils Augen an die Lichtverhältnisse gewöhnt hatten, sah er, dass der Raum leer war bis auf eine Art Krippe aus Bambus, in der das Baby lag, und eine Matratze ganz hinten an der Wand, auf der ein Teenager in einem vergammelten T-Shirt und Shorts neben einer Opiumpfeife lümmelte. Das Mädchen schaute teilnahmslos in seine Richtung, ihre Augen wirkten stumpf und geistesabwesend und starrten dann wieder auf den Boden.

Eine Sekunde später stand Hamnet neben der Krippe. Sein Sohn – er war winzig – lag nackt auf einer feuchten, verdreckten Grasmatte in seinen Exkrementen. Fliegen summten um ihn herum und krabbelten über sein Gesichtchen, das mit einem Hautausschlag überzogen und vom Hungergeschrei und totaler Erschöpfung gerötet war. Hamnet vertrieb die Insekten und nahm das Baby mit Tränen in den Augen in seine Arme.

»Du wirst also eines mitnehmen«, stellte Janac fest. »Das andere liegt nebenan, falls du wählen möchtest.«

Hamnet schaute sich um. Er konnte hören, wie das zweite Kind in das Geschrei seines Bruders einstimmte, und der Gestank in der Hütte schien ihn fast zu überwältigen. Er wollte nur noch der Hitze und dem Summen der Insekten entkommen und so weit wie möglich vor dem Kind fliehen, das er zurücklassen musste. Den Gedanken loswerden, dass eine Wahl möglich war und dass es einen Zwillingsbruder gab. Er taumelte auf die Türöffnung zu und schleppte sich, so schnell es ging, ins Freie. Janac hielt mit ihm Schritt, doch Hamnet hatte keine Worte für den Horror und seine Qual. Er wollte einfach nur weg.

Dann hörte er Janac: »Halt!«, und die Härte, die in seiner Stimme lag, ließ ihn sofort stehen bleiben. Aber er drehte sich nicht um. Tränen zogen ihre Spuren durch den Staub auf seinem Gesicht.

»Die Dinge liegen ganz einfach«, sagte Janac. »Wir werden dich wieder über die Grenze bringen und an der Hauptstraße absetzen. Du erzählst den Behörden, dass das zweite Kind nach der Geburt gestorben ist. Dass ich dir das andere in einem Anfall von Sentimentalität wegen der Vorfälle auf See und des Todes deiner Frau überlassen habe. Du wirst ihr Mitgefühl dazu nutzen, dir einen Job bei einer der großen Reedereien in Hongkong oder Singapur zu besorgen. Mir ist jede recht. Und dann versorgst du mich mit Informationen, und zwar interessieren mich alle wertvollen Ladungen, die man leicht abtransportieren kann – Container mit Computerchips zum Beispiel. Ich will die Ladetermine wissen und die Routen und ständig die neuesten Positionsangaben in bestimmten Revieren, die wir dir vorher nennen. Alle großen Reedereien arbeiten heutzutage mit Tracking-Systemen und verfügen deshalb über die aktuellen Informationen über die Position ihrer Schiffe, die du an mich weiterleiten wirst. So kann ich jederzeit, dank deiner Hilfe ohne technischen Aufwand, das geeignetste Schiff am geeignetsten Ort übernehmen. Du wirst vier Schiffe für mich aussuchen, und je schneller du mir die Beute zutreibst, desto schneller bekommst du dein zweites Balg. Andernfalls wirst du das Kind nie wiedersehen. Spiel ein doppeltes Spiel, und du hast es umgebracht.«

Mit seiner zerbrechlichen, wertvollen Last in den Armen drehte sich Hamnet zu ihm um. Er wusste zwar, dass er nicht in der Position für Verhandlungen war, und murmelte trotzdem: »Das kannst du nicht tun«, worauf Janac scharf entgegnete: »Ich kann es und ich werde es. Du kannst auf den Handel eingehen oder deinen Sohn sterben lassen.«

»Woher weiß ich, dass du mich nicht reinlegst? Dass ich meinen Sohn wirklich bekommen werde?«

»Das kannst du nicht wissen. Du hast keinerlei Sicherheiten, und das kann auch keiner von uns beiden ändern.«

Hamnet schüttelte den Kopf. »Selbst wenn alles glatt läuft, sind vier Schiffe in der kurzen Zeit nicht zu schaffen. Du kannst meinen Sohn nicht so lange in der stinkenden Baracke unter der Fuchtel dieses voll gekifften Teenagers verkommen lassen.«

»Je schneller du lieferst, desto schneller kommst du an dein Kind. Aber als Motivation werde ich seine Lebensbedingungen nach jeder zufrieden stellenden Lieferung verbessern. Zuerst gibt es eine bessere Nanny, dann ein anständiges Kinderbett und sogar Waschwasser. Nach dem dritten Schiff hole ich das Kind aus der Baracke in ein Haus mit Klimaanlage. Und sobald wir den vierten Raubzug erfolgreich abgeschlossen haben, wird es dir wohlbehalten übergeben.« Janac zuckte die Achseln. »Mehr kann ich wirklich nicht für dich tun. Allerdings müssen wir die Operation bis zum Beginn der Hurrikansaison abgeschlossen haben. Später können wir unsere Pläne nicht mehr umsetzen, was dein Sohn nicht überleben würde. Aber ich bin sicher, dass wir alles in den zweieinhalb Monaten durchziehen können.« Er holte die unvermeidliche Lucky Strike und das Feuerzeug aus seiner Hemdtasche, zündete die Zigarette an und winkte Tosh herbei, der Hamnet einen großen braunen Umschlag überreichte. »Darin steht alles, was du wissen musst. Tosh wird dich jetzt zurück zur Grenze bringen und freilassen. Du solltest alles gelesen haben und die Informationen vernichten, ehe dich jemand findet. Das ist alles. Ich bin sicher, dass ich mich auf dich verlassen kann. Und jetzt weg mit ihm, Tosh.« Janac kehrte zum Jeep zurück, wo General Lee die ganze Zeit ohne ein Wort auf dem Beifahrersitz gesessen hatte.

Hamnet wurde wieder hinten in den zweiten Wagen verfrachtet, dessen Dieselmotor rülpsend in Fahrt kam. Er kämpfte um sein Gleichgewicht und hielt unbeholfen das Baby in seinen Armen, während er noch einmal kurz zur Baracke zurückschaute, in der sein zweiter Sohn schreiend zurückblieb. Dann führte ihn sein Weg wieder durch das Tal, durch das er scheinbar vor einem Menschenalter gekommen war.

Janac und General Lee sahen ihm ohne ein Wort nach, und Janac zog bedächtig an seiner Zigarette, bis Lee sagte: »Ich halte das für sehr schlechte Idee. Zu viele Schiffe von Hongkong und Singapur mit Drogenfracht. Du stören damit Hongkong-Triaden, und dann nicht einmal ich kann mehr dir helfen.«

Janac nahm einen letzten Zug aus der Zigarette und trat sie im Staub aus. »Ich habe keine Wahl, General. Wie sonst, verdammt, soll ich das Geld auftreiben, um dich zu bezahlen?«

Lee zuckte mit den Achseln. »Muss bessere Lösung geben.«

»Scheiß auf die Triaden«, grunzte Janac. »Ich habe genug von den Bastarden, die in Australien meine Leute umbringen.« Er drehte am Zündschlüssel, legte den Gang ein, fuhr los, und während sich das Motorengeräusch immer weiter entfernte, legte sich auch der Staub wieder. Und schließlich hörte man nur noch das Baby schreien.

16

Hamnet war in Gedanken immer noch bei seinem schreienden zweiten Sohn, während sich der Jeep durch die Schlaglöcher in Richtung Grenze kämpfte. Die Tränen des Hungers und der Schmerzen quälten ihn. Dem Baby fehlte es an Liebe, Fürsorge und Schutz, und Hamnet konnte ihm nicht helfen. Der Wagen holperte über unbefestigte Wege und Waldpfade, wo unter den Baumriesen der Himmel kaum noch durchschimmerte, doch Hamnet bemerkte nichts von allem, so sehr beschäftigte ihn die Pein des hilflosen Wesens. Einmal drehte sich Tosh zu ihm um und fuhr ihn an, dem Geschrei im Auto ein Ende zu setzen. Doch Hamnet schaute so böse, dass sogar Tosh sich in sein Schicksal fügte. Er schnitzte wortlos weiter an dem Holz herum, wann immer es die Straßenverhältnisse erlaubten.

Auf einer Lichtung stoppte der Jeep, Tosh drehte sich wieder um und grinste den finster blickenden Hamnet an. »Du bist am Ziel, Soldat. Geh einfach weiter unter den Bäumen lang, bis du zu der Teerstraße kommst. Dann bist du auf der thailändischen Seite. Wenn du dich rechts hältst, kannst du das nächste Dorf nicht verfehlen. Von jetzt an bist du auf dich allein gestellt.«

Hamnet nickte und kletterte vorsichtig vom Jeep, während er das Baby fest im rechten Arm hielt. Sein Rucksack landete hinter ihm im Dreck. Er drehte sich um, hob ihn auf, hängte ihn über die rechte Schulter und machte sich auf den Weg.

»He!«

Er drehte sich gerade rechtzeitig um, um das Stück Holz zu fangen, das Tosh ihm zuwarf. Die plumpe Schnitzerei hatte die Form eines Babys.

»Nimm – als Ersatz für dein zweites Kind, bis du es wiedersiehst«, feixte Tosh.

Der Fahrer gab Gas und drehte am Lenkrad. Hamnet sah dem Jeep nach und schwor sich, Tosh eines Tages dieses Grinsen heimzuzahlen. Dann breitete sich Stille im Dschungel aus. Hamnet hatte sich in die Höhle des Löwen gewagt, und der Löwe hatte ihm die Seele aus dem Leib gerissen. Jetzt war er wieder frei und saß dennoch in der Falle. Erschöpft ließ er sich zu Boden sinken. Vor ihm lag noch ein gewaltiger Berg, den es zu überwinden galt.

Ein leises Wimmern brachte ihn wieder in die Gegenwart zurück. Er bettete das kleine Wesen auf Laub, das er zusammengekratzt hatte, und durchwühlte den Rucksack. Er schien unberührt – Geld, Pass, Lebensmittel und Wasser waren noch da. Also griff er nach der Wasserflasche und riss von einem T-Shirt einen Streifen ab, um damit das Baby zu säubern und es behutsam abzutupfen. Still folgte das Kind mit den Augen jeder seiner Bewegungen. Dann wickelte er es in das, was vom T-Shirt übrig geblieben war, öffnete eine Büchse mit Mischobst und träufelte ihm den Saft mithilfe eines Löffelrückens in den Mund. Die kleinen Augen glänzten, schnell war sein Appetit befriedigt, und noch schneller schlief es ein. Das war nicht viel, aber es war ein Anfang.

Hamnet versuchte, aus dem Rucksack ein Bettchen zu formen, legte das Baby hin, und mit dem Rest des Wassers wusch er den Staub vom Gesicht und zog sein letztes sauberes T-Shirt und die Shorts an. Dann setzte er sich, zog den Umschlag, den er in die Hosentasche gestopft hatte, hervor und begann zu lesen: Koordinaten der Reviere, für die sich die Hijacker der Schiffe interessierten, eine Liste hochpreisiger Wirtschaftsgüter und eine E-Mail-Adresse, an die er die Informationen weiterzuleiten hatte. Außerdem hatte man ein paar Disketten mit einem Chiffrierungsprogramm beigelegt.

Da er sich die Breiten- und Längengrade nicht würde merken können, steckte er die Liste und die Disketten wieder ein; den Rest riss er in kleine Papierschnitzel, die er unter einer

Baumwurzel vergrub. Vorsichtig nahm er das schlafende Baby, stopfte alle Unterlagen wieder in den Rucksack, schnallte ihn sich auf den Rücken und kämpfte sich durch den Dschungel, bis er zu der geteerten Straße kam. Von dort wandte er sich nach rechts, und das Dorf war tatsächlich nicht mehr weit. Niemand achtete auf ihn, als er das kleine Restaurant betrat und sich etwas zu essen bestellte. Auf seine Frage sagte ihm der Kellner, dass er in ein paar Stunden direkt vor der Tür in einen Bus nach Chiang Mai steigen könne. Nachdem er seine Mahlzeit gierig verschlungen hatte, kehrte er wieder in die brütende Hitze zurück und suchte auf beiden Seiten der Straße nach einem Laden, um Babysachen, Milch und etwas zu essen für das Kind zu kaufen. Fehlanzeige. Also setzte er sich wieder ins Restaurant, um während der Wartezeit der Hitze zu entkommen.

Am Nebentisch saß ein amerikanisches Pärchen, das laut in die beklemmende Stille einbrach. Die Frau, deren langes schwarzes Haar über die nackten, gebräunten Schultern fiel, lächelte Hamnet und dem Baby zu. Aber weder ihr Lächeln noch ihr frisches, gutes Aussehen drangen durch seine Sorgen bis zu ihm vor, sonst wäre er besser auf das vorbereitet gewesen, was einfach kommen musste. Denn kaum hatte die junge Frau ihr Glas leer getrunken, stand sie auf und kam die paar Schritte zu Vater und Sohn herüber. Sie runzelte die Stirn, als sie sah, dass das Baby nur in ein zerrissenes T-Shirt eingewickelt war. »Wie heißt es?«, fragte sie mit einem zweifelnden Unterton und wollte das nackte Bäuchlein kitzeln.

Hamnet hatte sie nicht kommen sehen, sodass ihn die Frage kalt erwischte. Der Name? Anna und er hatten immer wieder darüber geredet, waren aber zu keinem Ergebnis gekommen und hatten beschlossen, bis nach der Geburt zu warten und dann gefühlsmäßig zu entscheiden. Die Frau starrte ihn irritiert an, was verständlich war, wenn er den Namen nicht kannte. Also nannte er den ersten, der ihm einfiel: »Ben, ich meine Benjamin – Ben werden wir ihn nennen, wenn er größer ist.«

Ihre Zweifel waren unübersehbar und hatten durch sein Zögern nur weitere Nahrung bekommen. »Wie alt ist er? Er sieht so winzig aus, nicht alt genug, um ...«, sie verbesserte sich, »er ist wohl noch nicht lange auf der Welt?«

»Einen Monat«, antwortete Hamnet und verstummte.

Die junge Frau kaute auf ihrer Unterlippe herum, unsicher, ob sie weiter in der Angelegenheit herumstochern sollte, aber offensichtlich glaubte sie ihm nicht und machte sich Sorgen um das Baby. Hamnet beugte sich über sein Glas und sah weg. Schließlich kehrte sie mit einem »Nett, Sie kennen gelernt zu haben« widerwillig an ihren Tisch zurück, nachdem sie Benjamin noch einmal gekitzelt hatte, was diesem offensichtlich gefiel.

Hamnet dachte über den Namen nach. Ein Mädchen würde er natürlich Anna nennen, aber Ben hätte auf jeden Fall Annas Zustimmung gefunden, und damit fühlte er sich ihr so nahe wie möglich. Er schaute sein schlafendes Baby an und verstand plötzlich, welch schweres Schicksal auf diesen kleinen Schultern lag. Das Leben hatte ihm alles genommen außer Ben. Was bedeutete das für sie beide? Er beschloss, auch diesen Gedanken zunächst zu verdrängen und erst einmal nach Hause zurückzukehren. Mit dem falschen Pass kam er sicherlich ohne Probleme bis Singapur, aber was war mit Ben? Vermutlich war der Landweg der einfachste – erst mal mit dem Zug und dann mit dem Überlandbus. An der Grenze überreichte normalerweise nur der Fahrer den Zöllnern den Stapel Pässe, und die würden sich kaum die Mühe einer Gesichtskontrolle machen. Natürlich musste er den Fahrer mit ein paar Dollars schmieren, damit der Mann so tat, als würde er Ben nicht sehen, aber der Rest war vermutlich kein Problem mehr.

Aber die Heimreise war nur die erste von vielen Schwierigkeiten, die er zu überwinden hatte. Dann musste er sich bei den Behörden melden, einen Job finden und sich um Dubre kümmern – die Abrechnung mit dem Bastard stand ganz oben auf seiner Liste, und sein Herz klopfte wie wild, während er die Hände zu Fäusten ballte und die Fingernägel in die Handflächen krallte.

Der Bus war eine willkommene Ablenkung, als er endlich die Straße heraufkroch und vor dem Restaurant hielt. Die Hitze über dem Asphalt flimmerte bis hinauf zum orangefarbenen Dach, auf dem keinerlei Gepäck zu sehen war. Hamnet, das amerikanische Pärchen und zwei oder drei Einheimische stiegen in den Bus und kauften beim Fahrer die Tickets. Hamnet setzte sich so weit wie möglich von der jungen Frau weg, um mit Ben auf den Knien die Reise hinter sich zu bringen. Das war allerdings mehr, als er von Ben erwarten konnte. Erschöpft war er in dem stillen Dorf in einen tiefen Schlummer gesunken, aber damit war es in dem rumpelnden, ächzenden Bus vorbei. Hamnet fühlte die nervöse Anspannung der anderen Passagiere fast körperlich, als Ben zu schreien begann. Er gab sein Bestes, konnte das Kind aber nicht beruhigen. Und so wuchs der Widerwille gegen Vater und Sohn, je länger die Fahrt dauerte.

Plötzlich schien sich die allgemeine Stimmung zu verändern, und als er aufschaute, blickte er direkt in das besorgte Gesicht der jungen Amerikanerin.

»Geben Sie mir das Kind«, sagte sie nur und streckte die Arme aus.

Hamnet rutschte einen Platz weiter ans Fenster, und sie setzte sich neben ihn. Dann reichte er ihr Ben mit besorgtem Blick – sie schien nichts anders zu machen als er; vielleicht liebkoste sie den Kleinen etwas zärtlicher und sprach in etwas beruhigenderem Tonfall auf ihn ein. Jedenfalls hatte sie Erfolg, und Ben hörte auf zu brüllen und schlief ein, woraufhin sich Hamnet erst einmal mit den Fingerknöcheln die übermüdeten Augen rieb. Er fühlte sich so verdammt nutzlos, während die junge Frau ihn forschend beobachtete und nicht sicher war, wie sie sich weiter verhalten sollte.

»Ich heiße Jasmine«, stellte sie sich schließlich vor.

Zum ersten Mal nahm Hamnet ihr Gesicht richtig wahr – registrierte die Besorgnis und die uneigennützige Freundlichkeit. »Toliver, Michael Toliver. Vielen Dank für Ihre Hilfe, Jasmine, ich glaube, ich muss noch viel lernen.«

»Sie sehen erschöpft aus«, sagte sie.

»Bin ich auch«, antwortete er. »Wir beide wollen nur noch nach Hause.«

»Es wäre einfacher, wenn Sie nicht beide so übermüdet wären«, sie lächelte ihn an und zögerte einen Augenblick, ehe sie fortfuhr: »Wo sind Sie zu Hause?«

»In Singapur.«

Während sie nickte, wandte sie sich schon wieder dem Baby zu. »Ein langer Weg.«

»Ja«, bestätigte er. Da hatte sie den Nagel auf den Kopf getroffen.

Jasmine blieb bis Chiang Mai an seiner Seite, und er starrte ununterbrochen auf das schlafende Kind, während ihm zum ersten Mal bewusst wurde, dass er von Babypflege keine Ahnung hatte. Die Kluft zwischen seiner Verantwortung und den Möglichkeiten, ihr gerecht zu werden, schien unüberwindbar. Es war zum Verzweifeln und ängstigte ihn mehr als irgendetwas zuvor. Er musste dieses kleine Bündel beschützen und umsorgen und konnte es nicht einmal dazu bewegen, mit dem Schreien aufzuhören.

Am späten Nachmittag traf der Bus in Chiang Mai ein und hielt am Busbahnhof. Während Jasmine ausstieg, hielt sie Ben immer noch in ihren Armen, und Hamnet folgte ihr zusammen mit den anderen Passagieren, bis sie ihm das Baby schließlich mit ernster Miene reichte, nachdem er sich den Rucksack auf den Rücken geladen hatte.

»Vielen Dank«, sagte Hamnet.

Jasmine lächelte sanft. »Passen Sie gut auf ihn auf.«

Hamnet nickte und hatte sich schon halb abgewandt, als er noch einmal zögerte und dann wegging. Er war ihr etwas schuldig, aber wie hätte er seine Lage erklären sollen?

Schließlich ging er zum Taxistand, ohne sich noch einmal umzudrehen, während Jasmine ihm hinterhersah, und ließ sich zum Suriwongse Hotel bringen, wo er erfuhr, dass Dubre abgereist war. Zweifellos war er nach Singapur zurückgekehrt. Hamnet beschloss, ihm zu folgen.

Er nahm sich für eine Nacht ein Zimmer und bezahlte eines der Zimmermädchen dafür, dass sie alles besorgte, was Ben benötigte. Gott sei Dank hatte er Dubre das Geld nicht zurückgegeben … Das Mädchen half ihm beim Füttern und zeigte ihm, wie man Windeln wechselt und alles andere, was man über ein Baby wissen muss – das Wichtigste jedenfalls. Schließlich waren beide Hamnets sauber und satt und schliefen ein.

Ben weckte Phillip gegen sechs Uhr am nächsten Morgen, kurz bevor der Wecker schrillte. In den nächsten achtundvierzig Stunden war nicht mehr mit richtigem Schlaf zu rechnen, und die Reise würde mit Sicherheit zum langen, qualvollen Albtraum werden: zwei Tage über Land nach Bangkok, dann durch die Stadt und quer über die ganze malaysische Halbinsel. In Begleitung eines zehn Tage alten Babies wäre das schon dramatisch genug gewesen, wenn Hamnet gewusst hätte, wie man mit einem Kind umgehen muss. Aber er hatte Schwierigkeiten mit dem Füttern, Schwierigkeiten mit den Windeln und war sich auch sonst nicht darüber im Klaren, wie er das Baby versorgen und beschützen sollte. Und so schrie es Stunde um Stunde, laut und kraftvoll, bis Hamnet am Ende war – physisch, psychisch und emotional.

Die Bestechung des ersten Busfahrers war glatt gelaufen, so dass sie ohne Probleme die lässige Zollkontrolle an der Grenze von Malaysia passiert hatten. Aber in Singapur war die Lage anders: Der Busfahrer hatte gewechselt, und nach acht Stunden ununterbrochenen Geschreis hatte der Mann mehr als genug von Ben und Michael Toliver. Und so wurden sie zwei Tage nachdem sie Chiang Mai verlassen hatten aus dem klimatisierten Bus komplimentiert. Also stand Phillip im Lärm und in der Hitze von Johor Bahru weniger als einen Kilometer vor der Grenze auf der Straße, mit dem Baby im Arm, den Rucksack vor seinen Füßen, und sah den Bus um die Kurve verschwinden.

Ben brüllte, und Hamnet verstand plötzlich, warum Eltern ihre Kinder schlagen. Was sollte er nur tun? Die Busse mit den Einheimischen verkehrten auf dieser Strecke in regelmäßigen Abständen, aber er musste zu Fuß durch die beiden Grenzstationen. Was würden die Zöllner wohl wegen des Babys sagen? Er konnte schließlich nicht beweisen, dass es sich um seinen

Sohn handelte; erst in Singapur bestand die Hoffnung, seine Identität irgendwie klarzustellen, denn dort konnten Freunde für ihn aussagen, die wussten, dass Anna schwanger gewesen war. Und die konnten vielleicht auch seine Lage erklären. Freunde wie Dubre! Bei dem Gedanken ließ er sich auf seinen Rucksack fallen. Er war dem Betrug hilflos ausgeliefert, ebenso dem Verlust Annas, der ihn hierher geführt hatte. Er war ein erschöpfter, einsamer Mann.

17

Hamnet bemerkte das Auto, das neben ihm stoppte, erst gar nicht und hörte wegen Bens Geschrei auch nicht, wie jemand seinen Namen rief. Fast wollte Anthony Bullen ob der fehlenden Reaktion schon wieder das Fenster hochkurbeln und weiterfahren, doch seine Frau Margaret war wie immer energischer als er. Sie zweifelte nicht daran, dass es sich bei diesem zerrupften Mann mit dem Baby um den Gatten der zauberhaften Frau handelte, die vor ein paar Jahren ein Apartment von ihnen gemietet hatten. Sie erkannte Phillip Hamnet, und obwohl natürlich auch sie in den Zeitungen von seinem Verschwinden gelesen hatte, schob sie besorgt lächelnd die Hand ihres Mannes vom elektrischen Fensterheber. Mit ihrer höheren Tonlage überlagerte sie Bens unwilliges Geschrei, sodass Hamnet sich endlich umdrehte, als er seinen Namen hörte.

Beunruhigt starrten ihn die beiden aus dem Rover heraus an, und er schreckte vor ihrer unvermittelten Nähe, dem Geruch der Ledersitze, der kühlen Brise der Klimaanlage und den freundlichen Blicken zurück und suchte nach Worten, nach einem Namen.

Dann sprach Margaret ihn an. »Phillip! Mein Gott, was ist passiert? Wo ist Anna? Wo sind Sie gewesen?«

Anthony unterbrach sie: »Lass den Mann doch erst mal antworten.«

Aber Hamnet starrte sie nur wortlos an, während ihm langsam eine Träne über die staubbedeckte Wange rollte, was Margaret dazu veranlasste, aus dem Wagen zu springen und einen Arm um ihn zu legen, während sie in dem anderen schon das Baby hielt. Hamnet ließ den Kopf sinken, biss sich auf die Unterlippe und sagte, während er am ganzen Körper zitterte:

»Ich kann nicht nach Hause, ich weiß überhaupt nicht mehr, was ich machen soll. Anna ist … Anna ist …«

Margaret hatte nicht umsonst eine vierzigjährige Karriere als Krankenschwester und Frau eines Allgemeinmediziners hinter sich; sie konnte Prioritäten setzen und nahm auch jetzt das Heft in die Hand, während sich Anthony nervös mit der Hand durch das volle, silbergraue Haar fuhr und vergeblich protestierte. »Um Gottes willen! Wir können doch nicht ein Baby so einfach über die verdammte Grenze schmuggeln. Der Himmel weiß, was sie sich für uns einfallen lassen, falls sie uns erwischen.«

»Mach dich nicht lächerlich. Wir sind tausendmal über die Grenze gefahren, und sie haben uns noch nie gefilzt. Merkst du nicht, dass der Arme nicht einmal uns erzählen kann, was passiert ist, geschweige denn einem von diesen rechthaberischen malaysischen Zöllnern? Wer weiß, was die für einen Aufstand veranstalten, wenn wir uns jetzt an die Vorschriften halten. Mach einfach, was ich dir sage, hilf ihm ins Auto und such seinen Pass. Ich kümmere mich um den Säugling.«

Anthony Bullen wusste aus Erfahrung, dass es manchmal keine andere Lösung gab, als einfach das zu tun, was seine Frau wollte. Also verfrachtete er Hamnet auf den Rücksitz, warf den Rucksack in den Kofferraum und durchwühlte die Seitentaschen nach dem Pass. Natürlich bemerkte er den falschen Namen neben dem korrekten Foto und seufzte, ehe er die Kofferraumklappe schloss und auf den Fahrersitz zurückkehrte. Dann zeigte er Margaret, die bereits damit beschäftigt war, das Baby unter ein paar Kleidungsstücken zu ihren Füßen zu verstecken, verstohlen die Papiere. Sie schaute auf den Pass und seufzte ebenfalls. »Anscheinend steckt er in ernsten Schwierigkeiten«, flüsterte sie.

»Mmm«, stimmte ihr Anthony zu. »Hast du gesehen …«

»Natürlich, Liebling. Ein Grund mehr, ihn von der Straße weg und nach Hause zu bringen. Fahr los!«

Anthony musste gegen seinen Willen lächeln und schaute über die Schulter zu Hamnet, der wieder so weit bei Sinnen war, dass er verstand, was sich um ihn herum abspielte. »Danke.«

Anthony nickte und lächelte onkelhaft: »Lassen Sie nur uns reden.« Dann legte er den Gang ein und gab Gas.

Der malaysische Zöllner hatte gerade seinen Dienst angetreten und erkannte den gepflegten Rover, der sich jetzt der Grenze näherte. Er kannte ihn gut von den wöchentlichen Einkaufsfahrten, hatte ihn dutzende, wenn nicht hunderte Male gesehen und winkte ihn normalerweise einfach durch. Aber in dieser Woche schüttelte wieder einmal die Finanzkrise das Land, was dazu geführt hatte, dass an den Grenzen in Südostasien die zollfreie Menge an Grundnahrungsmitteln, die in Malaysia wesentlich billiger waren als in Singapur, herabgesetzt worden war. Also hatte er die Anweisung, die Einwohner von Singapur hinsichtlich ihrer Einkäufe zu kontrollieren.

»Verdammt!«, fluchte Anthony, und sein rotes, sommersprossiges Gesicht bekam noch mehr Farbe. »Er will uns anhalten.«

»Bleib ganz ruhig, Liebling«, flüsterte seine Frau, während sie ihr Seitenfenster öffnete. »Ich bin sicher, dass das nur Routine ist. Wir hätten ihm sowieso Phillips, äh, ich meine Michaels Pass zeigen müssen.«

Anthony bremste ab und hielt neben dem Beamten, der sich zum Fenster hinunterbeugte.

»Verzeihen Sie, Madam, dass ich Sie belästigen muss, aber wir müssen heute alle kontrollieren, die nach Singapur zurückwollen. Wegen der Lebensmittelfreigrenzen, Sie verstehen.« Sein Englisch hatte einen mächtigen Akzent.

»Aber selbstverständlich«, antwortete Margaret, als hätte sie die Kontrolle ohnehin erwartet. »Unser Freund ist aus Großbritannien zu Besuch und kommt aus Malaysia.« Sie reichte ihm den Pass von Michael Toliver und wandte sich an ihren Gatten. »Der Kofferraum, Liebling.«

Doch Anthony stieg bereits aus, um die Aufmerksamkeit des Beamten vom Innenraum des Autos abzulenken, ganz besonders von dem Kleiderbündel mit dem Baby, von dem glücklicherweise nichts zu sehen und zu hören war. Aber er traute dem Frieden nicht, und Hamnet wurde von den gleichen Sorgen gequält. Seiner Erfahrung nach schrie Ben eigentlich ständig. Warum sollte das gerade jetzt anders sein? Wie unter Hypnose wurde Hamnet allmählich klar, in welche Schwierigkeiten er diese Leute brachte, falls Ben entdeckt würde. Margaret aber war wesentlich zuversichtlicher als die beiden Männer; schließlich hatte sie fünf Kinder aufgezogen und sich um sechs Enkelkinder gekümmert, sodass sie über ein gewisses Fachwissen verfügte, was Schreihälse betraf. Außerdem war sie sicher, dass es gar nicht so weit kommen würde.

Der Beamte ging mit Anthony um das Auto herum zum Kofferraum. Hamnet verfolgte die beiden im Rückspiegel, und im Auto hörte man nur, wie die Drehzahl des Motors stieg und wieder sank, als wäre er ebenso nervös wie die Menschen. Der Rover wurde sanft geschüttelt, als der Zöllner die Taschen oberflächlich kontrollierte, sodass sich Ben kurz bewegte und ein bisschen schniefte, woraufhin Margaret das Fenster wieder schloss.

Hamnet machte die Augen zu und begann zu beten; dann hörte er, wie der Kofferraum zugeschlagen wurde, Anthony ein paar Sekunden später wieder ins Auto stieg und Margaret die Pässe zurückgab. Der Beamte war auf dem Rückweg in sein klimatisiertes Büro.

»Der erste Schritt ist getan, der nächste kann nun folgen«, brummte Anthony, als er Gas gab und wieder auf die Straße zurückkehrte. In einem Kilometer Entfernung wartete der Zoll von Singapur. Margaret lüftete ein wenig die Kleider zu ihren Füßen – Ben schlief tief und fest.

Anthony drehte die Klimaanlage voll auf. »Wenn es hier drin richtig kalt ist, beschlagen die Scheiben, und man kann nicht mehr so leicht hereinschauen.« Er warf Phillip im Rückspiegel einen Blick zu. »Phillip, wenn wir fast da sind, versuchen Sie bitte, sich unsichtbar zu machen, ohne sich wirklich zu verstecken. Falls Sie nämlich ein Einreisevisum brauchen, ist Michael Toliver offiziell eingereist, ohne später wieder auszureisen. Und in diesem Fall werden sie bei uns nachfragen.«

Doch Margaret unterbrach ihn: »Dann sagen wir einfach,

dass wir nie wieder etwas von ihm gehört haben; es war nur ein englischer Freund von einem unserer Kinder, der ein paar Tage geblieben ist. Sie haben schließlich genug Leute durch unser Heim geschleust, ohne dass wir je wieder etwas von ihnen gehört oder gesehen haben.«

Anthony nickte bedächtig, und sein Blick ging von der Straße zu seiner Frau und dann wieder in den Rückspiegel. »Okay. Aber wenn sie uns nicht extra anhalten, fahren wir einfach durch, auf lange Sicht ist das einfacher so.« Er drehte sich kurz zu Hamnet um. »Sie sind okay?«

Hamnet nickte und ein knappes »Ja« war alles, was er herausbrachte.

Langsam fuhren sie auf die Grenze des Stadtstaates zu, graue Wolken verdeckten den Himmel, und ein paar Regentropfen verschlechterten die Sicht durch die angelaufenen Scheiben in das Innere des Wagens. Anthony aktivierte den Intervallmodus der Scheibenwischer für die Windschutzscheibe und reihte sich hinter dem letzten Wagen ein, während die Lederbezüge ächzten, als Hamnet in eine fast liegende Position rutschte. Noch einmal warf Anthony einen Blick in den Rückspiegel und wendete sich dann seiner Frau zu.

»Halt bitte die Pässe bereit, aber nur zwei.«

Er rollte mit einer Geschwindigkeit von höchstens fünfzehn Stundenkilometern auf den Checkpoint zu, und der einzige anwesende Zöllner steckte seinen Kopf durch das Fenster in den Lieferwagen, hinter dem der Rover sanft ausrollte. Beim Klang des Motors schaute der Beamte auf, sah die Nummernschilder aus Singapur und erkannte dann den Wagen. Dr. Bullen hatte vor ein paar Wochen sein Kind wegen einer Kolik behandelt. Er registrierte die zwei Personen auf den Vordersitzen und die aus dem Fenster gehaltenen Pässe – und winkte den Wagen durch. Anthony zeigte, dass er verstanden hatte, schaute kurz in den Rückspiegel, zog an dem stehenden Lieferwagen vorbei und gab Gas.

Margaret schaute durch die mit Kondenswasser überzogenen Scheiben zurück. »War das nicht …«

»Ja, ich glaube schon«, antwortete Anthony und schenkte seiner Frau ein besorgtes Lächeln. »Ich glaube nicht, dass ich das Zeug zu einem begabten Schmuggler habe, Liebling.«

Die Bullens wohnten nicht weit entfernt von der Einfallstraße, und der Vormittagsverkehr hielt sich in Grenzen, sodass sie in weniger als zwanzig Minuten von der Schnellstraße nach Bukit Timah abbiegen konnten. Als sie durch das Gartentor fuhren, erwachte Hamnet und sah das großzügige einstöckige Wohnhaus mit dem roten Ziegeldach und den Backsteinwänden, das in einen gepflegten tropischen Landschaftsgarten eingebettet lag. Margaret stieß einen Seufzer der Erleichterung aus und drehte sich nach hinten.

»Sie sollten jetzt erst einmal schlafen und ein paar Tage bei uns bleiben, damit ich mich um das Baby kümmern kann. Anthony wird Sie in Susies Zimmer bringen, es hat ein separates Badezimmer. Möchten Sie noch etwas essen?«

Hamnet schüttelte den Kopf.

»Kann ich sonst noch etwas für Sie tun?«

Hamnet starrte vor sich hin, als müsste er erst einmal über die Frage nachdenken. »Nein«, sagte er schließlich und sah Margaret zerstreut an, »mehr können Sie nicht tun, Sie sind sehr freundlich zu mir. Aber ich würde es sehr begrüßen, wenn niemand erfährt, dass ich hier bin.«

Margaret stimmte ihm sofort zu. »Wir können miteinander reden, wenn Sie ausgeschlafen haben.«

Phillip dankte ihr mit einem Kopfnicken, und Anthony fuhr direkt in die Garage, sodass sie beim Aussteigen vor neugierigen Blicken sicher waren. Dann folgte ihm Hamnet ins Schlafzimmer, das offensichtlich der jüngsten Tochter gehörte. Susie studierte seit zwei Jahren in London, hatte aber, als sie in den Ferien zurückkehrte, ihr Jungmädchenzimmer nicht verändert – so war es voller Kuscheltiere, und an der Wand hing ein Poster von Take That. Hamnet nahm es kaum zur Kenntnis, sondern warf sich auf das große Bett und war eingeschlafen, noch ehe die Klimaanlage auf Touren kam. Anthony beobachtete ihn noch ein paar Minuten, überwachte seinen Puls und die Regelmäßigkeit des Atems; dann verließ er beruhigt das Zimmer und schloss die Tür hinter sich.

Hamnet schlief mehr als vierundzwanzig Stunden. Als er erwachte, schien die Sonne durch die Vorhänge. Er genoss im Halbschlaf noch eine Stunde lang die sauberen Laken, das bequeme Bett und die kühle Luft im Zimmer und hörte dem Gesang der Vögel zu. Schließlich stand er auf und fand neben seinen gewaschenen und gebügelten Kleidern, die ordentlich auf dem Sofa lagen, auch ein Handtuch. Sein Rucksack lag ungeöffnet auf dem Fußboden.

Unter dem Duschstrahl lehnte er sich erst eine Zeit lang gegen die Kacheln, bis er schließlich nach dem Handtuch griff und sich anzog. Barfuß ging er durch den Flur hinunter in das große Wohnzimmer mit dem Holzfußboden, das nach zwei Seiten zum Garten hin offen war und in dem drei Ventilatoren summten.

Margaret saß an einem elegant mit weißem Leinen und Silber gedeckten Tisch mitten im Raum. Vor ihr standen Toast, Orangensaft, frisch gebrühter Kaffee, und sie sah vom *Singapore Telegraph* durch ihre Hornbrille, die sie leicht auf der Nase nach unten rutschen ließ, zu ihm auf.

»Wie geht es Ben?«, fragte Phillip.

Margaret wirkte irritiert.

»Mein Sohn. Kann ich ihn sehen?«

»Ach, natürlich, das Baby. Entschuldigung.« Sie zögerte und ließ die Brille an einem silbernen Kettchen gegen ihre adrette weiße Bluse baumeln. »Ben, was für ein zauberhafter Name. Er ist wohlauf. Anthony hat ihn durchgecheckt – Ben ist nur ein bisschen unterernährt, nichts, was man mit ein paar Spritzen, Vitaminen, viel Ruhe und ordentlicher Babynahrung nicht wieder in den Griff bekommt. Jetzt schläft er, also wecken wir ihn besser nicht. Er hat einen sehr leichten Schlaf, und ich habe ihn nach dem Füttern hingelegt.« Sie schaute Hamnet freundlich an. »Und Sie, wie geht es Ihnen?«

»Der Schlaf hat mir sehr gut getan, obwohl ich noch ein bisschen benommen bin – und hungrig wie ein Bär«, sein Blick streifte das Frühstück.

Margaret strahlte ihn an. »Natürlich. Unser Hausmädchen hat heute Dienst. Was halten Sie von einem großen Frühstück mit allem Drum und Dran?«

»Das wäre wunderbar.« Hamnet ließ sich auf den nächsten Stuhl fallen und aß zwei Portionen mit allem Drum und Dran und immer noch einem Marmeladentoast und zahllosen Tassen Kaffee und mehreren Gläsern Orangensaft. Währenddessen erzählte er Margaret die Geschichte von Anfang bis Ende – allerdings sparte er den Vorfall mit dem Fischer, Dubres Rolle bei der Veröffentlichung der Ereignisse rund um die *Shawould* und die Existenz von Bens Zwillingsbruder aus.

Margaret hörte geduldig zu, stellte hin und wieder eine Zwischenfrage und tröstete ihn, als er über Annas Tod sprach. Sie hatte als Kind während des Zweiten Weltkriegs unter der japanischen Besatzung Singapurs in Changi gelebt und schließlich als Krankenschwester den Koreakrieg erlebt, wo sie den britischen Armeearzt Anthony kennen lernte. Also war sie wohlvertraut mit menschlichen Tragödien und Verlusten, und Hamnet bemühte sich um eine gewisse Sachlichkeit – zurzeit konnte er sich den Luxus von Gefühlen nicht leisten.

Dann saßen sich beide eine Zeit lang wortlos gegenüber, Hamnet spülte den letzten Toast mit lauwarmem Kaffee hinunter und fragte dann: »Kann man irgendwie abschätzen, wie lange Ben in der Baracke noch ohne bleibende Schäden hätte aushalten können?«

Margaret lehnte sich zurück. »Eine schwierige Frage. Das hängt von Gott weiß welchen Krankheiten ab, die er sich ohne Impfung hätte einfangen können. Aber wenn wir davon ausgehen, dass keine dieser Krankheiten wirklich lebensbedrohlich ist, würde ihn die Mangelernährung allein nicht umbringen. Obwohl bei einer Dauer von mehreren Monaten ernsthafte Wachstumsstörungen zu befürchten wären.«

»Und hätte es Auswirkungen auf die Entwicklung seiner Lernfähigkeit?«

»Nun, totale Isolation beeinträchtigt die Sprachkompetenz, aber sie müsste sich über Jahre hinziehen. Es gibt Studien darüber, wenn Kinder vernachlässigt werden – allein irgendwo eingesperrt leben oder jahrelang ans Bett gefesselt werden, ehe die Behörden oder Nachbarn sie entdecken. Aber sogar diese armen Wesen können dann bis zu einem gewissen Maß noch eine Sprache erlernen – allerdings brauchen sie außergewöhnlich viel Zuwendung und Unterricht.« Sie seufzte. »Im Grunde stellen nur Krankheiten eine ernste Bedrohung dar.«

»Sie scheinen viel darüber zu wissen.«

»Erstens bin ich Mutter, und zweitens habe ich als Krankenschwester gearbeitet. Deshalb habe ich die einschlägige Literatur fast komplett gelesen – außerdem hält es den Geist wach, und die neuen Theorien und Erkenntnisse haben mich wirklich interessiert. Ich genieße es, Ihnen mit der praktischen Umsetzung behilflich sein zu können.« Sie lehnte sich über den Tisch und tätschelte ermunternd seinen Arm.

Mit einem matten Lächeln rekapitulierte er: Krankheiten, Monate, Wochen. Er durfte keine Zeit verlieren. Dann standen sie gemeinsam auf, um nach Ben zu schauen, und Margaret gab ihm eine zweite Lektion in allgemeiner Babykunde und Ernährung. Dann stellte sie die unvermeidliche Frage, vor der er sich so fürchtete: »Wie soll es weitergehen?«

Hamnet starrte das hungrige Bündel in seinen Armen an. »Erst einmal werden mich die Versicherung und die Schadensermittler in die Mangel nehmen. Und dann, wenn alles glatt läuft, kann ich mir wieder einen Job suchen, am besten an Land, sodass ich mich um Ben kümmern kann.«

»Und wie viel Zeit veranschlagen Sie dafür erst einmal?«

Er zuckte die Achseln. »Im Prinzip kann es Monate dauern, sogar Jahre. In der Zeit kassieren sie vielleicht sogar mein Kapitänspatent, aber dann bleibt mir natürlich immer noch ein Bürojob.«

Einen Augenblick lang lächelte Margaret über Vater und Sohn, dann sagte sie: »Bis alles geregelt ist, können Sie gerne bei uns bleiben, statt in Ihr Apartment zurückzukehren. Und wenn

Sie dann erst einmal wieder festen Grund unter den Füßen haben, wird es ein Kinderspiel sein, tagsüber ein Kindermädchen für Ben zu finden. Bis dahin ist es mir ein Vergnügen, mich um Ben zu kümmern, sodass es einfacher ist, wenn Sie auch gleich hier bleiben.«

»Das kann ich doch nicht annehmen.« Hamnet schüttelte den Kopf.

»Sie haben gar keine andere Wahl. Unser Haus ist ohnehin zu groß und zu leer, seit die Kinder erwachsen sind. Da kommt mir etwas Gesellschaft gerade recht.«

Hamnet schaute seinen winzigen Sohn an, und ihm war klar, dass er das Angebot nicht ablehnen konnte. Er lächelte Margaret an. »Ich werde Ihnen nie genug dafür danken können.«

»Nicht der Rede wert, mein Freund.«

Einen kurzen Moment lang schwiegen beide, bis Hamnet fragte: »Warum tun Sie das alles?«

»Oh«, winkte Margaret ab, »wie könnten wir Sie im Stich lassen?«

Den Rest des Tages verbrachte Hamnet zusammen mit Margaret und Ben, genoss die häusliche Ruhe und den geordneten Tagesablauf, wobei er keinen Augenblick außer Acht ließ, dass sich in der kommenden Nacht bereits in dieser kleinen Welt das Unterste zuoberst kehren könnte. Gegen sechs Uhr fütterte er Ben und legte ihn dann in dem Zimmer neben Anthonys und Margarets Schlafzimmer in sein Bettchen, da Margaret entschieden hatte, dass Phillip noch seinen Schlaf brauchte und sie sich deshalb selbst um den Säugling kümmern wollte. Außerdem hatte sich das Hausmädchen bereit erklärt, in der nächsten Zeit täglich zu kommen.

Als Anthony nach Hause kam, erzählte Hamnet auch ihm die ganze Geschichte – mit denselben Auslassungen. Dann aßen die drei zu Abend, und beide Bullens boten Hamnet noch einmal an, so lange zu bleiben, bis er seine Angelegenheiten geordnet und einen Job gefunden hatte. Dankend lehnte Hamnet den Kaffee ab und entschuldigte sich damit, dass er sonst vielleicht nicht schlafen könnte, woraufhin Margaret verständnisvoll nickte und Anthony Schlaftabletten für ihn holte.

Zurück in seinem Zimmer, stellte Hamnet die Flasche mit den weißen Pillen und ein Glas Wasser auf den Nachttisch, ließ sich im Dunkeln in einen Sessel fallen und wartete. Irgendwann wurde die Unterhaltung am Ende des Korridors leiser und verstummte schließlich ganz, ein paar Türen klapperten, Schritte tapsten, und in der Toilette wurde die Spülung betätigt. Es war erst zehn Uhr, weshalb Hamnet sich noch eine weitere halbe Stunde geduldete. Endlich wurde es im Haus dunkel und still, er verließ sein Zimmer und sah, dass die Jalousien im Esszimmer heruntergelassen waren. Leise zog er sie ein Stück hoch, ließ sie für seine Rückkehr halb oben, schlich durch den Garten, wandte sich auf der Straße nach links und machte sich auf den Weg. Es war Zeit, sich um Dubre zu kümmern.

18

Bis zu dem Stadtviertel, das schon immer von Ausländern bevorzugt wurde und in dem auch Dubre wohnte, war es nicht weit. Sein Haus wirkte nicht so beeindruckend wie das der Bullens, aber das war mehr eine Frage des Geschmacks und der Mode als des Geldes. Es war brandneu, hatte fünf Schlafzimmer und ähnelte der kostspieligen Architektur, die man in Florida und Kalifornien sah – mit Säulen, Fensterläden und Stuckverzierungen in Märchenschlossrosa. Ungewohnte Neidgefühle packten Hamnet, während er auf das Haus zuging und klingelte. Da tätliche Überfälle in Singapur nicht zur Tagesordnung gehörten, öffnete Dubre sofort die Tür, was in Amerika um diese Uhrzeit und ohne Voranmeldung des Besuchers ein Fehler gewesen wäre.

Es war auch jetzt ein Fehler.

Kaum hatte sich die Klinke bewegt, trat sich Hamnet den Weg frei. Dubre ließ sofort den Griff los, als ihm die Türkante gegen den Unterarm knallte und er unter dem Aufprall fast zu Boden ging. Er hatte die Ursache für den gewaltigen Schmerz noch gar nicht richtig realisiert, als Hamnet ihm auch noch die Schulter in den Brustkorb rammte. Völlig überrascht brach Dubre zusammen und blieb auf dem Rücken liegen. Er konnte dem Schlag nichts entgegensetzen, und während er noch nach Luft japste, drückte Hamnet ihm bereits die Kehle zu. Kein einziges Wort war gefallen, und obwohl Dubre zu sprechen versuchte, brachte er keinen Ton heraus. Dubre hatte Hamnet sofort erkannt, war völlig überrascht gewesen, und jetzt war sein Gesicht von Angst verzerrt.

Hamnet drückte noch fester zu und war sich der Wirkung seines Griffs genau bewusst. Bei den meisten Menschen löste er

Panik aus. Manche starben, weil sie glaubten, nie wieder zu Atem zu kommen, und zu dieser Gruppe gehörte eigentlich auch Dubre. Hätte er Ruhe bewahrt, hätte er, da er größer und stärker war als Hamnet, seine Beine in den Boden stemmen und seinen Angreifer aushebeln können. Aber stattdessen rutschten seine Schuhe über die teuren Bodenfliesen, während er sich mit den Händen verzweifelt in Hamnets bloße Unterarme zu krallen versuchte. Dubres Gesicht lief rot an, und seine Augen quollen hervor, seine Gegenwehr erschlaffte und erlahmte dann völlig, während sein Blick zu brechen schien.

Hamnet ließ ihn los. Keine Sekunde zu früh für Dubre. Hamnet konnte seinen Plan einfach nicht zu Ende bringen, auch wenn er jetzt keine Wiederbelebungsversuche an dem Mann machte, der seiner Meinung nach für Annas Tod verantwortlich war. Außerdem hatte Dubre selbst noch genug Kraft, um wieder nach Atem zu ringen. Langsam pumpte er seine Lungen voll, während er keuchend wie ein gestrandeter Wal dalag und an die Rokokodecke starrte. Fassungslos und noch halb benommen versuchte er, mit dem Mann klarzukommen, der von den Toten auferstanden war, um ihn nun zur Hölle zu schicken.

Hamnet lehnte sich im Sitzen gegen die Wand und schaute widerwillig zu, wie Dubre wieder zum Leben erwachte, obwohl er schon fast hinüber gewesen war. Als sich Dubre einigermaßen erholt hatte, rollte er auf die Seite und kam langsam auf die Füße. Ohne ein Wort zu sagen, taumelte er durch die Halle, verschwand durch die erste Tür auf der linken Seite und tauchte mit einem Revolver in der Hand wieder auf – einem alten Browning, der aussah, als hätten ihn die Briten nach dem Zweiten Weltkrieg in Singapur vergessen.

Hamnet starrte ihn zynisch an. »Warum drückst du nicht ab? Du hast Anna umgebracht, also bring den Job zu Ende, du Bastard. Oder bist du zu feige, es selbst zu tun?«

Dubre räusperte sich und versuchte, seine Kehle frei zu bekommen, holte pfeifend Luft und krächzte: »Ich will dir nichts antun, Phillip.« Er fuchtelte mit dem Revolver herum. »Den hab' ich nur für den Fall geholt, dass du wieder auf mich losgehst.« Er setzte sich auf die dritte Stufe von unten und lehnte sich ebenfalls gegen die Wand. Dann schaute er Hamnet schmerzverzerrt und fassungslos an. »Wie, in Gottes Namen, hast du es zurückgeschafft?« Hamnet stand auf und drehte sich in Richtung der offenen Tür, während Dubre ihn mit dem Revolver auf den Knien, dessen Lauf auf Hamnets Bauch zielte, weiter beobachtete. »Wo willst du hin?«, fragte er misstrauisch.

»In mein Bett«, antwortete Hamnet.

»Phillip, bleib, bitte. Jede Menge Leute wollen mit dir sprechen, du kannst nicht einfach wieder verschwinden.«

Hamnet sah ihn an und ließ die Schultern sinken. »Du weißt, wo du mich finden kannst, Dubre.« Dann drehte er sich um, ging hinaus und ließ die Tür hinter sich ins Schloss fallen.

Am nächsten Morgen wurde Hamnet durch ein Klopfen geweckt. Er rollte sich schwerfällig im Bett herum und sah den Kopf von Margaret Bullen in der leicht geöffneten Tür.

»Ich wollte nur wissen, ob Sie noch ein Frühstück möchten oder ob wir abräumen können.«

Schlaftrunken suchte Hamnet nach seiner Uhr. »Wie spät ist es?«

»Kurz nach elf.«

Es war ihm peinlich. »Sie hätten mich wecken sollen. Aber ich bin in einer Minute unten.«

»Wunderbar. Ich setze frischen Kaffee auf.« Die Tür schloss sich wieder.

Hamnet duschte, zog sich eilig an und erschien gleichzeitig mit dem frischen Kaffee am Frühstückstisch. Nachdem er Margaret einen guten Morgen gewünscht hatte, berichtete sie ihm ausführlich das Neueste von Ben, der gut gegessen hatte und nun schlief. Alles deutete darauf hin, dass das Baby durch die Überlebensprobe keinen ernsthaften Schaden genommen hatte. Während Hamnet sich dem Frühstück widmete, teilte er ihr mit, dass er sein Apartment aufsuchen wolle, um ein paar Papiere und frische Anziehsachen zu holen und Annas Angelegenheiten zu ordnen. Er fragte Margaret, ob sie sich um Ben kümmern könnte und einen Reserveschlüssel hätte, obwohl er die Antwort im Voraus kannte. Eine halbe Stunde später holte Margaret den Rover aus der Garage und fuhr die Holland Road hinunter, während Hamnet deprimiert aus dem Autofenster schaute, bis das Auto stoppte. Diesen Augenblick hatte er gefürchtet.

»Würde es Ihnen etwas ausmachen, wenn ich allein hinaufgehe?«, fragte er.

»Natürlich nicht. Soll ich warten?«

»Nein, danke, es wird etwas dauern.«

»Rufen Sie mich einfach an, falls Sie mich brauchen, mein Bester. Ich kann sie jederzeit abholen.«

Hamnet brachte ein kleines Lächeln zustande. »Danke.«

Anna hatte den Lift immer gehasst, so dass Hamnet jetzt damit hinauffuhr, um im Treppenhaus nicht an sie erinnert zu werden. So bekam er noch eine Galgenfrist, bis er oben auf dem kalten Betonflur ausstieg und zu ihrer Wohnungstür ging. Dort lehnte er sich leicht gegen das Nummernschild aus Plastik und versuchte, sich die Diele vor Augen zu rufen, damit ihn die Erinnerung und die Trauer nicht unvorbereitet überfielen. Aber davon wurde es nicht einfacher, und er konnte es nicht länger hinausschieben. »Ich hätte nicht ohne Margaret herkommen sollen«, dachte er.

Dann schloss er die Tür auf, und Tränen liefen ihm über die Wangen. Ein Gefühl dunkler Verzweiflung über seine verlorene Zukunft mischte sich mit glücklichen Erinnerungen. Wie ein Roboter packte er ein paar Dinge in Schachteln und Ordner – Erinnerungen für ihre Eltern –, als das Telefon klingelte. Argwöhnisch sah er hinüber, bis ihm einfiel, wer da vermutlich anrief. Er hob den Hörer ab.

»Phillip?« Es war Dubre.

»Komm her«, forderte ihn Hamnet auf. »Aber erst noch etwas anderes: Hast du mit Annas Eltern Kontakt gehabt oder mit meiner Mutter?«

»Ja, äh, vor drei oder vier Tagen«, antwortete Dubre.

»Okay«, Hamnets Stimme klang sehr beherrscht. »Wann kannst du hier sein?«

»In zehn Minuten, wenn es dir recht ist.«

»In einer halben Stunde.«

In Großbritannien, wo Annas Eltern – die Mutter war Französin, der Vater Brite – eine kleine Werft für Yachten betrieben, war es jetzt früh am Morgen, sodass sie ebenso überrascht wie auch erfreut waren, als sie von ihrem totgeglaubten Schwiegersohn ein Lebenszeichen erhielten. Tief bestürzt hörten sie, dass Anna nicht neben ihm stand. Auch der Anruf bei seiner eigenen Mutter war nur wenig schmerzlicher, denn sie und Anna waren sich nach dem Tod seines Vaters durch einen Skiunfall vor sechs Jahren in Thredbo sehr nahe gekommen. Damals war seine Mutter allein auf den Familiensitz Cumbria in England zurückgekehrt. Aber irgendwie gaben ihm der Schock der anderen Familienmitglieder und ihre offenkundige Bereitschaft, sich in ihrem Schmerz völlig auf ihn zu verlassen, neue Stärke, sodass er versprach, sie bald wieder anzurufen, damit sie zu einem Gedenkgottesdienst kommen konnten.

Kaum hatte er den Hörer aufgelegt, als es an der Tür klopfte und Dubre auf Hamnets Aufforderung eilig die Wohnung betrat und dann seinen Schritt verlangsamte. Ganz offensichtlich war er nicht darauf gefasst gewesen, wie unmittelbar er hier mit Annas Tod und der Rolle, die er dabei gespielt hatte, konfrontiert wurde. Schwer ließ er sich im Wohnzimmer in den Sessel fallen, den Hamnet ihm anbot – und ihn dann darin schmoren ließ, wie er es von Anfang an beabsichtigt hatte. An der Wand hingen Bilder von Anna, die während der legendären Regatta Route du Rhume aufgenommen worden waren, ebenso wie Aufnahmen von ihnen beiden bei seiner Ehrung mit den Insignien der Légion d'Honneur dafür, dass er sie gerettet hatte.

Vor Dubre standen drei Schachteln mit ihren Papieren, oben drauf ihr Computer, und daneben lagen die Bücher, die sie geschrieben hatte, und Zeitschriften mit ihrem Titelbild. Das Zimmer war voll mit Erinnerungen an sie, an ihre Kraft, ihre

Ziele, an ihr ganzes Leben. Und jetzt war es Dubre, der mit seinen Gefühlen zu kämpfen hatte.

»Jesus, Phillip, ich bin so verzweifelt. Wenn ich nur im Entferntesten geglaubt hätte, dass einer von euch lebend zurückkommt, hätte ich alle Informationen zurückgehalten.« Er schnaubte ein paarmal in ein weißes Taschentuch mit Monogramm, fuhr sich dann damit über die Augen und fragte: »Können wir darüber reden?«

Hamnet nickte. »Er hat sie umgebracht, nachdem deine Warnung über Navtex rausgegangen war. Wahrscheinlich sofort danach. Er scheint es nicht einmal gern getan zu haben, vielleicht mochte er sie sogar.«

»Gütiger Gott!«, Dubre starrte auf den Boden. »Jeder mochte sie, Phillip, jeder«, murmelte er dann.

Wieder nickte Hamnet und konzentrierte sich auf das, was er zu sagen beabsichtigte, statt auf seine Gefühle. »Ehe sie starb, hat sie unseren Sohn geboren, ich habe ihn Benjamin genannt. Zurzeit versorgen ihn Dr. Bullen und seine Frau, von denen wir dieses Apartment hier gemietet haben, in ihrem Haus in Bukit Timah.« Er überhörte Dubres überraschtes Aufatmen. »Und dort wird er auch noch eine Weile bleiben. Schließlich muss ich den Behörden über die Vorgänge auf der *Shawould* und meine Rückkehr nach Singapur Rede und Antwort stehen, vermutlich bis ins letzte Detail, und ich würde es begrüßen, wenn du mich dabei unterstützen würdest.«

Auf Dubres Gesicht zeigte sich die Erleichterung, so schnell aufs Geschäftliche zu kommen, und seine Stimme stabilisierte sich wieder. »Natürlich. Ich glaube nicht, dass man dir einen Vorwurf machen kann. Nichtsdestotrotz gehst du sicherlich nicht falsch in der Annahme, dass mehrere Behörden Berichte und Einzelheiten von dir erwarten. Sag einfach, wann du so weit bist, und dann fangen wir damit an.«

»Ich glaube, am besten ist es morgen früh«, antwortete Hamnet und griff nach Kugelschreiber und Papier auf dem Schreibtisch. »Hier sind Adresse und Telefonnummer von den Bullens, dort kannst du mich immer erreichen.« Er reichte ihm den

Zettel. »Und da ich jetzt einen Sohn erziehen muss, kann ich nicht mehr zurück auf See, auch wenn ich mein Kapitänspatent behalten sollte. Ich brauche einen Job an Land, vielleicht im Betriebsbüro. Kannst du da etwas für mich tun?«

»Bestimmt. Natürlich, gar keine Frage.«

»Prima.«

Dann schwiegen beide, Dubre starrte den Zettel an und scharrte mit den Füßen, und Hamnet beobachtete ihn dabei. Würde Dubres Wissbegierde über sein Unbehagen siegen?

Es dauerte nicht lange. »Also, Phillip, was ist denn nun im Einzelnen passiert?«

»Das ist ganz einfach. Janac ließ mich gehen. Wir hatten ein Abkommen, das ich gebrochen hatte, wofür Anna mit dem Leben bezahlt hat. Warum hätte er auch noch mich oder meinen Sohn umbringen sollen?«

»Mein Gott!«, Dubre zuckte wie unter einem schweren Angriff zusammen und sprang mit niedergeschlagenen Augen auf. »Ich verlasse dich jetzt, Phillip, du hast noch eine Menge zu erledigen. Ich weiß, dass es dir nichts hilft, wenn ich noch einmal versichere, wie sehr ich alles bedauere. Aber du musst mir glauben, dass ich wirklich verzweifelt bin. Es ist natürlich für dich kein Trost, aber du solltest auch daran denken, dass das, was geschehen ist, vielen Seeleuten das Leben gerettet hat – die auch Söhne, Brüder und Ehemänner sind. Ich werde dich nach Kräften unterstützen, Phillip.« Er unterbrach sich und sah Hamnet an. »Wird es eine Beisetzung geben?«

Hamnet schüttelte den Kopf. »Einen Gedenkgottesdienst. Es gibt keine … Leiche.«

»Nein, natürlich nicht. Ich … werde jetzt gehen.«

Dubre ging allein zur Tür wie früher auch immer, und Hamnet sah ihm nach, während er mit dem Kugelschreiber zwischen Daumen und Fingern herumspielte. Andere Ehemänner, andere Söhne. Der Kugelschreiber klickte.

19

Hamnet schaute zu, wie ein Tropfen langsam an der beschlagenen Außenseite des Glases hinunterrann, einen Augenblick an einem Materialfehler verhielt und dann weiter den Gesetzen der Schwerkraft folgte. Er hob das Glas an den Mund und leckte die Wasserspur auf, kurz bevor der Tropfen den Tisch beschädigte. Dann nippte er bedächtig an seinem Pimm's Cocktail, ließ die Eiswürfel klingeln und ging vom Wohnzimmer auf die Terrasse. Die Sonne lag in den letzten Zügen, und die Zikaden kündigten das Ende des Tages an. Hamnet ließ sich in einen der weich gepolsterten Sessel fallen, und als er Schritte hörte, schaute er auf. Vor ihm stand Anthony.

»Heute sind Sie aber früh zu Hause«, begrüßte ihn Phillip.

»Aus unbekannten Gründen haben die Gesunden in Singapur die Macht übernommen« – wegen seines Grinsens verschwanden ein paar Sommersprossen in den Lachfalten rund um die haselnussbraunen Augen, was ihn jünger aussehen ließ. »Aber das wird sich sicherlich morgen schon wieder ändern.« Anthony zog sich einen Sessel heran und stellte ein schäumendes, kühles Bier zwischen sie beide auf das Tischchen; er hatte seine Krawatte gegen sein Lieblingshalstuch ausgetauscht, und mit seiner silbergrauen, bis zur Schulter reichenden Künstlermähne sah er mehr wie ein Jazzmusiker denn wie ein ehrwürdiger Hausarzt aus.

»Warum arbeiten Sie wie ein Besessener?«, fragte Hamnet. »Ich habe nicht den Eindruck, dass das unbedingt notwendig ist.«

»Vermutlich bin ich süchtig«, antwortete Anthony, ehe er das Thema wechselte. »Und, mein junger Freund, wie geht es bei Ihnen voran?«

»Ah, ein neuer Tag, eine neue Befragung.«

Anthony stimmte zu. »Den Eindruck habe ich auch. Bisher habe ich aber nur Bruchstücke mitbekommen. Berichten Sie doch, wie die Dinge stehen.«

Ein leichtes Lächeln lief über Hamnets Gesicht. »Wir stecken in einem verdammten Schlamassel.« Seine Hand war noch feucht vom Glas, während er sich über die Wange strich. »Die *Shawould* fuhr unter liberianischer Flagge. Genauer gesagt, sie hatte einen britischen Eigner, der sie unter ausländischer Flagge fahren ließ, unter einem britischen Kapitän und einem amerikanischen Ersten Offizier. Wir sind in indonesischen Hoheitsgewässern von mehreren Nationen angehörenden Piraten, die aber in Myranmar wohnen, angegriffen worden, deren Anführer Amerikaner ist. Und da der Überfall nicht in internationalen Gewässern stattfand, handelt es sich auch nicht um Piraterie, um genau zu sein, sondern um einen bewaffneten Überfall.« Hamnet schüttelte leicht den Kopf, griff wieder nach seinem Cocktail und nahm einen Schluck.

»Da sind wohl eine Menge verschiedener Interessen im Spiel«, brummte Anthony.

»So kann man das sagen. Und aus offensichtlichen Gründen gibt es keinerlei Koordination unter den Beteiligten. Ich habe jede Frage mittlerweile vermutlich hundertmal beantwortet.« Er brach ab und starrte blind in den Sonnenuntergang.

Anthony drängte Hamnet nicht, da er schon oft erlebt hatte, wie dessen Gedanken immer wieder vom Thema abschweiften. Hamnet schien weder vergessen noch vergeben zu können, und Anthony machte sich Vorwürfe, dass er das Thema überhaupt angeschnitten hatte. Er wollte gerade das Gespräch in eine andere Richtung lenken, als Hamnet selbst fortfuhr: »Obwohl der Prozess nun schon vier Wochen vor Gericht läuft, sind wir keinen Schritt weitergekommen. Die Behörden von Singapur haben sich bereit erklärt, meinen illegalen Grenzübertritt mit Ben und falschem Pass zu ignorieren, wenn ich meinen Sohn hier anmelde und seine britische Staatsangehörigkeit beantrage – wir sind wohl Schachfiguren in einem größeren Spiel. Aber wie auch immer, das setzt einen enormen Papierkrieg voraus und immer neue Besuche im britischen Konsulat, bis wir es irgendwann geschafft haben und unsere Aufenthaltsgenehmigung bekommen.«

»Das hört sich gut an. Wollen Sie in Singapur bleiben?«

»Ja, ganz sicher.«

Wieder schwiegen beide, und der Garten färbte sich unter den Schatten der allerletzten Sonnenstrahlen und der Lichter im Haus rot. Jeder dachte an die nächste Frage und wollte sich davor drücken.

Schließlich fand Anthony einen Ausweg. »Ist irgendjemand denn schon zu irgendeiner Entscheidung gekommen?«

Hamnet nickte erst, zögerte dann und schien nur widerwillig weiterzureden. »Der Staat, unter dessen Flagge die *Shawould* fährt, ist Liberia. Natürlich wollte die Reederei sich so schnell wie möglich aus der Affäre ziehen. Und soweit es sie betrifft, hat das Schiff alle internationalen Bestimmungen erfüllt und auch gegen keinerlei Konventionen verstoßen, die für Liberia bindend sind – jedenfalls nach den Buchstaben des Gesetzes.«

»Das ist doch ein Pluspunkt, oder?«, fragte Anthony.

»Ja, für mich schon, aber es wäre trotzdem wichtig, dass die Verantwortlichen wenigstens einen einzigen Gedanken an die Sicherheit auf See verschwenden würden.«

»Und wie sieht das Indonesien?«

Hamnet lachte kurz und bitter auf. »Die sagen ganz klar, dass in ihren Hoheitsgewässern ein bewaffneter Raubüberfall und Morde stattgefunden haben. Und ebenso klar, dass sie kein großes Aufhebens darum machen werden.«

»Ich bin sicher, dass sie sich auf wichtigere Probleme in ihrem Land hinausreden wollen: den Zusammenbruch ihrer Währung, die daraus resultierenden Sparmaßnahmen des Internationalen Währungsfonds – die Unruhen unter der Bevölkerung.«

»Ganz zu schweigen von den Aufständen in den Straßen«, stimmte ihm Hamnet zu. »Ich weiß. Was zählen da die Morde an ein paar Ausländern auf einem Schiff, das unter ausländischer Flagge auf ihren Gewässern unterwegs ist, besonders wenn die meisten dieser Ausländer auch noch Philippinos waren? Und die philippinische Regierung hat genauso viele Probleme wie die indonesische mit ihrer Wirtschaft. Wie sollten sie sich über mangelnde Aktivität in diesem Fall beklagen können? Da hackt eine Krähe der anderen kein Auge aus.«

»Und …«, Anthony zögerte einen Augenblick, »die amerikanische Regierung? Sie sagten doch, es war ein Amerikaner an Bord. Sie wird doch sicherlich etwas unternehmen.«

»Ja, Richardson, er war unser Erster, und zweifellos sind die Amerikaner nicht glücklich über den Fall. Aber es ist ja noch ein zweiter Amerikaner in die Sache verwickelt – einer, den sie seit Jahren erfolglos suchen und jagen –, und deshalb hätten sie schlechte Karten, wenn sie die Indonesier unter Druck setzen wollten. Außerdem scheint Richardson keine Angehörigen in den Staaten zu haben; also wird auch niemand bei irgendeinem Senator vorstellig werden, und man kann die Sache unter den Teppich kehren, den ein fein gewebtes indonesisches Muster zieren wird.«

Anthony setzte sich auf, strich sich mit der rechten Hand übers Haar und griff nach seinem Bierglas. »Das ist schrecklich. Ich bin kein Anhänger der Auge-um-Auge-Methode, aber dass diese Verbrecher völlig ungeschoren davonkommen sollen, ist katastrophal.«

Hamnet nickte zustimmend, dachte aber gleichzeitig daran, dass der Tod des Fischers auch zu diesen Verbrechen zählte. Von Dubre hatte er erfahren, dass das Boot mit loser Pinne ein paar Meilen vom Tatort entfernt gefunden worden war und sich die Behörden dazu entschlossen hatten, die ursprüngliche Darstellung der Familie nicht zur Kenntnis zu nehmen, da es einfacher war, es als Arbeitsunfall zu deklarieren: Es handelte sich schließlich um ein steuerloses Fischerboot und einen Fischer, der ausgerutscht und bewusstlos geworden, dann über Bord gefallen und ertrunken war, während sein Boot ohne ihn den Weg fortsetzte. Mit dieser einleuchtenden Erklärung schloss man die Akten. Die schlaffe indonesische Justiz hatte alle Varianten in

Betracht gezogen, und keine hatte sie in Aufregung versetzt. Aber darüber wollte Hamnet lieber nicht mit Anthony sprechen.

»Wird sich«, fragte Anthony in der zunehmenden Dunkelheit, »überhaupt jemand um die Sache kümmern?«

»Die Briten. Jeder verfasst einen Abschlussbericht und veranstaltet eine Pressekonferenz, während das Verkehrsministerium entscheidet, dass nur eine Untersuchung dieses verdammten Falles darüber entscheiden kann, ob der Kapitän sein Patent behält.«

»Aber man kann Ihnen doch keinen derartigen Überfall anlasten? Es geht doch um die Handelsschifffahrt und nicht um die Royal Navy, oder?«

Hamnet grinste leicht. »Genau. Und glücklicherweise gibt es eine Menge einflussreiche Leute, die ein Interesse daran haben, meine Darstellung zu untermauern. Die Versicherer wollen natürlich nicht zur Kasse gebeten werden und an niemanden auch nur einen Cent zahlen. Haben sie die Bestätigung meiner Geschichte durch das Verkehrsministerium, können sie dem Eigner Betrug unterstellen, der natürlich nie vor Gericht gehen wird – die Büros des Eigners der *Shawould* sind verlassen, seit die Warnung wegen des DGPS über den Äther gegangen ist. Den Mann findet keiner mehr. Aber das ist nicht der ausschlaggebende Punkt. Sobald die Anklage steht, ist der Versicherer vom Haken.«

»Also haben Sie nichts zu befürchten, mein Freund. Die Dinge arbeiten für Sie.«

»Falls mich nicht das Verkehrsministerium beschuldigt, die ganze Story einfach erfunden zu haben. Dann wäre ich der Nächste, den die Versicherer in die Mangel nehmen, um nicht zahlen zu müssen.«

»Ich kenne mich im Seerecht natürlich nicht aus, aber das halte ich doch für sehr unwahrscheinlich, Phil.«

Hamnet widersprach nicht – Anthony sah das mit ziemlicher Sicherheit richtig. Wieder schwiegen beide eine Weile, bis Anthony schließlich sagte: »Ist das der Grund, weshalb Dubre dauernd hier auftaucht?«

»Richtig. Er kümmert sich um alles, prüft alles doppelt und dreifach und verfolgt alle Spuren vor und zurück. Außerdem stellt er mit seinen Anrufen sicher, dass ich keinen meiner Termine verpasse. Und er hält mich über die Gerüchte im Hafen und in der Stadt auf dem Laufenden.«

»Halten Sie ihn für vertrauenswürdig?«

Die Frage erwischte Hamnet auf dem falschen Fuß. Er schaute Anthony an und sah den Bierschaum im Schnurrbart in der Dunkelheit grau schimmern, nachdem der Arzt einen Schluck genommen hatte. Im Laufe der Zeit und durch den intensiven Kontakt hatte sich Hamnets kochender Hass zunehmend verflüchtigt und war einem schwelenden Missbehagen gewichen. Er wusste genau, dass er im Labyrinth der Gerichte ohne Dubre keine Chance hatte. »Im augenblicklichen Stadium sitzen wir im selben Boot. Sollte das Verkehrsministerium meine Darstellung bestätigen, ist der Weg für die Versicherer frei, die Zahlung zu verweigern – und dann kassiert Dubre, denn die Ladung der *Shawould* und das Schiff selbst sind mit Sicherheit mehr als zehn Millionen US-Dollar wert. Ich habe also gar keinen Grund, ihm zu misstrauen. Warum fragen Sie?«

Er sah, wie der Schnurrbart mehrere Male nickte. »Nun, ich habe mich manchmal über all die Presseberichte gewundert, denn es gibt eine Menge Informationen, die die Journalisten, nun, die sie nur von einem Insider haben können, oder?«

Der Garten lag jetzt völlig im Dunkeln und war von lautem Zirpen erfüllt. »Das würde mich nicht wundern, obwohl ich mir bisher darüber noch keine Gedanken gemacht habe. Das Medieninteresse hat einigen Druck in die Untersuchung gebracht, und Dubre hat daran natürlich großes Interesse. Aber wenn er sein Ziel erreicht hat, hat er keinen Grund mehr, mit den Pressefritzen gemeinsame Sache zu machen.«

Anthony lachte. »Dann kann ich sie dafür zur Rechenschaft ziehen, dass sie zwischen Margarets preisgekrönten Rosen herumgetrampelt sind?«

»Sie dürfen sie für alle Sünden auf Erden belangen, die in irgendeinem Zusammenhang mit mir stehen«, entgegnete

Hamnet, und er war sich nur allzu bewusst, was Margaret und Anthony wegen ihm hatten aushalten müssen – ständig lungerten Reporter vor der Haustür und Kameramänner in den Büschen herum, und die Blitzlichter flackerten vor den Fenstern auf. Schließlich hatte Anthony seine Kontakte zur Regierung bemüht.

»Aber es hätte schlimmer kommen können«, fuhr er fort. »In England wären sie über alle Rosen hergefallen, und man hätte ziemlich wenig dagegen unternehmen können. In Singapur ist manches doch einfacher.«

»Da sind wir wieder beim Thema«, dachte Hamnet, »bei der alles entscheidenden Frage. Ich muss vorwärts kommen, es ist höchste Zeit.«

Denn tatsächlich war sein Zeitplan etwas aus dem Ruder gelaufen, und er wusste, dass er sich schon viel zu lange vor dem Gedanken gedrückt hatte. »Der Untermietervertrag wird auch bald auslaufen«, sagte er laut.

Anthony rutschte in seinem Sessel herum. »Ja, darüber wollte ich sowieso mit Ihnen sprechen. Ich habe mich umgehört, ob es einen Interessenten gibt, der etwas länger bleiben möchte, aber ich habe keinen gefunden. Jede Menge Leute suchen etwas für sechs Monate oder länger, aber …«

»Das ist schon okay, ich wollte ohnehin wieder in das Apartment einziehen.«

»Wir können es natürlich auch leer stehen lassen. Vergessen Sie die Miete …«

»Aber ich habe Geld in Aussicht«, erklärte Hamnet. »Anna hatte eine Lebensversicherung, von der ich nichts wusste. Bis die das Geld auszahlen, wird es allerdings noch etwas dauern, weil es keinen richtigen Beweis dafür gibt, dass sie tot ist.« Er zögerte, denn die nächsten Worte fielen ihm nicht leicht. »Es gibt schließlich keine Leiche. Aber die Bank hat mir zugesagt, die Summe zu beleihen.«

»Dieses Geld sollten Sie nicht für den Lebensunterhalt ausgeben, das brauchen Sie später für Ben – Schulgeld und so was.«

»Das wird kein Problem sein, Dubre hat mir einen Job in der technischen Inspektion von Konsan Shipping besorgt.«

»Aber das ist ja wunderbar«, freute sich Anthony.

»Der technische Direktor sitzt im Hauptbüro in Seoul, aber sein Stellvertreter hier in Singapur geht. Zu seinem Aufgabenbereich gehört der ganze Kram mit den Schiffen hier – alle nur möglichen Inspektionen, sobald sie hier eingelaufen sind. Schließlich gehörte das jahrelang auch zu meinen Aufgaben an Bord, auf der anderen Seite sozusagen. Nun wurde der Mann auf einen Posten im Hauptbüro befördert und wird in drei Monaten dort anfangen. Und ich bekomme den Job, allerdings nur auf Probe, denn man macht sich Sorgen, dass ich mein Patent verlieren könnte, und mit den Kapitänen ist nicht gut Kirschen essen, wenn man nicht mehr zu ihrer Zunft zählt.«

»Da machen Sie sich mal keine Sorgen.«

»Hoffentlich haben Sie Recht.« Hamnet spülte den Rest des Cocktails hinunter und schwenkte das Eis im Glas. Eigentlich wollte er nicht auf Anthonys Angebot eingehen, ihm die Miete zu stunden. Deshalb hatte er auch den Vorschlag gemacht, das Apartment für eine gewisse Zeit unterzuvermieten, und ein Arzt, der eine Urlaubsvertretung im Krankenhaus übernommen hatte, war für einen Monat dort eingezogen. Dadurch hatte Hamnet eine Menge Geld gespart und außerdem ein reines Gewissen. Ein paar Dinge, die er dringend brauchte oder die ihm sehr am Herzen lagen, zum Beispiel Kleider, Unterlagen, Bücher und Annas Computer, hatte er zu den Bullens mitgenommen und teils in der Garage, teils in Susies Zimmer untergebracht. Die Pause war auch in anderer Hinsicht wertvoll für ihn geworden, denn Margaret sorgte wunderbar für Ben, und Hamnet lernte schnell von ihr. Es war kaum vorstellbar, wie hilflos er sich noch vor vier Wochen an der Grenze aufgeführt hatte. Gleichzeitig aber erinnerte ihn Bens Entwicklung mit jedem Schritt an die erbärmlichen Umstände, unter denen der zweite Zwilling dahinvegetierte.

Eine schreckliche Entscheidung stand ins Haus. Als Folge seines missglückten Rettungsversuchs für Anna hatten dreizehn Menschen ihr Leben verloren, und während er Dubre wegen seiner Voreiligkeit für Annas Tod verantwortlich machte, beherrschte ihn Tag und Nacht der Gedanke an den sinnlosen Einsatz dieser dreizehn Leben gegen das eine. Dass er seine schöne, intelligente, mutige und liebende Ehefrau verloren hatte, lag schwer über allem, denn er vermisste sie mehr, als er ertragen konnte, und der Schmerz sorgte dafür, dass er nichts bereute.

Der dreizehnte Tote wog in seinem Herzen ohnehin nicht so schwer wie Annas Verlust. Hätte er allerdings die Zeit zurückdrehen können, um Dubre einen leeren Umschlag zu überreichen – er hätte es getan, auch wenn dann ein anderer als dreizehnter hätte dran glauben müssen. Gleichzeitig schämte er sich für seine Gefühle. Dieser Zwiespalt und die näher rückende Entscheidung, die über das Schicksal seines zweiten Sohnes entschied, rissen ihn innerlich in Stücke.

Im Haus der Bullens hatte er sich zunächst davor verkriechen können, und solange er gar keine Möglichkeit hatte, ein Schiff in die Falle zu locken, musste er sich dem Problem auch noch nicht wirklich stellen. Aber wenn er erst in sein Apartment zurückgekehrt war und den Job angetreten hatte, ergab sich mit Sicherheit bei Konsan Shipping bald die Gelegenheit, Janacs Forderung zu erfüllen. Dann musste er sich entscheiden, ob er sich ihr beugen sollte oder nicht.

Während er den letzten Rest des Pimm's durch die Kehle rinnen ließ und auf den Eiswürfeln herumkaute, sagte er: »Ich werde am Montag anfangen, aber vorher habe ich versprochen, beim Abendessen zu helfen.«

20

Drei Tage später lieferte Anthony Bullen seinen Gast morgens an der nächsten U-Bahn-Station ab, von wo Hamnet einen Zug zum Raffles Place in der City nahm. Dort stieg er zusammen mit all den anderen Pendlern aus, ging durch die Halle aus hellem Marmor und fuhr mit dem makellos sauberen Aufzug wieder hinauf in den Sonnenschein. Er zögerte, als er all die geschäftigen, elegant gekleideten Menschen in der mit Grünpflanzen und verspiegelten Wänden ausgestatteten Welt sah – wo er nicht hingehörte, denn sie war ihm zu eng, und man konnte nicht einmal den Horizont sehen.

Zu den Büros von Konsan Shipping in einem Betongebäude, das auf der anderen Seite des Platzes stand, waren es nur ein paar hundert Meter, und im Erdgeschoss breitete sich ein Irrgarten aus Geschäften und Imbissrestaurants aus, sodass Hamnet zehn Minuten brauchte, bis er endlich einen Aufzug fand, der nicht nur zum Parkdeck fuhr, sondern ihn schnell in den zehnten Stock brachte, wo er nach Toby fragen sollte. Als sich die Türen öffneten, fand sich Hamnet in einer leeren Halle wieder, in der es keine Rezeption, sondern nur vier beschriftete Türen, einen abgetretenen grauen Teppich und das verblasste Foto eines Containerschiffs gab. Er entschied sich für *Konan Shipping Technische Inspektion* und klopfte.

Er klopfte noch einmal, und diesmal war er sicher, dass er eine Antwort gehört hatte, trat ein und stand in einem der üblichen hektischen Büros, in dem nur wenige Angestellte von ihm Notiz nahmen. Zehn Schreibtische standen in einem Großraumbüro, auf jedem stapelte sich vor einem Computermonitor ein Haufen Papiere, und fünf Türen zwischen Aktenregalen, die sich an der Wand entlangzogen, führten in weitere Büros.

»Guten Morgen, kann ich Ihnen helfen?« Die Stimme mit dem zwitschernden chinesischen Akzent gehörte einer zierlichen, aber müde aussehenden Frau am Schreibtisch direkt neben dem Eingang, deren glattes Gesicht von einem streng nach hinten gekämmten, grauen Haarknoten umrahmt war. Sie blinzelte ihn durch eine Nickelbrille an, die ihre Augenringe noch betonte.

»Ich heiße Phillip Hamnet und bin mit Toby verabredet.«

Ihre Miene drückte kurz eine gewisse Besorgnis aus, und Hamnet fragte sich, ob sie sich um ihn oder wegen ihm Sorgen machte, aber da stand sie bereits auf, wobei sie ihm kaum bis zur Brust reichte, und nickte. »Einen Augenblick bitte.«

Sie verschwand durch eine offene Tür und tauchte kurz darauf mit einem Mann wieder auf, der hektisch hinter ihr herrannte, Hamnet anstrahlte, sich mit einem kräftigen Händedruck als Toby vorstellte und wieder in sein Büro enteilte, noch ehe er den ersten Satz beendet hatte.

»Das ist Ihr Schreibtisch für die nächsten drei Wochen.« Im Vorbeigehen deutete er auf einen Resopaltisch voller Akten und Bücher. »Joan«, nun sprach er in Richtung der Frau mit der Brille, die bereits wieder Platz genommen hatte, »wird für Sie etwas aufräumen, Phil. Ich darf Sie doch Phil nennen? – Er wird mich unterstützen und sich hier einarbeiten, bis ich gehe, und dann mein Nachfolger werden. – Joan ist meine Assistentin und wird auch Ihre sein. Sie kennt sich viel besser aus als ich, also stellen Sie am besten ihr alle Fragen, sie ist hier die graue Eminenz.« Er unterstrich seine Worte, die er wie Kanonenkugeln abfeuerte, indem er sein rabenschwarzes Haar nach hinten strich und verschwand durch die Tür.

Hamnet nickte Joan kurz zu, ehe er Toby folgte und die Tür schloss. Hinter dem Schreibtisch konnte Hamnet durch das Fenster den Hafen und hundert oder mehr Schiffe vor Anker liegen sehen, wo sie auf ihre Fracht warteten oder bereits mit dem Laden begonnen hatten.

Toby redete unentwegt weiter. »Sie sollten mich während der nächsten Woche einfach so oft wie möglich begleiten, so sehen

Sie am besten, wie der Hase läuft. Außerdem gibt es hier im Büro Tonnen von Akten, aus denen Sie ersehen können, wie Konsan organisiert ist.« Er griff sich einen Stapel und wuchtete ihn über seinem gewaltigen Bauch in Hamnets Arme, was mehrere seiner Hemdknöpfe aufspringen ließ. Dazu grinste er und zwinkerte mit seinen braunen Augen, als er Hamnets Gesichtsausdruck sah, und war auch schon wieder draußen, wobei er immer noch ununterbrochen weiterredete. »Sie werden jede Menge zu tun haben, während ich hier die Papiere durchwühle, und falls Ihnen Joan mal eine Frage nicht beantworten kann, wenden Sie sich an mich. Und nach ein paar Wochen werden Sie mich entlasten können, und in drei Monaten werde ich hier den Dienst quittieren und Sie Ihrem Schicksal überlassen. Vor einer halben Stunde hätte ich schon auf einem Schiff sein müssen, deshalb wird Joan Sie weiter herumführen und Sie der Crew vorstellen, okay?« Die Frage war rein rhetorisch, da er Hamnet bereits hinauskomplimentierte. Eine ramponierte Aktentasche unter dem Arm, rief er in Joans Richtung »Ich bin jetzt außer Haus« und wirbelte davon.

Hamnet sah ihm mit gemischten Gefühlen nach, was wohl auch deutlich in seinem Gesicht geschrieben stand, als er die Akten auf dem Schreibtisch ablegte, den Joan gerade freiräumte.

»Ich freue mich, Sie kennen zu lernen, Mr. Hamnet«, sagte sie.

Hamnet registrierte ihre freundlichen Augen hinter den Brillengläsern und lächelte ihr zu. »Ich mich auch, und sagen Sie einfach Phil zu mir.«

»Er ist ein bisschen hektisch, aber daran werden Sie sich schnell gewöhnt haben – wie alle anderen auch. Möchten Sie eine Tasse Kaffee, ehe ich Ihnen alles zeige?«

In den nächsten drei Stunden arbeitete Hamnet in seinem eigenen Tempo, und Joan machte ihn mit den Mitarbeitern der Abteilung Technische Inspektion bekannt, zeigte ihm, was sich hinter den anderen drei Türen verbarg und informierte ihn über die speziellen Aufgaben der einzelnen Abteilungen. Mittags schwirrte sein Kopf vor Namen, Titeln und Gesichtern, und er brachte über einer Schüssel Nudeln in einem der unpersönlichen Schnellrestaurants im Erdgeschoss ein wenig Ordnung in das Ganze. Und während er in Gedanken die Querverbindungen und Hierarchien aufzählte und herauszufinden versuchte, wo er in dem ganzen Gewirr stand, welche Leute für ihn wichtig waren und umgekehrt, machte er sich auf den Rückweg zu seinem Büro.

»Hallo.« Die Stimme erklang dicht neben ihm, sodass er sich automatisch umblickte und abrupt vor der auffallend attraktiven Frau stehen blieb, die ihn angesprochen hatte. Überrascht und ein wenig linkisch schaute er sich um, aber er entdeckte niemanden, dem der Gruß sonst gegolten haben könnte. Er sah das dunkle Haar, das locker aufgesteckt und schulterlang war, und das hellgelbe T-Shirt, das in einem kurzen, gebatikten Wickelrock steckte. Als sie die Stirn runzelte, zog sie niedlich das Näschen hoch, und das rief eine entfernte Erinnerung in ihm wach, obwohl er seiner Sache nicht sicher war.

»Jasmine. Aus dem Bus nach Chiang Mai«, half sie ihm in ihrem amerikanischen Akzent auf die Sprünge.

Hamnet zögerte einen Augenblick und sagte dann: »Gott, tut mir Leid, natürlich. Ich habe heute einen neuen Job angefangen, mein Kopf brummt. Ich habe Ihnen ja noch gar nicht für Ihre Hilfe bei Ben gedankt.«

»Das ist nicht nötig. Ich hatte nur Angst, dass die Leute im Bus Sie lynchen, wenn ich nicht eingreife. Wie geht es ihm?«

»Ah, meinem Sohn geht's prima, wirklich prima.«

»Das freut mich.« Sie lächelte erleichtert.

»Ihr dunkler Teint, der Schnitt ihrer Augen – wahrscheinlich hat sie etwas asiatisches Blut«, dachte Hamnet. Das stand in einem verblüffenden Gegensatz zu ihren gletscherblauen Augen. Die Menschenmenge staute sich bereits um sie herum, bis Hamnet wieder Worte fand. »Bleiben Sie länger in Singapur?«

»Würde ich gern, und deshalb suche ich zurzeit nach einem Job. Aber das ist nicht einfach – ohne Arbeitsgenehmigung«, fügte sie in verschwörerischem Tonfall hinzu.

Hamnet nickte. »Ja, die Vorschriften sind streng hier, und Ihr Freund hat vermutlich dasselbe Problem.«

»Lane?« Sie runzelte wieder die Stirn. »Er ist nach Hause geflogen, denn als ihm das Geld ausging, fand er alles nicht mehr lustig.«

»Sie sind kein Paar?«

»Na ja – nicht wirklich. Es hat nicht funktioniert«, erläuterte Jasmin in typisch amerikanischer Offenherzigkeit. »Aber ich hatte noch ein paar Dollars und dachte, ich könnte hier so nebenbei eine Arbeit finden und genug verdienen, um nach Indonesien weiterzufahren, nach Bali vielleicht und dann nach Australien, wo ich viel einfacher einen Job bekommen könnte.«

Wieder nickte Hamnet und wusste nicht, was er als Nächstes sagen sollte, da er etwas aus dem Gleichgewicht geraten war.

»Nun, es war schön, Sie wiederzusehen«, sagte Jasmine und wollte weitergehen.

»Halt«, rief Hamnet, ehe er erneut zögerte, aber dann doch langsam in die Gänge kam. »Wollen Sie heute Abend mit mir essen? Ich wohne im Augenblick bei Freunden, und ich bin ganz sicher, dass sie über Ihre Gesellschaft entzückt wären.«

»Das ist sehr nett, vielen Dank.« Jasmine schien sich aufrichtig zu freuen und lächelte.

»Okay, könnten Sie zum U-Bahnhof Bukit Timah fahren? Ich habe leider kein Auto.«

»Natürlich, kein Problem.«

»Gut, dann hole ich Sie dort ab. Um sieben Uhr?«

»Ich werde dort sein.«

Hamnet sah ihr lächelnd nach, als sie sich umdrehte und ihren Weg fortsetzte, während viele Männer sich nach ihr umdrehten; dann kratzte er sich am Kinn und seufzte.

Im Büro empfing ihn Joan mit einem resignierten Gesichtsausdruck. »Ich fürchte, Toby wurde im Hafen aufgehalten – ein Schiff scheint verschwunden zu sein, so dass wir ihn heute Nachmittag nicht mehr zurückerwarten. Vielleicht wollen Sie sich in der Zeit die Akten etwas ansehen?«

Mit einem schiefen Grinsen willigte Hamnet ein: »Ich werde mein Bestes versuchen.«

Als Joan zwei Stunden später von ihrem Monitor aufschaute, sah sie, wie er Löcher in die Luft starrte. Sie speicherte den Brief ab, den sie gerade getippt hatte, stand auf und fragte: »Einen Kaffee?«

»Das wäre wunderbar.«

Als sie damit zurückkam, zog sie einen Stuhl neben seinen und schlug vor: »Es wäre für Sie vermutlich hilfreich, wenn ich Ihnen eine kleine Einführung gebe, was unser Computer alles kann. Natürlich müssen Sie sich später mit tausend Einzelheiten vertraut machen, aber vielleicht sollten wir uns erst mal einen Überblick verschaffen. Dann macht das Lesen mehr Sinn.« Sie deutete auf den Stapel Handbücher und die Loseblattsammlungen auf seinem Schreibtisch. Und auf Hamnets Stirn stand in großen Lettern das Wort »Erleichterung«.

»Wir loggen uns einfach unter meinem Namen in das System ein, aber ich habe bereits einen Zugang und die Erteilung eines Passworts für Sie beantragt. Leider ist unser Systemadministrator nicht der schnellste – es kann eine Woche dauern.«

Ihr Ton ließ keinen Zweifel aufkommen, dass sie mangelnde Leistungsfähigkeit für das schlimmste aller Übel hielt. Hamnet sah ihr genau auf die Finger, während sie blitzschnell über die Tasten tanzten, bekam aber nur mit, dass das Passwort irgendwie mit dem Ende der rechten obersten Zeile zusammenhing, was ihn nicht wirklich weiterbrachte.

Dann führte Joan ihn eine Stunde lang durch das hausinterne Computerprogramm, dann durch das des Hafens von Singapur und seine Möglichkeiten. Er war einfach baff, wie viele Informationen die Maschine speicherte, sodass er sie jederzeit abrufen konnte: wann ein Schiff im Hafen ein- oder auslief, die Routen, die Ankunftszeiten, die Ladelisten. Jeder Container im Transit, egal ob er zu Wasser oder zu Lande eintraf oder wieder auslief, hatte seinen eigenen Code; und jeder Kran, der einen Container aufnahm, arbeitete mit diesem Code, sodass Hamnet die Spur bis zum endgültigen Ziel an Bord eines Schiffes verfolgen konnte. Die Schiffe der Konsan Line verfügten außerdem über Inmarsat C mit integriertem GPS; also bekam Hamnet automatisch alle sechs Stunden über Satellit aktuelle Positionsmeldungen und konnte so von seinem Schreibtisch aus alle aktuellen Daten sofort abrufen. Atemlos machte er sich klar, wie einfach es also für ihn sein würde, Janacs Forderungen zu erfüllen. Die Entscheidung lag ganz allein bei ihm, denn dieser Job eröffnete ihm alle Möglichkeiten, seinen Sohn zu bekommen. Sobald er sein Passwort erhalten hatte und über ein wenig Routine verfügte.

Dann flog krachend die Tür auf. »So ein Scheiß! Entschuldigung«, brummte Toby, während er in sein Büro stürmte, die Tür mit dem Fuß auftrat und nach Joan rief.

»Ich kümmere mich jetzt besser um ihn«, sagte sie.

Phil wandte sich mit neu erwachtem Interesse wieder dem Computer zu, und es war bereits dreißig Minuten nach sechs, als er merkte, dass er nicht nur für seine Verabredung mit Jasmine bereits zu spät dran war, sondern dass er auch vergessen hatte, Margaret über den zusätzlichen Dinnergast zu informieren. Joan war immer noch in Tobys Büro, also loggte er sich aus und rief Margaret an, die großzügig zusagte, einen zusätzlichen Gast zu füttern. Dann kehrte er auf demselben Weg zur U-Bahn zurück, sprang in den nächsten Zug und beobachtete voller Ungeduld, wie sich die Fahrgäste an den einzelnen Stationen jede Menge Zeit beim Ein- und Aussteigen ließen. Erleichtert verließ er schließlich in Bukit Timah den Zug und entdeckte Jasmine an der Bushaltestelle. Sie trug jetzt ein Sommerkleid mit einem Blumenmuster und lehnte an der Tafel mit dem Fahrplan.

Aber noch ehe er ein Wort sagen konnte, sagte sie bereits: »Ich wusste nicht, ob es sich um eine formelle Einladung handelt, also habe ich mich für mein Grenzübertrittskleid entschieden. Ist das okay?« Sie lächelte und breitete die Arme aus, um es vorzuführen, und es brachte ihre schlanke Figur hervorragend zur Geltung.

»Es ist … perfekt«, bestätigte Phil. »Es tut mir Leid, dass ich zu spät komme, aber ich wollte in meinem neuen Job nicht als Erster das Büro verlassen.«

»Die paar Minuten …« – und sie gingen nebeneinander die ruhige, baumbestandene Straße hinunter, während Hamnet sich immer wieder in Konversation versuchte und gleichzeitig darüber nachdachte, wie er die Lügen, die er ihr bisher vorgesetzt hatte, vom Tisch bekommen könnte. Schließlich, nachdem sie mehrmals in peinliches Schweigen verfallen waren und kurz bevor sie vor dem Haus der Bullens standen, raffte er sich auf und sagte: »Ich fürchte, ich muss ein Geständnis ablegen.«

Jasmine schaute ihn schweigend an.

Nachdem er tief Atem geholt hatte, redete er schnell weiter: »Ich habe Ihnen in Thailand nicht die Wahrheit gesagt. Ich heiße Phillip Hamnet, bin Kapitän eines Handelsschiffes, und Anna, meine Frau, also Bens Mutter, wurde von Piraten ermordet, die vor ungefähr sieben Wochen mein Schiff überfallen haben. Es ist eine lange Geschichte, jedenfalls war ich den Banditen gerade entkommen, als wir uns damals getroffen haben. Und als ich nach Singapur zurückkehrte, haben sich die Bullens, zu denen wir jetzt gehen, um mich gekümmert.«

»Ihre Frau – mein Beileid«, Jasmine biss sich auf die Unterlippe und schaute auf die Straße. »Ich muss auch etwas gestehen.« Sie schob sich eine Strähne aus dem Gesicht und schaute ihn dann ganz offen an. »Ich habe Ihre Geschichte schon in der Zeitung gelesen, und als ich Sie heute auf dem Raffles Place gesehen habe, war ich einfach nur neugierig. Ich wusste also schon, dass Sie mich … nun ja …«

»Angelogen haben, Entschuldigung. Aber ich konnte in dieser Lage niemandem vertrauen. Fangen wir also noch einmal von vorne an?« Er hielt ihr die Hand hin, und sie schlug lächelnd ein.

»Wir haben schon einen neuen Anfang gemacht.«

»Wunderbar.«

Als sie das Haus betraten, wehte ihnen der Duft von köstlichem chinesischem Essen entgegen. Ben wurde gerade ins Bett gebracht, und Jasmine bemutterte ihn von vorne bis hinten.

Margaret hatte sich für ein deftiges Rezept mit Huhn und Reis entschieden, mit dem sie gern Besucher auf Herz und Magen testete. Falls es sie irritierte, dass Hamnet diese attraktive junge Dame zum Essen eingeladen hatte, ließ sie es sich nicht anmerken, und Hamnet erfuhr bei dieser Gelegenheit, dass Jasmine siebenundzwanzig Jahre alt und in Kalifornien geboren und aufgewachsen war, wo ihr Vater in der Computerbranche arbeitete. Sie hatte im vergangenen Sommer ihr Studium der schönen Künste an der University of California in San Diego erfolgreich abgeschlossen, im Herbst als Kellnerin gejobbt und war dann mit Lane nach Asien aufgebrochen. Jetzt waren ihre Geldmittel erschöpft, und falls sie nicht innerhalb der nächsten Woche einen Job fand, stand die Heimreise auf dem Programm.

»Und wie soll es dann weitergehen?«, fragte Hamnet.

Jasmine nippte an ihrem Rotweinglas und sah ihn mit ihren blauen Augen über den Rand des Glases hinweg an. »Keine Ahnung. Natürlich würde ich gerne einen Job finden, der in Zusammenhang mit meinem Studium steht, aber ob ich davon leben kann, steht in den Sternen.« Sie lächelte kläglich. »Eigentlich wollte ich hier bleiben, bis ich weiß, was ich will, sodass ich dann zu Hause durchstarten kann. Aber wahrscheinlich brauche ich noch etwas Zeit.«

Nach dem Kaffee begleitete Hamnet sie zurück zum U-Bahnhof. »Das ist die Telefonnummer der Bullens. Rufen Sie mich doch morgen Abend an; vielleicht kann ich Ihnen bei der Jobsuche behilflich sein. Viele meiner ausländischen Freunde suchen Haushaltshilfen, falls Sie sich für so etwas interessieren.«

»Natürlich, ich nehme alles.« Jasmine lächelte, küsste ihn leicht auf die Wange, und noch ehe er irgendwie reagieren konnte, hatte sie sich umgedreht und war verschwunden.

Hamnet berührte gedankenverloren die Stelle und fragte sich, ob er wohl je über seinen inneren Schmerz hinwegkommen würde. Als er nach Hause zurückkehrte, hielt ihn die gedrückte Stimmung immer noch in ihren Klauen. Margaret saß im Wohnzimmer und las, von Anthony war nichts zu sehen, und die Terrassentür stand weit offen, sodass sich das Summen des Ventilators mit dem Zirpen der Zikaden mischte.

»Ein letztes Glas?«, fragte ihn Margaret, als er sich setzte. Sie hatte ein untrügliches Gespür dafür, wann er reden wollte, und da er vermutete, dass Anthony bereits zu Bett gegangen war, erhob er sich noch einmal aus seinem Sessel und holte zwei Gläser mit Port.

Während Margaret daran nippte, fragte sie: »Sie denken also, was ich auch denke?« Und Phil wusste einen Moment lang nicht, wovon die Rede war, bis sie fortfuhr: »Jasmine ist bestimmt ein hervorragendes Aupairmädchen, deswegen haben Sie sie doch mitgebracht, oder? Damit ich sie begutachte?« Ihre Augen sprühten hinter ihrer Lesebrille Funken.

Ehe er antwortete, rollte Hamnet einen Augenblick lang den Port auf der Zunge. »Vermutlich.« Er musste einfach grinsen. »Teilweise. Ich habe sie im Bus in Nordthailand kennen gelernt, und sie kam fantastisch mit dem brüllenden Ben zurecht. Sie hat mich vor den Mitreisenden gerettet, und ich wollte ihr zum Dank wenigstens ein Abendessen spendieren.« Er zögerte einen Moment. »Sonst kenne ich sie überhaupt nicht, obwohl sie nett zu sein scheint und Ben offensichtlich wirklich mag.«

»Da kann ich Ihnen nur zustimmen«, bestätigte Margaret seinen Eindruck. »Sie ist zauberhaft, und heutzutage kann man sich nicht darauf verlassen, dass man über die Agenturen zuverlässige Leute bekommt. Denken Sie nur an all die Probleme mit den Babysittern, die in Amerika bekannt geworden sind. Man kann sich nur auf seine eigene Menschenkenntnis verlassen, und ich glaube, sie wäre eine gute Wahl.«

»Außerdem braucht sie eine Unterkunft, und ich könnte ihr in meinem Apartment ein Zimmer zur Verfügung stellen – so wäre uns allen geholfen.« Damit war die Entscheidung gefallen, und er beschloss, ihr am nächsten Abend den Job anzubieten.

Die zweite Entscheidung musste er ganz allein treffen, dabei konnte ihm niemand helfen – und hinausschieben konnte er sie auch nicht länger. War es richtig, vier Schiffe für das Leben seines Sohnes zu opfern? Würde sich Janac mit der Ladung zufrieden geben oder mehr fordern? Das war vorab nicht festzustellen, und so quälte ihn die Sorge – auch um Ben – fast die ganze Nacht hindurch. Vielleicht war es auch die Angst vor den Konsequenzen. Denn wenn er ehrlich war, hatte er sich bereits entschieden.

21

Als Margaret Hamnet wie jeden Morgen weckte, war er erst kurz zuvor eingeschlafen. Er schlief noch einmal ein, wurde ein zweites Mal geweckt, diesmal etwas nachdrücklicher, und erschien schließlich mit verquollenen Augen und nassen Haaren zum Frühstück. Schnell stürzte er eine Tasse Kaffee hinunter, rannte in sein Zimmer zurück, um sich in Hemd und Krawatte zu werfen, und sprang ins Auto, während Anthony mit bereits laufendem Motor auf ihn wartete. Das Gute daran war, dass Hamnet keine Zeit mehr für trübe Gedanken hatte. Doch in der U-Bahn starrte er wieder mit leerem Blick vor sich hin, und sein Magen führte sich auf, als hätte ihn die spanische Inquisition am Wickel.

Als er ins Büro kam, saß Joan bereits hinter ihrem Schreibtisch, lächelte und bot ihm Kaffee an, den er dankbar akzeptierte. Dann schlug er wieder die Ringhefter auf, in denen er sich schon am Tag zuvor festgelesen hatte, und durchforstete sie nun etwas zielorientierter. Eine Viertelstunde später streckte Toby den Kopf aus seinem Büro.

»Haben Sie von dem Schiff gehört?«

Hamnet schaute auf. »Nein. Von welchem Schiff?«

»Der verdammte Kahn ist eine Tagesreise von Manila entfernt verschwunden. Zuerst fiel auf, dass der Tagesbericht fehlte, im Grunde keine große Sache, aber dann gab es keinen Funkkontakt mehr und auch über Inmarsat C lief nichts. Eines unserer Schiffe war gestern sowieso in dem Revier und suchte acht Stunden lang – ohne Ergebnis. Deshalb hatte ich auch gestern Nachmittag für Sie keine Zeit mehr, Entschuldigung.«

»Das war wohl wichtiger. Was glauben Sie, was passiert ist?«

Toby schüttelte den Kopf. »So ein alter Massengutfrachter

kann natürlich auch einfach nur Pech gehabt haben. Ich erinnere mich an einen solchen Untergang in den späten 1990er-Jahren vor Australien. Und seinem Schwesterschiff brach ungefähr ein Jahr später im Sturm ein Lukendeckel ein, und es sank mit Mann und Maus in den Western Approaches. Es ist zu viel heikle Tonnage unterwegs.«

Hamnet nickte zustimmend.

»Wir können nicht mehr tun, aber die US Navy wurde bereits um Unterstützung bei der Suchaktion gebeten. Wenn Sie irgendwelche Fragen haben, klopfen Sie einfach bei mir an. Heute Nachmittag läuft die *Enterprise* ein; da sollten Sie mich begleiten.« Dann verschwand er wieder in seinem Büro.

Mit blinden Augen starrte Hamnet wieder auf seine Unterlagen und dachte an das verschwundene Schiff. War Janac bereits ohne ihn aktiv geworden? Aber ein Massengutfrachter? Getreide oder Reis – das sah nicht nach Janacs Handschrift aus. Vermutlich hatte Toby Recht: Es war zu viel heikle Tonnage unterwegs. Das wusste er schließlich aus eigener Erfahrung.

Er versuchte, sich wieder auf seine Arbeit zu konzentrieren, fraß sich weiter durch den Papierberg, und ein paar Stunden später stieß er auf die Seite mit der Überschrift *Shoreside Software Systems.* Er markierte sich die Stellen, die er in Zukunft brauchte, und die Rückverweise auf die entsprechenden Informationen. Eins kam zum anderen, und er verpasste glatt die Mittagspause.

»Sie sind aber heftig dabei.«

Hamnet sprang auf.

»Hier hat sich noch nie jemand so in diese Papiere gekniet, Sie haben sich ja sogar Notizen gemacht«, wunderte sich Toby. »Sehr beeindruckend. Suchen Sie nach etwas Bestimmtem?«

Hamnet war so in seine Arbeit versunken gewesen, dass er gar nicht bemerkt hatte, wie Toby ihm über die Schulter blickte. Seine Notizen bezogen sich darauf, wie er mithilfe des Computers an die Ladelisten kam, was für einen technischen Inspektor eigentlich nicht von großem Interesse war. »Oh …«, stammelte er, als er sich umblickte und dabei schuldbewusst die

Hand über die Seite legte wie ein Kind, das vom Lehrer beim heimlichen Lesen eines Comics erwischt wird.

Doch Toby stand bereits an der Tür. »Eines unserer Schiffe ist gerade hereingekommen, unsere Arbeit wartet.«

Hamnet schluckte trocken, befeuchtete seine Lippen und ließ seine Notizen in der Schreibtischschublade verschwinden. Um den Lift noch zu erreichen, musste er sich sputen, und er machte sich immer noch Vorwürfe wegen seiner Sorglosigkeit, als er zu Toby ins Auto stieg. Wenn er die Gesellschaft betrügen wollte, was sie oder die Versicherer Millionen kosten würde, dann musste er einfach umsichtiger vorgehen. Wieder stellte er sich den Ablauf vor: Er musste ein Schiff rausdeuten und sich über alles informieren. Janac würde es dann aus dem Verkehr ziehen, ohne dass es Tote gab, und niemand würde Hamnet dafür zur Rechenschaft ziehen können. Die Entscheidung war gefallen; jetzt musste er sich auf die Durchführung der Aufgabe konzentrieren und darauf, dass man ihm nicht auf die Schliche kam. Ohne ein Wort fuhren die beiden Männer über den Shenton Way zum Terminal. Und falls Janac doch den Tod der Mannschaft …?

Als sie an der Ampel in der Prince Edward Street warteten, zündete sich Toby eine Zigarette an, öffnete das Fenster und atmete tief aus. Die warme Luft von draußen verdrängte die klimatisierte Frische im Auto. »Ich habe Ihnen noch gar nicht mein Beileid zum Verlust Ihrer Frau und Ihrer Mannschaft ausgedrückt. Was für ein schrecklicher Vorfall. Wenn ein Schiff untergeht, wie der Massengutfrachter beispielsweise, dann ist das bedauerlich genug. Aber ein Piratenüberfall und Mord …« Er brach ab und inhalierte wieder tief.

Hamnet tauchte unwillig aus seinen Tagträumen auf. »Danke«, brummte er.

Es wurde Grün, Toby gab Gas, und Hamnet nutzte die Gelegenheit, das Thema zu wechseln. »Übrigens, Ihr Akzent – ich kann ihn nicht einordnen, obwohl ich es versucht habe.«

Toby ging offensichtlich gern darauf ein. »Ah, ein Dialekt – ich ging in Surrey zur Schule, wo ich für einen Chinesen ein ziemlich gutes Englisch lernen durfte, stimmt's? Sie müssen wissen, mein Vater war ein erfolgreicher Geschäftsmann, aber in jenen Tagen blieben für einen Mann wie ihn viele Türen verschlossen. Doch er wollte, dass ich es einmal besser haben sollte, und deshalb schickte er mich nach England, als ich fünf Jahre alt war. Das heißt, ich habe Englisch so gelernt wie Mandarin.«

»Hat es funktioniert? Ich meine, stehen Ihnen die Türen offen?«

»Mittlerweile hat sich alles geändert, Singapur ist heute eine chinesische Stadt. Aber für mich ist es egal, denn ich habe eine wunderbare Engländerin geheiratet.« Er grinste.

»Was hatte das Schiff geladen?« Hamnet war an einem Gespräch über nette Engländerinnen nicht interessiert.

»Wie?« Es krachte, als Toby den Gang reinwürgte.

»Das Schiff, das verschwunden ist, was hatte es geladen?«

»Oh, es fuhr unter Ballast.«

Damit erübrigt sich alles weitere, dachte Hamnet. Janac interessierte sich wohl kaum für einen Frachter mit Seewasser im Laderaum. Und falls doch, brauchte er dringend einen guten Rat.

Das Auto fuhr unter der Schnellstraße durch, bog zum Terminal ab und setzte den Weg zur E Road an der East Lagoon fort, wo die *Konsan Enterprise* pünktlich festgemacht hatte. X-mal hatte Hamnet die nun folgende Prozedur als Kapitän erledigt, und nun musste er sie von der anderen Seite angehen und einiges dazulernen. Es war nicht ganz so, als würde der Bock zum Gärtner werden – schließlich arbeiteten sie alle für dieselbe Gesellschaft, aber Hamnet wusste nur zu gut, dass es an Bord jedes Schiffes immer ein oder zwei Angelegenheiten gab, die der Kapitän im Hauptbüro lieber nicht an die große Glocke hängen wollte. So schlich der Nachmittag quälend dahin, besonders weil sich alle über das verlorene Schiff unterhalten wollten, was im Gegensatz zu Hamnets Interessen stand. Er wollte einfach nur an seinen Schreibtisch und tun, was er tun musste.

Am späten Nachmittag kehrten Toby und er ins Büro zurück, sodass Hamnet seine Lektüre im Handbuch fortsetzen konnte, allerdings nun bedeutend vorsichtiger. Als er gegen halb sechs damit durch war, wusste er, wie er per Computer die Ladung in den Containern checken, dann den Kurs des ausgewählten Schiffes verfolgen und an regelmäßige Positionsmeldungen gelangen konnte. Jetzt brauchte er nur noch das Passwort, um ins Programm zu kommen, obwohl es ohnehin besser war, nicht sein eigenes zu benutzen. Schließlich hatte er keine Ahnung, wie man höheren Ortes die Nutzer kontrollierte. Es war viel sicherer, sich als Joan einzuloggen, denn in ihrer übergeordneten Funktion erweckte sie vermutlich keinerlei Argwohn, wo auch immer sie sich im Programm bewegte. Er streckte sich, schaute zu ihr hinüber und fragte: »Kaffee?«

Erstaunt blinzelte sie zurück. »Lieber Tee, ich koche welchen.«

»Nein, nein«, Hamnet war schon aufgesprungen, »ich brauche eine Pause.« Mit diesen Worten verschwand er in der kleinen, fensterlosen Küche, brühte den Tee auf und trug ihn zu Joans Schreibtisch. Er schaute auf den Monitor, während er die Tasse daneben abstellte, und sah dann das Foto mit einem Vogel im Käfig.

»Gehört der Ihnen?«, fragte er.

Joan nippte am Tee. »Mmm, das ist Shashi, sie ist ein Kakadu.«

»Shashi?« In Hamnets Gedächtnis klingelte es leise. »Ein schöner Name. Was bedeutet er?«

»Oh, das ist eine Stadt in China, meine Eltern stammen von dort.«

»Ich verstehe. Eine schöne Stadt?«

»Es gibt einen wunderschönen See, zumindest gab es ihn früher. Keiner aus unserer Familie war in den letzten vierzig Jahren dort, aber vielleicht kommen wir bald einmal hin.«

»Ihre Familie hat China wegen der Kommunisten verlassen?«

»Ja.«

»Viele Leute sind inzwischen zurückgekehrt.«

Wieder nickte Joan und nahm noch einen Schluck, während ihre freie Hand über die Tastatur spielte. Hamnet verstand die Botschaft sofort.

»Ich muss weiterlesen, aber würde es Ihnen etwas ausmachen, mich einzuloggen? Es wäre einfacher, wenn ich alles gleich am Monitor ausprobieren könnte, was ich im Handbuch lese.«

»Kein Problem.«

Hamnet schaute genau hin, als sie ihr Passwort sorgfältig eintippte. Obwohl er glaubte, es zu kennen, setzte sie die Buchstabenkombination immer noch zu schnell für ihn ab; doch er war zuversichtlich, dass er es erfasst hatte. Er überblätterte ein paar Kapitel und surfte langsam zwischen den Terminangaben, die die Hafenzeiten der Schiffe betrafen, hin und her. Immer mehr Mitarbeiter verließen das Büro, und gegen sieben Uhr dreißig war er fast allein. Eine einzige Frau saß noch auf der anderen Seite des Raumes über Papieren mit langen Zahlenkolonnen, und auch in Tobys Büro brannte noch Licht. Sicherer konnte Hamnet sich nie fühlen, also suchte er sich mithilfe seiner Notizen aus dem Handbuch den Weg durchs Programm, bis er die Ladungsverzeichnisse fand. Das Handbuch ließ er aufgeschlagen neben der Tastatur liegen, damit er im Notfall eine perfekte Ausrede hatte.

Nach kaum einer halben Stunde hatte er gefunden, wonach er suchte – ein Containerschiff mittlerer Größe, beladen mit Computerchips aus Singapur. Sie waren in einem 40-Fuß-Container, der fast ganz oben und außen gestapelt war. Hamnet notierte sich den Namen des Schiffs und die Angaben zum Auslaufen, dann blätterte er zurück, bis er die Route fand. Ein Rascheln von der anderen Seite des Büros ließ ihn aufschauen, und er sah, wie die Kollegin die Papiere zu einem Stapel schichtete und dann in einem Aktenschrank verschwinden ließ. Auch sie schaute zu ihm herüber und sagte: »Sie sind spät dran.«

»Ich muss viel lernen«, antwortete er.

Darauf schenkte sie ihm ein verständnisvolles Lächeln und ging, und während sich die Tür hinter ihr schloss, kehrte sein Blick auf den Monitor zurück. Er fand die Route und verglich sie mit den Koordinaten, die Janac ihm in die Hand gedrückt hatte. Alles war wie gewünscht, er brauchte Janac nur noch die Zeiten des Auslaufens, den Kurs, die Einzelheiten hinsichtlich der Ladung, den Namen des Schiffs und die Unterlagen zu übergeben. Doch eines fehlte noch. Er loggte sich aus und versuchte dann, unter Joans Namen wieder ins Programm zu kommen. Natürlich lautete das Passwort »Shashi«. Damit war die Arbeit dieses Tages erledigt; er war sehr zufrieden mit sich, und als er die Bürotür hinter sich schloss, arbeitete Toby immer noch.

Zu Hause erfuhr Hamnet, dass Jasmine bereits angerufen hatte und sich gegen neun Uhr dreißig noch einmal melden wollte. Er gönnte sich ein schnelles Abendessen, duschte und nahm sich dann Annas Computer vor, und da das Schlafzimmer über einen Telefonanschluss verfügte und er das richtige Modem hatte, war er eine halbe Stunde später probeweise im Internet, stieg aber schnell wieder aus. Als er die Nachricht für Janac aufsetzte, klingelte das Telefon. Er hörte, wie Margaret im Wohnzimmer den Hörer abnahm, und einen Augenblick später klopfte es an seiner Tür.

»Jasmine«, sagte sie und deutete mit dem Kopf in Richtung Wohnzimmer.

»Kann ich das Gespräch hier annehmen?«

»Nur den Hörer abnehmen.« Margaret schloss die Tür wieder.

»Jasmine?«

»Hi! Ich habe schon einmal angerufen …«

»Ja, ich weiß. Vielen Dank, dass Sie sich noch einmal melden. Sie wissen doch, dass ich einen neuen Job habe, und am Wochenende will ich in meine Wohnung zurückkehren. Das heißt, dass ich Unterstützung für Ben brauche. Wären Sie daran interessiert? Ich kann zwar nicht viel zahlen, aber dafür habe ich ein freies Zimmer. Also, was halten Sie von dreihundert Singapur-Dollar pro Woche bei freier Kost und Logis? So könnten Sie nach einem oder zwei Monaten nach Indonesien weiterreisen, und ich hätte genug Zeit, eine längerfristige Hilfe zu finden.« Er zögerte. »Könnten Sie sich das vorstellen?« Bis zu diesem Moment war er sich nicht im Klaren gewesen, wie sehr er sich wünschte, dass sie einschlug. Doch ihre Antwort kam schnell. »Fantastisch, wunderbar. Da ich am Samstag meine Wohnung wieder übernehme, können Sie anschließend einziehen, wann immer Sie wollen.«

»So schnell wie möglich, denn ich drehe in dieser Absteige allmählich durch.«

»Samstagmorgen gegen zehn bei mir? Oder brauchen Sie Hilfe mit Ihrem Gepäck?«

»Nein, ich habe nur einen Rucksack.«

Hamnet nannte ihr die Adresse, wünschte ihr eine schöne Woche und legte auf. Wieder ein Punkt erledigt.

Dann wandte er sich dem Computer zu, holte noch einmal tief Luft und tippte dann die Nachricht, ohne lange zu überlegen. Er formulierte sie möglichst einfach – reine Fakten, keine Information länger als eine Zeile, genau den Anweisungen entsprechend. Dann nahm er eine Diskette aus seiner Tasche und schob sie ins Laufwerk, lud den Inhalt auf den Computer und kombinierte das Ergebnis mit seinem Text, verabschiedete sich aus dem Programm und schickte alles als E-Mail ab. Damit war die Arbeit erledigt, und während er das Poster mit Robbie Williams betrachtete, strich er sich wieder einmal über die Wange. Er hatte vergessen, sich nach dem Duschen zu rasieren.

Ben, den Margaret vor drei Wochen im Zimmer von Phil einquartiert hatte, wurde in dieser Nacht nicht wach, aber sein Vater fand keinen Schlaf. Gegen drei Uhr morgens sah er das zweite Mal nach dem Baby, kehrte anschließend hellwach in sein eigenes Schlafzimmer zurück und beschloss nachzuschauen, ob vielleicht eine E-Mail eingetroffen war – in der Hoffnung, dadurch etwas ruhiger zu werden. Er erwartete nicht wirklich eine Antwort, aber nachdem er sich eingeloggt, den Text dechiffriert und geöffnet hatte, was ihn vier bange Minuten kostete, las er: Wir erwarten nach dem Auslaufen alle vier Stunden aktuelle Positionsangaben. Hamnet schloss den Computer und dachte nach.

Diese Forderung war nicht einfach zu erfüllen. Das Computerprogramm von Konsan war anwendungsspezifisch maßgeschneidert – mit hauseigenem Server und ohne Zugriffsmöglichkeiten von außerhalb des Büros. Einmal am Tag konnte er die Position locker abfragen, zum Beispiel ehe er abends das Büro verließ, und dann von zu Hause aus eine E-Mail an Janac schicken. Aber alle vier Stunden einen Report zu erstellen war ungleich schwieriger, denn auf keinen Fall konnte er das Risiko eingehen, eine chiffrierte Nachricht über den Server von Konsan laufen zu lassen. Bei Sonnenaufgang hatte er die einzig gangbare Lösung herausgefunden, und am Abend führte sein Heimweg durch die Funan IT Mall, ein auf Computer spezialisiertes Einkaufszentrum. Er fand einen kleinen Laptop mit allen Schikanen und das Zubehör, um sich über ein Handy in der Größe einer Zigarettenschachtel einzuloggen, und bezahlte mit seiner Kreditkarte. Damit war er orts- und zeitunabhängig.

Den Rest des Abends verbrachte er damit, die Software auf den Laptop zu laden, sich damit vertraut zu machen und die Geschwindigkeit zu optimieren. Als er damit fertig war, schickte er eine Testmail an Janac, in der er ihm mitteilte, dass er außerhalb der Bürostunden nicht an die geforderten Informationen herankam und sich nur alle sechs Stunden bei ihm melden könnte, ohne aufzufallen. Am nächsten Morgen erhielt er eine Antwort, in der Janac sich einverstanden erklärte. Das Schiff – die *Collingson* – passierte an diesem Nachmittag den Keppel Channel, und zufällig hielt sich Hamnet zu diesem Zeitpunkt gerade in Tobys Büro auf. Er verfolgte ihren Kurs und versuchte, die Nerven zu behalten, als er an das Risiko dachte, das er einging.

Der Schlussakt des Betrugs war nicht mehr allzu schwierig zu bewerkstelligen. Er ging am nächsten Morgen schon kurz nach sieben ins Büro, da die Kollegen erst viel später kamen, loggte sich ins Programm ein, und zwar mit seinem neuen Passwort, und rief die Positionen aller Schiffe der Gesellschaft auf, einschließlich der *Collingson*. Joans Passwort wollte er nur für die Recherche der möglichen Zielobjekte benutzen. Als er die Daten hatte, fuhr er mit dem Aufzug ins Erdgeschoss hinunter, ging in eines der Schnellrestaurants und bestellte sich ein Frühstück. Dann legte er den Laptop vor sich auf den Tisch, gab die aktuelle Position, die Geschwindigkeit und den Kurs in eine vorbereitete Maske ein, verschlüsselte die Nachricht und brachte sie auf den Weg. Das Ganze hatte nicht länger als fünf Minuten gedauert, und er wiederholte den Vorgang noch einmal in der Mittagspause und am Abend, nachdem er zu den Bullens zurückgekehrt war. Am Freitagabend stampfte die *Collingson*, ohne zu ahnen, was ihr bevorstand, durch die Südchinesische See mit Ziel Philippinen. Hamnet meldete ihre Position um 18 Uhr und versuchte dann, alles zu vergessen. Er hatte insgesamt ein schwieriges Wochenende vor sich.

Am Samstagmorgen stand er früh auf und packte seine Habseligkeiten. Als er zum Frühstück erschien, traf er auf Margaret, und sie saßen sich nahezu schweigend am Tisch gegenüber, ehe sie schließlich sein Gepäck in den Rover luden und Anthony sie zum Apartment chauffierte. Zu dritt schleppten sie alles zum Lift, Anthony kümmerte sich um die großen Taschen und Margaret um das Baby, und als Phil Ben dann in seine Arme nahm, überwältigte sie fast der Abschiedsschmerz.

»Sie beide werden uns doch oft besuchen kommen?«, fragte Margaret, die schon zum Auto zurückging.

»Ganz bestimmt.« Er folgte ihr und küsste sie auf die Wange, während sie auf den Beifahrersitz kletterte. »Ich werde Ihnen niemals genug für alles danken oder mich revanchieren können, was Sie für mich getan haben.«

Margaret lächelte. »Jeder andere hätte es auch getan. Besuchen Sie uns nächste Woche.«

Er nickte mit ernstem Gesichtsausdruck, und Anthony gab Gas.

Erst als Phil die Wohnungstür hinter Ben und sich geschlossen hatte, wurde ihm das ganze Ausmaß der neuen Situation bewusst. Die Bullens hatten ihn durch die schwierigste Phase seines Lebens getragen, und jetzt war er wieder auf sich allein gestellt. Er schaltete den Fernseher ein und setzte den Wasserkessel auf.

Kurz nach zehn klopfte es, und Jasmine stand in einem verschwitzten T-Shirt und vor Schweiß glänzendem Gesicht vor der Tür und ächzte unter der Last ihres Rucksacks. Breit grinsend murmelte sie: »Diese Treppe ist mörderisch bei der Hitze.« Ehe er sie hereinbat, zeigte Hamnet ihr den Lift.

»Sie können Ihren Rucksack gleich in Ihrem Zimmer abstellen.« Er ging voraus zur Abstellkammer, in der ein schmales Bett stand, und entschuldigte sich: »Mein Gott, ich habe ganz vergessen, wie klein der Raum ist.«

»Das ist okay.« Sie ließ den Rucksack auf die einzige freie Stelle am Boden fallen.

»Aber wenigstens gibt es eine Kommode und einen Ventilator«, sagte er noch.

»Kein Grund zur Klage. Sie hätten sehen sollen, wie ich bis jetzt gehaust habe – mit acht Betten im Zimmer und ohne Klimaanlage.«

Er grinste. »Dann zeige ich Ihnen jetzt den Rest der Wohnung.«

Küche und Badezimmer, ein zweites Schlafzimmer, wo Ben in einem Kinderbettchen am Fuß des großen Doppelbetts schlief, und schließlich das Prachtzimmer – der riesige Wohnraum mit einem Balkon, der sich vor der ganzen Fensterfläche entlangzog. Der Fernseher in der Ecke lief leise vor sich hin, als sie eintraten und das Bild plötzlich Phils Aufmerksamkeit erweckte. Es war das Foto eines Containerschiffs.

»Oh, ist das schön hier!«, freute sich Jasmine.

»Scht!« Hamnet hechtete vor den Fernseher und drehte den Ton lauter.

Der Nachrichtensprecher las mit düsterer Stimme: »Die *Collingson* ist das zweite Schiff, das innerhalb einer Woche in diesem Revier verschwunden ist. Die Behörden nehmen die Angelegenheit sehr ernst und haben erneut die US Navy bei der Suche um Unterstützung gebeten. Woanders …«

Die Stimme redete weiter, aber Hamnet hörte nur noch das Dröhnen in seinem Kopf.

22

Phil?« Jasmine lehnte im Türrahmen, hatte die Arme vor dem Körper verschränkt und schaute ihn forschend an, als er nicht reagierte. Dann seufzte sie leise.

Phils Gesicht leuchtete in den Farben des Fernsehbildes, das während des Wochenendes seine gesamte Aufmerksamkeit beansprucht hatte. Sie war sich darüber im Klaren gewesen, dass keine einfache Aufgabe vor ihr lag: mit einem frisch gebackenen Witwer und einem Säugling. Er schien ständig mit den Gedanken woanders zu sein, wirkte bedrückt und mit seiner eigenen Welt beschäftigt, manchmal sogar den Tränen nahe, aber auf all das war sie gefasst gewesen, und es störte sie nicht, denn sie glaubte an seinen guten Charakter und freute sich darüber, ihm helfen zu können. Und außerdem brauchte sie das Geld. Aber dass er wie festgeleimt vor dem Fernseher hing, hatte sie nicht erwartet.

»Phil!« Diesmal klang ihre Stimme etwas nachdrücklicher – zu nachdrücklich, und sie zuckte selbst zusammen.

Aber Hamnet hatte nur seinen Namen gehört. »Einen Augenblick.«

Nun starrte auch Jasmine auf den Nachspann, der gerade über den Bildschirm lief.

Dann wandte sich Hamnet ihr zu. »Es tut mir Leid. Ich war ziemlich abgelenkt.«

»Ich werde jetzt ins Bett gehen und habe alles für Ben vorbereitet – er schläft schon fast. Sein Fläschchen steht im Kühlschrank, falls Sie es brauchen, aber machen Sie es bitte in der Mikrowelle warm, ehe Sie ihn füttern.«

»Natürlich, wir kommen schon klar. Vielen Dank für Ihre Hilfe, Jasmine.«

Sie löste sich aus dem Türrahmen und ging durchs Wohnzimmer.

»Jasmine?«

»Ja-a?«

»Ich entschuldige mich – für das ganze Wochenende.«

»Wenn Sie darüber reden wollen … irgendwann …«

Er mied ihren Blick, während er nickte, und schwieg.

In dieser Nacht machte sich Ben dreimal bemerkbar, und Hamnet war dafür fast dankbar, weil er die übrige Zeit einfach unter dem Ventilator lag und ihn anstarrte oder die Umdrehungen zählte. Schließlich hatte er sich gesagt, dass es besser war, früh ins Büro zu gehen; also klopfte er an Jasmines Tür und teilte ihr mit, dass er sich auf den Weg machen wollte.

Im Büro war um diese Zeit niemand, und er starrte eine Weile auf seinen leeren Monitor, ehe er tief durchatmete und den Computer einschaltete. Während er die Routineschritte ins Programm abhakte, öffnete er einen der Ringbinder auf der Seite mit den An- und Ablegezeiten der Schiffe und den Positionsmeldungen – seine vorbereitete Ausrede hatte er ja noch nicht anwenden müssen, und so war sie immer noch brauchbar. Dann lief er teils per Mausklick, teils über die Tastatur durch die einzelnen Menüs und öffnete die entsprechende Seite. Und dann sah er es. Beziehungsweise: Er sah nichts. Nach Freitag um Mitternacht gab es keinerlei Positionsmeldungen mehr von der *Collingson.* Zweifellos hatte Janac ein paar hundert Seemeilen vor der philippinischen Küste zugeschlagen.

Hamnet kehrte ins Hauptmenü zurück und stieg dann von dort aus in die Seite mit den neuesten Nachrichten auf See. Die Titelstory drehte sich um das verschwundene Schiff, und er las in aller Eile, dass sich die *Collingson* seit Freitagabend weder gemeldet noch auf irgendwelche Funksprüche reagiert hatte. Die in ihren Mitteln relativ beschränkte philippinische Küstenwache hatte am Morgen die US Navy um Unterstützung gebeten, mehr Einzelheiten waren auch diesem Bericht nicht zu entnehmen. Phil starrte bewegungslos auf den Bildschirm – und wollte mehr erfahren und gleichzeitig auch nicht.

»Guten Morgen«, rief ihm Joan zu, als sich die Tür hinter ihr wieder geschlossen hatte. »Geht es Ihnen gut?«

Hamnet schaute auf. »Mir ist ziemlich übel. Wahrscheinlich habe ich etwas Falsches gegessen, und außerdem hat mich mein Baby sehr beansprucht.« Er rieb seine Schläfen und dann seine Wangen, starrte sie aus großen Augen an und sah aus wie der Mann auf dem Bild »*Der Schrei*« von Munch.

»Sie haben ein Baby?«, fragte Joan.

Er lief in Richtung Herrentoilette und rief über die Schulter zurück: »Ja, entschuldigen Sie mich.« Die Geschichte über eine Fischvergiftung sollte glaubwürdig klingen; er zog die Spülung und kehrte an seinen Schreibtisch zurück. Sein Kopf war voller düsterer Erinnerungen an die Vorgänge auf der *Shawould*, und sie waren nicht so einfach zu vertreiben. Zehn Minuten später wusch er sich das Gesicht, spülte den Mund aus und putzte sich die Nase. Dann starrte er sein Spiegelbild an, sah, wie blass er unter der Bräune war, sah die Augenringe, die ihn anklagten, und kehrte an seinen Schreibtisch zurück, von wo Joan ihm besorgt entgegensah.

»Geht es wieder?«, fragte sie.

»Es war ganz bestimmt etwas, was ich gegessen habe, aber jetzt fühle ich mich schon wieder besser, es wird gleich vorbei sein.« Auf keinen Fall wollte er schon nach Hause gehen, denn nur hier im Büro hatte er Zugang zu den neuesten Informationen.

Joan beobachtete ihn noch eine Weile und schlug dann vor: »Ich werde Ihnen schnell eine Tasse Tee kochen, und Sie erzählen mir alles über Ihr Kind.«

Eine Stunde später verließ er zusammen mit Toby das Büro, um sich um ein einlaufendes Schiff zu kümmern, und zu diesem Zeitpunkt gab es keine weiteren Informationen. Er hielt sich an dem Gedanken fest, dass er an Bord ebenso schnell das Neueste erfahren konnte wie im Büro, aber die Zeit im Auto kroch quälend langsam dahin. Gegen elf standen sie dann endlich auf der Brücke der *Konsan Endeavour*, tranken mit dem Kapitän, einem stämmigen, leutseligen Norweger, eine Tasse

Kaffee, und Toby wurde bereits ungeduldig, als der Funker mit einem gewaltigen Sonnenbrand auf der Nase auftauchte.

»Über FleetNet habe ich soeben erfahren, dass die Amerikaner unser Schiff gefunden haben, offensichtlich ist es mit zehn Knoten im Pazifik unterwegs. Sie haben keinerlei Lebenszeichen an Bord ausgemacht, aber die Rettungsboote sind nicht ausgesetzt worden. In schätzungsweise einer halben Stunde werden die Amerikaner jemanden an Bord haben.«

Hamnets Hand krampfte sich um die Tasse, dass der heiße Kaffee seine Finger verbrühte, was er aber kaum bemerkte.

Der Kapitän wandte sich an Toby. »Klingt nach einer üblen Sache. Müssen Sie sich darum kümmern?«

»Nein, das läuft über unser Hauptbüro. Gott sei Dank, dass sie die *Collingson* gefunden haben, aber mit zehn Knoten und ohne jemanden auf der Brücke ist eine Katastrophe vorprogrammiert, was immer sich da gerade abspielt. Kann sich natürlich auch um eine Lebensmittelvergiftung handeln, aber ich habe noch nie gehört, dass die gesamte Crew davon betroffen ist. Um von einem kleineren Kahn angegriffen zu werden, war sie zu weit draußen, aber wie Sie sagen, auf jeden Fall eine üble Sache – besonders wenn man an die Erfahrungen denkt, die Hamnet gemacht hat.« Jetzt drehte sich der Kapitän Hamnet zu. »Sind Sie nicht der Kapitän von der *Shawould*?«

»So ist es.« Und Hamnet hörte selbst das Krächzen in seiner Stimme.

Der ältere Kollege nickte. »Schreckliche Sache.«

»Das kann man wohl sagen«, stimmte ihm Hamnet zu.

»Hoffentlich hat diese Crew mehr Glück«, warf Toby ein. »Aber das werden wir bald erfahren. Los, Phil, trinken Sie aus und lassen Sie uns mit den Listen fürs Deck anfangen. In einer halben Stunde können wir mit einem Mausklick nachschauen, was sich getan hat – falls Ihnen das recht ist, Sir.«

»Fühlen Sie sich wie zu Hause, Mauso begleitet Sie zum Deckoffizier.«

»Nicht nötig, wir kennen den Weg.«

Die nächsten dreißig Minuten waren die längsten in Hamnets Leben – besonders weil sie fast eine Stunde benötigten. So lange dauerte es, bis sich Toby persönlich davon überzeugt hatte, dass in den Büchern alles, was während dieses Aufenthalts oder in Vorbereitung von Bedeutung war, sorgfältig verzeichnet wurde. Hamnet brauchte seine ganze Disziplin, um nicht loszuschreien, dass es genug sei und sie auf die Brücke zurückkehren sollten. Doch schließlich kam Toby zum Ende, und auf dem Rückweg verkrampften sich Hamnets Hände so um den Handlauf, dass die Fingerknöchel weiß hervortraten. Als sie dann endlich auf der Brücke standen, trafen sie nur den Funkoffizier an, der gerade einen Haufen Papiere durchsah.

»Gibt es Neuigkeiten von der *Collingson*?«, fragte ihn Toby.

Der junge Mann schaute hoch. »Ja, erfreuliche. Der Crew geht es gut, sie war unten eingesperrt, aber alle Kommunikationsanlagen sind zerdeppert. Mehr wissen wir im Augenblick noch nicht, und auf den Rest der Geschichte werden wir wohl noch ein paar Tage warten müssen. Hauptsache, die Mannschaft ist am Leben.«

»Wunderbar, vielen Dank«, stimmte ihm Toby zu. »Und vergessen Sie heute Ihr Sonnenschutzmittel nicht.«

Hamnet schwebte förmlich vor Erleichterung: keine Toten. Nur ein paar Container waren futsch. Er hatte die erste Hürde geschafft – sein Sohn bekam eine richtige Betreuung.

Zurück im Büro kämpfte sich Hamnet durch die Papiere der *Endeavour*, um nicht sofort im Computer nach dem nächsten geeigneten Schiff zu suchen. Er konnte sich kaum beherrschen, musste sich aber gedulden, denn es stand zu viel auf dem Spiel. Und das Büro würde sich bald leeren.

Nach und nach wurde wie jeden Nachmittag das Geklapper der Tastaturen und die allgemeine Geräuschkulisse weniger, und am Abend klickte dann auch Tobys Tür im Schloss. »Immer noch nicht fertig?«

Hamnet schaute auf. »Nein, ich fürchte nicht.«

»Übertreiben Sie es nicht, es wird noch genug auf Sie zukommen, wenn ich erst weg bin.«

»Genau darauf möchte ich vorbereitet sein.«

»Sie werden den Job wunderbar machen. Bis morgen.«

Dann fiel die Tür hinter ihm zu. Im Büro war es jetzt ganz still, und nur Hamnet hackte noch wie ein Wilder auf seiner Tastatur herum. Mittlerweile verfügte er bereits über eine gewisse Routine, und schon nach einer Viertelstunde fand er eine Ladung aus Mikroprozessor-Chips im Wert von nahezu einer Million Dollar, die am nächsten Freitag Shanghai anlaufen sollte. Der Container würde unter zwei Containern mit Fernsehgeräten zu finden sein, und ein weiterer Container enthielt diverse Computerteile. Allein diese vier Container waren nahezu zwei Millionen Dollar wert. Hamnet notierte sich alles Wissenswerte, verließ das Programm und fuhr dann wieder ins Erdgeschoss, um von dort aus eine chiffrierte E-Mail an Janac zu schicken. Nachdem er seine Notizen in kleine Schnipsel zerrissen und in einen Abfalleimer geworfen hatte, machte er sich auf den Weg zum U-Bahnhof. Es war fast zu einfach gewesen.

Als Hamnet nach Hause kam, rührte Jasmine gerade in einem Eintopf, nachdem sie Ben bereits zu Bett gebracht hatte. »Ihr neuer Job scheint nicht gerade ein Spaziergang zu sein«, sagte sie und schaute von ihrem Topf auf, während er in die Küche trat und eine leichte Brise durchs offene Fenster ein Kalenderblatt an der Wand hochwehte.

Er ging zum Kühlschrank und griff nach einer Flasche Wein. »Ich habe keine Wahl, und wenn ich noch so hart arbeiten muss, um ihn zu behalten.« Dann drehte er sich zu ihr um. »Auch ein Glas Weißwein?«

»Ja, bitte.«

Während er sich am Korken zu schaffen machte und einschenkte, fuhr er fort: »Ich kann es mir nicht leisten, dass etwas schief geht, denn so ein Job an Land ist für einen Mann in meiner Lage der Hauptgewinn. Schon wegen Ben wäre es eine Katastrophe, wenn ich wieder zur See fahren müsste.« Damit reichte er ihr ein Glas und prostete ihr zu. »Möge dieser schreckliche Lebensabschnitt bald zu Ende sein.«

Ihre Augen trafen sich, und Jasmine lächelte. »Darauf trinke ich gern.« Die Gläser klangen dunkel, als sie leicht anstießen, und der kühle Wein trank sich an diesem warmen Abend überaus angenehm, sodass die erste Flasche schon leer war, ehe das Essen auf dem Tisch stand, und die zweite, ehe der Teller leer war. Und im Laufe der dritten schmolz die eisige Stimmung, die am Wochenende zwischen ihnen gestanden hatte.

Obwohl Hamnet mittlerweile allen Anlass zu guter Laune hatte, litt er während des ganzen Essens weiter unter Kopfschmerzen. Im Aufstehen griff er nach seiner Zeitung und fand einen doppelseitigen Bericht über den Angriff auf die *Collingson* und einen Kommentar des Chefredakteurs des *Singapore Telegraph:*

Für den Überfall scheinen eiskalte Profis verantwortlich zu sein, die eine neue, noch gefährlichere Ära der Piraterie in diesem Revier eingeläutet haben. Die Collingson *wurde auf offener See von einem Schiff angegriffen, das locker mehrere 40-Fuß-Container übernehmen konnte, und die Brücke wurde auf eine Weise attackiert, dass der wachhabende Offizier nichts von den fremden Männern an Bord mitbekam, ehe alle Besatzungsmitglieder auf der Brücke ausgeschaltet waren. Dann wurde die Crew unter Deck eingesperrt – bis zu ihrer Befreiung gestern Morgen durch die US Navy – und kann keinerlei Angaben über die Ereignisse an Bord machen. Erst eine Überprüfung der Ladungsliste ergab, dass Fracht im Wert von 3,5 Millionen US-Dollar gestohlen wurde. Die Behörden stehen nun vor der Frage, ob es sich um einen vereinzelten Angriff handelt oder ob dies nur der Anfang einer Reihe ähnlicher Vorfälle im Rahmen der organisierten Kriminalität auf Hightech-Niveau sein wird. Bis jetzt lief die Bedrohung für die Schifffahrt auf einem niedrigen Level, und die Untätigkeit der Behörden und Reedereien – obwohl sie rein menschlich unvertretbar war – machte kommerziell gesehen durchaus Sinn. Doch diese neue Entwicklung darf nicht ignoriert werden. Waren im Wert von mehreren Milliarden Dollar sind auf ungeschützten Frachtern rund um die Welt unterwegs, und unser Land ist absolut abhängig von einem erfolgreichen Seehandel und dem weiteren sicheren Warentransport. Dieser neuen Bedrohung muss unbedingt Einhalt geboten werden.*

»Aber nicht ehe ich meinen Sohn in den Armen halte«, dachte Hamnet, denn für ihn war alles einfach und sachlich gut kalkulierbar abgelaufen. Und bald würde er durch eine weitere Fracht im Wert von ein paar Millionen Dollar das zweite Viertel des Planes abhaken können, der das Leben seines Sohnes retten sollte.

Auch die nächste Woche verlief planmäßig. Bis zum Freitag. Wie immer war er bereits am frühen Morgen ins Büro gekommen, versuchte mittlerweile aber, das Büro abends mit den anderen zu verlassen. Kaum hatte er sich ins Internet eingeloggt, um seinen ersten Positionsbericht für Freitagabend zu erstellen, ging eine Nachricht für ihn ein. »Schlechtes Wetter. Brauchen ein anderes Ziel.« Der Schlag traf ihn unvorbereitet; außerdem hatte er damit eine ganze Woche verloren, und die Uhr lief – die Hurrikansaison würde ihm zuliebe nicht später beginnen. Und überdies konnte er frühestens in zwei Tagen wieder im Büro nach einem geeigneten Schiff Ausschau halten.

Doch Jasmine und Ben schafften es unbewusst, ihn während des Wochenendes abzulenken. Am Samstag fuhren sie zusammen nach Sentosa Island und gingen am Sonntag in den Zoo. Ben gluckste vor Wonne, und Hamnet lachte zum ersten Mal, seit er Anna in der Tageskajüte der *Shawould* zurückgelassen hatte. Dennoch war es nicht einfach für ihn, und wieder einmal war es Margaret, die Verständnis für ihn zeigte, als die drei am Sonntag zum Essen kamen. Sie und Hamnet wuschen ab, während Jasmine und Anthony die Tore fürs Krocket aufbauten.

»Sie wirken recht angespannt, Phillip«, sagte sie.

»Hmmm?«, Phil schaute auf, während er den Geschirrspüler einräumte, denn in seine Gedanken über Container und Zeitpläne, Risiken und Belohnung versunken, hatte er die Frage nicht verstanden.

»Sind Sie nervös, Phillip?«, hakte sie nach.

Er seufzte. »Ja. Mein neuer Job frisst mich auf, ich habe auch für Ben nur am frühen Morgen etwas Zeit, und nachts kann ich nicht richtig schlafen, seit ich hier ausgezogen bin.« Er stellte einen Teller in den Korb.

»Ich bin sicher, das wird sich geben, wenn Sie erst einmal länger dort sind«, versuchte Margaret ihn zu beruhigen.

»Das sage ich mir auch jeden Tag«, gab er zu und wusste, dass es nicht stimmte.

»Wie läuft's mit Jasmine?«

»Sie ist wunderbar, hält alles zusammen.«

»Übernimmt sie, wenn Ben nachts schreit?«

Hamnet füllte das Geschirrspülmittel ein. »Nein, es wäre nicht fair, ihr das auch noch aufzuladen. Schließlich ist es für sie nur ein Job.«

»Was ist nicht fair?«, fragte Jasmine, die in diesem Augenblick im Türrahmen aufgetaucht war.

Hamnet blickte sie an. »Dass Sie sich auch noch nachts um Ben kümmern. Das gehört nicht zu Ihren Aufgaben.«

»Das macht mir nichts aus. Ich kann doch tagsüber schlafen, während er Ruhe gibt. Kommen Sie beide jetzt, wir sind fertig.« Und schon war sie wieder verschwunden.

Hamnet schaute Margaret an.

»Also, was spricht dagegen?«

»Aber wann schläft er schon? Ich meine, sie kann kaum …« Er brach ab, als er Margarets Gesichtsausdruck sah.

»Phillip, das sollten Sie nicht sagen.«

»Ich möchte nicht, dass sich die Dinge komplizieren …«, begann er wieder, drehte sich noch und sah in den Garten hinaus, irgendwohin, ins Nichts.

Margaret trat zu ihm, legte ihre Hände auf seine Arme und schüttelte sie sanft. »Es wird immer schmerzen, Phillip, aber die Zeit heilt die Wunden. Viele Menschen werden ihr Scherflein dazu beitragen, dass sie klarkommen, alle auf ihre eigene Weise. Und glauben Sie nicht, dass sie sich alle irren.«

Hamnet schaute sie an, presste die Lippen zusammen und schluckte, immer noch nicht sicher, was sie gemeint hatte, ja nicht einmal, was sie gesagt hatte. Er wusste auch nicht, ob er das klären wollte, öffnete den Mund, um etwas zu sagen, blieb aber stumm. Und Margaret lächelte, ging in den Garten und ließ den verunsicherten Hamnet allein zurück.

23

Mit dem nächsten Schiff, der *Konsan Pinta*, die am nächsten Donnerstag durchs Südchinesische Meer laufen sollte, hatte Hamnet mehr Glück. Das ganze Wochenende über konnte er ihren Kurs verfolgen, und dennoch war er von einer Unruhe erfüllt, wenn auch nicht so quälend wie beim ersten Mal. Am Montagmorgen, als er ins Büro kam, hielt die *Pinta* auf den Pazifik zu, und bis zum Abend hatte sich nichts getan. Und da er sich mittlerweile gut eingearbeitet hatte, ging er zur gleichen Zeit wie die anderen nach Hause.

Stets kehrte er nun mit einer gewissen Ungeduld in sein Apartment zurück, das ihm wieder ein Heim und eine Familie bot, was einen ebenso großen Stellenwert in seinem Leben einnahm wie seine Arbeit. Dennoch gab es Momente, die ihn etwas verstörten – zum Beispiel wenn er im falschen Augenblick ins Badezimmer trat, das man nicht abschließen konnte –, aber meistens schien sein Leben, trotz all der Täuschung und des Betrugs, in die normalen Bahnen häuslicher Gemütlichkeit zu münden. Zweimal pro Woche ging er mit seiner kleinen Familie zum Essen aus und konnte so Jasmines ziemlich durchschnittlichen Kochkünsten entkommen. Allerdings geschah dies niemals montags, sodass ihm an diesem Abend erstmals auffiel, dass Jasmines mangelnder Bezug zu guter Küche Annas Gepflogenheiten durchaus ähnlich war. Lange nach dem Abendessen entschloss er sich zu einer zweiten Tasse Kaffee, um den Nachgeschmack der Erdnussbuttersauce loszuwerden.

»Jasmine«, begann er, als er ins Wohnzimmer zurückkehrte, »malen oder zeichnen Sie noch?«

Jasmine, die lang ausgestreckt auf dem Boden lag und ein Buch las, schaute ihn an. »Ich habe mein Skizzenbuch dabei, aber ich habe mich schon lange nicht mehr damit beschäftigt. Warum fragen Sie?«

»Vielleicht könnten Sie Ben zeichnen, selbstverständlich gegen Honorar?« Er stellte seine Tasse neben ihr ab und nahm auf dem Sofa Platz.

Abrupt rollte Jasmine herum und setzte sich auf. »Meine Zeichnung wäre nicht viel wert, ich bin völlig aus der Übung.«

Hamnet wollte gerade nach den Gründen fragen, als er sich unterbrach und lauschte. Ein leises Jammern klang durch den Korridor. »Ich hole ihn schon«, sagte er und wusste, dass ihm wieder eine lange Nacht bevorstand.

Das Telefon weckte Hamnet, und sein Puls begann zu jagen, während er irritiert und unwillig auf den Wecker starrte: vier Uhr morgens. Fast verlor er das Gleichgewicht, als er sich aus dem Bett quälte und sein Kreislauf in Schwung kam. Schwindlig stützte er sich am Schrank ab, während das Telefon weiterklingelte, taumelte in den Korridor und schlurfte zum Wohnzimmer. In der Küche brannte Licht, und im Vorbeigehen stieß er die Tür auf, um einen Blick hineinzuwerfen.

Jasmine saß auf einem Stuhl am Fenster, die nackten Beine überkreuzt, hatte nur ein Polohemd an und hielt Ben auf dem Schoß, dessen blaue Augen sich sofort seinem Vater zuwandten, während er zufrieden an seiner Flasche nuckelte und leise gluckste. Jasmine strich sich eine Strähne ihrer dunklen Haare aus dem Gesicht und lächelte Hamnet so munter an, als wäre es nicht mitten in der Nacht. »Er hat geschrien, und Sie schienen nichts zu hören, also …«

»Prima«, knurrte Hamnet und verschwand aus dem Türrahmen, da er plötzlich realisierte, dass er nichts als seine Boxershorts trug und auch sie nur dieses Polohemd anhatte. »Ich muss ans Telefon.« Damit drehte er sich um und lehnte sich mit geschlossenen Augen erst einmal gegen die Wand. Was hatte Margaret doch gleich wieder gesagt?

Das Telefon klingelte unerbittlich. Er stieß sich ab und eilte zum Wohnzimmer, nicht ohne sich beim Eintreten am Türrahmen zu stoßen. Er fluchte, bis er das Ding endlich im Mondlicht fand, während von der Balkonbrüstung reflektierende Lichtstrahlen ins Zimmer fielen.

»Ja?«, meldete er sich.

»Phillip, hier spricht Dubre.«

»Hey, verdammt nochmal, weißt du, wie spät es ist?«

»Oh, Entschuldigung, aber ich bin in Sydney, ich hab' nicht nachgedacht.«

»Okay«, brummte Hamnet, obwohl er kein Wort glaubte.

»Ich bin eben aufgestanden. Wie geht's dir, Kumpel?«

»Wie's mir geht? Es ist vier Uhr morgens, du hast meinen Sohn aufgeweckt, und der schreit jetzt. Ich habe wirklich keinen Nerv für dein Geplauder.«

»Um Ben soll sich dein Aupair kümmern; die ist ein Knaller, Phillip, die würde ich selbst gern aus dem Bett holen.«

Hamnet konnte fast hören, wie Dubre sich die Hände rieb, atmete tief durch und sagte kein Wort.

»Was ist eigentlich mit dem Geschwisterchen passiert, Phillip?«, brach Dubre in die Pause ein.

Diese Frage warf Hamnet um. »Was?«

»Anna war doch mit Zwillingen schwanger; das weiß ich von ihrem Arzt. Also, was ist mit Bens Bruder passiert?«

Hamnet zögerte. Dann atmete er tief durch, um sich wieder zu fangen. »Ja. Er starb bei der Geburt. Jedenfalls hat Janac das behauptet, und ich habe keinen Grund, das nicht zu glauben.«

»Hast du die Leiche gesehen?«

»Nein.« Hamnet zögerte – daran hatte er kaum einen Gedanken verschwendet. Also antwortete er ehrlich: »Das ging am Ende alles so schnell, dass ich daran gar nicht gedacht habe, bis es zu spät war. Außerdem war sie damals schon drei Tage tot, deshalb war es vielleicht auch besser so.«

»Sie?«

»Anna. Das Baby war vielleicht schon länger tot. Führ dich nicht auf wie ein verdammter Pedant!«

»Es wundert mich nur, dass du kein einziges Wort darüber verloren hast.«

»Anna – das ist schlimm genug. Ich versuche mir einzureden, dass Ben niemals einen Bruder hatte.« Er schwieg lange. »Dubre, es ist früh am Morgen, und ich muss in drei Stunden ins Büro. Lass uns ein anderes Mal weiterreden.«

»Natürlich. Aber noch eins: Es ist schon wieder ein Schiff von Konsan verschwunden.«

Die erste Frage war schon schwer zu verkraften gewesen, aber jetzt war Phil hellwach und sofort auf der Hut. »Scheiße. Was weißt du darüber?«

»Diesmal scheint es nicht so glimpflich abgelaufen zu sein.«

Während Hamnet der Schweiß ausbrach, lief es ihm kalt den Nacken hinunter. Er nahm das Zimmer nicht mehr wahr.

»Die Küstenwache von Australien hat vor drei Stunden ein Mayday aufgefangen. Ich habe das Wichtigste im Frühstücksfernsehen gehört und dich gleich angerufen. Offensichtlich lief auch diesmal alles wieder sehr professionell, und obwohl die Einzelheiten noch unklar sind, hat mit Sicherheit dein Freund Janac den Angriff geleitet. Seit der Geschichte mit der Yacht vor ein paar Jahren ist er hier kein Unbekannter, und einer aus der Crew hat ihn erkannt.«

Hamnet sagte nichts.

»Ist das ein Zufall, Phillip?«, fing Dubre wieder an.

»Was ist ein Zufall?«, reagierte Hamnet so naiv wie möglich, merkte aber sofort, dass er übertrieben hatte.

»Dass Janac sich zwei Schiffe von Konsan geschnappt hat – ausgerechnet der Reederei, für die du arbeitest.«

»Was zum Teufel soll das heißen, Dubre?«

»Phillip, ich weiß, dass ich dein Vertrauen missbraucht habe und dass du allen Grund hast, an mir zu zweifeln«, Hamnet hörte ihn deutlich Atem holen, »aber das trifft auch umgekehrt zu. Wenn du mir nicht mehr vertraust, hast du auch keinen Grund mehr, mir die Wahrheit zu sagen, und alles, was ich über die Vorgänge in Myanmar weiß, weiß ich schließlich nur von dir.«

»Darauf erübrigt sich jede Antwort, Dubre.«

»Glaub' ich nicht. Du musst vorsichtig sein, Phillip. Es läuft ein Gerücht um, dass Halbleiter im Wert von dreieinhalb Millionen Piepen von der *Collingson* verschwunden sind, und gewisse Quellen in Hongkong behaupten, dass dieses Schiff eine Menge Drogen an Bord hatte, die den Triaden gehören. Als die *Collingson* in Singapur ausgelaufen ist, war alles noch da, aber als sie in Osaka anlegte, war die Fracht weg. Und wenn ich daraus meine Schlüsse gezogen habe, dann tun es die anderen auch.

»Das ist absolut lächerlich.«

»Schau dich gut um, Alter.«

»Ich hab' genug mit mir selbst zu tun, muss meinen Sohn durchbringen, den neuen Job bewältigen und durch die Mühlen der Justiz laufen – da brauch' ich nicht noch deine wilden Verschwörungstheorien zu nachtschlafender Zeit. Ich geh' jetzt zurück in mein Bett.«

»Okay. Nur noch eins: Janac hat den Kapitän umgebracht; der war ein feiner Kerl – Johansen, du kennst ihn wahrscheinlich.«

Hamnet fühlte, wie der Boden unter ihm schwankte, und ließ sich auf den Stuhl fallen, der hinter ihm stand. Dann versuchte er, möglichst ruhig zu atmen, doch ein Schmerz durchzuckte seine Brust und nahm ihm die Luft.

»Es tut mir sehr Leid, du musst das an dein Büro melden«, redete Dubre weiter, ehe er nochmals bedeutungsschwer verstummte. »Und du hast mir wirklich nichts zu erzählen, Phillip?«

Hamnets Stimme klang heiser, als er mit ausgedörrter Kehle sagte: »Der Mann ist eine Bestie, und ich weiß, was ich sage. Mich überrascht gar nichts.« Damit knallte er den Hörer auf und schloss die Augen. Der Albtraum war Wirklichkeit geworden.

In einer Entfernung von fünf Kilometern lauschte Dubre noch einen Augenblick lang, ob die Verbindung wirklich unterbrochen war, legte dann sanft auf und stoppte das Tonbandgerät, wobei er nachdenklich eine Augenbraue hochzog.

»Sie kennen ihn besser als ich«, sagte der Mann, der auf Dubres Ledersofa lümmelte. »Was halten Sie davon?«

Dubre schaute seinen Besucher an, der ihm nicht nur die Neuigkeiten mitgebracht hatte, sondern auch der Initiator für dieses Telefongespräch war. »Per Saldo glaube ich, dass er irgendwas damit zu tun hat. Jedenfalls wissen wir jetzt definitiv, dass es ein zweites Kind gegeben hat, und ich bin sicher, dass er es mir gegenüber erwähnt hätte, wenn es zusammen mit Anna gestorben wäre. Falls es noch am Leben ist, kann Janac ihn damit erpressen. Hamnet ist unser Hauptverdächtiger, aber wir können ihm auf der Basis dieses Telefongesprächs nichts nachweisen.«

»Es reicht, um eine Überwachung rund um die Uhr anzuleiern.«

»Natürlich«, Dubre zögerte. »Obwohl er jetzt auf der Hut sein wird.«

Der andere zupfte sich einen Fussel von seinem schwarzgrauen Anzug. »Zugegeben«, sagte er mit einem schleppenden Akzent, »aber er ist schließlich kein Profi, und Amateure reagieren leicht über. Wahrscheinlich macht er bald einen Fehler, nachdem wir jetzt an seinem Käfig gerüttelt haben.«

»Das ist Ihre Sache – ich bin froh, dass ich damit nichts zu tun habe. Aber niemand – und ganz besonders nicht bei Konsan – sollte ein Sterbenswort davon erfahren.«

Der Mann auf dem Sofa nickte. »Ich werde dichthalten – ich setze nur meine eigenen Leute ein. Bei der Polizei gibt es kein Leck. Ich habe total freie Hand, und unsere oberen Etagen haben ganz klar gemacht, dass wir es uns nicht leisten können, die Angelegenheit aus der Hand zu lassen. Wenn sich erst die Medien um die verschwundenen Schiffe kümmern, könnte es zu einer Panik kommen: wegen der Sicherheit des Welthandels und ähnlichem Mist, der die Kurse an der Börse nach oben jagt. Die Verluste haben sich bereits auf die Computerbranche ausgewirkt, was man normalerweise in den Griff bekommt – aber nicht im Augenblick, weil die Börse auch ohne solche Ereignisse äußerst sensibel reagiert.« Er dachte einen Moment lang nach.

»Die Geschichte mit den Drogen und den Triaden – ist da was dran?«

Dubre nickte und fröstelte, denn die Klimaanlage lief auf vollen Touren, und er war nur leicht bekleidet. »So hab' ich's gehört.«

Bedauernd wiegte der Mann den Kopf. »Das wäre die Ironie des Tages, was? Vor ein paar Wochen habe ich einen der Reeder auf einer Party getroffen, und er hat vermutet, dass Drogen jetzt die drittwichtigste Fracht auf dem Meer sind. Natürlich weiß niemand etwas Genaues, aber die Statistiken deuten in diese Richtung. Also können sich die Triaden solche Attacken noch weniger leisten als Sony oder Daihatsu, und wahrscheinlich finden zurzeit dort im Verborgenen die gleichen Gespräche statt wie bei uns.«

Dubre nippte bedächtig an seinem Kaffee. »Dann wollen wir für Hamnet hoffen, dass er uns in die Hände arbeitet und nicht der Gegenseite, falls er in die Sache verwickelt ist.«

24

Janac grunzte zufrieden. Das untertourige Dröhnen des Generators und das gelegentliche Klicken der Maus von Jordis Computer unterschieden sich als die einzigen von Menschen erzeugten Töne von der Geräuschkulisse des Urwalds. Er lehnte auf der schmutzigen, früher einmal weiß gestrichenen Fensterbank und starrte von der Veranda aus in seine Unterkunft. Das kleine Haus stammte aus der Zeit des spanischen Kolonialismus und stand oben auf einer Klippe am Ende einer engen, fjordähnlichen Bucht, die von der alles beherrschenden Vegetation eingerahmt wurde.

Nachdem man die hereinwuchernden Pflanzen und alle möglichen Trümmer entfernt hatte, konnte Janac aus einem der drei Zimmer über einen freien, kleinen, steinigen Platz auf den Strom hinausschauen, wo sich in weniger als fünfzig Meter Entfernung der dunkle Schiffsrumpf eines alten Massengutfrachters abzeichnete. Hamnet hätte ihn sofort als das Schiff identifizieren können, das vor Manila verschwunden war, und auf der schwarzen, rostigen Schiffswand spiegelte sich das spärliche Sonnenlicht wider, das durch das schützende Blätterdach drang. Das Ladegeschirr ragte zwischen den Bäumen auf, war aber nicht so hoch, dass man es aus der Luft entdecken konnte, sondern war eigentlich nur zu sehen, wenn jemand ganz dicht übers Wasser flog und sich sehr genau umschaute. Janac musste zugeben, dass Tosh perfekte Arbeit geleistet hatte.

Nachdem er lange die Karten studiert und mit dem aufblasbaren Schlauchboot die Gegend erkundet hatte, hatte Tosh diesen perfekten Wasserlauf gefunden, der gerade noch tief genug für den Frachter war. Schließlich waren sie hier unter umfangreichen Vorsichtsmaßnahmen und bei leicht bewegter

See eingelaufen, und der einzige Nachteil bestand darin, dass sie beim Ein- und Auslaufen vom Wetter abhängig waren, während das Haus ein zusätzlicher, unerwarteter Glücksfall war. Von hier aus konnte man Schiffe auf allen Routen in den Philippinen jagen, und mitten zwischen Diapitan und den Palanan Bays in Isabela Province auf der philippinischen Insel Luzon lag das Haus vollkommen isoliert. Im Westen erstreckten sich die Berge der Sierra Madre mit ihrem unpassierbaren Dschungel davor, und im Osten lag der Pazifik. Nur per Boot konnte man die Hand voll Dörfer erreichen, die sich am Ufer angesiedelt hatten, und dieser Ort war sogar noch sicherer als das Lager in Ko Samui, das von dem trügerischen Schutz der Eingeborenen abhängig gewesen war. Diese Bucht konnte von ein paar guten Männern gegen ein ganzes Bataillon von Angreifern verteidigt werden, und Janac war sich dessen bewusst.

Die größte Gefahr waren die Chinesen. Sie hatten Janac und seine Männer schließlich schon in Australien aus dem Geschäft gedrängt, und die Dinge standen jetzt so schlecht, dass er das gesamte Heroin, das er auf der *Collingson* erbeutet hatte, zu einem Bruchteil des Wertes, den er im Straßenhandel hätte erzielen können, an die Amerikaner verkaufen musste. Aber selbst wenn er gezwungen gewesen wäre, die gesamte Ladung in den Ozean zu kippen, wäre es ihm das wert gewesen, nur damit es die Triaden nicht bekamen. Allerdings waren sie immer auf Rache aus, und Janac unterschätzte ihre Möglichkeiten nicht. Sein Team musste mit den Händlern im ganzen Rest der Welt Kontakt aufnehmen, um die Beute und die neue Lieferung zu verkaufen.

Das größte Risiko bestand darin, dass die Triaden herausbekamen, wo er sich versteckt hielt, und dann der kommunistischen Guerillaarmee *New People's Army* Geld boten, um ihn auszuheben. Außerdem konnte ihm die NPA auch von sich aus große Schwierigkeiten bereiten, aber Janac bezweifelte, dass sie daran interessiert waren. Kommunistische Guerillas – eine Gruppierung, die an Bedeutung verlor, mit der er aber vertraut war. Janac war sich sicher, dass sie ihn in Ruhe ließen, solange er ihnen nicht in die Quere kam. Ihre Aktivitäten zielten mehr auf die Organe von Recht und Gesetz, die auf der anderen Seite der Berge aktiv waren.

Auf jeden Fall brauchten aber auch die Triaden eine gewisse Zeit, um ihn aufzustöbern, und bis dahin konnte er das Lager zur unbezwingbaren Burg gegen ihre Angriffsmethoden ausbauen, indem er seine Piratenbeute versilberte und sich im Gegenzug mit allem Notwendigen versorgte. Die sollten nur kommen, er vertraute auf seinen Heimvorteil – hier herrschte das Gesetz des Dschungels, nicht das der Straße. Außerdem verfügte er über die Mittel, sich erst mal hier einzurichten und irgendwann später als angesehener Geschäftsmann in Manila wieder aufzutauchen.

»Meine Fresse!«, sagte Tosh überrascht. Janac richtete sich auf, drehte sich vom Fenster weg und sah wie Tosh über Jordis Schulter hinweg auf den Monitor starrte, dann laut schniefte und die Nase am Ärmel der Uniformjacke abwischte. »Ich hätte nicht gedacht, dass der noch mitmischt, nachdem du dem alten Furzer beim letzten Mal derartig eins aufgebrannt hast.« Er zog einen schäbigen Tabakbeutel aus Leder aus einer der unzähligen Taschen in seiner Hose und begann, sich eine Zigarette zu drehen.

Janac lehnte sich gegen die Fensterbank und verschränkte die Arme vor der Brust. »Noch ein Toter, und trotzdem ist Hamnet offensichtlich bereit weiterzumachen.«

»Wahrscheinlich hält er es für einen Unfall, er könnte die Geschichte von dem anderen Idioten gehört haben. Ich meine, der Alte hat sich verdammt blöd aufgeführt. Wenn er sich an unsere Befehle gehalten hätte, wäre er auch noch am Leben.«

»Sogar wenn ich ihn mit Absicht gekillt hätte – was soll Hamnet schon machen? Johansen hatte im Höchstfall noch zehn oder zwanzig Jahre zu leben, aber bei seinem Sohn geht es um siebzig Jahre oder mehr. Vielleicht denkt Hamnet, dass er immer noch als Sieger aus dem Geschäft geht, wenn er drei weitere Johansens für sein Kind opfert? Oder fühlt er sich so verantwortlich für den Kleinen, dass er alles tun wird, egal was es kostet?« Wieder zog er Luft zwischen den Zähnen durch. »Und was wird passieren, wenn wir das nächste Mal zwei mehr draufgehen lassen – besonders wenn wir es ganz gefühllos angehen?« Wie immer beantwortete Janac seine Fragen selbst. »Ich bin überzeugt, dass er weitermacht. Es ist das klassische Dilemma. Um zu bekommen, was er haben will, muss er weitermachen, und es ist sein Risiko, dass er sich nicht darauf verlassen kann. Ich bin sicher, dass wir ihn am Haken haben, aber wäre es nicht spannend, beim nächsten Mal ein Paar zu töten, um endgültig zu wissen, woran wir sind?« Janac sah den Ausdruck auf Toshs Gesicht. »Was ist los? Hast du keinen Spaß mehr an Experimenten?«

Tosh lag eine Antwort auf der Zunge, doch dann klappte er den Mund wieder zu und suchte in seinen Taschen nach einem Feuerzeug. Er war kein kriecherischer Untertan wie Bureya, aber trotzdem stand es ihm nicht zu, den Boss in Frage zu stellen.

In diesem Moment lenkte Jordi die Aufmerksamkeit der beiden wieder auf den Monitor. »Unser Junge ist irgendwie beunruhigt, er hat seine E-Mail-Adresse geändert und die Kreditkartennummer von jemand anderem benutzt. Er scheint auch eine kleine Recherche im Netz betrieben zu haben.« Jordi drehte sich zu Janac um und grinste, doch als er dessen Gesichtsausdruck sah, riss er sich sofort wieder am Riemen.

»Check das mit Kloc. Schau nach, von wo Hamnet die E-Mail abgeschickt hat und ob er immer noch in das Café geht und in der Öffentlichkeit mailt. Vielleicht hat er gemerkt, dass wir ihn überwachen.«

»Er kann nicht rauskriegen, wer es war«, antwortete Tosh, während er sich mit dem Feuerzeug abmühte, in dem sich kaum noch genug Benzin befand, um eine Selbstgedrehte in Brand zu setzen.

»Genau. Das Letzte, was wir jetzt brauchen können, ist, dass unser eigener Mann Geister sieht. Kloc soll für ein paar Tage verschwinden und die Leine locker lassen.«

»Und wenn ihn jemand anderer in Unruhe versetzt hat?«, fragte Tosh zurück.

»Dann gibt es zwei Möglichkeiten: die Triaden oder die Schweine. Aber falls ihn einer von beiden wegfischt, kommen wir dann auch ohne Hamnet klar?«

Janac hatte die Frage direkt an Jordi gerichtet, der sofort antwortete: »Ohne jemand in der Firma können wir nicht weitermachen. Alle Frachtinformationen, die wir brauchen, laufen über WAN, das Wide Area Network.«

»Erspar mir diesen Computermist«, fuhr Janac ihn an.

»In dieses System kommt man nicht von draußen als Hacker, wir brauchen einen Insider, und falls Hamnet ausfällt, müssen wir ihn eben ersetzen.« Jordi begann, auf einem Fingernagel herumzukauen.

»Das ganze Unternehmen ist zu Ende, sobald wir das vierte Schiff haben?«, fragte jetzt Tosh und schaute Janac an, wobei er versuchte, die Ungläubigkeit in seiner Stimme nicht so deutlich werden zu lassen.

»Tosh«, antwortete Janac mit übertrieben geduldiger Stimme, »ich habe eine Abmachung mit ihm, und du weißt doch, wie ich über diesen Mist denke. Außerdem ändert sich das Wetter gegen Ende Juni, und in ein paar Wochen toben hier die Hurrikane. Dann müssen wir sowieso sechs Monate aussetzen und haben jede Menge Zeit, einen Ersatz für Hamnet zu finden.«

Tosh schniefte wieder, dachte nach und versuchte, das Feuerzeug mit dem Daumen zum Funktionieren zu bringen. Schließlich schaffte er es, gönnte sich einen ersten, tiefen Lungenzug und sagte: »Aye, aber wir brauchen vier Schiffe, um uns gut zu verschanzen und genügend Männer sechs Monate lang auszurüsten.«

Mit verschränkten Armen wandte sich Janac wieder dem Fenster zu, seine Absätze knirschten auf dem gekachelten Boden. Er musste noch eine andere Möglichkeit in Betracht ziehen: Vielleicht hatte Hamnet mittlerweile genug von dem Deal. Dann konnte er sich nicht nur an die Polizei wenden, sondern kochte vielleicht sein eigenes Süppchen. Janac redete aus dem offenen Fenster: »Wir werden diesmal unsere Methode ändern und nahe an der Küste angreifen, sodass wir mit dem Schlauchboot fliehen können – im Fall der Fälle.«

Aus dem Dschungel stieg ein Schrei auf, und dann hörte man hektisches Flügelschlagen.

»Was soll das heißen?«, fragte Tosh.

»Druck mir mal die Informationen aus, Jordi.« Es klickte ein paarmal, und dann begann der Laserdrucker zu arbeiten, bis sich Janac ungeduldig die Seiten schnappte und vor die Karten trat, die ausgebreitet auf dem Tisch lagen. »Dann wollen wir mal schauen. Die *Kyushu Sunk*, ein mittelgroßes Containerschiff, läuft morgen Abend von Hongkong nach Panama. Wir schnappen es hier, im Balintang Channel, in der Nacht vom Freitag zum Samstag.« Er tippte auf die Karte. »Wir nehmen uns das Schiff von Steuerbordbug her vor, kommen von Süden und entern ein paar Seemeilen hinter dieser Insel.« Janac sah sich die Karte genauer an. »Balintang Island. Da können wir auch unser Schlauchboot verstecken. Wenn die bis kurz vor der Insel noch nichts gemerkt haben, dann wirst du sie aufwecken, Jordi, und uns in die Arme treiben. Erschreck sie zu Tode – und das Letzte, woran sie denken, ist eine Deckswache.« Er überlegte einen Moment. »Und das alles spielt sich in Reichweite des Schlauchbootes ab. Das heißt, wenn irgendwas schief geht, sind wir schnell am Strand und verschwinden in der Pampa auf der Ostseite von Cape Engano. Du bist verantwortlich, dass jeder im Schlauchboot sein Überlebensdschungelpäckchen und seine Waffen dabeihat. Vor dort aus ist es ein langer Weg zur Autostraße, aber wir haben gute Chancen, auch wenn wir an Bord erwartet werden sollten. Tosh, hast du alles verstanden?«

Tosh, der neben ihm stand, nickte. »Aye, aye.«

Janac ging vom Kartentisch zu einem der mächtigen Sofas mitten im Zimmer und setzte sich. »Okay, Männer, dann zum Zeitplan. Besorgt den Wetterbericht und los geht's.«

»Diese Nacht ist perfekt«, bemerkte Tosh, der mit geschwärztem Gesicht und einer Skimaske, die nur Mund und Augen freiließ, dasaß und ins Wasser spuckte.

Neben ihm saßen fünf Männer, die ähnlich aussahen wie er, darunter Edi und Soey. Je drei hockten auf jeder Seite des Schlauchboots, einer hielt eine Heckler & Koch MP5 Maschinenpistole, ein anderer eine schwere H & K 53 und ein dritter ein Schrotgewehr. Ein weiterer Mann stand im Bug mit einer MP5 im Arm, und Janac – neben ihm der Ersatzsteuermann – hielt das Boot neben einer Felsnase südöstlich von Balintang Island. Die beiden Außenborder gurgelten und blubberten ruhig unter ihren geräuschisolierenden Abdeckungen, das Wasser war spiegelglatt, wenn man von der sanften Dünung absah, die ein Sturm weit draußen im Pazifik verursachte. Eine Wolkenschicht verhinderte, dass sich die Sterne in der tiefschwarzen Oberfläche in dieser mondlosen Nacht spiegelten.

Janac zog sein codiertes UKW-Gerät vom Gürtel. »Was ist los, Jordi?«

Ein leises Knistern ertönte. »Sie sind zehn Seemeilen vor uns, Geschwindigkeit zehn Knoten, Rendezvous in zwanzig Minuten, vermutlich eine Meile südlich und zwei Meilen östlich von deiner aktuellen Position, wenn sie den Kurs nicht mehr ändern.«

»Haben sie irgendetwas von sich gegeben?«

»Nein, vermutlich schlafen sie.«

»Okay.« Janac befestigte das Gerät wieder am Gürtel und legte den Gang ein, woraufhin das Schlauchboot langsam an der Rückseite der Insel entlangtuckerte, bis sich der Bug um das kleine Kap schob und die Männer ihr Ziel zum ersten Mal sahen – ein rotes Positionslicht leuchtete durch die Nacht. Während das Licht immer deutlicher wurde, vergingen die Minuten, und man hörte nichts als die Brandung, die auf der anderen Seite der Insel gegen die Felsen schlug.

Wieder knisterte es in Janacs Funkgerät. »Immer noch alles ruhig, der Bastard schläft fest.«

»Okay, dann weck ihn auf!«, befahl Janac.

An Bord seines erbeuteten, alten Frachters schnappte sich Jordi das Mikrofon des UKW-Geräts und machte sich auf Kanal 16 bemerkbar: »Schiff mit Kurs Ost im Balintang Channel, hören Sie mich?« Er wartete fünfzehn Sekunden und setzte dann seinen Spruch ein weiteres Mal ab.

Diesmal kam eine Antwort: »Hier spricht die *Kyushu Sun*. Bitte wiederholen Sie.«

»*Kyushu Sun*, drehen Sie sofort nach Nord ab, wir laufen auf Kollisionskurs. Over.«

Es war lange still, ehe eine angespannte Stimme sagte: »Gedulden Sie sich einen Augenblick.«

Jordi registrierte deutlich die Unsicherheit des Mannes. Wenn ihm bis jetzt noch nicht klar war, dass das Fahrwasser im Norden von Balintang Island begrenzt wurde, dann würde er es bald erfahren. Auf diesen Moment lauerte Janac. Jordi griff sich das zweite Funkgerät: »Er gehört dir.«

In dem Schlauchboot liefen die Außenborder im Leerlauf, während die neun Männer auf das rote Licht starrten, das immer näher kam. Bald passierte das Schiff in weniger als einer Viertelmeile Entfernung die Insel, und das war erheblich dichter unter Land, als der Kapitän beabsichtigt hatte, denn die Karten zeigten den Vermerk »Nicht vollständig vermessen«. Aber Jordi ließ ihm keine andere Wahl, und nach ein paar Sekunden gab Janac Gas. Das Boot stieg leicht, als die Propeller ins Wasser bissen, und begann, zu taumeln und zu schwanken, während es über seine Bugwelle wegschoss. Unter diesen Umständen kamen sie auf erfreuliche fünfundvierzig Knoten, würden aber kaum die Hälfte davon nutzen müssen, um auf dem Radarschirm unsichtbar zu bleiben, während sie aus der Landabdeckung direkt in den toten Winkel hinter dem Heck eintauchten.

Janac nahm Gas weg und ließ sich unter dem hoch über ihnen aufragenden Heck treiben. Oben spannten sich bereits zwei Leinen von Dragankern an der Reling. Kaum hatten sie festgemacht, befestigten zwei der Männer ihre Leitern an einer Talje und kämpften sich nach oben – in drei Zweiergruppen, Tosh vorneweg. Als alle sechs unterwegs waren, übergab Janac seinem Ersatzmann das Ruder und folgte zusammen mit dem Mann im Bug den anderen nach oben. Das Schlauchboot zog sich unter den überhängenden Teil des Hecks zurück, sodass man es weder sehen noch hören konnte, und in etwas weniger als einer Minute schwang sich oben der erste Mann über die Reling, ohne dass er auf Widerstand traf, und alle acht nachfolgenden Angreifer standen innerhalb von zwei Minuten auf dem Deck. Keiner sagte ein Wort, jeder wusste genau, was er zu tun hatte, denn Janac hatte sie nach dem Fiasko, das Bureya das Leben gekostet hatte, hart trainiert.

Der Bugmann blieb an den Leitern zurück, Janac folgte Toshs Team nach Steuerbord, während Edi mit seinen Männern nach Backbord verschwand. Lautlos nahmen sie in ihren geschmeidigen Turnschuhen jeweils zwei Stufen der Niedergangtreppe, und vor dem Block mit den Unterkünften bezog ein Mann am Eingang Posten. Die Brückenschotts oben standen weit offen, und der rote Schimmer der Nachtbeleuchtung zeigte ihnen den Weg. Janac führte, und Tosh folgte ihm.

Auf der Brücke stand Dunvan Fairbrother, der Kapitän der *Kyushu Sun*, in seinem hellblauen Nachtgewand, beugte sich über das Funkgerät und brüllte ins Mikrofon, während sein Bart so aussah, als hätte er in dem roten Licht Feuer gefangen. Einer seiner Offiziere klebte am Radarschirm, die beiden anderen versuchten, etwas durch ihre Ferngläser zu erkennen. Keiner bemerkte, dass sie unerwünschte Gesellschaft bekommen hatten, bis Janac mit der Waffe in der Hand vor ihnen stand. Fairbrother hatte im letzten Moment etwas wahrgenommen – einen Luftzug, einen Schatten – und sich noch umgedreht, aber es war zu spät für eine Reaktion.

Der schwere Revolverschaft krachte ins Funkgerät, und Janac hielt ihm die Waffe vor die Nase, noch ehe Fairbrother begriffen hatte, was hier los war, und das Mikrofon fallen ließ. Seine Offiziere erstarrten vor Schreck mit offenem Mund. Sie hatten von solchen Geschichten gehört.

»Vermutlich brauchen Sie das nicht mehr?« Janac grinste schmierig mit seinem geschwärzten Gesicht. »Gibt es an Bord noch andere Kommunikationsanlagen außer denen auf der Brücke?«

Fairbrother blieb wie angewurzelt stehen – zu überrascht, zu geschockt, um zu antworten, woraufhin Janac mit der linken Hand ausholte und ihm voll ins Gesicht schlug. Der Schmerz und die Erkenntnis, dass der Angreifer aus Fleisch und Blut war, brachten den Kapitän wieder zu sich, und er versuchte, etwas zu sagen.

»Ein Funkgerät? Inmarsat?«, hakte Janac nach.

»Hier. Nur hier.«

»Und auf den Boden, auf den Bauch, alle!« Janac trat einen Schritt zurück.

Tosh stieß die beiden Offiziere neben ihren Kapitän, während ihm Janac Deckung gab. Er riss ein paar Kabelbinder von seinem Gürtel und fesselte die Handgelenke, während die Opfer keinerlei Widerstand leisteten, holte dann eine Rolle mit Klebeband aus seiner Tasche und verklebte den Männern den Mund.

»Gut, ich habe die drei erledigt«, schnarrte Janac. »Kümmert euch um den Rest.«

Tosh winkte zwei seiner Männer von der Brückennock herein und schob sich dann leise mit erhobener Waffe durch das hintere Schott.

Janac fummelte an dem Funkgerät an seinem Gürtel herum, ohne die Gefangenen aus den Augen zu lassen. »Jordi?«

»Ja, Boss?« Die Antwort kam sofort.

»Wir haben die Brücke, die Jungs hier bohnern das Deck. So weit alles in Ordnung. Ihr könnt jetzt längsseits gehen, aber ich will kein Licht sehen, ehe ich aufblende.«

»Verstanden.«

Janac ging wieder zur Mitte der Brücke zurück, ließ die drei nicht aus den Augen und nahm Kurs und Geschwindigkeit auf, wie er es in seiner Planung errechnet hatte. Dann starrte er aus dem Fenster an Steuerbord, bis das grüne Positionslicht seines Leichters hundert Meter vor ihnen vorbeilief, und fingerte in seiner Uniformjacke nach seinen Lucky Strikes. Bis jetzt war alles glatt gelaufen – eine saubere Übernahme. Mit einer Hand zündete er die Zigarette an und blies einen Kringel aus Rauch vor sich hin. »So«, sagte er dann zu dem gefesselten und geknebelten Kapitän. »Entweder sind Sie ein ausgezeichneter Schauspieler, mein Freund, oder es gibt tatsächlich keine hässlichen Überraschungen unter Deck. Hoffen wir Letzteres. Oder Sie werden dafür bezahlen.«

25

Tosh kam auf die Brücke, die Maschinenpistole hatte er sich vor die Brust geschnallt, und einen Schritt hinter ihm tauchte Edi auf.

»Wir haben die Unterkünfte durchsucht und die ganze Crew mit fünfzehn Mann unter Bewachung in der Messe zusammengetrieben«, berichtete Tosh und machte sofort wieder kehrt. »Die ist gleich unten am Niedergang und hat keine Fenster.«

Janac lehnte am Ruder, ließ einen Moment lang den Blick von seinen Gefangenen zu Tosh abschweifen und nickte. »Keinerlei Widerstand?«

»Nein.«

Ganz in Gedanken trat Janac seine zweite Zigarette aus und befahl dann: »Edi, bring die drei auch nach unten zu den anderen. Und nimm ihnen dann die Fesseln ab.« Mit einer Handbewegung zeigte er auf die drei Offiziere, die bewegungslos und still auf dem Boden lagen.

Ehe er sie einen nach dem anderen auf die Füße beförderte und sie von der Brücke schleppte, um sie zum Rest der Crew zu treiben, nickte der stämmige Indonesier. Janac schaute zu und lauschte dann den vom Niedergang her verhallenden Schritten.

»Alles fertig, Boss?«, fragte Tosh.

»Sobald sie in der Messe verschwunden sind«, kam Janacs Antwort.

Tosh beugte sich vor und schrie durch den Niedergang: »Okay?«

Janac hörte die Bestätigung ebenso deutlich wie Tosh, ging die drei Schritte zur Schalttafel hinüber und tauchte das Ladedeck in gleißendes Licht. An Steuerbord ging das Licht auf dem Frachter nach ein paar Sekunden ebenfalls an.

»Los geht's«, schrie Janac, und Tosh verschwand wortlos durch das Schott auf das Steuerbordseitendeck.

Nach zwei Stunden war alles erledigt. Die erbeuteten Container waren im Laderaum des Frachters verschwunden, alles war reibungslos und nach Plan abgelaufen. Wegen der hohen Dünung hatten die Schiffe ziemlich gerollt, was etwas Zeit kostete, aber es war zu keinerlei Pannen gekommen. Nun war die Arbeit erledigt, und die Lukendeckel waren wieder geschlossen. Das Schiff der Piraten unterschied sich in nichts von einem ganz normalen Frachter, der auf die Küste zuhielt, und Janac bellte seine Befehle und beobachtete dann aufmerksam, wie sich die beiden Schiffe trennten und Jordi mit Kurs Süd ihrem geheimen Stützpunkt zustrebte.

Die Kimm am Horizont leuchtete orangefarben auf, Janac änderte den Kurs nach Nord und stampfte durch die Dünung dem Sonnenuntergang entgegen. Dann verließ er die Brücke und eilte in die Messe, wo sich die Crew vor den Gewehren zweier seiner Männer eng zusammendrängte.

»Schick den Haufen raus, Edi«, befahl er und schnappte sich eine Kompottschüssel und eine Hand voll Servietten, drehte sich auf dem Absatz um und ging zwei Decks nach unten voraus auf das Bootsdeck an Backbord. Von hier aus war von dem Frachter nichts zu sehen, und Janac trat an die Seereling und schaute nach unten in das bei circa zehn Knoten schäumende und perlende Wasser. Dann betrachtete er prüfend die Seereling, entdeckte die Pforte, die man immer dann benutzt, wenn das Schiff im Hafen liegt, beorderte die Gruppe zu der einfach mit Ketten an der Schiffswand aufgehängten, ausfahrbaren Gangway und winkte zwei der Gefangenen heran, die ihn aus nächster Nähe anstarrten. »Mach das Ding los und schieb es durch die Pforte raus!«

Die beiden Männer schauten sich verschreckt an und verstanden kein Wort.

»Wird's bald!«, bellte Janac und zog seinen Revolver aus dem abgetragenen Holster.

Deng, der kleine Chinese mit dem kurzen, tiefschwarzen

Haar, der direkt neben ihm stand, wischte sich nervös mit der Hand über den Mund und drehte sich zu seinem Kumpel, der voller Angst hinter ihm stand. Dann begann eine Stimme, leise den Befehl ins Kantonesische zu übersetzen, und Janacs Gesichtsausdruck wurde zunehmend brutaler.

Fünf Minuten später hatten die beiden Männer die stählerne, einen Meter breite Gangway, die einen Handlauf an jeder Seite hatte, ausgefahren. Jetzt ragte sie mit ihren in einem Abstand von jeweils einem Meter angeschweißten Stützen etwa fünf Meter aufs Wasser hinaus. Oben auf jeder Stütze befand sich ein Ring, durch den normalerweise die Kettenreling lief, die aber jetzt entfernt worden war.

Janac inspizierte alles und demonstrierte einsilbig seine Zufriedenheit, und die beiden Seeleute versuchten, wieder in der Gruppe unterzutauchen.

»Vermutlich habt ihr begriffen, dass wir dem Piratengeschäft wieder die Bedeutung zukommen lassen wollen, die ihm zusteht«, spottete Janac und starrte die Männer mit seinen grauen Augen eindringlich an. »Ihr habt leider das Pech, dass ich beschlossen habe, bei dieser Gelegenheit noch eine andere Tradition wieder aufleben zu lassen. Deshalb werden zwei von euch über die Planke gehen.«

Erschrecktes Stöhnen ertönte, das sich nach der kurzen Übersetzung wie ein tödlicher Virus ausbreitete.

»Offiziere, Männer, gibt es Freiwillige?«

Die Gruppe verstummte, während jeder zwischen den anderen zu verschwinden versuchte, doch Janacs Blicke funkelten wie Spots die drei Männer an, die man von der Brücke heruntergetrieben hatte. Die drei starrten auf ihre Füße und schienen irgendwie zu schrumpfen, während es sie heiß und kalt überlief. Niemand bewegte sich.

»Was für eine Überraschung! Keine Freiwilligen! Tatsächlich gibt es heutzutage keine Ritterlichkeit mehr, aber glücklicherweise habe ich einen Ersatzplan«, verhöhnte sie Janac.

»Boss?«

Als sich Janac umdrehte, sah er seinen Ersten mit den übrigen Männern kommen, die nach dem Verladen der Container die Unterkünfte nach Wertgegenständen durchsucht hatten.

Als sie das Schiff übers Heck verlassen wollten, dort aber keinen ihrer Kumpel vorgefunden hatten, ließen sie ihre Beute liegen und kamen nach vorn, um nachzuschauen, was los war.

»Ah, Tosh, ihr kommt gerade richtig, um an unserem Spielchen teilzunehmen.«

»Was ist passiert, Boss?« Tosh starrte auf die Gangway.

»Diese Gentlemen sind gerade dabei zu knobeln, wer über die Planke gehen darf.« Es war totenstill – weder die Gefangenen noch die Piraten sprachen ein einziges Wort, und Tosh versuchte, Janacs Blick auf sich zu lenken, starrte wieder auf die Mannschaft und fragte mit deutlichem Unterton: »Kann ich kurz mit dir sprechen?«

»Worüber?«

Der graue Pferdeschwanz des Schotten wippte leicht, als er, jetzt leicht verängstigt, erneut Janacs Blick suchte und zögerte. Niemals zuvor hatte er Janac irgendwie in Frage gestellt, all seine Spiele, die Morde und körperlichen Angriffe über sich ergehen lassen, stoisch den Job erledigt und sich sonst um nichts gekümmert. Aber dieses Mal war es anders. Sie brauchten nur noch ein weiteres Schiff und konnten dann auf Hamnets Informationen verzichten! Er hatte etwas zu sagen. Er trat näher. Und Janacs Hand spannte sich unmerklich fester um den Revolver in seiner Hand.

»Warum?«, flüsterte Tosh Janac ins Ohr.

»Weil ich ausprobieren möchte, ob Hamnet immer noch mitmacht, wenn zwei weitere Männer sterben.«

Tosh starrte auf das Deck und fühlte einen lange unterdrückten Ärger in sich aufsteigen. Genau diese Emotionalität hatte ihm die unehrenhafte Entlassung aus dem Special Boat Service, der Eliteeinheit in der Royal Navy von Großbritannien, eingebracht. Erst während der brutalen Ausbildung in Janacs Bande hatte er sich zu disziplinieren gelernt, und zwar auf die ganz harte Tour, weshalb er auch jetzt einen Schritt zurückwich. Die Wut loderte hell in ihm, aber sein Verstand hielt sie unter Kontrolle.

Als Janac sah, wie Tosh klein beigab, kniete er sich nieder, stellte die Kompottschüssel, die er aus der Messe mitgebracht hatte, aufs Deck, spuckte auf einen seiner Finger und befeuchtete sie am Rand. Dann breitete er die Serviette über die Schüssel und drückte sie fest, öffnete die Trommel des großen Revolvers, pulte eine Patrone heraus und legte sie genau in die Mitte der Serviette, stand wieder auf, trat einen Schritt zurück und steckte die Smith & Wesson zurück ins Holster. Dann befahl er mit herrischer Geste seinen Gefangenen, rund um die Schüssel Aufstellung zu nehmen.

»Hinsetzen!«, schrie er sie an. »Das Spiel geht so.« Er nestelte wieder eine Packung Lucky Strike aus seiner Uniformjacke, zog zwei Zigaretten heraus und zündete sie an, zog tief an beiden, ließ eine im Mundwinkel hängen und lehnte sich dann vor, um mit der zweiten ein Loch in die Serviette zu brennen. Dann gab er den Glimmstängel an den Mann zu seiner Linken weiter, der mit zitternder Hand danach griff. »Einer nach dem anderen brennt jetzt ein Loch ins Papier, bis die Patrone in die Schüssel fällt. Wer das letzte Loch hat, geht über die Gangway.« Er zeigte mit der Hand darauf und schaute dann jeden im Kreis an. »Ich schlage vor, dass die von euch, die es verstanden haben, den anderen jetzt alles übersetzen.«

Diesmal fielen die Erklärungen deutlich wortreicher aus, und ängstliche Blicke streiften die Schüssel, die Gangway und Janac, und ein Schauder lief durch die Gruppe, während sich Janacs Männer neugierig so aufstellten, dass sie besser sehen konnten.

Dann bedeutete Janac dem völlig verängstigten Mann, mit der Zigarette anzufangen. »Das Spiel beginnt«, befahl er, trat zurück und lehnte sich neben Tosh gegen die Reling, zog tief an seiner Zigarette und sah zu, wie die zitternde Hand weit entfernt von der Patrone ein zweites Loch in die Serviette brannte. »Es dauert seine Zeit, bis das Spiel interessant wird«, bemerkte er zu Tosh und beobachtete mit finsterer Miene dessen Reaktion. Der grunzte nichts sagend und hielt den Kopf gesenkt, woraufhin Janac abschätzend ergänzte: »Wenn ich es nicht besser wüsste, könnte ich das für einen Mangel an Begeisterung an meinem Führungsstil für unsere fröhliche, kleine Truppe halten.«

Tosh verstand sofort, schaute ihn an und zwang sich zu einem Grinsen. »Nein, niemals.«

»Dann ist ja alles bestens.«

Die Zigarette hatte sechzig Prozent des Papiers mit Löchern verziert, ehe sie erlosch und Janac eine weitere anzündete, damit das Spiel weiterlaufen konnte. Und nach dem relativ ruhigen Anfang verfiel die Mannschaft nun immer deutlicher dem Wahnsinn aus Hoffnung und Panik, ähnlich der Menge in einem Fußballstadion, die mit erhobenen Armen die Welle immer rundherum laufen lässt. Jeder Spieler atmete spürbar auf, nachdem er noch einmal davongekommen war, und graue Gesichter, verstohlenes Händeschütteln, verzweifelte Augen und trotz der kühlen Luft schweißüberströmte Stirnen zeugten von der Verzweiflung der Männer. Immer mehr Papier verglomm zu Asche, und die Serviette wurde filigraner und filigraner. Je weniger sichere Zonen es noch gab, umso dichter rückten Janacs Gangster um die Mannschaft, und ihre brutalen, sadistischen Mienen leuchteten vor Spannung, während sie sich den Horror, der ihnen hier geboten wurde, wie eine Droge reinzogen. Noch lag die Patrone auf der spinnwebartigen, angekokelten Serviette, aber so, wie beim Roulette die Kugel zu rollen begonnen hat und dann langsamer wird, wurden die Chancen immer geringer für den, der gerade an der Reihe war.

Dann sah es so aus, als müsste es Deng treffen, der selbst geholfen hatte, die Gangway auszurennen. Es gab kaum noch Platz, um die Glut ohne böse Konsequenzen in einem der drei Segmente zu platzieren, die die Patrone noch hielten, doch als er die Zigarette übernahm, tat er kaltblütig erst einen tiefen Zug, inhalierte langsam und versuchte, sich zu erinnern, was ihm sein Vater vor vielen Jahren über die Kampfsportarten beigebracht hatte. Er schloss die Augen, straffte den Rücken und stellte sich die durchlöcherte Serviette im Geiste vor, und als er die Augen wieder öffnete, sah er die Lösung. Auf der Unterseite eines der Segmente, direkt neben der Patrone, sodass er das

Feuer fast neben der Hülse ansetzen musste, war noch ein Papierrest über, der groß genug war, ein weiteres Loch hineinzubrennen. Noch einmal sog er an der Zigarette, bis die Glut hell aufleuchtete, rollte sie dann auf dem Deck ab, um vorne eine scharfkantige Spitze zu bekommen, und stieß dann mit steifem Arm zu. Ganz kurz stieß das Feuer an die Serviette, ein kleines Loch wurde sichtbar, das Papier hielt!

Nach seiner unerwarteten Begnadigung atmete Deng erst einmal tief durch, und die Nerven der anderen waren zum Zerreißen gespannt, als er mit gesenktem Kopf die Zigarette an seinen Nebenmann zur Linken weiterreichte. Als Jose Mendez, der junge, mexikanische Koch auf seiner ersten Reise, sie nahm, war er aschfahl. Sein Mund füllte sich mit Erbrochenem, weil er sich vor Angst übergeben musste, als die Patrone nicht in die Schüssel gefallen war. Er konnte es kaum glauben, dass die Zigarette die ganze Runde gemacht hatte und nun zu ihm zurückkehrte. Natürlich versuchte auch er, erst einmal sich zu beruhigen. Also setzte er sich aufs Deck und holte immer wieder mit geschlossenen Augen Luft. Aber seine Hände hörten nicht auf zu zittern, während er auf die Serviette starrte. Tatsächlich gab es immer noch eine winzige Stelle, die zur Hoffnung berechtigte, aber um sie zu treffen, war äußerste Präzision notwendig, und Jose hatte immer noch keine ruhige Hand, als er sich mit der glühenden Spitze dem Papier näherte. Von den Männern war kein Laut zu hören. Derjenige, der als Nächster dran sein würde, bekreuzigte sich und begann, lautlos zu beten. Mendez' Hand zitterte immer noch, er hielt die brennende Spitze an die Serviette – den Bruchteil einer Sekunde zu lang. Das Papier glühte auf, eine Flamme züngelte hoch, und die Hülse landete laut klappernd in der Schüssel. Jose brach förmlich zusammen, er hatte nicht mehr die Kraft, die Zigarette zu halten, und sie fiel ebenfalls in die Schüssel. Dort brannte sie weiter, und ein kleiner Rauchring wie von einem Miniaturbegräbnis stieg aus der Mitte der grimmig schweigenden Männer auf.

Janac schnitt eine Grimasse in Richtung Edi, denn ihm wäre der Chinese als Opfer lieber gewesen, aber ein Spiel war ein

Spiel, und Regeln waren Regeln. »Nun wissen wir, wer als Erster über die Planke geht. Fessle ihm die Hände und verbinde seine Augen.«

Edi trat einen Schritt vor, riss Mendez auf die Füße, fesselte seine Handgelenke mit den Kabelbindern und verband ihm mit seinem eigenen Halstuch die Augen, wobei der Mann sich vor Angst nicht mal mehr auf den Beinen halten, geschweige denn sprechen konnte. Edi und Soey mussten den schmächtigen Körper bis zur Reling zerren, und erst als er die frische Brise spürte und unten das Wasser rauschen hörte, kam wieder etwas Leben in ihn zurück, und er begann, um sich zu treten und zu schreien. Aber blind und gefesselt, konnte Soey ihn ohne weitere Schwierigkeiten die paar Meter über die Gangway schleifen, während Mendez taumelte und torkelte und das Brett unter seinem Gewicht leicht zu schaukeln begann. Am Ende blieb er wie angewurzelt stehen, und da er immer noch seine Kochschürze trug, schlug der Wind sie ihm um die Knie. Unter ihm gähnte das Meer wie ein offener Höllenschlund.

»Los jetzt!«, befahl Janac.

Mendez stand stocksteif da, fand aber seine Sprache wieder. »Bitte! Hab Frau und Kind. Bitte!«

»Verdammt, spring endlich!«, bellte Janac los.

Unsicher fiel der Mexikaner auf die Knie, hob die Hände und betete, während die Gangway zu wippen begann, als sich das Schiff wegen einer größeren Welle hob, und er schwankte noch mehr.

Grinsend drehte sich Janac zu seinen Männern um. »Jetzt verstehe ich, warum die alten Seebären immer Entermesser dabei hatten. Damit konnten sie so einen Bastard fliegen lassen.« Er schaute wieder Mendez an und hob seinen Revolver. Die Kugel schlug ein paar Zentimeter neben dem linken Knie seines Opfers in die Stahlwand ein, und Splitter und Funken flogen herum. Mendez warf sich zur Seite, rutschte auf die Knie, verlor im nächsten Moment das Gleichgewicht, und ein leiser Schreckensschrei ertönte, als er mit der Schulter voraus ins Leere stürzte und, begleitet von einem kaum wahrnehmbaren

Klatschen, vor dem Bug verschwand. Sein Leben war zu Ende, und das Schiff fuhr weiter, als wäre nichts geschehen. Ein Seemann mehr war im Meer verschwunden.

Sofort quakte es im Funkgerät. »Schlauchboot hier. Was zum Teufel war das? Sollen wir es auffischen?«

Janac fummelte das Funkgerät von seinem Gürtel. »Hätte ich es über Bord befördert, wenn ich es noch brauche?«, schnappte er. »Wenn ihr etwas auffischen sollt, bekommt ihr vorher einen Befehl von mir.« Er befestigte es wieder an der Taille. »Und nun wollen wir in die zweite Runde gehen.«

»Nein!«

Janac schaute in die Richtung, aus der die Stimme gekommen war. »Was?«

»Ich habe nein gesagt. Wenn schon jemand sterben muss, dann werde ich das sein.« Die Stimme klang resigniert und zitterte etwas.

Als Janac den Kapitän erkannt hatte, nickte er und war offensichtlich außerordentlich zufrieden. »Es gibt eben doch noch Ritterlichkeit. Ein tapferer Mann!« Seine Stimme klang jetzt nicht mehr ganz so höhnisch, und niemand widersprach.

Fairbrother hielt Edi die Hände hin, ließ sich mit den Kabelbindern fesseln, verweigerte aber die Augenbinde. Sein roter Bart, der an manchen Stellen bereits ergraute, zitterte, als sich Janac mit einem Nicken einverstanden zeigte. Dann trat er aus dem Schatten der Aufbauten, fühlte den warmen Sonnenschein auf seinem Gesicht, blieb einen Moment lang stehen und lauschte. Die Stille, die aus dem schrecklichen Vorgefühl der Männer, die sich jetzt in Sicherheit wähnten, erwachsen war, brüllte in seinen Ohren. Aber auch das aufgewühlte Wasser und das Dröhnen der Motoren, die er über viele tausende von Seemeilen beherrscht hatte. Ein ganzes Leben lang hatte er sein Geld auf dem Ozean verdient, und nun war es vorbei – sieben Monate ehe er in Rente ging. Und obwohl er sich immer der Risiken bewusst gewesen war, hatte er dieses Ende nicht erwartet.

»Bringen wir es hinter uns«, befahl Janac.

Fairbrother drehte sich um und sah seinem Peiniger voll ins

Gesicht. »Was wollen Sie denn machen?«, fragte er ihn. »Los, komm her, komm hier raus und gib mir selbst den Stoß. Meine Hände sind gefesselt, es kann also so schwierig nicht werden.«

»Mein Gott, ein Held«, knurrte Janac. »Jesus, deine Zeit ist abgelaufen.« In einer einzigen Bewegung zog er den großen Revolver und schoss, und die Kugel traf Fairbrother bei der kurzen Distanz voll ins linke Knie, sodass er gleichzeitig herumwirbelte und stürzte – fast wie in Zeitlupe, und ohne zu schreien. Kein einziger Ton entrang sich ihm. Man hörte nur das Flattern des Nachthemds, als er in die Tiefe stürzte, und nach einem hohen Aufspritzen des Wassers war er verschwunden. Neugierig lehnten sich Janacs Männer über die Reling, aber Fairbrother tauchte nicht mehr auf, und das Spritzwasser vermischte sich mit der Kielwelle des Schiffs.

Janac hängte sich den Gurt seiner Waffe über die Schulter und brummte: »Das nächste Mal nehme ich ein Entermesser.«

26

Fürsorglich wickelte Jasmine Ben etwas fester in das leichte Leintuch und schaute dann vom Buggy auf, in dem er selig schlief. Am Horizont blieb das Einkaufsviertel im Hafen von Singapur zurück, während sie und Hamnet auf der Fähre nach Hause fuhren. Immer wieder strahlte sie ihn mit ihren blauen Augen an und betrachtete seinen äußerst düsteren Gesichtsausdruck, den er schon im Containerterminal von Tanjong Pagar aufgesetzt hatte.

»Wenn er doch nur ein einziges Mal lächeln würde«, dachte sie, »er kann doch so wunderbar lächeln.«

Die vergangenen Tage waren die bisher schlimmsten gewesen, denn kaum hatte er für kurze Zeit seine gute Laune wiedergefunden, war er erneut hoffnungslos ins Grübeln verfallen, und so hatte sie einen Ausflug nach Kusu Island vorgeschlagen, um ihn in bessere Stimmung zu versetzen. Aber auch das wurde ein Fehlschlag – und nicht nur wegen des trüben kühlen Wetters. Er hatte immer nur stocksteif dagesessen und missmutig die paar Familien angestarrt, die dort ihr Essen selbst zubereiteten. Dazu hatte er ununterbrochen über Kopfhörer Radio gehört und Ben ganz allein ihr überlassen, sodass sie schließlich darüber nachdachte, ob es nicht besser wäre, endlich abzureisen und diesen schwierigen, komplizierten Mann dazu zu zwingen, sich selbst um seinen Sohn zu kümmern. Aber schon im nächsten Moment wusste sie, dass sie das nicht fertig brachte. Als Hamnet ihren Blick spürte, drehte er sich zu ihr um.

»Es ist schön hier draußen, oder?«, fragte sie und lächelte ihn an.

Er versuchte, eine möglichst enthusiastische Antwort zustande zu bringen, schaute dann aber auf seine Uhr und suchte in dem kleinen Rucksack zu seinen Füßen schon wieder nach dem Radio, worüber sich Jasmine so ärgerte, dass sie eine ungehaltene Bemerkung auf der Zunge hatte, dann aber den Mund wieder zuklappte. Worum ging es nur? Sie war sicher, dass alles irgendwie mit dem nächtlichen Anruf zusammenhing und vermutete auch, dass seine düstere Stimmung nicht nur auf Annas Tod zurückzuführen war. Da gab es bestimmt noch ein anderes Problem. Mehrmals hatte sie versucht, der Sache auf den Grund zu gehen, war aber an seinem erbitterten Schweigen gescheitert und hatte dann schnell das Gespräch in andere Bahnen gelenkt. Sie schloss die Augen, lehnte sich auf der harten Holzbank zurück und versuchte, eine so bequeme Sitzposition wie möglich zu finden. Vielleicht würde er ihr eines Tages mehr vertrauen.

Hamnet hatte wieder die Kopfhörer aufgesetzt und genau in dem Moment das Radio eingeschaltet, als die Musik von der ernsten Stimme des Nachrichtensprechers unterbrochen wurde. Bedrückt hörte er den nicht gerade rosigen Wirtschaftsprognosen zu, schloss die Augen, schluckte mehrmals trocken und konzentrierte sich darauf, einen möglichst neutralen Gesichtsausdruck zu zeigen. Er versuchte, sich auf das Kommende vorzubereiten, und lauschte dann den wenigen Details: Wieder war im Norden der Philippinen ein Frachter angegriffen worden, diesmal gab es zwei Tote. Die Piratenattacke war am Morgen rein zufällig entdeckt worden; als das unbemannte Schiff fast einen Öltanker gerammt hätte. Hamnet war mit der Position der *Kyushu Sun* während der vergangenen Nacht vertraut und brauchte gar nicht erst den Namen des Schiffes zu hören. Er hatte einen Fehler gemacht. Einen grausamen, wahrscheinlich tödlichen, mörderischen Fehler. Er versuchte, seine Gedanken in den Griff zu bekommen, denn er wusste genau, was er jetzt zu tun hatte. Er hatte sich auf diesen Fall vorbereitet, war ein kalkuliertes Risiko eingegangen. Und er war auf Jasmines Hilfe angewiesen.

Er nahm die Kopfhörer ab und ließ sie in dem kleinen Rucksack verschwinden. Dann schaute er die junge Frau an – sie sah so heiter aus, so schön. Mit der Rechten rieb er sich langsam am Kinn, denn was er ihr zu sagen hatte, würde ihre heile Welt erschüttern. Das hatte sie als Lohn für ihre Güte und Liebenswürdigkeit nicht verdient, und vielleicht würde sie sich sogar weigern. Dann müsste er sich an die Bullens wenden, obwohl sie für so eine Reise eigentlich zu alt waren. Jasmine war einfach perfekt für den Job.

Als die Fähre Marina Park passierte, starrte er wieder aufs Wasser hinaus – die nächste Anlegestelle lag hinter der Landspitze in der Bucht und hieß Clifford Quay, das hieß, er musste sich beeilen. Obwohl er auf alles vorbereitet gewesen war, war es ein Glücksfall, dass er die Nachrichten gerade jetzt abgehört hatte. Er wusste, dass er beschattet wurde, und ging nach den Verdächtigungen am Telefon davon aus, dass Dubre dahinter steckte. Aber auf der Fähre befanden sich nicht mehr als zehn Passagiere, was an einem Tag mit so schlechtem Wetter auch nicht weiter verwunderlich war, und es handelte sich offensichtlich um lauter Familien, sodass Hamnet sicher war, dass sich der Schnüffler, aus Angst entdeckt zu werden, zurückgezogen hatte. Aber natürlich würde die Polizei schon warten, um ihn festzunehmen, und wenn nicht in Clifford Quay dann eben zu Hause. Im besten Fall war es Zeitverschwendung, im schlimmsten Fall war sein Plan zum Scheitern verurteilt, noch ehe er mit der praktischen Umsetzung begonnen hatte, und deshalb musste er ungesehen von der Fähre verschwinden, bevor sie anlegte. Er griff nach dem Rucksack, der alles enthielt, was er brauchte, und hoffentlich ein Bad im Wasser gut überstehen würde. Dann strich er sanft über Jasmines Arm.

Sie öffnete die Augen, schaute ihm voll ins Gesicht und verstand sofort. »Was ist passiert?«, fragte sie.

Wie zufällig sah sich Hamnet auf dem Deck um, aber ihre Mitreisenden fotografierten vom Bug aus die Stadt. So griff er mit einer Hand nach Bens Buggy, lud sich den Rucksack auf und sagte: »Kommen Sie mit.« Er schob Ben vor sich her bis zu den Toiletten im Heck auf der Steuerbordseite – die Seite, die dem Land abgewandt war –, setzte sich und bedeutete ihr, dasselbe zu tun, während niemand an Bord Notiz von ihnen nahm. »Wir haben nicht viel Zeit«, begann er, »aber ich brauche unbedingt Ihre Hilfe.«

Sie schien fast erleichtert. »Hat es etwas mit den Nachrichten im Radio zu tun?«, fragte sie und schaute auf den Rucksack. »Worum geht es?«

Noch zögerte Hamnet. »Ich kann Ihnen nicht alles sagen, es ist besser, Sie wissen keine Einzelheiten und auch nicht, wo ich mich aufhalte. Werden Sie mir helfen? Werden Sie Ben helfen?«

»Was soll ich tun?«

»Bringen Sie Ben nach England, bringen Sie ihn nach Hause. Zu meiner Mutter.«

Mit weit aufgerissenen Augen starrte sie ihn an und kaute auf ihrer Unterlippe. »Nach England?«

Hamnet beugte sich ganz dicht zu ihr. »Jasmine, es tut mir Leid, aber wir haben wirklich keine Zeit, um Fragen zu beantworten, nicht einmal zum Nachdenken. Werden Sie mir helfen? Bitte?«

Ohne zu zögern, nickte sie entschlossen, und eine Strähne ihres dunklen Haares fiel ihr vors Gesicht. »Ja, natürlich.«

»Haben Sie Ihren Pass dabei? Ich habe alles andere mit, was Sie brauchen werden.«

»Seit Sie mir gesagt haben, dass ich ihn immer einstecken soll, trage ich ihn bei mir.«

»Sehr gut. Ich will aber keinesfalls, dass Sie von hier zum Flughafen fahren und auf die nächste Maschine warten. Nehmen Sie sich lieber im nächsten Hafen ein Taxi, kehren Sie aber nicht erst nach Hause zurück, sondern fahren Sie direkt nach Malaysia. Vielleicht versucht die Polizei, Sie aufzuhalten, aber auch wenn Ihnen jemand folgt, werden Sie schon über die Grenze entkommen sein, ehe er zuschlagen kann. Vermutlich wird man sich aber in erster Linie um mich kümmern, und sobald Sie in Johor Bahru angekommen sind, steigen Sie in einen Bus oder Zug oder ein anderes Taxi um – was eben am schnellsten geht –, fahren nach Kuala Lumpur weiter und nehmen das erste Flugzeug nach Großbritannien. Hier sind Bens

Pass und genug Bargeld für die Tickets«, er zog diskret einen braunen Umschlag aus dem Rucksack, »und sobald Sie beide sicher angekommen sind, schicken Sie mir eine E-Mail. Vergessen Sie aber bitte nicht, mir eine Adresse anzugeben, damit auch ich Sie anmailen kann, und dann können Sie auch die Bullens informieren und ihnen mitteilen, wo Sie sind, damit sie sich keine Sorgen machen.« Er reichte ihr den Umschlag. »Alles, was Sie brauchen, finden Sie da drin – auch alle Adressen und genug Geld.«

Jasmine griff nach dem Umschlag. »Und Sie wollen mir nicht sagen, worum es geht?«

»Es ist besser so, bis Sie in England in Sicherheit sind. Die Erklärungen schicke ich dann an die Adresse meiner Mutter, sodass Sie dort alles erfahren, was auch ich weiß. Und bis dahin werden hoffentlich alle Probleme ausgestanden sein.« Wieder zögerte er und schaute auf den Umschlag in ihren Händen. »Außerdem finden Sie auch genug Geld darin, dass Sie von England aus in die Staaten zurückfliegen können.«

Mit gesenktem Blick antwortete sie: »Wer hat gesagt, dass ich nach Hause will?« Hamnet zog die Augenbrauen hoch. »Sie waren auf dem Weg nach Australien, oder? Wenn Sie lieber dorthin wollen, finden Sie bestimmt einen Billigflug, und falls nicht, wenden Sie sich einfach an meine Mutter. Ich werde sie informieren.«

»Und Sie kommen auch nach England? Sobald alles vorbei ist?« Sie schaute ihn an.

»So schnell ich kann, hier hält mich nichts mehr. Es gibt nur noch dieses eine Problem zu erledigen.«

Mit schief gelegtem Kopf suchte sie seinen Blick. »Gut, ich werde in England warten. Ich werde auf Sie warten und Ihre Mutter bei Ben unterstützen. Außerdem braucht er eine vertraute Person um sich.«

Hamnet schaute sie an, konnte aber ihrem Blick nicht standhalten und blickte zur Küste hinüber. Die Fähre näherte sich jetzt schnell der Landzunge von Marina Bay. »Haben Sie noch die Plastiktüte, in die wir unser Essen eingewickelt hatten?«

Einen Augenblick lang schien Jasmine verwirrt, dann griff sie in den Beutel vorne am Buggy, zog ein halbes Baguette heraus und reichte ihm die leere Tüte. Er wickelte den kleinen Rucksack darin ein, verknotete sie oben, griff nach dem Rettungsring, der neben ihm an der Reling hing, und befestigte das Bündel, so gut es ging. Auch wenn es nicht ganz wasserdicht geschlossen war, musste das genügen.

»Ich werde jetzt verschwinden, weil ich davon ausgehe, dass mich die Polizei an der Pier erwartet. Sollte irgendjemand Sie aufhalten und Ihnen Fragen stellen, sagen Sie einfach, dass ich mit ein paar Freunden auf der Insel verabredet bin, dass ich deshalb auf das letzte Boot warte und dass Sie Ben nach Hause und ins Bett bringen sollen. Und dann steigen Sie ins Taxi und drehen sich nicht mehr um, bis Sie in England gelandet sind.«

Er schaute nach vorne, wo die Toiletten waren, aber sowohl die Passagiere als auch die Crew interessierten sich ausschließlich für das Einlaufen der Fähre in die Bucht. Niemand schaute in Richtung des Hecks, und auch die Küste von Marina Bay war menschenleer. Also nutzte er die Gelegenheit, drehte sich mit dem Rettungsring unterm Arm der Reling zu, und Jasmine verstand schlagartig, was er vorhatte. Im nächsten Augenblick würde sie mit Ben auf sich allein gestellt sein.

»Nein!«

»Pscht!« Hamnet legte den Finger an die Lippen, und sie sahen sich tief in die Augen. Dann küsste er sie, und ihre Lippen fühlten sich weich und warm an.

»Werde ich dich wiedersehen?«, fragte sie.

»Natürlich. Bis dahin muss aber die Zeichnung von Ben fertig sein«, es lag ein Krächzen in seiner Stimme.

»Versprochen? Wir brauchen dich.« Sie drehte sich um und nahm Ben aus dem Buggy.

»Versprochen.« Hamnet wurden die Knie weich, und er brachte kein weiteres Wort heraus, während er Ben sanft über die Stirn strich und sich diese Berührung und Jasmines Gesichtsausdruck tief in sein Gedächtnis einbrannten. Er wusste, dass er dieses Gesicht und diesen Blick niemals vergessen würde. Doch ehe er an die Zukunft denken konnte, musste er die Vergangenheit bewältigen. Also zwängte er sich durch die Reling, und seine Füße baumelten einen Augenblick lang über dem Wasser, bis er sich fallen ließ.

Als er unten aufschlug, verlor er kurz den Rettungsring, bekam ihn jedoch an der Wasseroberfläche wieder zu fassen. Die Fähre bog bereits um die Landzunge, er duckte sich hinter den Ring und begann, mit ruhigen Zügen aufs Ufer zuzuschwimmen. Kein Mensch tauchte zwischen den Bäumen auf, ehe er sich an den Felsbrocken hochzog und dann auf die Deckung zulief, um zwischen den Büschen im Park zu verschwinden. Dort blieb er stehen, lauschte und hörte nichts als das entfernte Brummen des Verkehrs und das Donnergrollen des heraufziehenden Gewitters. Kniend versuchte er, die Plastiktüte aufzureißen. Der Rucksack war zwar oben etwas feucht geworden, aber das war auch schon alles. Der Rest war trocken geblieben.

Hamnet zog seine Boxershorts aus und hängte seine Klamotten an die Äste. Der mit Blitz und Donner, aber ohne Wind wütende Wolkenbruch weichte alles ein und wusch das Salz heraus. Und als sich der Himmel wieder aufklarte, hatte die Sonne noch ein paar Stunden Zeit, die Sachen wieder zu trocknen.

Als Nächstes musste Hamnet ein Schiff auftreiben, das denselben Kurs nahm wie die *Kyushu Sun*, wobei die Art der Ladung diesmal keine Rolle spielte – wichtig war nur, dass das Ziel im Norden der Philippinen lag. Als Fachmann konnte er alle notwendigen Informationen problemlos den öffentlich über Internet zugänglichen Fahrplänen der Schifffahrtslinien entnehmen, und nachdem er sich über Handy mit seinem Laptop ins Netz eingeloggt hatte, schlug er schnell mithilfe der Suchmaschinen alle Seiten der Schifffahrtsbüros auf, die von Singapur aus arbeiteten. Nach weiteren zehn Minuten hatte er gefunden, was er gesucht hatte: Ein Schiff der Reederei Hanking lief am Montagmorgen nach Osaka aus. Also schickte er Janac auf dem üblichen Weg die Information und ergänzte sie mit Einzelheiten über die Ladung. Natürlich musste das Wetter während der nächsten Tage in der Südchinesischen See freundlich bleiben – und mit dieser Sorge lag er die ganze Nacht lang schlaflos in der Kuhle, die er sich im Gestrüpp gebaut hatte.

Beim ersten Morgenlicht schlüpfte er dann in seine noch etwas feuchten Kleider und machte sich auf den Weg zur U-Bahn-Station Marina Bay, fuhr eine Haltestelle weit bis Raffles Place und ging von dort aus zu Fuß in Richtung Süden zum Telok-Ayer-Lebensmittelmarkt, wo schimmernde Wolkenkratzer hoch über dem Platz mit den schmuddeligen Verkaufsständen aufragten. Er verkroch sich unter dem roten Ziegeldach eines Restaurants, um sich ein Frühstück mit starkem Kaffee einzuverleiben, während die Ventilatoren die Minuten ebenso wegzublasen schienen wie die gelegentlich von der Gosse aufsteigenden, fauligen Gerüche. Dann nahmen die Hitze und die hohe Luftfeuchtigkeit ebenso wie die Menschenmengen die Stadt wieder in Besitz, und gegen elf Uhr vormittags konnte er sich gefahrlos in das Getümmel mischen. Glücklicherweise war Singapur die Stadt des nie endenden Shoppings, und so ließ er sich durch die dampfenden Straßen treiben, nachdem er einen Brief an seine Mutter in den nächsten Briefkasten gesteckt hatte, und kaufte sich als Erstes eine robuste Reisetasche. Bei einem Herrenausstatter erwarb er einen dunklen Anzug, ein weißes Hemd und einen steifen Kragen. Der nächste Schritt war schon schwieriger, denn es kostete ihn mehrere Stunden, im Elektronik-Einkaufszentrum Funan IT Mall das geeignete Telefon zu finden, dessen Service auf Satelliten mit niedriger Umlaufbahn basierte, erst einmal ein terrestrisches Mobilfunknetz benutzte und dann mit dem Satelliten operierte, falls es keine Verbindung bekam. Er kaufte auch das notwenige Zubehör und eine Telefonkarte mit einer Kapazität von mehreren hundert Dollar. Der Verkäufer half ihm noch ins System und checkte den Internetanschluss, sodass Hamnet den Laden erst am Nachmittag wieder verließ. Dann kümmerte er sich, was einfacher und billiger zu erwerben war, um ein tragbares GPS-Gerät. Er fand es im vierten Laden nach nur zehn Minuten und zahlte dafür etwas weniger als zweihundert Dollar, wonach allerdings der Kredit, den er für Annas Lebensversicherung aufgenommen hatte, nahezu erschöpft war. Doch blieb noch genügend übrig, um sich mit Lebensmitteln einzudecken. Also verließ er das klimatisierte Einkaufszentrum und suchte in den heißen Straßen nach einem Supermarkt, wo er trockene Kekse, Obstkonserven, Müsliriegel und Wasser kaufte. Obwohl das Gepäck eine Belastung war, was er aber nun einmal nicht ändern konnte, nahm er die U-Bahn bis Tanjong Pagar, ging dann durch die Maxwell Road zum Shenton Way und von dort aus nach Südwesten. Seine Stiefel drückten, und die Füße begannen zu schmerzen, während sich Schweiß und Staub auf ihn legten und seine Nase und die Lunge unter den Abgasen litten. So näherte er sich seinem Ziel: dem oberen Abschnitt der Schnellstraße, die den Shenton Way kreuzte. Dann wandte er sich nach links, ging parallel zu der oberen Straße weiter und verschwand nach einem schnellen Blick im Schatten der Büsche, die neben dem Bürgersteig wuchsen, und kämpfte sich weiter unter der Schnellstraße entlang, indem er jeden Busch als Deckung nutzte, der in dieser giftigen Umwelt überlebt hatte.

Er wusste, dass sich neben dem nördlichsten Abschnitt der Straße am Containerhafen, zwischen Finger Pier und Tajong Pagar, ein Maschendrahtzaun entlangzog. Auf der anderen Seite des Zaunes begann das Ödland; trotzdem war er zuversichtlich, dass er von dort aus ungesehen aufs Gelände kommen konnte, und er schaffte es auch, denn nachdem er den Schutz der Schnellstraße verlassen musste, schützte ihn ein Dickicht aus Büschen und Bäumen, das neben dem Zaun wucherte. Schließlich fand er eine sichere Ecke, setzte sich auf die Erde und wartete.

Seine Vorbereitungen waren bis auf zwei Dinge abgeschlossen. Also verband er den Laptop mit dem Satellitentelefon und loggte sich ins Internet ein, um seine E-Mails zu lesen. Er fand keine Nachricht von Jasmine, was er aber auch nicht erwartet hatte, denn seit ihrem Abschied war erst ein Tag vergangen, und erst wenn sie sich am nächsten Morgen nicht melden würde, wäre dies ein Anlass zur Sorge. Janac dagegen hatte die Mail bestätigt, der Wetterbericht war offensichtlich gut – ein Hochdruckgebiet lag über den nördlichen Philippinen –, und so verließ Hamnet das Netz wieder, klappte den Laptop zu und packte ihn weg, nachdem er das schwere, in Leinen gewickelte Bündel herausgenommen hatte, das seit Dubres nächtlichem Anruf stets ganz unten im Rucksack lag. Er hatte keinen Blick mehr darauf geworfen, seit es ihm Moh, Naisboroughs Mann, im Dschungel von Myranmar überreichte, und dankte in Gedanken den Männern von General Lee dafür, dass sie das Ding nicht bei ihm gefunden hatten. Unentdeckt hatte sie ihn auf dem ganzen Weg nach Singapur begleitet, was allerdings mehr auf sein Glück als auf Raffinesse zurückzuführen war. Er selbst hatte sie komplett vergessen, bis er nach der Ankunft bei den Bullens seinen Rucksack ausgepackt hatte.

Nun wickelte er sie zum zweiten Mal aus, um sie gründlich zu inspizieren – eine 9-mm halbautomatische SIG Sauer Pistole. Er entdeckte das Magazin zwischen dem Abzugbügel und der Griffschale; es ließ sich einfach herausklappen, und er sah, dass die Waffe geladen war. Daraufhin wickelte er sie wieder ein und verstaute sie ebenso wie den Computer und das Telefon im Rucksack. Nun war er bereit …

27

Gegen Mitternacht holte Hamnet seinen Anzug aus der Reisetasche und zog sich um. Den steifen, weißen Kragen drehte er nach vorne, aber da er keinen Spiegel hatte, um den korrekten Sitz zu überprüfen, konnte er nur hoffen, dass das Ding überzeugend saß. Nach ein paar Versuchen schaffte er es, die Inhalte aus den Plastiktüten in der Reisetasche zu verstauen, versteckte die abgelegten Kleidungsstücke und den leeren Rucksack unter einem Busch und dachte kurz darüber nach, dass Umweltverschmutzung wahrscheinlich das schlimmste Gesetz war, gegen das er in Singapur verstoßen hatte – bis jetzt.

Er bewegte sich vorsichtig auf den Maschendrahtzaun zu und ging dann an ihm entlang. Auf der anderen Seite strahlte das Flutlicht von hohen Masten, und auch der Lichtschein von den Kränen fiel hell leuchtend mal hier mal dort auf den Platz. Hamnet brauchte nicht lange, um eine geeignete Stelle zu finden, denn am Ende des Lichtfelds wucherte dichtes Gestrüpp am Zaun entlang. Zwei Reihen Stacheldraht in V-Form waren jetzt die einzige Hürde, aber sobald er sie überwunden hatte, konnte er sich auf der anderen Seite einfach im Schutz der grünen Blätter in den Containerterminal fallen lassen. Doch dann wurde es schwieriger, denn er wusste, dass Sicherheitskameras das Gelände überwachten und er sofort auffiel, wenn er hier herumkroch. Also musste er schnellstmöglich aus seinem Versteck ins offene Gelände wechseln, was aber nicht einfach war. Er holte seine orangefarbene Sicherheitsweste aus der Reisetasche – er hatte sie von Konsan bekommen – und zog sie über das Jackett.

In Hockstellung wartete er ab, bis einer der Containerstapler in seine Richtung fuhr, und schon nach kurzer Zeit hörte er das Krachen des Getriebes in hundert Meter Entfernung. Das Rumpeln kam immer näher, und er zögerte nicht länger, als das Ding vorbeikam, sondern verließ schnell hinter dem Stapler die Deckung und schaffte es, den geteerten Damm zu überqueren, ohne dass eine Sirene aufheulte oder die Sicherheitsleute Alarm schlugen. Auch sonst änderte sich nichts an der Geräuschkulisse im Hafen. Also ging er in Richtung der hoch aufgestapelten Container weiter und versuchte, seinen Atem zu beruhigen, während er nach dem richtigen Schiff suchte.

Der Tanjong Pagar Terminal war perfekt organisiert, und die Container standen fünf Stockwerke hoch in streng parallel ausgerichteten Reihen, zwischen denen die Schienen der vierbeinigen Hängekräne verliefen, die sie hin und her wuchten mussten. Hamnet ging zuerst nach Osten, quer durch alle Reihen, Richtung Finger Pier, drehte dort nach Süden ab und ließ Schiffe und Wasser links und die Containerstraßen rechts liegen, während er immer wieder die Namen der Schiffe checkte. Aber die *Hanking Empire* war nicht dabei. Da niemand Notiz von ihm nahm, überquerte er die Pier am Ende und arbeitete sich nun nach Norden vor, an der East Lagoon entlang, wo er schließlich auf halbem Weg fündig wurde. Da lag sie, und er las weiß auf schwarzem Grund am Heck: *Hanking Empire.*

Hamnets Augen taxierten das Schiff genau, während er blitzschnell seine Chancen abschätzte und näher trat. Vom Hafen aus führte nur eine einzige Gangway etwa dreißig Meter vom Heck entfernt aufs Schiff hinauf zu dem Block mit den Unterkünften. Darüber sah er den Schornstein, davor die Brücke. Die Steuerbordbrückennock ragte über einen offenen Niedergang hinaus; dahinter hing ein Rettungsboot, das sich aber nicht als Versteck eignete, denn obwohl es nicht eingesehen werden konnte, würde es bei dem geringsten Geräusch, das er verursachte, jeden auf ihn aufmerksam machen, der sich gerade auf dem Niedergang oder dem Seitendeck aufhielt. Ein zweites Rettungsboot sah vielversprechender aus. Es hing über der Achterreling über dem offenen zweiten Deck, war von oben durch das Peildeck vor Blicken geschützt, und die Geräusche würden sich mit denen des dritten Decks vermischen. Außerdem war auf diesen Decks ohnehin weniger los als auf der Brückennock und dem vorderen Niedergang, also traf er seine Entscheidung: Das achtern angebrachte Rettungsboot war das geeignetste.

Hamnet ging ruhigen Schrittes auf das Schiff zu, das gerade beladen wurde, auf dem aber kein Mensch zu sehen war und nur die Kräne schufteten. Jetzt oder nie – noch sechzig, fünfzig, vierzig Meter!

Oben schepperte irgendetwas, und als Hamnet hochsah, erblickte er eine kleine Gestalt in Overall und orangefarbener Sicherheitsweste, die mit großen Schritten über die Gangway auf ihn zukam. Irgendwie schaffte es Hamnet, wie selbstverständlich weiterzugehen und sich ganz auf seine Schritte zu konzentrieren. Der Mann von der Crew erreichte den Kai, noch ehe Hamnet an der Gangway war. Hamnet schenkte ihm sein freundlichstes Lächeln, und der Mann, dessen Gesicht vom Helm überschattet war, nahm kurz davon Notiz, grüßte schnell zurück und tippte sich an den Kopf, was Hamnet zunächst nicht verstand, bis ihm klar wurde, dass er keinen Sicherheitshelm trug. Er blieb stehen, und einer spontanen Eingebung folgend, wedelte er mit seiner Reisetasche. Der Mann verstand und sagte in einem Manchester-Akzent und leise missbilligendem Ton: »Sie sollten die Tasche umhängen, Vater!«, wartete aber die Antwort nicht ab, sondern überließ Hamnet seinem Schicksal und eilte weiter zu dem Kran, der das Schiff am Bug belud.

Hamnet stieß einen Seufzer der Erleichterung aus und machte sich noch etwas zittrig an den Aufstieg. Der Trick hatte funktioniert, denn die Priester von den christlichen Seefahrtsheimen waren in allen Häfen der Welt vertraute Besucher an Bord, die man selten genauer unter die Lupe nahm. Sie kümmerten sich üblicherweise um ein paar Matrosen, lächelten und verwiesen mit einer fürsorglichen Mischung aus göttlichem Auftrag und Hinweisen auf billigen Alkohol in ihrer Mission. Die Tarnung war perfekt, und Hamnet zögerte nur noch einen winzigen Augenblick, ehe er seinen Weg fortsetzte und oben scharf links zum Heck abbog. Von dort nahm er den Niedergang zum zweiten Deck und stand nach ein paar Schritten direkt in Höhe des Rettungsboots. Langsam ging er quer über das Deck darauf zu. Die Plastikpersenning war mit elastischen Bändseln vertäut, und er schaute über die Schulter zurück und dann nach oben. Weder auf diesem Deck noch weiter oben war eine Menschenseele zu sehen. Warum auch? Die Männer mussten ihren Zeitplan einhalten und das Laden zu Ende bringen.

Neben dem Rettungsboot blieb Hamnet stehen und drehte sich langsam um. Der Kranführer konnte ihn aus seiner Kabine hoch oben keinesfalls entdecken, aber der Mann aus Manchester stand immer noch unten am Kai, und Hamnet verzog sich eilig auf die Backbordseite des Bootes, um aus seinem Sichtfeld zu verschwinden. Dann löste er geschickt ein paar Bändsel, zog die Persenning zurück, warf seine Reisetasche über das Dollbord, kletterte über die Reling und folgte der Tasche. Die Bändsel von innen wieder zu schließen dauerte etwas länger, und seine Hände begannen zu zittern, während er an den Haken herumfingerte. Aber schließlich hatte er es geschafft, lag unter der Abdeckung, und niemand hatte ihn entdeckt. Er sank auf den Holzplanken zusammen, und die nervöse Anspannung wich. Jetzt hatte er nur noch eine einzige Aufgabe zu erledigen, und das auch erst in drei Tagen – ein beruhigender Gedanke, der ihn einschlafen ließ.

Hamnet wusste erst nicht, was ihn geweckt hatte. Er tauchte so plötzlich aus dem Schlaf auf, dass er sich nicht sofort dem gleichmäßigen Rumpeln der Motoren unter ihm, der feuchten Luft, die ihn umgab, und dem sanften Rollen des Schiffes anpassen konnte. Sie waren ausgelaufen! Schnell schaute er auf die Uhr: acht Uhr morgens. Wahrscheinlich waren sie schon seit ein oder zwei Stunden unterwegs. Es war bereits ziemlich heiß unter der Plane.

Janac wartete auf eine Positionsmeldung. Hamnet blieb still liegen und lauschte, die Minuten verstrichen, nichts geschah, nichts bewegte sich draußen. Während er seine steifen Muskeln streckte, stützte er sich auf seine Ellbogen und öffnete dann den Reißverschluss seiner Tasche. Stück für Stück holte er die elektronische Ausrüstung heraus, legte sie sorgfältig zurecht und schaltete sie an.

Das GPS war schnell im System und suchte sich den Satelliten, mit dem die aktuelle Position bestimmt werden konnte. Doch das Computerlaufwerk schien beim Startvorgang in der Stille des Verstecks irritierend laut zu klicken und zu klackern, und er war sehr erleichtert, dass er noch in Singapur daran gedacht hatte, die Lautsprecher lahm zu legen.

Einerseits wollte er alles langsam angehen, nach jedem Schritt eine Pause einbauen und erst hören, ob sich draußen etwas tat, andererseits war ihm klar, dass er nur über eine begrenzte Batteriekapazität verfügte, die bis zu den Philippinen reichen musste. Also nahm er vorsichtig das Telefon in Betrieb, während das GPS bereits die Breiten- und Längengrade, den Kurs und die Geschwindigkeit bekannt gab: 15 Knoten, Kurs Nordost, das hieß, sie waren bereits auf offener See und hatten die Singapurstraße hinter sich. Er öffnete sein E-Mail-Programm, indem er die Tasten so leise drückte, dass kein Klicken zu hören war, tippte die Informationen ein und verschlüsselte sie. Dann schickte er sie ab und grinste kurz, denn Janac würde mit Sicherheit davon ausgehen, dass Hamnet wie immer bei Konsan in seinem Büro saß. So war das Überraschungsmoment auf seiner Seite, wenn der letzte Akt des Spiels begann. Doch das Grinsen verschwand schnell wieder, als er sah, dass die Mailbox leer war. Keine einzige E-Mail war angekommen – auch keine von Jasmine.

Schnell öffnete er die offizielle Homepage der Nachrichten auf See, lud die neuesten Meldungen herunter, loggte sich wieder aus und schaltete auch Telefon und GPS wieder aus, um die Batterien zu schonen. Dann las er die Texte; die Meldungen über die Exekution von Mendez und Fairbrother waren geradezu hysterisch. Er schloss den Computer und fiel mit einem heftigen Stoß, den er nicht einmal bemerkte, auf die Planken zurück.

Die Entscheidung, Janac auf dem Schiff zu stellen, war qualvoll, aber der Bericht des Ersten Offiziers der *Pinta* über Johansens Tod war eindeutig gewesen. Der mutige, alte Kapitän hatte sterben müssen, weil er waghalsigerweise versucht hatte, seine Aufpasser zu überwältigen. Und Hamnet hatte zu viel zu verlieren, um nach diesem offensichtlich unnötigen Tod aufzugeben. Aber jetzt musste er den Konsequenzen seiner Entscheidung ins Gesicht sehen: Er hatte gespielt und verloren – zwei weitere Leben. Janac hatte eiskalt und vorsätzlich den Einsatz heraufgesetzt.

Den ganzen Tag über schwitzte Hamnet, während die Hitze in seinem geschlossenen Versteck stieg und stieg. Er war sich darüber im Klaren, dass die Lehre, die er Janac zu erteilen beabsichtigte, seinen zweiten Sohn das Leben kosten konnte, vielleicht auch ihn selbst, aber das spielte jetzt keine Rolle mehr. Die Würfel waren gefallen.

Nur – wo waren Jasmine und Ben abgeblieben? Hatte Dubre Jasmine in Singapur festgesetzt oder sie einfach am Verlassen des Landes gehindert? Falls sie und Ben sich in Janacs Reichweite aufhielten, musste Hamnet seinen Plan aufgeben. Er durfte Bens Leben nicht riskieren und auch nicht das von Jasmine. Nicht nach dem, was mit Anna geschehen war. Er würde es nicht ertragen können, auch sie zu verlieren. Aber wie viele Seeleute konnte er sterben sehen? Wie konnte er hier in seinem Rettungsboot liegen bleiben und den Dingen einfach freien Lauf lassen? Er hatte keine Wahl.

An diesem Tag schickte er zwei weitere Positionsmeldungen ab, während er sehnlichst darauf wartete, dass die Mail über die sichere Ankunft von Jasmine und Ben in England ihn erreichte, solange er online war. Wieder kamen ihm Telefon und Computer fahrlässig laut vor – ungeachtet der Tatsache, dass sein Verstand ihm sagte, dass das Klicken und Piepsen in dem ziemlich großen Rettungsboot zwischen den Motorgeräuschen und dem Rauschen des Meeres einfach untergehen musste. Jasmine meldete sich nicht. Wo immer sie war, sie informierte ihn nicht oder konnte ihn nicht informieren, dass sie und Ben in Sicherheit waren.

Nachts wurde es etwas kühler, und er brauchte keine Positionsmeldungen mehr auf den Weg zu bringen. Aber an Schlaf war nicht zu denken. Seit man ihn halb tot aus einem Rettungsboot gezogen hatte, hatte er in keinem mehr gelegen, und jetzt quälten ihn die Dämonen von damals und heute, und es waren so viele, dass er sie nicht mehr zählen konnte.

Erst als Helligkeit und Wärme wieder durch die Plastikpersenning krochen, merkte er, dass die Nacht vorbei war. Mit verkrampften und zittrigen Händen packte er erneut die Utensilien aus, um den Morgenbericht abzuschicken, zwang sich, langsam und ruhig die Position zu nehmen, die Nachricht zu tippen, zu verschlüsseln und abzuschicken. Dann endlich zeigte der Computer an, worauf er so sehr gewartet hatte: »Sie haben eine neue Nachricht.« Und er las: »Wir sind sicher angekommen, und wir alle drei hoffen, dass du dich bald bei uns meldest. Alles Liebe. Jasmine, Ben, Mutter.« Fast brach er vor Erleichterung zusammen – in eine kräftezehrende Erleichterung, die in die Planken einsickerte, dass er ein paar Minuten lang ausruhen musste, ehe er eine kurze Lüge als Antwort zustande brachte: »Bin gesund und munter in Singapur. Meine Geschäfte sind fast erledigt, und ich werde mich in Kürze telefonisch melden.«

Nun war eine weitere Hürde genommen, die Dinge wurden erheblich einfacher und würden in ein oder zwei Tagen erledigt sein. Aber diese Tage krochen mit quälender Langsamkeit dahin und kosteten ihn ein volles Pfund seines Körpergewichts. Die Luft bewegte sich noch weniger als Hamnet, der ständig fürchtete, dass ihn irgendein Geräusch verraten könnte. Mittlerweile kannte er jeden Quadratzentimeter seines selbst gewählten Gefängnisses: die grauen Schlieren, die sich innen an der Abdeckung entlangzogen und nur im Tageslicht sichtbar wurden und nachts verschwanden; die zerbrochenen Fischsortierbretter, die zu knarren und ihm in den Nacken zu fallen drohten, sobald er sich bewegte; den immer größer werdenden Schweißfleck, wo sein Körper auf den Planken lag. Er zählte die Schrauben in der Wallschiene, die Astlöcher im Holz der Ruderbank. Jede Viertelstunde rollte er sich eine Vierteldrehung weiter, um seine Schmerzen zu lindern, ganz langsam und sorgfältig. Aber in Wirklichkeit wollte er nur noch aufspringen und schreien.

Einmal jagte ihm ein Geräusch kalte Schauer über den Rükken – das Klappern vom Öffnen und Schließen eines Schotts und Schritte, die vorbeigingen. Aber sonst kam niemand auch nur in die Nähe des Rettungsbootes, und während der gesamten Zeit unterbrach nichts den langsamen Lauf der Stunden. Einmal veränderten sich die Bewegungen des Schiffes während einer kurzen Brise aus Südwest, die ein paar Wellen über die nicht ganz straff gespannte Bootsabdeckung spritzen ließ. Doch das Meer beruhigte sich schnell wieder unter einem Hochdruckgebiet, und die *Hanking Empire* setzte unbehelligt ihren Weg durch das Südchinesische Meer fort. Zweimal am Tag gönnte sich Hamnet Wasser und Kekse, alle vier Stunden einen Müsliriegel, alle acht Stunden etwas Obst aus der Dose – das waren die Höhepunkte des Tages. Er pinkelte in die leeren Flaschen und erledigte den Rest in die leeren Konservendosen.

Doch da die Zeit fließt, hat immer alles irgendwann ein Ende. Unabhängig davon, wie lange es dauert oder zu dauern scheint und wie qualvoll das Warten ist, kommt alles schließlich zum Schluss. Das sagte sich Hamnet immer wieder, während er in dem Boot wartete und an seiner Zukunft baute, wie er das schon einmal getan hatte. Damals hatte ihn der Gedanke an Anna durchhalten lassen. Als er völlig ausgetrocknet und unter Qualen die heiße salzige Luft eingeatmet hatte und seine ausgedörrten Lippen aufgeplatzt waren. Er hielt sich immer wieder vor Augen, dass er jetzt in einer vergleichsweise angenehmen Situation war. Er hatte schließlich genug zu trinken und zu essen.

Diesmal musste er für Ben durchhalten. Und Jasmine – würde sie warten? Würde sie wirklich noch da sein, wenn erst mal alles zu Ende war? Er glaubte nicht, dass sie in England bleiben wollte; schließlich hatte er ihr Leben immer nur komplizierter gemacht, seit sie sich getroffen hatten. Außerdem wollte er sich nicht darauf freuen, nicht so kurz nach Annas Tod. Das hielt er für unangemessen, aber er war sich nicht sicher. Wie verhielt man sich in einer solchen Lage? Und doch sah er ihr Gesicht vor sich. In dem Augenblick, als sie sich getrennt hatten. Es gab ihm Stärke. Und half ihm über den Tag.

28

Plötzlich klirrte ganz in der Nähe Metall auf Metall. Auf der gegenüberliegenden Seite des Decks. Hamnet fühlte, wie ihm ein Schauder über den Rücken rann. Das Spiel begann. Bewegungslos versuchte er, das Adrenalin, das durch seinen ganzen Körper schoss, zu ignorieren, kämpfte darum, ruhig und gleichmäßig zu atmen und seine verspannten Muskeln zu lockern. Es klirrte wieder. Es raschelte. Die Geräusche kamen jetzt vom Heck, Backbordseite. Jemand schlurfte heran – und blieb direkt neben dem Rettungsboot stehen. Hamnet durfte sich nicht bewegen, sein Herz klopfte wie wild, und sein Verstand dachte nur noch an eines – nur noch an eines.

Er hörte noch etwas anderes: leise Geräusche, die in Richtung Bug liefen und denen er nachlauschte, während er auf die Uhr starrte, um genau drei Minuten abzupassen. Dann war es wieder still bis auf das Dröhnen der Maschinen und des Windes, der sich an den Aufbauten fing. Nichts deutete darauf hin, dass sie einen Aufpasser zurückgelassen hatten. Wann war der richtige Zeitpunkt? Er beschloss aufzubrechen.

Genau in diesem Moment hörte er einen Schuss – tief und dumpf, weit entfernt. Er zögerte. Und das war sein Glück. Denn direkt neben sich hörte er plötzlich atmosphärische Störungen. Sein Puls schnellte auf über 200, dann erkannte er die Stimme, die über Funk nach Unterstützung auf dem Containerdeck brüllte. Janac war an Bord. Hamnet hörte in einiger Entfernung gedämpfte Schritte, die allmählich leiser wurden. Ein Schott schlug auf und wieder zu. Hamnet wagte nicht, daran zu denken, wie nah er dran gewesen war, alles zu vermasseln.

Dann riss er seine SIG aus der Reisetasche. Das warme Plastik rutschte in seinen schweißigen Händen, und ohne großen

Erfolg wischte er sich die Hand an seinem durchschwitzten Hemd ab, ehe er den Kolben fester packte, sich auf die Seite rollte, und während er sich auf den Arm stützte, dessen Hand die Waffe hielt, mit der anderen Hand die Persenning öffnete und leicht anhob. Silbernes Mondlicht schimmerte über dem dunklen Meer, und er konnte durch den engen Schlitz das Achterdeck überblicken. Alles war ruhig. Dann hörte er den zweiten Schuss – wieder kam er von weit vorne. Die Zeit zum Handeln war gekommen; also schlug er in einer einzigen Bewegung die Abdeckung zurück und ließ sich gleichzeitig aus dem Boot auf das dunkle Deck fallen. Im Bereich der Ankerwinden blieb alles still, er drehte sich um und schaute nach achtern, ob dort das Schnellboot schaukelte. Aber er entdeckte nichts als die kalte, mondbeschienene, blauweiße Gischt auf der finsteren See.

Dann hörte er Schreie und Schüsse, kurz das Bellen eines Maschinengewehrs. Wie eine Feder schnellte Hamnet auf, im vorderen Teil des Schiffes brach ein Krieg aus. Die Regeln hatten sich geändert, und er fragte sich, was nach der Ermordung von Fairbrother und Mendez geschehen war. Hatte man etwa Waffen an die Schiffsbesatzungen ausgeteilt und sie angewiesen, Widerstand zu leisten? Oder hatten sich die Männer auf eigene Faust auf einen Kampf vorbereitet? Letzteres schien ihm wahrscheinlicher. Praktisch und auch juristisch endete es meist in einem Albtraum, wenn man eine unausgebildete Crew bewaffnete – egal ob mit oder ohne Anweisung, gewisse Grenzen einzuhalten –, und er fühlte sich, als würde ein eiskaltes Schuldgefühl seinen Magen durchfluten. Aber es war einfach nicht möglich gewesen, die Mannschaft vorher zu warnen, denn entweder wären die Männer sofort abgehauen oder hätten Kurs auf den Heimathafen oder einen ganz anderen Kurs genommen. Es gab keine Alternative zu seinem Plan.

Der Posten, der über Funk nach vorne gerufen worden war, verschwand in der Tür zu den Unterkünften, und Hamnet beschloss, ihm zu folgen, denn er hatte sich alles genau ausgemalt – Zeit dazu hatte er genug gehabt. Er schob die SIG unter seinen Gürtel und schwang sich auf die Heckreling, griff nach der Leine, an der das Rettungsboot in den Derricks hing und zog sich immer weiter hinauf, bis er auf das nächste Deck plieren konnte. Es war leer, aber es erstreckte sich nur ein paar Meter bis zu einer Wand, von der drei einzelne Schotts abgingen. Er griff nach dem unteren Relingsdraht, der sich nur einen halben Meter über seinem Kopf spannte, und zog sich so weit hoch, dass er sein Knie auf das Deck schieben konnte. Vor ihm war alles still, und das nächste Deck war drei Meter weiter oben.

Ohne zu zögern, sprang er über die Reling und hechtete sofort in den Schatten hinter einem der Schotte. Keine Reaktion war zu hören oder zu sehen – nur im Vorschiff legte das Maschinengewehr wieder los. Die Crew hatte sich offensichtlich zu heftiger Gegenwehr entschlossen. Hamnet deckte mit einer Hand das abgedunkelte Glas im oberen Teil des Schotts ab, schaute durch und sah einen Raum mit Tischen und Stühlen, vermutlich eine der Messen. Wichtig war nur, dass sich niemand dort aufhielt, und er trat zwei Meter auf dem Deck zurück, um sich wieder auf die Reling zu schwingen. Diesmal konnte er sich nur mithilfe der linken Hand auf das nächste Deck hangeln, und er musste sich gewaltig strecken, ehe er über die Kante linsen konnte.

Dort war jemand. Hamnet duckte sich sofort und versuchte dann, im Kopf genau zu rekapitulieren, was er auf die Schnelle gesehen hatte. Ein Mann, mit dem Rücken zu ihm, stand ungefähr zehn Meter entfernt am Eingang zum Block mit den Unterkünften vor einer offenen Niedergangstreppe und hielt eine Waffe in der rechten Hand. Daneben hatte er eine Leiter gesehen, die dort nach oben führte, wo man am Schornstein vorbei zur Brücke kam. Hamnet wippte auf der Reling, blieb noch halb zusammengekauert und hielt sich mit der linken Hand fest; die rechte wischte er schnell noch mal an dem stinkenden, verschwitzten T-Shirt ab, fuhr sich mit der Zunge über die Lippen und zog dann seine SIG aus dem Gürtel. Eine Minute noch. Er starrte auf die Tür, fühlte sich völlig ungeschützt und wagte deshalb nicht, den Blick von der Tür zu wenden, um auch nur auf die Uhr zu schauen, sodass er die Sekunden zählen musste.

Als er bei fünfzig angekommen war, hörte er oben ein Geräusch und schob den Kopf gerade so weit hoch, dass er hinaufschauen konnte.

Als Erstes sah er die Gewehrmündung. Es war einer der Augenblicke im Leben, in denen man keine Zeit zum Nachdenken hat. Man muss handeln. Man muss reagieren. In dieser einen Sekunde wird es sich entscheiden, ob man überlebt oder stirbt. Also streckte er die Beine und sprang, während die linke Hand von unten zupackte. Er bekam den rauen Uniformstoff der Jacke zu fassen und schnappte zu, sah in das Gesicht des fassungslosen Mannes und riss ihn zu sich heran.

Bis zu diesem Augenblick hatte Soey lässig an der Reling gelehnt und auf die silbrig glitzernde See hinausgeblickt, da er den Unterkunftsblock durchsucht und für geräumt gehalten hatte. Jetzt starrten sich die beiden Männer wie in Zeitlupe an, während Hamnet seinen Feind mit seinem ganzen Gewicht über die Reling zu ziehen versuchte. Doch Soey fasste sich wieder, und im nächsten Moment gelang es ihm, sich mit der linken Hand festzuklammern. Mit einem Ruck geriet der Angriff ins Stoppen, ehe Soey bis zum Bauch über die Reling kam und Hamnet sich ihm auf Leben und Tod an den Hals hängte. Die ganze Zeit über behielt er die Waffe im Auge, aber er musste über die Reling klettern, und der kurz abgesägte Lauf der Schrotflinte behinderte ihn in seinem Kampf Mann gegen Mann. Hamnet landete einen linken Haken, wie er ihn sich selbst nicht zugetraut hätte, und erschwerte es Soey damit erheblich, seine Waffe zum Einsatz zu bringen. Dann bohrte er ihm mit der rechten Hand die SIG mit ihren neun Millimetern knapp über dem Adamsapfel in den Hals. Das Adrenalin in den Adern ließ ihn jede Vorsichtsmaßnahme vergessen, aber es spielte ohnehin keine Rolle mehr. Sein Finger bewältigte die zwölf Pond Abzugsgewicht, die er für den Double-Action-Abzug brauchte, um zu feuern. Dann lud die halbautomatische Waffe nach, und der Single-Action-Abzug ging mit viereinhalb Pond im Vergleich zum ersten Mal so viel leichter, dass der zweite Schuss wie von selbst losging.

Aber er war völlig überflüssig, denn die erste Kugel hatte Soey mitten in den Kopf getroffen. Hamnets Augenlider bebten und flatterten, als ihm nach jedem Knall Blut und Gehirnmasse ins Gesicht spritzte. Soey war sofort tot und öffnete die linke Hand, sodass beide Männer nach unten stürzten, was aber nur noch für Hamnet von Bedeutung war. Verzweifelt wand und drehte er sich, um dem toten Körper auszuweichen und auf dem Deck zu landen. Mit dem linken Absatz an der Reling hängend, schaffte er es, den richtigen Drall zu bekommen und prallte dann hart auf sein rechtes Knie. Im nächsten Augenblick hörte er, wie der Tote mit einem dumpfen Schlag unten auf der Persenning des Rettungsboots landete.

»Scheiße, Scheiße, Scheiße«, zischte Hamnet vor sich hin und wischte sich verzweifelt mit dem Hemdärmel das Gesicht ab. Seine Hände, seine Arme und sein ganzer Körper zitterten, aber instinktiv verdrängte er die ganze Schweinerei aus seinem Bewusstsein, konzentrierte sich auf den nächsten Schritt und schob alles andere zur Seite.

Ohne überhaupt die Schmerzen in seinem Knie wahrzunehmen, zog er sich wieder nach oben und orientierte sich aufs Neue. Keine Schüsse, kein Geschrei, kein Licht waren zu hören oder zu sehen. Er schob die Waffe unter den Gürtel zurück und griff nach dem Relingdraht, an dem Blut klebte, sodass er erst einmal fester nachfassen musste, es dann aber schaffte, sich hochzuziehen und über die Reling zu klettern. Schnell rannte er über das freie Deck zu einer Leiter und kletterte nach oben. Im letzten Moment! Denn kaum hatte er sich aufs Dach des Unterkunftsblocks gerollt, krachten unter ihm die Schotts auf.

Tosh und Edi ließen ihre MP5s übers Deck schweifen, und im Schein der Hochleistungslampen vor den Laderäumen leuchtete das Blut an der Reling auf. Die beiden schauten sich kurz an, und das Weiß ihrer Augäpfel schimmerte in den geschwärzten Gesichtern, als sie sich mit professioneller Konzentration vorwärts bewegten. Immer noch war kein Ton zu hören und nichts zu sehen. Hamnet hatte sich nochmals fünf Meter von der Leiter zurückgezogen und die SIG auf der obersten Sprosse abgestützt, weshalb er nicht sehen konnte, wie Edi vorsichtig über die Reling plierte. Aber er hörte sehr genau, wie der Indonesier scharf den Atem einzog, als er Soeys Leiche entdeckte. Tosh war gerade zu dem Schluss gekommen, dass es keine unmittelbare Bedrohung an Deck gab, und folgte seinem Kumpel deshalb zur Reling.

»Verdammt, dem fehlt der halbe Kopf, wir müssen das untere Deck inspizieren«, mit diesen Worten griff Edi bereits nach seinem Funkgerät, um Janac den Vorfall zu melden.

Hamnet lauschte den Schritten, als die beiden Männer durch eines der Schotte unter ihm verschwanden, und kam auf die Füße. Adrenalin, Angst und Hass trieben ihn weiter. Er war so dicht dran!

Sein rechtes Auge begann, heftig zu tränen, irgendetwas hatte sich unter das Lid geschoben. Er konnte nur noch verschwommen sehen, dass sich das Deck bis zur Brücke hinzog, durch den Schornstein in zwei Bereiche unterteilt war und dass dort eine Leiter auf das Brückendach führte. Er versteckte sich im Schatten des Schornsteins und kroch auf die Leiter zu, während die Motoren auch durch den Stahl der Schornsteinwand hindurch einen Heidenlärm machten. Immer wieder tupfte er sein Auge mit einer sauberen Stelle seines Hemdes ab, blinzelte und ließ die Tränenflüssigkeit heraustropfen. Allmählich konnte er so den Fremdkörper loswerden und wieder besser sehen. Dann wischte er die Handfläche trocken und die Griffschale seiner Waffe, kletterte vorsichtig die Leiter hinauf und schob sich auf das Brückendach. Zu seiner Linken sah er die Derricks der Rettungsboote, zur Rechten die Außenantennen, die das Schiff mit der Welt verbanden. Er war fast am Ziel.

Sorgfältig auf seine Tarnung achtend, legte er die fünfzehn Meter bis zum vordersten Ende des Daches zurück, die letzten fünf Meter kroch er auf dem Bauch und schob sich dann zentimeterweise vor, bis er auf das Containerdeck hinunterschauen konnte. Dort war alles dunkel, denn der Mond warf mit der Brücke und den Aufbauten Schatten. Die Kämpfe schienen beendet, Hamnet konnte nichts hören und sah auch nirgendwo eine verdächtige Bewegung. Hatte Janac bereits die Kontrolle übernommen? Er beobachtete die Szene noch ein paar Augenblicke lang, als, sozusagen als Antwort auf seine unausgesprochene Frage, hinter dem nächsten Containerstapel eine Reihe Menschen aus dem Schatten trat. Als sie mehr als zwanzig Meter unter ihm am Fuß des Blocks mit den Unterkünften angekommen waren, stieß einer das Schott auf und tauchte das Deck damit teilweise in helles Licht. Hamnet zählte zwölf Männer, die mit hinter dem Kopf verschränkten Händen dastanden. In Richtung Heck hatten zwei Wachposten, einer auf jeder Seite, Aufstellung genommen. Und Janac führte die Prozession an.

Hamnet schaute nach rechts, schaute nach links. An Backbord war eine schwere, grüne Polyäthylenfolie über dem Seitendeck aufgespannt und im rechten Winkel an der Wand der Unterkünfte festgehakt worden. Er bewegte sich geduckt darauf zu, kroch dann nach achtern bis hinter die Davits des ersten Rettungsboots, von wo aus er feststellen konnte, dass das Seitendeck leer war. Um besser sehen zu können, streckte er sich und sah das in rotes Licht getauchte Deck und das offene Schott zur Brücke. Das Rettungsboot hing etwas höher als einen Meter über ihm, sodass er sich hinaufschwingen und unter der Plane verschwinden konnte. Während es unter seinem Gewicht leicht absackte, kroch er vorwärts bis zum Bug, der ungefähr einen Drittelmeter von der obersten Reling des Seitendecks entfernt war; von dort stieg er auf die Reling, zog sich am Schott entlang und ließ sich aufs Deck gleiten, wobei er ständig darauf achtete, im Schatten zu bleiben – denn das rote Licht der Nachtbeleuchtung schien direkt auf das Deck zu seinen Füßen.

Nun war er am Ziel. Endlich. Seine Schusshand begann zu zittern, sein Herz schlug wie wild, und seine Kehle zog sich so eng zusammen, dass er zu ersticken glaubte. Er zögerte einen Moment. Ben und Jasmine waren in Sicherheit. Er musste das hier also nicht durchziehen. Er schloss die Augen und sah Annas Gesicht vor sich. Nichts konnte sie ins Leben zurückholen. Auch nicht das, was er jetzt vorhatte.

In drei Metern Entfernung klopfte Tosh innen auf der Brücke, seine MP5 wie immer quer vor die Brust geschnallt, seine Hosentaschen ab und zog einen Lederbeutel hervor. Dann häufte er Tabak in einer Linie auf und drehte sich eine Zigarette, während sich Janac seine Meldung anhörte und den Blick nicht von der einzigen auf der Brücke noch anwesenden Person nahm – dem Kapitän, der gefesselt und geknebelt vor der Rückwand auf seinen Knien lag. Janac war ganz ruhig, gefährlich ruhig.

»Tot?«, fragte er dann. »Ich dachte, wir hätten sie alle im Sack.«

»Nein«, nuschelte Tosh mit der Zigarette im Mund. Sein Feuerzeug funktionierte nicht, obwohl er immer wieder am Rädchen drehte und sich ärgerte, dass er es nicht durch ein neues ersetzt hatte.

»Und jetzt?«

Tosh registrierte Janacs Unterton, schaute auf und nahm die Zigarette aus dem Mund, ehe er antwortete: »Fast alle – die gesamte Crew, zwei Verwundete, kein Toter. Aber es gibt noch jemanden an Bord, wie du gesagt hast; er hat sich im hinteren Rettungsboot versteckt. Wir haben dort seine Pisse und Scheiße gefunden, ein paar Lebensmittel, ein GPS, einen Computer, ein Satellitentelefon. Das ganze Programm. Ich und Edi haben alles genau abgesucht, aber wir haben den Kerl nicht gefunden. Unsere Männer müssen noch mal los, sobald wir die Crew festgesetzt haben.«

Jetzt grinste Janac, und die Bartstoppeln ließen die Gesichtshaut noch dunkler aussehen, als er sich kurz entspannte. »Er ist also an Bord. Da war ich ganz sicher.

Wie hätte er sonst die Position angeben können! Schließlich jagt ihn jeder Polizist in Singapur. Gut, dass wir seinen Sohn dabeihaben.«

»Aber erst müssen wir Hamnet auftreiben. Und er ist bewaffnet und gefährlich – wie man sieht.« Tosh nahm sich wieder seine Zigarette vor, aber das Feuerzeug funktionierte immer noch nicht.

Janac beobachtete die fruchtlosen Bemühungen seines Stellvertreters. »Wenn nötig, werden wir ihn wie beim letzten Mal ausräuchern«, brummte er. »Aber ich glaube, dass er schon darauf wartet, mit Spiel und Spaß anzufangen, und von selbst auftauchen wird. Wahrscheinlich will er sich austauschen, vielleicht für die Crew, mit Sicherheit für das Kind. So wie er es bei seiner Frau versucht hat. Wenn das nur so einfach wäre.« Mit einem teuflischen Lachen tippte Janac mit seinem schweren Revolver dreimal gegen den Kartentisch, an dem er lehnte.

Dieses Geräusch hörte Hamnet als Erstes, als er sich näher an das Schott schob. Jetzt hatte er Janac gefunden. Tap, tap, tap. Das gleiche Geräusch wie am Anfang. Vor Wochen. Und jetzt kam das Ende. Er musste nur noch einen einzigen Schritt um die Ecke machen.

29

Tap, tap, tap.

Die Wut kochte in Hamnet hoch, aber er fühlte sich nicht mehr so hilflos wie damals auf der *Shawould*. Diesmal hatte er das Heft in der Hand. Er hob die Waffe an die Schulter, stützte sie mit der linken Hand ab und krümmte den rechten Zeigefinger sanft um den Abzug. Er versuchte, den Lärm einzuordnen, aber er drang durch die Tür ohne den geringsten Hinweis, ob er vor oder nach dem Öffnen auf die Quelle treffen würde. Hamnet nahm einen tiefen, langsamen Atemzug und blinzelte heftig, um klar zu sehen. Stellte sich Janac vor. Der Mann war sein Ziel. Hamnet musste sich nur umdrehen, zielen und abdrücken. So einfach war es.

Er sprang durch die Türöffnung und legte die Waffe in einer geschmeidigen Bewegung an. Ein senkrechter, weißer Lichtstrahl erschien im Visier, und er sah Janac, der am Kartentisch lehnte, die Rückwand der Brücke zu seiner Linken. In weniger als einer Sekunde tanzte der Lichtstrahl auf Janacs Gesicht, aber das war immer noch zu langsam. Janac hatte das leise Geräusch gehört und schaute von seinem Gefangenen auf. Er hatte nicht mehr genug Zeit den Revolver, den er bereits aus dem Holster gezogen hatte, hochzureißen und auf Hamnet zu richten, sondern konnte die Mündung nur noch ein paar Grad korrigieren. Eine kaum wahrnehmbare Bewegung. Dann krachte die Smith & Wesson mit ihrem Kaliber .45 auf den Hinterkopf des Kapitäns nieder, und Hamnet und Janac sahen sich in die Augen, als Hamnet mit dreieinhalb Pond Abzugsgewicht den Hahn spannte und dann zögerte.

Drei Meter vor ihm, bei zehn Uhr links von Hamnet, stand Tosh mit dem Rücken zu ihm. Der Schotte war zu sehr mit dem widerspenstigen Feuerzeug beschäftigt gewesen, um irgendetwas anderes zu registrieren, bis er Janacs starren Blick und die Waffe herumschwenken sah. Feuerzeug und Zigarette fielen ihm aus der Hand, und er versuchte noch, sich umzudrehen und zu feuern, aber dazu war er viel zu langsam in die Gänge gekommen.

»Ich bring' ihn um«, schrie Hamnet. »Keine Bewegung.«

Auch Tosh bremste sich wie vorher schon Janac. Seine rechte Hand verhielt auf halbem Weg über der Brust wenige Zentimeter vor dem Abzug seiner MP5. Der Brustgurt hätte ihm ohne weiteres ermöglicht zu schießen, aber jetzt musste er sich umdrehen und Hamnet anschauen, und die Sicherheit ging vor.

»Hände weg von der Waffe!«, brüllte Hamnet ihn an.

Keiner bewegte sich, und Tosh schaute zu Janac. Aber dessen graue Augen waren auf Hamnet gerichtet, und in Hamnets Vorstellung vermischte sich das Bild mit Soeys Blut, so als hätte die rote Nachtbeleuchtung einen alten Dämon heraufbeschworen.

Doch der Dämon konnte ihn nicht davon abhalten, den Blick von Janac abzuwenden, und es galt Tosh, als er mit cooler Stimme sagte: »Lass das. Ich werde mit Janac und dir Schluss machen, bevor du auch nur in die Nähe des Abzugs kommst. Streck die Hände so vor, dass ich sie sehen kann! Weit weg von der Waffe!«

Tosh stand stocksteif da und taxierte die Lage. Seine ursprüngliche, instinktive Reaktion war richtig, schätzte er. Hätte er versucht zu schießen, wäre Janac fällig gewesen, deshalb hatten die vielen Jahre treuer Gefolgschaft für den Boss seine Hand gelähmt. Ohne Zweifel hätte Hamnet abgedrückt, davon war er überzeugt. Er hatte Soey gesehen. Aber jetzt schlich sich eine andere Frage in seinen Kopf ein. Also begann er, die Situation neu zu überdenken, während er gehorsam die Hände so weit vorstreckte, dass Hamnet sie gut sehen konnte. Gleichzeitig begann er, sich langsam, ganz langsam umzudrehen.

Janac fixierte Hamnet immer noch unerbittlich. Seine Wut darüber, dass Hamnet seine Männer ausgetrickst und erledigt hatte, zeigte er aber nicht, denn er war sich im Klaren darüber, dass ihn das nicht weitergebracht hätte. Und genau wie Tosh war er davon überzeugt, dass Hamnet sofort schoss, falls man ihn provozierte.

»Wie auch immer, Phillip. Dir ist natürlich klar, dass ich den Kapitän töten muss, wenn du auf mich schießt.« Die Andeutung eines Grinsens zeigte sich auf den schmalen Lippen. »Falls wir überhaupt davon ausgehen wollen, dass du mich mit diesem Ding auf eine Entfernung von fünfzig Fuß triffst. Dann ist die Reihe an Tosh – und du stirbst. Und dann stirbt dein Sohn, denn er ist auf dem Schiff, Phillip. Wir haben dich erwartet. Du kannst ihn mitnehmen – es handelt sich um das vierte Schiff. Also nimm die Waffe runter.«

»Keine Bewegung!«, herrschte Hamnet ihn an. Er war bereit, sofort zu reagieren, falls Tosh nach dem MP5 griff, aber es war eine unerfreuliche Überraschung, dass der Schotte ihn fast außerhalb seines Gesichtsfeldes einfach nur anstarrte. Nichtsdestotrotz ließ er weiterhin die Augen nicht von Janac. »Tosh, stimmt's? Bleib einfach so – und nimm die Hände etwas weiter weg vom Gewehr, bitte.«

»Aye, okay, entspann dich«, Tosh stand wie angewurzelt, starrte Hamnet an und ging etwas in die Knie, während er auf den richtigen Zeitpunkt wartete. Wäre Hamnet ein Profi, so hätte Tosh keine Chance gehabt, das wusste er genau. Aber nach Lage konnte auch Hamnet sein Ding erfolgreich durchziehen. Tosh war sich nicht so sicher wie Janac, dass er lebend aus der Sache rauskommen würde. Und außerdem war er nicht bereit, ein Baby zu töten. Aber er war überzeugt, dass Hamnet die Lage anders beurteilte.

Dann folgte eine belastende Stille, die keiner von ihnen brach. Hamnets Knie schmerzte heftig, aber der Lauf der SIG zeigte weiter auf Janac, und Toshs rechte Hand war einen Fuß weit entfernt vom Abzug der Heckler und Koch, während Janacs Smith & Wesson immer noch auf den Hinterkopf des Kapitäns zielte.

Hamnet schluckte schwer. Er fuhr mit der Zungenspitze nervös an seinen Lippen entlang. Der Kapitän würde sterben, denn

Janacs Reflexe waren perfekt, falls er ihn nicht vorher mit einem Kopfschuss erledigen konnte. Hamnet zweifelte nicht daran, dass es Männer gab, die das schafften, aber ihm war auch klar, dass er nicht dazu gehörte. Er suchte sich ein größeres Ziel, starrte auf Janacs Brustkorb und zielte darauf mit ruhiger Hand, was ihm erneut Selbstvertrauen gab.

Janac hatte die kleine Korrektur sehr genau beobachtet, ehe er wiederholte: »Wir haben dich erwartet. Du kannst dein Kind mitnehmen. Versau's dir nicht.«

Der Kapitän gab durch den Knebel einen Laut von sich, und seine Füße hämmerten kurz aufs Deck, ehe Janac ihm auf den verstauchten Knöchel trat. »Halt's Maul!«, zischte er ihn an.

Warum nur, fragte sich Hamnet, warum muss es wieder so schwierig sein. Der Kapitän war der Preis, den er zahlen musste. Konnte er ihn opfern? Und war damit alles zu Ende? Konnte er das Karussell überhaupt zum Stoppen bringen?

»Er stirbt für mich, das ist doch klar?«, fragte Janac. »Ich kann deine Gedanken lesen. Aber damit ist noch lange nicht alles zu Ende, denn du gehst mit drauf, Phillip. Und dein Sohn auch. Dafür wird Tosh sorgen. Er ist der Einzige, der überleben wird, wenn du schießt.«

Hamnet fasste seine SIG etwas fester. Er fühlte, wie Toshs Körper sich spannte, ließ aber immer noch Janac nicht aus den Augen. »Lass es Tosh, denk nicht mal dran!«

Tosh wurde wieder stocksteif und antwortete: »Aye, okay, immer schön ruhig bleiben!«

Hamnet nickte, ehe er im gleichen ruhigen Tonfall wie Janac weitersprach: »Ja, wir bleiben beide ganz ruhig. Das ist fein. Weil ich nämlich nicht glaube, dass Janac die Sachlage richtig sieht. Ich glaube, da ist noch ein Preis zu bezahlen. Das hast du mir beigebracht, Janac, erinnerst du dich? Dass da noch ein Preis zu bezahlen ist?«

»Deine Rechnung ist schon bezahlt, Phillip. Da ist nichts mehr offen.«

»Dann sag Tosh, er soll meinen Sohn holen. Ich möchte ihn sehen, bevor ich mit dir verhandle.«

Die grauen Augen wurden schmal, und die Krähenfüße in den Augenwinkeln zogen sich zusammen. Und daran erkannte Hamnet, dass Janac genau verstanden hatte, dass Tosh ihn als Einziger davon abhalten konnte, den Abzug durchzuziehen. Hamnet war jetzt bereit, den Preis mit dem Leben des Kapitäns zu begleichen.

»Nein, nicht solange du auf mich zielst.« Janac spuckte aus. »Nimm den Lauf runter oder schieß endlich. Was soll das werden, Mr. Rettungsboot?«, flüsterte er, und seine Lippen verzogen sich hohnlachend.

»Ich bin bereit zu zahlen. Das solltest du eigentlich wissen.« Hamnet zögerte kurz und lauschte, als der Kapitän durch den Knebel würgte, riss sich aber augenblicklich am Riemen, weil Janac sein Gewicht aufs Sprungbein verlagerte. »Aber welche Aussichten hätte Tosh? Denk an die Drogen der Triaden, Tosh. Wenn Janac über den Jordan ist, kannst du verhandeln. Dir werden sie trauen, aber ihm niemals. Denk doch mal nach, wie viel besser deine Chancen ohne ihn stehen. Die Triaden haben Informanten auf den Schiffen in Hongkong und Singapur – mit dieser Operation hast du alles besiegelt. Ich werde Janac für dich übernehmen, lass einfach die Hände von der Waffe. Nimm, was du tragen kannst, lass mir meinen Sohn und hau ab.«

Das war's. Jetzt war der einzige Trumpf ausgespielt, den er hatte. Aber er glaubte, erste Anzeichen von Unsicherheit zu bemerken. Janacs Hohnlachen war verschwunden, doch die Schusshand wankte nicht.

Da schaltete sich Janac ein. »Teile und herrsche! Netter Versuch, Phillip. Aber Tosh und ich sind einen langen Weg zusammen gegangen, und dieses kleine Abenteuer hat eine große Zukunft. Triaden oder nicht, wir kümmern uns nicht um diese Arschlöcher. Oder um dich. Es wird Zeit für dich, einen Entschluss zu fassen. Kill ihn bei fünf, Tosh. Eins.«

Hamnet fühlte, wie sein Finger am Abzug schweißig wurde. Er wollte nicht sterben. Er wollte seine Kinder aufwachsen sehen. Er wollte Ben wiedersehen. Er wollte Jasmine wiedersehen. Er hatte es ihr versprochen.

»Zwei.« In Janacs Stimme zeigte sich keinerlei Gefühlsregung. Man hörte nur das satte Rumpeln der Schiffsmotoren in der warmen, feuchten Luft, während er zählte. »Drei. Hör auf, auf mich zu zielen, Mr. Rettungsboot.«

Hamnet erhöhte den Druck am Abzug noch einmal um ein halbes Pond.

»Ich kann ihn nicht erwischen, Janac«, ließ sich Tosh hören. »Er wird dich umlegen.«

Die ganze Zeit über hatte Hamnet den Blick nicht eine Sekunde von Janac genommen, und er tat es auch jetzt nicht. »Ich will nur mein Kind. Lass die Waffe los, und lass uns die Sache zu Ende bringen.«

»Und der Kapitän, Phillip, was ist mit dem Kapitän?«, erinnerte Janac ihn.

Jetzt hörte Hamnet deutlich die Unsicherheit in Janacs Stimme. »Wie du schon gesagt hast, Janac, alles hat seinen Preis«, brummte er. »Ich glaube, das ist das Minimum. Heute gibt es kein besseres Angebot.«

Vom Boden ertönte ein unterdrückter Schluchzer.

»Vier«, gab Janac als Antwort.

Hamnet wagte nicht zu atmen. Er hoffte verzweifelt auf eine Unsicherheit bei Tosh, glaubte sie gespürt zu haben – ein kurzes Zögern war alles, was er brauchte, um beide außer Gefecht zu setzen. Und dann schaute er kurz zu Tosh, um sicherzugehen.

Das war der Fehler, auf den Janac gelauert hatte. In der Regel folgen die Hände den Augen, und Janac wusste ganz genau, dass Hamnets schneller Blick zu Tosh die Mündung der SIG von seinem Brustkasten ablenken würde. Außerdem wusste er, dass er nie mehr eine bessere Chance bekam als den Moment, in dem sich Hamnet darauf vorbereitete, dass der Kapitän starb und Tosh wahrscheinlich nicht eingriff – und er nutzte sie.

Der Revolver zielte nun nicht mehr auf den Hinterkopf des Kapitäns, sondern auf Hamnet. Hamnet sah die Bewegung nicht wirklich, aber solche Unsicherheiten entsprechen den Instinkten wilder Tiere, und Hamnet verfügte über den scharfen Instinkt eines Gejagten. Er spürte, dass die Zeit nicht zum Nachdenken reichte und auch nicht dafür, sich erst zu vergewissern, wohin genau die SIG zielte. Er versuchte nicht einmal, einen Blick zu riskieren, sondern erhöhte den Druck auf den Abzug um das noch fehlende halbe Pond. Dann riss er die Waffe herum, noch ehe er den Rückstoß unter Kontrolle hatte. Sein Blick war jetzt auf Tosh gerichtet, der schnell den Lauf seiner MP5 senkte und sie auf Brusthöhe entsicherte. Instinktiv schoss Hamnet ein zweites Mal, dieser Schuss und ein weiterer bellten in derselben Sekunde auf und ließen die Luft in dem engen Raum beben.

Hamnet fühlte, wie der doppelte Stoß ihn traf, und das war zunächst alles. Er wurde zurückgeworfen, während er sich zur selben Zeit drehte und zusammenklappte. Dann flog er gegen den Türrahmen und brach unbeholfen zusammen. Sein Verstand, der die ganze Zeit so hoch konzentriert funktioniert hatte, suchte nach neuen Prioritäten, und als er auf dem Boden aufkam, zerriss ihn fast der Schmerz, während er kurz davor stand, ohnmächtig zu werden. Dann sah er Tosh, der mit einem blutenden Schenkel dalag und die Waffe unter sich begraben hatte. Gleichzeitig wurde ihm klar, dass er seinen rechten Arm nicht mehr fühlte. Das beruhigende Gewicht seiner SIG fehlte, also hob er die Augen und entdeckte die Waffe etwa einen halben Meter vor sich. Er schaute sich weiter um, und seine Stimmung änderte sich schlagartig, als er das ekelhafte Loch in seinem Unterarm sah. Irgendwie schaffte er es, den Blick wieder abzuwenden. Tosh versuchte, die MP5 unter sich herauszuziehen, und sie schauten sich beide an. Hamnet stürzte sich mit der unversehrten linken Hand auf seine SIG, landete auf dem Bauch, schnappte nach der Waffe und drehte sich um. Ein gewaltiger Schmerz raste durch seinen zerschmetterten Arm, und er war kurz davor, das Bewusstsein zu verlieren.

»Nein!«, schrie Tosh, und sein Gesicht verzerrte sich in Todesangst. Der Lauf steckte in seinem blutenden Schenkel. Er schien fast auf das zu zielen, was von seinem Schenkel noch übrig war.

»Das muss nicht so laufen«, krächzte Hamnet mit halb geschlossenen Augen. »Ich will nur meinen Sohn zurück.«

Tosh sagte kein einziges Wort, schaute ihn aber auch nicht an, und Hamnet folgte seinem Blick. An der Rückwand der Brücke lag Janac mit einem sauberen Loch in der Brust, und der Blutfleck auf seiner Uniformjacke wurde größer und größer. Hamnets Hand hatte ohne zu zögern abgedrückt.

Auch der Kapitän bewegte sich nicht, und Hamnet konnte nicht erkennen, ob er tot oder nur bewusstlos war, sah aber keine Wunde. Vielleicht war er wirklich nur in Ohnmacht gefallen. Dann begannen Janacs graue Augen zwischen der aschfahlen Haut zu flackern und schauten langsam von einem zum andern, von Tosh zu Hamnet, während sein Revolver noch immer in der geöffneten Hand lag. Ein letztes Mal versuchte er, ihn abzufeuern, aber das Gewicht und der Abzug des Kalibers .45 waren zu viel für ihn.

Hamnet starrte Tosh an. »Es muss nicht so enden, Tosh. Nimm deine Männer und dein Schiff und hau ab. Ich will nur meinen Sohn!«

Janacs schmale Lippen begannen zu zittern, als er zu sprechen versuchte, und ein dünnes Rinnsal aus Blut floss zwischen den geschwärzten Bartstoppeln über sein Kinn. Dann blieben alle drei Männer in ihrem Blut liegen und schwiegen.

30

Wieder ertönte erst ein Knistern und Rauschen, ehe eine Geisterstimme in die Pattsituation einbrach: »Janac, hier ist Edi, over.«

Toshs Blick ging zu Hamnet, wobei sich nur die haselnussbraunen Augen in seinem sonst starren Gesicht bewegten.

»Du solltest das Funkgerät ausschalten, bis die Sache hier zu Ende ist«, brummte Hamnet.

Langsam schob Tosh seine linke Hand zum UKW-Gerät an seinem Gürtel, während die rechte den Gewehrlauf unter seinen verletzten rechten Schenkel schob, sodass er auf Hamnet zielte.

»Ganz ruhig«, drohte Hamnet und blinzelte, um besser sehen zu können.

Tosh zog eine Grimasse. »Noch haben wir keinen Vertrag miteinander, Kamerad.«

Die Mündung seiner Waffe kam zum Stillstand, und er fand die Sendetaste seines Funkgeräts und drückte sie. »Nur Geduld, Edi. Wir sind noch mit dem Kapitän beschäftigt, aber es ist alles unter Kontrolle – wir können bald abhauen.« Seine Stimme hallte durch die Brücke, und es gab eine Rückkopplung mit Janacs Funkgerät.

»Verstanden, Tosh«, ertönte die Antwort in Stereo.

Tosh befestigte das UKW-Gerät wieder an seinem Gürtel, und der Schmerz hätte fast seine sorgfältig vorgetragene Gelassenheit zu Fall gebracht. Dann warf er einen Blick auf Janac. Dessen Augen waren geschlossen, er wirkte ziemlich geschwächt, und nur ein sanftes Heben und Senken des Brustkorbs zeigte an, dass er noch am Leben war.

»Janac hat dich hier erwartet, und weil er dich beschatten

ließ, wusste er genau, dass du untergetaucht bist, und hat sich ausgerechnet, dass du hier wieder auftauchen wirst. Und deshalb hat er dein Kind hierher geschleppt und das Theater hier aufgebaut. Damit du dich entscheiden musst: dein Kind gegen drei von der Crew. Das geht an die Eier! Und du solltest wissen: Die Triaden haben einen Preis auf ihn ausgesetzt.« Er lachte heiser und schmerzverzerrt.

»Sie sollen das Geld der Witwenkasse der Handelsmarine überweisen«, antwortete Hamnet. Der Brechreiz bei jeder Kopfbewegung war nach der ersten Schmerzwelle verschwunden, jetzt empfand er nur noch ein dumpfes Pochen, sein Arm schien nicht gebrochen, die Blutung war fast zum Stillstand gekommen, und er ging davon aus, dass er nicht mehr ohnmächtig werden würde. Jedenfalls nicht gleich.

Tosh grunzte: »Wenn wir uns also nicht gegenseitig umbringen, wie soll's dann weitergehen?«

»Ganz einfach, gib mir die Waffe, und dann bleibst du hier, bis alle deine Männer vom Schiff verschwunden sind und ich meinen Sohn habe. Soweit ich weiß, gibt es keine Halbleiter auf dem Schiff, ich hab' das nur erfunden. Aber ihr könnt euch an den Heuergeldern im Safe schadlos halten.« In diesem Moment bewegte sich der Kapitän und stöhnte auf, aber die beiden Männer ignorierten ihn, und Hamnet fuhr fort: »Gib deinen Männern über Funk Anweisung, das Geld zu nehmen und zu verschwinden. Und bring mir meinen Sohn. Dann lass' ich dich gehen.«

Der Pferdeschwanz schaukelte langsam hin und her. »Das reicht nicht. Wir müssen eine bessere Beute machen.«

»Nehmt euch, was immer ihr auf der Ladeliste findet, falls ihr noch so lange hier rumhängen wollt. Ich habe nämlich ein Mayday abgesetzt, bevor ich aus dem Rettungsboot raus bin.« Natürlich hatte er dazu nicht genügend Zeit und auch gar keine Gelegenheit gehabt, aber sogar wenn Tosh den Bluff roch, konnte er nicht sicher sein.

Tosh dachte nach und kam zu dem Schluss, dass das Geld das Risiko nicht Wert war. Er könnte behaupten, dass er Janac matt gesetzt hätte und so die Chinesen loswerden, und müsste dann nicht einmal um ihr geheimes Nest fürchten und könnte es aufrüsten. Er könnte sogar eine Vereinbarung für die Zukunft aushandeln, wenn er den Triaden die Ladung und die Information über den Kurs des Schiffes als Ausgleich für den Verlust anbot, wie Hamnet es vorgeschlagen hatte. Außerdem musste sein Bein versorgt werden. Und zwar bald.

»Woher weiß ich, dass du mich laufen lässt, wenn du erst dein Kind hast?«, fragte er.

»Weil da ein ganzes Schiff voller bewaffneter Männer ist, die dich raushauen würden«, herrschte Hamnet ihn ungeduldig an. »Und ich sag's dir noch mal: Ich will nur mein Kind.«

Tosh zögerte noch und grinste dann schwach. »Okay, ich glaub', ich werde einschlagen.«

Hamnet nickte. »Dann nimm die Waffe weg. Schaffst du es bis zum Kapitän, um ihm die Fesseln aufzumachen?«

»Aye.« Tosh rollte sich nach hinten ab, weg von der Waffe, und legte dann noch eine Rolle hin, bis er sein Gewicht auf das gesunde Bein verlagern konnte. Anschließend robbte er trotz seiner Schmerzen über das Linoleum zu dem reglosen Skipper. Hamnet zielte währenddessen stets mit der SIG auf ihn, auch als Tosh ein Bowiemesser aus einem Schulterholster zog und die Kabelbinder durchschnitt. Dann zog er sich an der Rückwand hoch, postierte sich neben Janac, während wieder Leben in den Kapitän kam und dieser sich selbst von dem Knebel befreite.

»Allmächtiger Gott, ich hatte schon mit dem Leben abgeschlossen«, sagte er mit belegter Stimme, ehe er sich geschwächt auf seine Ellbogen stützte und sein gebräuntes, tief gefurchtes Gesicht mit dem ordentlich geschnittenen grauen Bart zum Vorschein kam.

»Wie heißen Sie?«, fragte Hamnet.

»Mandal. Fredde Mandal.«

»Okay, Fredde.« Hamnet nickte in die Richtung von Tosh und Janac. »Greif dir den Revolver und such dir was, womit du sein Bein und meinen Arm verbinden kannst.«

Mandal schaute etwas verwirrt drein, glotzte Janac an und zog eine Grimasse, kam aber dann doch in die Gänge, lief rot an und wischte sich mit der Hand übers Gesicht, und der Gestank, der sich ausbreitete, als er schließlich auf seinen Füßen stand, sprach Bände – nach dem ersten Schuss hatten sich wohl alle Schleusen geöffnet. Da er mit dem Gesicht nach unten auf dem Boden gelegen hatte, war ihm völlig entgangen, wie Janac die Waffe von ihm abgezogen und auf Hamnet gerichtet hatte. Der Gestank vermischte sich mit dem Geruch von Kordit, und Hamnet sagte nur: »Los, mach schon.«

Mandal riss Janac die Smith & Wesson aus der erschlafften Hand und kickte sie zu Hamnet hinüber. Toshs Messer folgte. Dann schleppte er sich zu einem Schrank mit einem aufgemalten roten Kreuz auf der Steuerbordseite der Brücke.

»Kümmern Sie sich erst um ihn!« Hamnet zeigte auf Tosh, während er sich die Smith & Wesson griff und sich aufsetzte, indem er sich an den Türrahmen lehnte und seine SIG zwischen den Knien in Position brachte. Er sah, wie Tosh die Morphiumspritze wegschlug und Mandal mit den Achseln zuckte, dann eine Aderpresse am Schenkel anbrachte und die Wunde provisorisch verband. Die Blutung stoppte.

»Gut so«, brummte Hamnet, »und nun kommen Sie rüber. Tosh, Sie informieren Ihre Männer über Funk über die veränderte Lage. Schnappen Sie sich das Bargeld, lassen Sie Ihre Männer vom Schiff verschwinden, und dann holen Sie mein Kind.«

Tosh nickte, schnallte das Funkgerät vom Gürtel und gab seine Befehle, während Hamnet aufmerksam zuhörte und zu grinsen begann, als Tosh Jordi anwies, so weit wie möglich vom Schiff Abstand zu nehmen und auf dem Radarschirm zu überwachen, ob sich die Küstenwache näherte.

Mandal hatte sich ein paar Minuten lang wortlos an Hamnets Arm zu schaffen gemacht, ehe er ihm zuflüsterte: »Wollen Sie ihm wirklich die gesamte Heuer im Safe überlassen? Da liegen mehr als hunderttausend Dollar drin.«

»Im Augenblick interessieren sie sich nur für das Geld«, gab Hamnet ebenso leise zurück. »Wenn wir Ihnen geben, was sie wollen, werden sie abhauen. Wir haben immer noch eine Horde schwer bewaffneter Männer an Bord. Wenn sich Tosh ihnen erst wieder angeschlossen hat, sollen sie keinen Grund haben, nicht schleunigst das Weite zu suchen. Gibt es hier noch irgendwo ein anderes Funkgerät?« Beim letzten Wort zuckte er heftig zusammen, weil Mandal seinen Arm mit einer Schlinge fixierte.

»Nein, leider nicht.«

»Ich habe ein Satellitentelefon im Rettungsboot, jedenfalls hatte ich eins, aber vielleicht haben es die Kerle zerstört oder mitgenommen. Wir können also möglicherweise keine Hilfe herbeirufen, deshalb sollten wir ihnen geben, was sie wollen. Ich habe mit Tosh einen Handel um meinen Sohn abgeschlossen.«

»Ihren Sohn? Ich verstehe nicht.«

»Das ist eine lange Geschichte.«

Der Kapitän nickte. »Hätten Sie mich wirklich geopfert?«, fragte er dann.

Hamnet schaute zu Boden. »Noch eine lange Geschichte.« Er zögerte, denn er wollte nicht mehr daran erinnert werden. Er hatte nur getan, was getan werden musste. »Es war wichtig, dass Janac daran nicht den geringsten Zweifel hatte. Dabei wollen wir's bewenden lassen. Wenn Sie fertig sind, sollten Sie Ihr Augenmerk aufs Radar richten. Da hat schon eine ganze Weile keiner mehr draufgeschaut.«

»Was machen wir mit ihm?« Mandal deutete auf Janac.

»Ich will erst mal duschen und eine frische Hose anziehen, ehe ich mich um ihn kümmere.«

Mandal öffnete den Safe für die Piraten, und dann kehrten sie auf ihr Schiff zurück, um das Baby zu holen. Tosh und Hamnet warteten, ohne ein Wort zu wechseln, während Mandal wieder das Kommando auf seinem Schiff übernahm und dann den immer noch bewusstlosen Janac beobachtete.

Die Türen im hinteren Teil der Brücke schlugen krachend auf, und ein großer, blonder, gut gebauter Mann Anfang dreißig tauchte auf. Sein ehemals weißes Uniformhemd war schweißgetränkt und dreckig. »Cappson, Erster Offizier«, stellte er sich mit einem schweren skandinavischen Akzent vor. »Ihr Kind ist da, einer von den Kerlen hat es im Arm.«

Hamnet nickte. »Okay, dann wollen wir es hinter uns bringen. Seien Sie ihm behilflich.« Er winkte Tosh vorwärts, der jetzt unter seiner schwarzen Gesichtsfarbe erkennbar blass geworden war und mit weit aufgerissenen Augen folgte.

»Ich werde hier bleiben«, mischte sich Mandal ein und ließ Janac kurz aus den Augen. »Er ist in einem schlechten Zustand, aber wir sollten tun, was möglich ist.«

»Sie passen auf den Bastard auf, denn solange er nicht tot ist, bleibt er gefährlich«, wies ihn Hamnet an.

»Ich habe ihn mit Morphium voll gepumpt. Sollte er wieder zu sich kommen, wird er nicht wissen, wo er ist.«

Cappson legte sich Toshs rechten Arm um die Schulter und schleppte ihn fast auf das hell erleuchtete Deck, und Hamnet folgte den beiden, den verwundeten Arm in der Schlinge und die Waffe in der linken Hand. Ein halbes Dutzend Männer von der Crew warteten und hatten sich mit Messern, einem Hammer und einer Schrotflinte bewaffnet. Sie umringten Edi oben an der Jakobsleiter, die an der Heckreling hing. Das Schlauchboot dümpelte unten mit fünfzig Metern Abstand.

Das winzige Baby hing in Edis gewaltigem linkem Arm und brüllte – ohne eine einzige Träne auf dem geröteten Gesicht. Von Edis rechter Schulter hing der Gurt einer Maschinenpistole, der sich einmal um den Unterarm wickelte, und das Ding zeigte auf den Mann mit der Schrotflinte. Tosh hinkte auf ihn zu und fiel dann gegen die Reling.

»Und jetzt alle herhören, ich sage, wie's weitergeht«, befahl Hamnet, und seine SIG war auf Edi gerichtet. »Tosh verschwindet jetzt über die Leiter, dann bekomme ich das Kind, und du haust auch ab. Spring meinetwegen, wenn du Angst hast, das Schlauchboot kann dich rausfischen.«

Tosh drehte sich um und schaute Edi an. »So machen wir's«, bestätigte er, und auch Edi nickte und richtete seine Waffe auf Hamnet.

Dann verholte sich Tosh über die Reling und kletterte

umständlich unter Einbeziehung seiner Arme und des gesunden Beins die Leiter hinunter. Oben lauschte die Gruppe die zwei Minuten, bis Tosh sicher im Schlauchboot saß, wortlos dem Schreien des Babys, dann stieg auch Edi mit einem Bein über die Reling, ohne die Waffe von Hamnet zu nehmen. Schließlich stand er auf Zehenspitzen außen auf der äußersten Kante des Decks und lehnte sich so weit vor, wie es ging, ohne dass er fiel. Das Baby hielt er nun am gelben Strampelanzug hoch, und Cappson tat einen Schritt auf die Reling zu, um es zu übernehmen, sobald Edi es losließ und sich in der nächsten Sekunde vom Deck abstieß.

Alle hechteten vor, aber es war Cappson, der das schreiende Bündel zu fassen bekam. Eine Sekunde später griff auch Hamnet zu, und die SIG polterte zu Boden. Er drückte das Baby mit seinem gesunden Arm an sich. Endlich war es geschafft! Sein zweiter Sohn, den er hatte zurücklassen müssen, war in Sicherheit! Die Freude überwältigte ihn wie ein Schock, sodass er zu zittern begann, und eine Träne zog ihre Spur über sein blutverschmiertes Gesicht. Er drückte das Baby so fest und so lange an sich, dass Cappson ihm schließlich die Hand auf die Schulter legte, voller Sorge, er könnte es ersticken. Hamnet lockerte den Griff und betrachtete sein Kind. Der gelbe Strampelanzug war dreckig, das Gesichtchen immer noch gerötet, aber es hatte aufgehört zu schreien und schaute nun mit großen, neugierigen Augen um sich.

»Jetzt wird alles gut, für uns alle drei, alles wird gut, ich werde dich nie mehr allein lassen«, flüsterte Hamnet mit erstickter Stimme. Dann schaute er die Männer an, die um ihn herumstanden. »Haben wir Milch, irgendetwas, womit wir das Baby füttern können?«

»Natürlich, in der Kombüse«, sagte ein großer Mann, der sich die Schürze des Smutjes umgebunden hatte. »Kommen Sie mit.«

Hamnet folgte ihm zum Block mit den Unterkünften, dann drei Treppen hinauf in die Messe, die er vor kurzem noch voller Angst durch das Glas in der Tür betrachtet hatte. Die Kombüse lag am anderen Ende, und Hamnet legte seinen Sohn vorsichtig auf einer Anrichte aus rostfreiem Stahl ab. Hinter ihm wärmte der Smutje bereits die Milch an.

Liebevoll strich Hamnet durch das dunkle zerzauste Haar. »Annas Haare«, dachte er erschüttert, während er den Strampelanzug und die Windel auszog. »O mein Gott!«, entfuhr es ihm dann. Er merkte, dass er kurz davor war, ohnmächtig zu werden, seine Kehle zog sich zusammen, er biss sich auf die Lippe, und sein Unterkiefer schob sich vor, aber seine Augen schwammen in Tränen. Sein Sohn war eine Tochter. Hamnet verbarg sein Gesicht in der gesunden Hand und begann zu weinen, wie er noch nie zuvor geweint hatte. Er war verzweifelt.

Er wusste später nicht, wie lange er so dagestanden hatte, aber eine Hand drückte seine Schulter, sodass er reagieren musste. Er schaute auf, atmete tief durch den Mund, schniefte und wischte sich mit seinem linken Arm das Gesicht ab.

»Der Anführer der Piraten ist zu sich gekommen und will was von Ihnen.«

Hamnet starrte den Smutje an.

»Ich werde mich um das Baby kümmern«, sagte der große Mann, »gehen Sie nur.«

Hamnet folgte dem Schweden auf die Brücke, während er seine letzten Tränen trocknete. Dann sah er Mandal – der sich saubere Hosen angezogen hatte, wie Hamnet etwas boshaft registrierte – über Janac gebeugt auf der nun hell erleuchteten Brücke stehen, und der Bandit lag klein und erbärmlich in seinem eigenen Blut.

Mandal richtete sich auf. »Ich konnte die Blutung stoppen, und wir haben ihn an einen Tropf gehängt, den wir aus unserem Krankenrevier geholt haben. Aber ich glaube, die Kugel hat sein Rückgrat verletzt, denn er kann sich nicht bewegen und ist unterhalb des Brustkorbs völlig gefühllos. Wir haben allerdings nicht mehr genug Morphium, und die letzte Ration läuft gerade durch.«

»Lassen Sie im achtern angebrachten Rettungsboot nachschauen, ob dort noch mein Satellitentelefon liegt. Vielleicht können wir damit Hilfe anfordern«, sagte Hamnet, während er neben Janac in die Hocke ging, und Mandal machte sich auf den Weg, nachdem er Cappson den Auftrag weitergegeben hatte.

Als er Hamnets Stimme hörte, öffnete Janac die Augen, aber sein Atem war fast nicht mehr spürbar. Er schaute ihn lange an, seine Lippen bewegten sich kaum, und seine Stimme war ebenfalls kaum noch zu hören. Hamnet beugte sich noch weiter hinunter und legte sein Ohr dicht an die Lippen, damit er ihn verstehen konnte.

»Hast du ihn umgelegt?«

Hamnet wich irritiert zurück. »Wen?«, fragte er und beugte sich dann wieder hinunter.

»Den Filipino, damals im Rettungsboot.« Die Stimme rasselte nur noch.

Hamnet grinste.

»Ich muss es wissen«, murmelte Janac schließlich.

Hamnet wippte auf seine Fersen zurück, rieb sich die Wange und starrte die blutverschmierte Hand an, die auf ihn zukam. Mord und Totschlag überall. Nur drei lebende Menschen wussten, was damals geschehen war. Keiner hatte jemals ein Sterbenswörtchen darüber verloren. Es gab auch keinen Grund, das jetzt zu ändern. Hamnet näherte sich Janac wieder und flüsterte ihm ins rechte Ohr: »Nach dem, was du meiner Frau und meinen Kindern angetan hast? Zur Hölle mit dir!«

Einen Moment lang schlossen beide die Augen. Hamnet wusste, dass ihn die tiefen, grauen Tümpel nicht loslassen würden. Er stand auf, schaute sich auf der Brücke um und sah das MP5, das immer noch dort lag, wo Tosh es abgelegt hatte. Er ging hinüber, hob es auf und kehrte zu Janac zurück. Mandal schaute zu, ohne das Ganze zu begreifen, aber vielleicht wollte er es auch nur nicht glauben, bis Hamnet sich vorbeugte und den Lauf an Janacs Stirn hielt. Die grauen Augen schlossen sich, und Hamnet hörte den Ruf fast nicht, der von hinten kam. Dann drehte er den Kopf und legte ein letztes Mal den Finger an den Abzug. Die ganze Brücke dröhnte, und der Widerhall kroch unter den Türen durch und hinaus. Eine Patrone fiel scheppernd aufs Linoleum. Hamnet drehte sich nicht um, er warf nur die Waffe auf den Boden.

»Was zur Hölle haben Sie gemacht? Wer glauben Sie, dass Sie sind?« Mandals Stimme überschlug sich zitternd vor rechtschaffener Empörung, wobei auch eine Spur Angst zu hören war.

Hamnet schaute ihn an und seufzte tief. »Wir haben nicht genug Morphium, um ihn bis ins Krankenhaus zu bringen. Und selbst wenn wir es hätten, würde seine Behandlung ein Vermögen verschlingen. Wozu? Damit er hingerichtet wird? Oder lebenslang ins Gefängnis kommt? Für dieses Geld gibt es eine sinnvollere Verwendung. Er ist mit dem Tod besser dran, und er wusste es. Warum sollte der Bastard seiner Verantwortung entkommen?«

Er wartete die Antwort nicht ab, sondern drängte sich an Mandal vorbei und eilte über den Niedergang nach unten, zurück zu seiner kleinen Anna.

Dank

Viele Menschen haben mir bei der Entwicklung des Romans geholfen und haben die ersten Versionen gelesen – besonders gilt mein Dank dafür Susie Aikin-Sneath und Daniela Bernardelle. Über jeden normalen Freundschaftsdienst hinaus haben mich Rob Andrews, Bill Ashton, Paul und Susan Boyce, Rhidian Bridge, Nina Brisius, Sian Cowen, Bruce Grant, Kevin Hall, Duncan McDonald, Jonathan McKee, Jennifer McReynolds und Sarah Nicholson bei der Ideenfindung und Recherche unterstützt.

Mein Dank gilt auch John Matthews, Dr. Mervyn Rowlinson und Reverend Bill McCrea, die mich an Bord mitgenommen und mir die Frachter von innen gezeigt haben; unschätzbare Hintergrundinformationen fand ich in *Elements of Shipping* von Alan Branch, *Warlords of Crime* von Gerald Posner und *The Triads* von Martin Booth. Die Artikel von Faith Keenan, Bertil Lintner, Nate Thayer und Michael Vatikiotis in der Far Eastern Economic Review und die Recherchen und Beiträge von Yiu-Kong Chu, Andrew Eames, Eric Ellen, Malcolm Macalister und Williard H. Myers waren stets hilfreich.

Außerdem danke ich allen Mitarbeitern bei HarperCollins Australien und Neuseeland – Mark Bathurst, Mel Cain, Lorain Day, Karen-Maree Griffiths, Rod Morrison, Sue Page, Lorraine Steele, Tracey Wogan und ganz bestimmt nicht zuletzt Anne Simpson – wie wäre es mir ohne ihre Unterstützung ergangen?

Und ganz besonders danke ich meiner Familie – und jedem, den ich möglicherweise zu erwähnen vergessen habe – von ganzem Herzen.

Mark Chisnell

...weitere Thriller

ARTHUR M. NEUFELDT
Mörderisches Meer
ISBN 3-7688-1688-5

Skipper Claudius will weg aus Kroatien, doch auf dem Weg wird er – angeblich von der Küstenwache – gezwungen, sein Schiff zu verlassen. Es kommt zu einer wilden Verfolgungsjagd ...

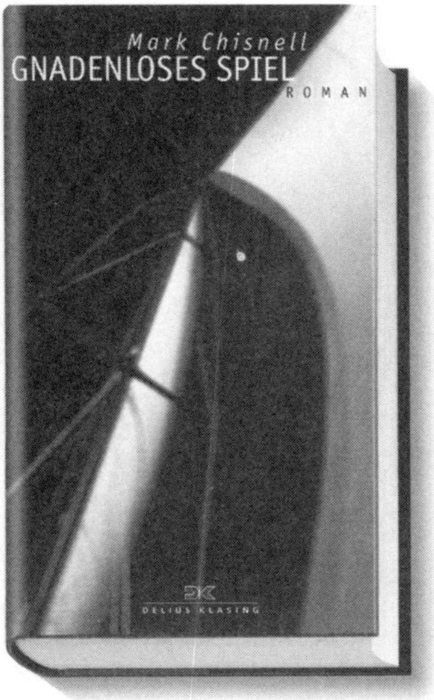

MARK CHISNELL
Gnadenloses Spiel
ISBN 3-7688-1315-0

In Thailand gerät Martin an den skrupellosen Janac, einen Drogenschmuggler großen Stils, der weder Erpressung noch Mord scheut...

DELIUS KLASING

ARTHUR M. NEUFELDT
Törn in den Tod
ISBN 3-7688-1314-2

Als sich in der Adria eine angeschossene junge Frau an Bord von Claudius' Yacht hangelt, findet er sich mitten in politischen Wirren und Mafiaintrigen wieder…

THOMAS GATELY BRIODY
Die letzte Regatta
ISBN 3-7688-1351-7

Mord an dem erfolgreichen Regatta-Champion Hunter Worthington III. Journalist Michael Carolina und Freundin Carla, eine Privatdetektivin, ermitteln…

DELIUS KLASING

aus dem Seglermilieu...

Claus Reissig

Blaues Meer und dunkle Seelen

ISBN 3-7688-1533-1

Thriller um ein tödliches Komplott in der Regattaszene, Schauplatz sind die bekannten Segelreviere Nord- und Ostsee und bei den Kanaren...

Jörg A. Herber

Albatrosse morden nicht

ISBN 3-7688-1394-0

Ein eigenartiges Dokument erreicht das Seeamt Bremerhaven: Charly Brackmann berichtet von Meuterei und Mord bei einem Törn rund Kap Hoorn...

Erhältlich im Buch- und Fachhandel oder unter www.delius-klasing.de/shop

DELIUS KLASING